JODI MEADOWS

Nur eine Nacht

GOLDMANN
Lesen erleben

Buch

Das Jahr der Seelen beginnt mit einem Erdbeben – ein mysteriöses Grummeln dringt aus den Tiefen der Erde. Es ist ein erstes Anzeichen für die Gefahren, die noch kommen werden. Denn die bedeutsame Nacht der Seelen steht bevor. In dieser Nacht wird sich entscheiden, ob Ana als neue unter lauter wiedergeborenen Seelen wird überleben können. Und ob es ihr vergönnt sein wird, noch ein bisschen mehr Zeit mit Sam zu verbringen, ihrer großen Liebe und dem Mann, der bis jetzt immer zu ihr gestanden hat.

Weitere Informationen zu Jodi Meadows
sowie zu lieferbaren Titeln der Autorin
finden Sie am Ende des Buches.

Jodi Meadows

Nur eine Nacht

Das Meer der Seelen

Band 3

Roman

Aus dem amerikanischen Englisch
von Michaela Link

GOLDMANN

Die Originalausgabe erschien 2014 unter dem Titel
»Infinite« bei Katherine Tegen Books,
an imprint of HarperCollins Publishers, New York.

Dieses Buch ist auch als E-Book erhältlich.

MIX
Papier aus verantwortungsvollen Quellen
FSC® C014496

Verlagsgruppe Random House FSC® N001967
Das FSC®-zertifizierte Papier *Super Snowbright* für dieses Buch
liefert Hellefoss AS, Hokksund, Norwegen.

1. Auflage
Deutsche Erstveröffentlichung September 2014

Umschlaggestaltung: UNO Werbeagentur, München
Umschlagmotiv: Nina K. Sundberg/getty images; FinePic®, München
Kapitelvignette: Maja Henning
Redaktion: Kerstin von Dobschütz
NG · Herstellung: Str.
Satz: omnisatz GmbH, Berlin
Druck und Bindung: GGP Media GmbH, Pößneck
Printed in Germany
ISBN: 978-3-442-47603-9
www.goldmann-verlag.de

Besuchen Sie den Goldmann Verlag im Netz:

Für Jeff

Meinen Mann. Meinen besten Freund.

Ich habe dich unendlich lieb.

KAPITEL 1

Ende

Mein Tod würde kein neuer Anfang sein.

Seit Tausenden von Jahren bedeutete ein Tod im Reich eine baldige, weitere Wiedergeburt. Ein weiteres Leben. Dann starb in der Nacht des Tempeldunkels eine Frau, und an ihrer Stelle wurde ich geboren.

Eine Seelenlose. Eine Neuseele. Eine ausgeschlossene Seele.

Ich war ein Rätsel, das man kontrollieren wollte, ein Furcht einflößendes Wesen, das jeden dazu zwang, sein Wissen über Leben und Tod und über das, was nach dem Tod geschah, zu überdenken. Aber ich war die Einzige. Ich konnte als Mysterium ignoriert werden, als Fehler, der nicht wiederholt werden würde.

Dann inszenierte mein Vater ein weiteres Tempeldunkel. Es bedeutete für Dutzende von Altseelen den endgültigen Tod. Gewaltsam. Entsetzlich. Unentrinnbar.

Im Laufe des Jahres wurden Neuseelen geboren, und die Menschen trauerten um die Dunkelseelen, ohne die Wahrheit der Wiedergeburt im Reich zu kennen. Sie lebten in dem Glauben, ihre fortwährende Wiedergeburt sei etwas Natürliches. Aber das Gegenteil traf zu: Während Altseelen lebten, starben und zu neuem Leben wiedergeboren wurden, verzehrte die Wesenheit, die ihnen die Reinkarnation gewährte, Millionen von Seelen, denen die Geburt und das Leben verwehrt blieben.

Janan. Der Verschlinger. Der einstige Mensch, der zu hoch hinauswollte und bald die Welt verbrennen würde.

Und das würde für alle das Ende sein.

Es schlug Mitternacht.

Das Jahr der Seelen begann mit einem donnernden Krachen und Grollen aus den Tiefen der Erde.

»Was *ist* das?« Meine Stimme klang hohl im Salon. Der Boden war noch immer von den Überresten zerstörter Instrumente und zerfetzter Rosenblätter übersät. Aus der Küche fiel ein Lichtstreifen auf das staubige Parkett, aber sonst war der Raum nachtdunkel. Wir waren erst vor wenigen Minuten auf dem Sofa erwacht, wo wir eingenickt waren, nachdem unsere Freunde uns abends allein gelassen hatten.

Sam neigte den Kopf. Schwarzes Haar beschattete seine Augen. Er lauschte und versuchte, das seltsame Getöse und Rumoren einzuordnen.

Der Boden schwankte unter unseren Füßen. Ich jaulte auf und stützte mich an der Wand ab. Janans Herzschlag pochte unter meinen Fingerspitzen.

Ich ließ mich auf alle viere nieder und versuchte, das Gleichgewicht zu halten. »Was ist das?« Meine Stimme war vor Panik hoch und schrill.

Sam kam auf mich zugetorkelt, unsicher auf dem schwankenden Boden. »Es ist ein Erdbeben. Keine Angst. Es ist gleich vorbei.«

Aus den wabenförmigen Regalen, die den Salon von der Küche trennten, fielen Obsidianfigürchen und andere Sachen aus Holz und Stein und Glas zu Boden. Manches zerbrach. Selbst die zerfetzten Rosenblätter gerieten in Bewegung.

Das Beben ließ nach, aber es war noch nicht vorüber. Ein neuer Erdstoß ließ den Boden regelrecht buckeln. Oben kippten Möbel um. Draußen brachen Bäume. Die Erde brüllte. Ich schrie, als die Regale im ganzen Raum Risse bekamen und splitterten.

Sam stolperte und fiel, doch er war außerhalb meiner Reichweite. Überraschung und Schmerz zeichneten sich kurz auf seinem Gesicht ab, als er sich an die Brust fasste und die Finger in sein graues Nachthemd krallte. Blut sickerte hinein und färbte es dunkel.

»Sam!« Ich kroch auf ihn zu, kämpfte gegen den schwankenden Boden an. »Was ist mit deiner Hand passiert?« Noch während ich fragte, entdeckte ich neben ihm das Glas mit den roten, glänzenden Blutflecken.

»Nichts. Alles in Ordnung.« Die Erde beruhigte sich wieder, und Sam hockte sich auf die Fersen und hielt sich die verletzte Hand. »So schlimm war es gar nicht.«

Seine Vorstellung von *schlimm* musste darin bestehen, dass die ganze Welt auseinanderriss. Und jetzt lastete das Schweigen der Erde schwer auf dem Haus. Als ob sie auf etwas wartete.

Da ich dem Boden nicht traute, dass er ruhig blieb, setzte ich mich auf und rutschte zu Sam hinüber. Um das Glas machte ich einen großen Bogen.

Vor zwei Wochen waren Ratsherr Deborl und seine Freunde gekommen und hatten alle Musikinstrumente in Sams Salon zerstört. Den Flügel, das Cembalo, das Cello und selbst die kleineren Instrumente, die sich in geschlossenen Koffern befunden hatten. Nur die Instrumente oben waren verschont geblieben, einschließlich meiner Flöte. Sie war in der Werkstatt gewesen und hatte auf eine kleine Reparatur gewartet. Nur der Zufall hatte sie gerettet.

Ich hatte den größten Teil der Zerstörung sofort beseitigt und nur das liegen lassen, was eines Tages vielleicht wieder nützlich sein könnte. Und die vertrockneten Rosenblätter, die von einer Party mit unseren Freunden übrig geblieben waren.

Aber jetzt war der Salon schlimmer verwüstet, als Deborl es je vermocht hätte.

Regale hingen krumm und schief, und überall lagen Bücher, Schachteln und Bruchstücke der Dekorationen verstreut. Die Regale sahen aus wie Zähne, bereit zuzubeißen.

Eine Lampe war umgestürzt und hatte einen glitzernden Fluss aus Glas hinterlassen. Wir konnten von Glück sagen, dass sie nicht Feuer gefangen hatte. Wer wusste, wie es in der Küche oder oben oder in den Nebengebäuden aussah. Es hatte ein solches Krachen und Poltern gegeben, dass alles Mögliche passiert sein konnte.

»Ist deine Hand okay?« Ich hockte mich neben Sam und zog ihm die Faust von der Brust weg.

»Ja.« Eine Lüge. Ich spürte, wie die Hand zitterte, und sie war glitschig vor Blut. Es war schwer, darunter etwas zu erkennen, aber es sah so aus, als hätte das Glas ihm die Handfläche und die Finger zerschnitten.

»Wir müssen das sauber machen. Halt still.«

Sam nickte und wappnete sich, während ich einen Glassplitter nach dem anderen herauszog, bis mir die Fingerspitzen schmerzten, aber ich konnte nichts mehr finden. Die Reinigung der Wunde würde helfen, trotzdem musste ich zuerst die Blutung stillen.

»Das könnte wehtun.«

»Es tut bereits weh.« Sams Stimme war rau.

Ich wollte etwas Beruhigendes sagen, aber ich wusste nicht genau genug, was verletzt worden war, um Versprechungen zu machen. Wenn es schlimm aussah, nachdem wir das Blut abgewaschen hatten, würde ich Rin anrufen, die Ärztin. Für den Moment griff ich nach einer großen Glasscherbe und schnitt damit einen Streifen von meinem Nachthemd ab für einen Verband. Dann wickelte ich ihm den Stoff so oft um die Hand, wie es ging. »Festhalten und draufdrücken.«

»Meine Hand wird schon wieder.« Die Worte kamen hart heraus wie Befehle. Als könnte er die Schnittwunden zwingen zu verheilen.

»Lass uns nach oben gehen und die Hand richtig verbinden. Es hat sich nicht so angehört, als sei einer der Stützbalken gebrochen, daher sollte die Treppe sicher sein.« Hoffentlich waren auch die Wasserleitungen noch intakt. Die Lampen und alles andere schienen in Ordnung zu sein. Das war immerhin etwas.

Ich wollte gerade aufstehen, als es eine Erschütterung gab und von Westen her eine Explosion zu hören war. Kein weiteres Erdbeben. Etwas anderes.

Sam und ich kämpften uns auf die Füße und achteten auf das Glas, als wir zur Haustür eilten. Als ich in die Nacht hinaustrat, schlug mir eisige Luft ins Gesicht. »Siehst du etwas?«, fragte ich.

Sam schüttelte den Kopf. »Nein, aber es klang wie eine Eruption.«

»Nicht der Krater.« Der Krater des Reiches war riesig und erstreckte sich von der Stadt Heart in seiner Mitte in alle Richtungen. Wenn er ausbrach, würde von Heart nichts mehr übrig bleiben.

»Nicht der Krater«, pflichtete Sam mir bei. Er legte mir einen Arm um die Schultern und hielt mich zum Schutz gegen die Kälte eng an sich gedrückt. »Eine hydrothermale Eruption. Wie ein Geysir, nur größer.«

»Wie viel größer?« Ich spähte in die Nacht, aber Wolken verdeckten das Mondlicht. Selbst wenn es hell genug gewesen wäre, um etwas zu sehen, verdeckte die Stadtmauer den Horizont. Die Eruption hatte außerhalb von Heart stattgefunden, jedoch möglicherweise gleich hinter der Mauer. Überall waren Geysire.

»Kommt drauf an. Etwas viel Größeres. Sie entstehen durch Druckveränderungen unter der Erde.«

Auf den Bäumen und Pflanzen im Garten wurde ein Prasseln laut, ebenso auf dem Dach. Dann traf mich ein Kieselstein am Kopf.

Sam fasste mich mit seiner gesunden Hand am Ellbogen

und zog mich zum Haus. »Hydrothermale Eruptionen reißen manchmal Steine und Bäume mit, aber sie kommen nicht oft vor. Ich habe nur zwei miterlebt, und das war vor langer Zeit.«

Während er sprach, hörten wir im Norden das Grollen einer zweiten Eruption und dann das einer dritten im Südwesten. Die Welt erwachte klopfend, zischend und klappernd zum Leben. Tiere grunzten und huschten durch die Tannen. Vögel kreischten und stiegen auf, aber es gab keinen sicheren Ort, an den sie fliegen konnten. Erde regnete vom Himmel, als sei die Welt auf den Kopf gestellt worden.

»Ins Haus.« Sams Stimme wurde hart, als weitere Steinbrocken gegen die Hauswände prasselten. »Sofort.«

»Wie ist das möglich?« Als wir uns zur Tür umdrehten, erregte ein Lichtblitz meine Aufmerksamkeit.

In der Mitte der Stadt erstrahlte Janans Tempel.

KAPITEL 2

Eindringling

Die Haustür schlug hinter mir zu und dämpfte die leise Kakofonie der in Stücke brechenden Welt. Ich schlang die Arme um mich, während Sam ins Dunkle trat. »Hast du den Tempel gesehen?«, fragte er. »Ich habe ihn noch nie so hell leuchten sehen.«

»Ja.«

»Denkst du, das ist Janans Werk?« Er lehnte sich an die Wand und ließ den Kopf sinken, während er sich an die Brust griff. »Das Erdbeben? Die Eruptionen?«

»Es scheint so.« Ich glitt zu ihm in die Dunkelheit und legte ihm die Wange an die Schulter. Er schloss die Arme um mich. »Ich habe Angst«, flüsterte ich. Es war einfacher, ehrlich zu sein, wenn er mich hielt und wir im Dunkeln standen.

Er legte mir die Wange auf den Kopf. »Ich auch.«

»Wenn der Krater das jetzt andauernd macht, ist es vielleicht gar nicht so schlecht, dass der Rat mich in die Verbannung schickt. Wahrscheinlich ist es das Beste, das Reich zu verlassen. Ich bin froh, dass du mit mir kommst.«

»Ich werde immer und überall mit dir kommen.«

Wir standen für eine Weile da und lauschten auf die Herzschläge des anderen und das Aufprallen von Trümmern auf dem Haus. Jetzt, da Janans Puls stärker war, vermied ich die weiße Außenwand noch mehr und berührte nur Sam.

»Lass uns nach oben gehen und dich verarzten.« Ich richtete mich auf und umfasste seine verletzte Hand. Der Streifen von meinem Nachthemd war blutgetränkt.

Sam nickte und ließ sich von mir nach oben führen. Wir stiegen langsam die Treppe hinauf und prüften das Holz, bevor wir ihm unser Gewicht anvertrauten. Das Äußere des Hauses würde nach dem Erdbeben unversehrt sein – Janan würde es niemals zulassen, dass der weiße Stein beschädigt wurde, während er wach war –, aber das Innere der Häuser war ganz von Menschen gemacht worden.

Doch die Treppe war in Ordnung. Keiner ihrer Stützbalken war gebrochen.

Sams Schlafzimmer war kalt und dunkel. Umrisse duckten sich in den Schatten: ein warmes Bett, ein Kleiderschrank und eine große Harfe. Wir gingen ins Badezimmer, und ich machte Licht. Wir blinzelten beide in dem grellen Schein. »Hinsetzen«, befahl ich.

Er rutschte auf die Theke, während ich die Tür schloss und die Dusche aufdrehte, so heiß und stark, wie es ging. Sam lächelte verschmitzt »Ana, ich bin mir nicht sicher, ob dies der beste Zeitpunkt ist, aber wenn du gern …«

»Mund halten.« Er konnte sich ein erleichtertes Grinsen nicht verkneifen. Wenn er Witze machen konnte, würde es ihm bald wieder gut gehen. »Der Dampf wird das Glas lösen, falls noch welches drin ist.«

»Das macht aber nicht so viel Spaß.« Er tat so, als würde er schmollen, während er seine Hand auswickelte und das Blut im Waschbecken abspülte. Ich holte Verbandszeug und Salben, und gemeinsam zupften wir die letzten Glassplitter heraus, während Dampf aus der Dusche quoll. Der Spiegel beschlug, und das rauschende Wasser übertönte den Lärm der Welt jenseits des Raumes.

»Das sieht nicht allzu schlimm aus«, bemerkte ich, während ich ihm die Finger einsalbte. Die meisten Schnitte waren oberflächlich.

»Hab ich doch gesagt.« Er hielt still, während ich ihm einen sauberen Verband anlegte. »Und zum Glück ist es die linke Hand, weil ich mit rechts schreibe. Also werde ich gut zurechtkommen. Und ich brauche keine Hand, um dich zu küssen.«

Ich ließ die Mullbinde fallen. »Diese Behauptung sollten wir überprüfen. Ich meine mich zu erinnern, dass du durchaus deine Hände einsetzt, wenn du mich küsst.«

»Hm.« Er rutschte von der Theke. »Vielleicht lohnt es sich wirklich, ein wenig zu experimentieren.« Er strich mir eine Haarsträhne aus dem Gesicht. »Oh«, murmelte er, »du hast recht. Das wäre einmal.«

Ich stellte mich auf die Zehenspitzen und schlang ihm die Arme um die Schultern. Seine Lippen waren warm und weich von dem Dampf, der den Raum erfüllte.

»Zweimal«, sagte er und legte mir einen Arm um die Taille, um mich an sich zu ziehen. Lippen streiften meine Wange und meinen Hals. »Dreimal.« Mit seiner guten Hand schob er mir das Nachthemd von der Schulter und küsste nackte Haut, dann ließ er die Fingerspitzen meinen Arm hinuntergleiten. Seine Berührung entfachte Funken, die mir bis in den Magen gingen. Mein Atem flatterte. »Du hast völlig recht.« Seine Lippen berührten mein Schlüsselbein. »Ich benutze die Hände ständig, wenn ich dich küsse.«

Ich wäre in die Knie gegangen, wenn er mich nicht aufrecht gehalten hätte. Der Dampf, seine Berührung, sein Kuss: Sie machten mich benommen und schwindlig, trotz allem, was vorhin geschehen war. Sicher in seinen Armen und die laufende Dusche das einzige Geräusch, konnte ich die Außenwelt und den Rest unserer Probleme vergessen.

»Erinnerst du dich daran, worüber wir gestern Abend gesprochen haben?« Ich küsste sein Ohr, seine Wange.

Sam brummte zustimmend. »Du hast gesagt, dass du mich liebst.«

»Ja, das habe ich gesagt.« Freude durchströmte mich. Nachdem ich jahrelang geglaubt hatte, ich verdiente keine Liebe, hatte Sam mir gezeigt, dass das Gegenteil der Fall war. Aber das war etwas anderes als zu akzeptieren, dass ich andere lieben konnte. Es war schwer gewesen, mit diesen Gefühlen zu kämpfen, doch vergangene Nacht hatte ich es ausgesprochen, und es hatte sich herausgestellt, dass ich ihn die ganze Zeit über geliebt hatte. »Und weißt du was?«

Er löste sich von mir und sah mir in die Augen.

»Heute liebe ich dich immer noch.«

Sein Lächeln wurde breit und warm.

»Gerüchteweise habe ich gehört«, fuhr ich fort, »dass der erste Tag des neuen Jahres dein Geburtstag ist.«

»Wirklich?« Plötzlich wirkte er schüchtern.

»Als wir uns kennengelernt haben, hast du mir gesagt, dass wir am gleichen Tag Geburtstag haben.«

»Ehrlich?« Panik huschte über sein Gesicht, und seine Wangen verdunkelten sich. »Ja, das habe ich. Oh.«

Ich machte ein so ernstes Gesicht, wie ich konnte, obwohl ich einen Drang zu lachen verspürte und mir auf die Lippe beißen musste, um nicht zu lächeln. »Und?« Ich zog eine Augenbraue hoch.

Sein ganzes Gesicht war rot vor Verlegenheit. »Würdest du mir glauben, dass ich vergessen habe, wann mein Geburtstag ist?«

Ich schnaubte und lachte. Das war genau das, was ich zu hören erwartet hatte, denn wenn ich an jenen Tag zurückdachte, erinnerte ich mich an das Zögern und die kurze Verwirrung, bevor er erklärte, dass wir am selben Tag Geburtstag hätten. Er hatte es wirklich vergessen. »Ist schon gut. Ich liebe dich an deinem richtigen Geburtstag *und* an deinem falschen Geburtstag. Und an allen anderen Tagen.«

Er grinste und entspannte sich. »Heute Nacht können wir nichts mehr tun. Würdest du …« Er schien nach den richtigen

Worten zu suchen. »Würdest du hier bei mir schlafen? In meinem Zimmer, meine ich. Nicht im Bad.«

Am Morgen würde unten immer noch Chaos herrschen, und Sams Schlafzimmer hatte relativ unversehrt gewirkt, als wir hindurchgegangen waren. Um alles andere konnten wir uns am Morgen kümmern. Oder auch nicht. Gestern hatte mich der herrschende Rat aus Heart verbannt, und Sam ging mit mir fort. Schon bald würden wir auf dem Weg nach Osten sein. Wir *mussten* das Haus nicht aufräumen.

Wir konnten das echte Leben bis zum Morgengrauen verschieben.

»Wenn du alle Decken klaust, wirst du es bereuen.« Ich griff in die Dusche und stellte sie ab. Nach dem Erscheinen vor dem Rat, nach dem Besuch von Freunden, die gekommen waren, um ihrer Empörung Ausdruck zu verleihen, und dann dem Erdbeben und den Eruptionen, war das Ankuscheln an Sam das Schönste, was ich mir vorstellen konnte.

Die Dusche tropfte noch kurz, dann war es still im Haus. Vielleicht fielen draußen keine Trümmer mehr herab. Die ganze Welt war still und ruhig und wartete.

Ich tastete hinter mir nach dem Türknauf und drückte die Badezimmertür auf. Bald würde alles perfekt sein, wenn auch nur für wenige Stunden.

Sams Lächeln erstarb, er packte mich am Handgelenk, riss daran und wirbelte mich herum, sodass ich hinter ihm stand. »Was tust du hier?«, knurrte er. Er griff mit seiner gesunden Hand hinter sich und legte sie mir auf die Hüfte, als wolle er mich dort festhalten.

Mein Herz raste angesichts der plötzlichen Veränderung. Ich spähte an ihm vorbei.

Ein Fremder mit einem langen Messer stand dort. Er trug einen schmutzigen Mantel, der ihm bis zu den Knöcheln reichte, aber selbst in dem fahlen Licht und unter dem schweren Stoff war die Wölbung einer weiteren Waffe an seiner Hüfte nicht zu übersehen.

»Dossam. Seelenlose.« Seine Stimme klang vertraut, aber ich konnte sie nicht einordnen. »Wir hatten gehofft, dass ihr zu Tode gequetscht worden wärt.«

Wir?

Ich krallte die Hand in Sams Hemd und wünschte verzweifelt, ich trüge etwas Ordentlicheres als mein Nachthemd, als ich hinter ihm hervortrat. Ich brauchte keinen Schutzschild. »Du bist einer von Deborls Freunden.«

»Und du warst im Gefängnis«, sagte Sam. »Mit Deborl und Merton.«

Der Fremde zeigte seine Zähne, als er lächelte. »Janan hat das Erdbeben benutzt, um uns zu befreien.« Er zog den Mantel zurück und enthüllte eine Laserpistole, die in seinem Hosenbund steckte. »Wir haben eine Berufung.«

»Mat, nein.« Sam versuchte, wieder vor mich zu treten, aber ich stieß ihm den Ellbogen in die Seite. »Warum solltest du das tun?«

Der Fremde – Mat – richtete seinen Blick auf Sam, anscheinend unbesorgt, dass wir fliehen würden. Wir waren schließlich im Bad gefangen. »Sie ist ein Gräuel. Das sind sie alle. Die Plage der Neuseelen *muss* aufgehalten werden.«

Wir waren im Badezimmer gefangen.

»Neuseelen sind die natürliche Ordnung der Dinge«, erwiderte Sam. »Andere Tiere werden geboren, leben und sterben für immer. Ist dir nie der Gedanke gekommen, dass das, was wir tun, unnatürlich ist?«

»Sie sind eine Beleidigung für Janan. Er hat uns erschaffen. Er hat uns Unsterblichkeit gegeben. Und bald wird er wiederkehren, um die Getreuen zu belohnen. Er wird sich erheben. Die Getreuen werden sich mit ihm erheben.«

Meuric hatte das nicht gedacht. Er war überzeugt gewesen,

dass er den Tempelschlüssel brauchte, um die Seelennacht zu überleben.

Ich blendete Mats Argumente aus, während ich die Gegenstände in Sams Bad betrachtete. Shampoo, Seife, Schmerztabletten. Ich wünschte mir meinen SAK – dann hätte ich Hilfe rufen können –, aber unsere SAKs waren beide unten.

»Ana hat dir nichts getan«, sagte Sam. »Die anderen Neuseelen auch nicht.«

Verbandsmull. Schmerztabletten. Salbe für Schnitt- und Brandwunden. Wenn mein Nachthemd Taschen gehabt hätte, hätte ich sie eingesteckt, denn der Plan, der in meinem Kopf Gestalt annahm, sah vor, dass wir nach draußen gingen.

»Sie wurden geboren«, erwiderte Mat. »Sie haben Altseelen ersetzt. *Echte* Seelen. Sie nehmen, was nicht ihnen gehört. Leben. Schlüssel.«

Plötzlich wusste ich, wer Mat war. Er war der Mann, der mich angegriffen hatte, als ich aus dem Tempel gestolpert war. Er hatte mir den Tempelschlüssel gestohlen und Deborl gegeben.

»Das muss aufhören. Es tut mir leid, Dossam. Ich habe keinen Streit mit dir, aber Ana muss sterben.«

Scheuerpulver. Ich griff nach der Flasche und schraubte den Deckel auf, als Mat sich an Sam vorbeidrängte und die Laserpistole auf mich richtete. Das blaue Ziellicht blitzte auf.

Mit einem Schrei schleuderte ich Mat das Pulver ins Gesicht. Sam stieß ihn gegen die Theke, während der Mann brüllte und seine Augen tränten. Weiße Teilchen schwebten in der Luft und glühten leuchtend blau im Ziellicht der Pistole. Luft zischte, und in der Decke erschien ein Loch; Mat war zu sehr damit beschäftigt, sich die Augen zu reiben, um aufzupassen.

Sam packte Mat am Kragen und schlug ihm den Kopf auf die Steintheke. Ein nasses Knacken erklang, und der Kupfergeruch von Blut erfüllte den Raum, aber ich hatte keine Zeit nachzusehen, ob er noch lebte. Ich schnappte mir die Pistole und floh mit Sam aus dem Bad.

Wir rannten nach unten, griffen uns die SAKs und Schuhe, liefen barfuß nach draußen und trugen unsere Sachen in die Dunkelheit.

»Still.« Sams Stimme war leise, warnend. »Es könnten noch mehr da sein.«

Zitternd vor Angst und Schreck ließ ich mich von Sam führen. Er würde sich in Heart mit verbundenen Augen zurechtfinden, aber ich brauchte ein Licht, das wir nicht hatten, und selbst wenn, konnten wir es nicht benutzen.

Wir verlangsamten das Tempo, als uns kalt wurde und uns die scharfen Trümmer auf dem Boden in die Füße stachen. »Hier.« Sam führte uns zu einer pechschwarzen Stelle. Bäume. Kiefernnadeln piekten mir in die Füße, und ich zitterte am ganzen Leib. Vor lauter Kälte und Adrenalin konnte ich kaum atmen. »Zieh die Schuhe an«, flüsterte er. Er nahm seine Hand aus meiner, und mir wurde bewusst, dass ich mich vor Angst an sie geklammert hatte. Es war seine linke Hand, die verletzte Hand. Er hatte keinen Laut von sich gegeben.

Ich hockte mich hin und schlüpfte, so schnell ich konnte, in meine Schuhe, während ich gleichzeitig die Ohren spitzte, um auf Schritte weiterer Eindringlinge zu lauschen. Aber alles, was ich hören konnte, war der Puls in meinen Ohren. War Mat tot? Gab es andere? Deborl hatte außer Mat noch mehr Freunde. Wo waren sie?

»Brauchst du Hilfe bei deinen Schuhen?«, fragte ich.

»Ich habe sie schon an.« Seine Stimme war heiser, ob vor Schmerz oder Kälte oder etwas anderem konnte ich nicht erkennen. »Nimm deine Sachen.«

Ich hob meinen SAK und die Pistole auf, die ich Mat abgenommen hatte, und folgte Sam durch die Dunkelheit, hielt mich an seiner Schulter fest. Wie lange würde es dauern, bis jemand Mat in Sams Badezimmer fand?

War er tot? Hatte Sam ihn getötet?

Meine Gedanken überschlugen sich, während wir zwischen den Bäumen hindurchkrochen. Unsere Schuhe machten mehr Lärm als nackte Füße, aber das Risiko, auf etwas zu treten, war zu groß. Schon jetzt tat mir vor Kälte alles weh.

Jenseits der Bäume sahen wir blass und gebrochen ein Licht schimmern. Wir hatten Stefs Haus erreicht.

»Warte«, zischte ich und drückte Sams Schulter. Sein Profil blitzte im Licht auf, als er den Kopf drehte. »Was ist, wenn sie jemanden geschickt haben, der sie beobachtet?«

»Ah.« Er zog sich zwischen die Bäume zurück, kniete sich hin und fummelte dann an seinem SAK herum. »Ich kann nicht ... Ich brauche zu lange, um mit meiner Hand eine Nachricht zu tippen.«

»Ich mache es.« Ich ließ mich zu Boden sinken, zitternd in meinem dünnen Nachthemd, und sandte Stef eine kurze Nachricht.

Mat hat uns angegriffen. Deborl und Merton sind aus dem Gefängnis entkommen. Wir sind vor deinem Haus, haben aber Angst, dass es beobachtet wird. Ruf Lidea und Geral an. Warne sie. Triff uns in der Bibliothek mit anderen Freunden, denen wir vertrauen können. Bring uns bitte etwas zum Anziehen mit.

Sam las die Nachricht über meine Schulter. »Die Bibliothek?«

»Selbst wenn sie dort nach uns suchen, werden wir uns verstecken können. Außerdem gibt es da etwas, das ich all unseren Freunden sagen muss.«

»Wirst du mir jetzt erzählen, was es ist, oder muss ich warten?«

Ich hob den Blick, als oben bei Stef Licht anging. »Wenn Janan für das Erdbeben und die Ausbrüche verantwortlich ist, wird es nur noch schlimmer werden. Sie haben ein Recht darauf, es zu erfahren und eine Chance zur Flucht zu haben, solange noch Zeit dafür ist.«

Sam strich mir sanft über die Schulter, den Rücken. »Gut. Sie sollten es erfahren.« Er versteifte sich, als ein Schatten durch Stefs Garten glitt. »Bleib hier.« Er nahm die Laserpistole und kroch davon. Eine Sekunde später blitzte blaues Licht auf, und der Schatten brach zusammen. Tot oder nicht, die Person bewegte sich nicht mehr, als Sam durch den Garten huschte und etwas aufhob – eine zweite Laserpistole.

Ich sandte Stef eine weitere Nachricht, um sie auf den neuesten Stand zu bringen. Sie schrieb sofort zurück.

Geht in die Bibliothek. Ich habe einen Plan.

Nach einer kurzen Bestätigung löschte ich das Licht an meinem SAK. Sam war wieder da.

»Ist er tot?«, fragte ich. Aber vielleicht wollte ich es gar nicht wissen.

Er gab mir nur die zweite Pistole.

»Wir gehen in die Bibliothek.« Ich hatte keinen Hosenbund und keine Tasche für den SAK und die Pistole, daher behielt ich sie in den Händen.

»Okay.« Sam schaute auf, nicht zu Stefs Haus, sondern zu dem grellen Lichtschein in der Mitte der Stadt: Der Tempel leuchtete wie eine Fackel. »Wir können keinen meiner normalen Wege nehmen. Wenn Deborl jemanden auf Patrouille hat, werden sie nach uns Ausschau halten. Mat hätte sich inzwischen sicher melden müssen.«

»Das denke ich auch. Also kriechen wir im Dunkeln durch die Bäume?«

Er runzelte die Stirn, als er seine Pistole hob. »Wir haben keine große Wahl. Bist du bereit?«

Ich stand auf und hakte ihn unter. »Mit dir würde ich überall hinkriechen, Dossam.«

KAPITEL 3

Welten

Sam hatte nicht geradewegs von unserem Haus ins Zentrum von Heart gehen wollen, weil er dachte, das sei eine gute Art, um geschnappt zu werden, daher waren wir in der Kälte im Zickzackkurs herumgeschlichen, bevor wir endlich den großen, gepflasterten Marktplatz in der Mitte der Stadt erreichten. Trümmer von dem Erdbeben und den Eruptionen übersäten den Boden. Pflastersteine hatten sich verschoben und waren zerbrochen.

Die vier Hauptalleen sahen wahrscheinlich nicht viel besser aus, aber Sam war nicht bereit gewesen, sie zu benutzen – oder auch nur in ihre Nähe zu gehen, bis uns nichts anderes mehr übrig blieb. Hoffentlich waren die Straßen nicht völlig zerstört worden; wir würden Heart bald verlassen müssen.

Ich konnte immer noch nicht glauben, dass man mich in die *Verbannung* schickte. Nach allem, was man so hörte, war das ein Todesurteil. Die Welt jenseits des Reiches war unglaublich gefährlich und voller seltsamer Tiere.

Obwohl Heart jetzt vielleicht genauso gefährlich war.

Der Tempel badete den Marktplatz in hellem Licht. Wie viele Seelen waren nötig, um den Tempel so hell leuchten zu lassen? Mindestens einhundert Millionen.

Neben dem Tempel und an einigen Stellen mit ihm verbunden stand groß und herrschaftlich das Rathaus. Janan hatte das Rathaus erbaut, bevor die anderen Menschen nach Heart gekommen waren, so wie er alle Häuser erbaut hatte, aber die

Säulen und das Relief, die jetzt im Schatten standen, waren später hinzugefügt worden. Ich konnte nur die Statuen sehen, die den Markt umgaben und Spuren von Schlachten und vom Alter trugen. Der Platz war verlassen, aber morgens und nachmittags wimmelte es hier von Menschen; hier trafen sich Freunde, hier wurde gekauft und verkauft, und hierher kamen Menschen, die einfach nur andere Stimmen hören wollten. Einmal im Monat füllten bunte Zelte den Markt; es war eine meiner Lieblingszeiten, obwohl Neuseelenhasser es mir schwer machten, allein einkaufen zu gehen.

»Zu viel offener Raum«, murmelte Sam, der im Winterwind zitterte. »Ist deine Pistole eingeschaltet?«

Ich überprüfte den Schalter und nickte. »Gib mir deinen SAK.« Ich hielt beide SAKs in der linken Hand, sodass wir die rechte frei hatten, um die Pistolen abzufeuern. Trotzdem hoffte ich, dass ich meine nicht würde benutzen müssen. »Dieser Mann vor Stefs Haus. Hast du ihn getötet?«

Sams Augen lagen im Dunkeln. »Würdest du dann anders über mich denken?«

Die Reinkarnation machte es beinahe sinnlos, jemanden zu töten. Er würde nur wiedergeboren werden, und er würde Rache suchen. Niemand starb *gern*, weil es schmerzhaft war, und jede Beschäftigung – eine Beziehung, Projekte oder Forschungsreisen – musste unterbrochen werden, während man darauf wartete, wiedergeboren und dann erwachsen zu werden. Aber man kam immer zurück, zumindest bis vor Kurzem.

Unserem Freund Cris zufolge würde Janan, wenn er aufstieg, sich nicht die Mühe machen, Menschen zu reinkarnieren. Da es nur noch drei Monate bis zu Janans Erhebung waren, bedeutete das, dass tot tot sein würde. Niemand, der jetzt starb, würde wiedergeboren werden, dafür war keine Zeit mehr. Wenn Mat in dem Badezimmer gestorben war, war er für immer tot.

Aber anders über Sam denken? »Nein«, flüsterte ich. Ich zitterte vor Kälte am ganzen Leib. »Ich weiß, dass du mich beschützt.«

»Ich würde alles tun, um dich zu beschützen.« Er küsste mich auf die Wange. »Lass uns gehen.«

Gemeinsam überquerten wir den Markt und hielten in alle Richtungen Ausschau nach Bewegungen. Der Tempel brannte so hell, und der Platz war so groß und leer. Hier hinüberzugehen war so, als *bäten* wir jemanden, auf uns zu schießen.

Aber wir schafften es über den von Trümmern übersäten Platz, und nichts geschah. Keine Angriffe, keine Erdbeben. Es knirschte unter unseren Schuhen, und der Wind pfiff durch die Straßen, aber davon abgesehen war die Welt still.

Am Eingang zur Bibliothek klemmte Sam sich die Pistole unter den linken Ellbogen, dann zog er die Tür auf. Mit einem letzten Blick über meine Schulter – der Platz war nach wie vor leer – duckte ich mich unter Sams Arm hindurch und betrat die Bibliothek. Er folgte mir und ließ die Tür hinter uns zuschwingen, sodass wir in völliger Dunkelheit standen.

»Vorsicht.« Sams Stimme wirkte laut in der Stille. »Während des Erdbebens könnten Gegenstände umgestürzt sein. Es könnten Bücher auf dem Boden liegen.«

Ich schaltete einen der SAKs ein. Das weiße Licht reichte nicht weit, aber es war genug, um eine Buntglaslampe zu finden und einzuschalten.

Die Bibliothek war von dem Erdbeben tatsächlich schwer getroffen worden. Bücher lagen auf dem Boden verstreut. Regale und Stühle waren umgekippt. Eine Lampe war auf das Parkett gekracht und hatte einen Regenbogen von Glasscherben hinterlassen. Alles war von Papier wie von einem Leichentuch bedeckt. Ich konnte die oberen Stockwerke nicht gut sehen, aber die elf anderen Etagen waren zweifellos genauso beschädigt.

Sam bahnte sich einen Weg durch das Chaos. »Würdest du Stef eine Nachricht schicken und sie wissen lassen, dass wir sicher angekommen sind? Und vielleicht herausfinden, was ihr Plan ist?«

Ich legte meine Pistole und Sams SAK auf den Tisch und schickte die Nachricht von meinem Gerät aus. In der Bibliothek war es warm, vor allem wenn man aus der Winternacht hereinkam, aber meine Haut schmerzte immer noch vor Kälte, und ich konnte nicht aufhören zu zittern. »Wenn wir das nächste Mal mitten in der Nacht aus unserem eigenen Haus gejagt werden«, sagte ich, »werde ich mehr tragen als ein Nachthemd.«

Sam grunzte zustimmend, während er einen Tisch vor die Tür zerrte. Sie ging nach außen auf, daher würde der Tisch nicht verhindern, dass die Tür geöffnet wurde, aber er würde jeden Eindringling aufhalten, der hereinstürmen und uns angreifen wollte.

Bis wir alle Eingänge versperrt hatten, antwortete Stef.

Lidea, Geral und Orrin sind auf dem Weg zu euch.

Ich gab die Information an Sam weiter und antwortete.

Was ist mit allen anderen?

Sie schrieb nicht sofort zurück. Ich seufzte und ließ den SAK wieder auf den Tisch fallen. »Was macht deine Hand?«

Sam zuckte die Achseln. »Sie wird noch ein Weilchen wehtun, aber ich glaube nicht, dass sie noch blutet.«

»Wir können zum Krankenhausflügel gehen.« Ich hob ein paar Bücher auf und legte sie auf einen Tisch. »Schauen, ob wir für deine Hand ein stärkeres Medikament bekommen können.«

Sam half, einige weitere Dinge vom Boden aufzuheben, und räumte den Bereich um einen der gepolsterten Sessel frei, über dessen Rückenlehne eine Decke lag. Ich wünschte mir nichts mehr, als in den Sessel hineinzusinken, aber …

»Lass uns nur einen Waschraum aufsuchen und uns sauber

machen«, sagte Sam. »Danach kommen wir hierher zurück. Meine Hand wird schon wieder.«

Einige Minuten später kehrten wir mit sauberen Gesichtern und gekämmtem Haar aus dem Waschraum zurück. Bevor ich jedoch vorschlagen konnte, uns in dem großen Sessel zusammenzurollen, erklang von draußen ein tiefes Grollen. »Was ist das?«

»Klingt wie eine Arbeitsdrohne. Ein Pflug vielleicht, um die Trümmer zu beseitigen.«

Jetzt würden der Marktplatz und die Straßen frei sein. Besser spät als nie. »Wir haben wahrscheinlich Glück, dass sie nach dem Erdbeben noch funktionieren. Werden die Drohnen auch die Straßen außerhalb von Heart freiräumen?«

»Das sollten sie.«

Das war gut. Wenn wir die Straßen nicht benutzen konnten, würde unsere Reise aus Heart und dem Reich heraus viel schwieriger werden.

Es hämmerte an die Tür. Eine Sekunde später wurde sie aufgezogen und offenbarte Dunkelheit. Ich sprang auf, um das Licht auszuschalten, aber Lidea sagte: »Vorsicht. Durch das Erdbeben ist ein Tisch hierher gerutscht.« Die kleine Schar unserer Freunde wartete an der Tür. Lidea und Geral hielten die Babys an sich gedrückt, während Orrin Taschen trug.

Ich war unendlich erleichtert. »Das war Sam.« Ich eilte hinüber, um den Tisch aus dem Weg zu ziehen, und als sie drinnen in Sicherheit waren, setzten wir uns um die Lampe, um zu erzählen, wie es uns ergangen war.

»Mat hat versucht, euch umzubringen?« Orrin klang ungläubig.

»Er war einer von Deborls Anhängern.« Vielleicht auch einer von Meurics Anhängern vor Deborl. »Ich glaube, er hat mich schon einmal angegriffen.«

Orrin warf Sam einen Blick zu. »Wann war das?«

»Erinnert ihr euch, dass Ana vor einer Weile verschwunden war?«, antwortete Sam, und alle nickten. Ich war nicht wirklich verschwunden gewesen. Ich war im Tempel, aber dank der Erinnerungsmagie, die Janan bei Altseelen wirkte, hatte Sam sich nicht daran erinnern können, wohin ich gegangen war. Er hatte allen gesagt, ich sei krank, während er und seine Freunde nach mir gesucht hatten.

Ich wünschte, ich könnte meinen Freunden die Wahrheit über den Tempel sagen, aber sie würden sich nicht daran erinnern können, ohne dass ich es ihnen monatelang wiederholen müsste, so wie ich es bei Sam gemacht hatte. Es war einfacher, sie nicht mit Wissen zu belasten, an dem sie nicht festhalten konnten.

»Nun«, fuhr Sam fort, »eines Morgens tauchte sie auf dem Marktplatz auf. Kurz bevor ich sie gefunden habe, hat jemand sie gestoßen und ihr einen Schlüssel gestohlen, aber sie war so erschöpft und verängstigt, dass sie den Mann nicht identifizieren konnte.«

Ich nickte. »Aber es war Mat. Ich habe ihn heute Nacht erkannt.« Ich erwähnte nicht, dass er wahrscheinlich gerade in Sams Badezimmer verblutete. »Nachdem er uns angegriffen hat, haben wir uns mit Stef in Verbindung gesetzt und sind hierhergekommen.«

»Was ist mit euch passiert?«, fragte Sam.

Lidea und Geral sahen einander an, und Lidea begann zu berichten: »Nun, da war das Erdbeben.«

»Ariana wollte nicht mehr einschlafen«, fügte Geral hinzu, »also war ich schon wach, als Stef sich in mein Haus schlich. Orrin war bei mir. Wir mussten im Dunkeln packen, für den Fall, dass jemand das Haus beobachtete.«

Orrin griff die Geschichte auf. »Wir sind zu Lidea gegangen, und dann hat Stef die Arbeitsdrohnen aktiviert und uns gesagt, dass wir zur Bibliothek fahren sollen.«

»Schlau.« Diese Art von Plan klang ganz nach Stef.

»Habt ihr Angst, dass sie jetzt Neuseelen angreifen werden?«, erkundigte sich Lidea. »Ich dachte, der Rat hätte versprochen, Neuseelen zu beschützen. Ich dachte, eure Demonstration hätte funktioniert.«

Ich schüttelte den Kopf und wiederholte, was Ratsherrin Sine mir einmal gesagt hatte. »Es ist gesetzlich verboten, mich zu töten. Mord wird natürlich missbilligt, aber bei mir wussten sie nicht, ob ich wiedergeboren werden würde, daher haben sie es illegal gemacht, mich zu töten. Das Gesetz gilt auch für andere Neuseelen, aber Deborl, Merton und ihre Freunde – denen ist das egal. Sie denken, jede Strafe sei es wert. Sie wollen einfach unseren Tod.«

»Warum?« Lidea drückte Anid an die Brust. »Ich kann einfach nicht verstehen, warum.«

Ich wollte nicht von Janan und ihrer irregeleiteten Anbetung sprechen. Nicht jetzt. Also zuckte ich die Achseln und lehnte mich an Sams Schulter. »Der Rat bemüht sich, Neuseelen zu schützen, aber das wird ihm nicht gelingen. Er kann Regeln aufstellen, Leibwachen zuteilen und jeden einsperren, von dem Ärger droht, doch es wird immer jemanden geben, den der Rat übersieht, irgendeine unbemerkte Sicherheitslücke. Neuseelen sind in Heart nicht sicher. Und alle anderen sind es auch nicht.«

»Was willst du damit sagen?« Orrin blickte finster drein und beugte sich vor.

»Ich will damit sagen, dass ich nicht die Einzige bin, die Heart verlassen muss. Wir alle müssen hier weg.«

Nachdem wir die Kleider angezogen hatten, die Geral und Orrin mitgebracht hatten, gingen Sam und ich nach oben, wo die Karten aufbewahrt wurden.

»Ich dachte, du wüsstest, wo wir hingehen.« Die staubige

Luft der Bibliothek erstickte seine Worte. »Zurück zu Menehems Labor, richtig? Wegen der Sylphen?«

»Ja, aber wohin dann? Dort können wir nicht bleiben.« Vermutlich könnten wir es doch, aber es musste etwas Besseres geben. »Ich weiß nicht. Ich denke, die Sylphen werden Antworten haben. Ich bin mir sicher, dass sie dort sein werden. Früher waren sie es.«

Sam nickte.

»Ich brauche eine bessere Vorstellung von der Welt, die das Reich umgibt. Sie ist so groß. Ich brauche einen Plan.« Als wir den Kartenraum betraten, ließ ich mich auf einen Stuhl fallen. »Sam, ich weiß nicht, was ich tue. Ich weiß nicht, wie man Janan aufhalten kann.«

Er sah mich voller Sehnsucht und Traurigkeit an und sagte nichts zu meinem Geständnis. »Welche Karten brauchst du?«

Ich schaute mich in dem Raum um, der voller zusammengerollter Papierbögen und großer Bücher war. Es mussten Hunderte Karten sein. Vielleicht mehr. »Ich weiß es nicht.«

»Lass uns am besten mit dem Reich anfangen.« Sam durchstöberte den kleinen, abgeschlossenen Bereich, bis er eine zusammengerollte Karte fand. Gemeinsam breiteten wir das dicke Papier auf dem Tisch aus und strichen die Ecken glatt. Ich wusste nicht, wie man die Karte lesen musste, wie man ihr Entfernungen oder Höhen entnahm, aber ich erkannte vertraute Orte.

Der Endsee war im Süden in der Nähe des Purpurrosenhauses, in dem ich aufgewachsen war. Der Mittelsee war ein großes Gewässer direkt neben Heart. Jeweils mit einem kleinen X wurden Geysire und dampfende Erdspalten gekennzeichnet, mit je einem O dagegen Schlammlöcher und heiße Quellen.

Berge waren überall, setzten sich in einer Reihe gezackter Gipfel nach Nordwesten fort. Wälder bedeckten die Karte, fanden sich im ganzen Reich und überall jenseits der Zuflucht der Menschen.

Ich fuhr mit dem Finger über die Karte nach Osten, bis ich die Zwillingsgipfel fand, die man von Menehems Labor aus sah. »Das Labor sollte irgendwo hier sein, nicht?«

Sam nickte und zeigte auf einen scheinbar willkürlich gewählten Punkt. »Da.« Er bewegte den Finger. »Siehst du, hier ist die Straße.«

Jetzt, da er darauf hinwies, sah ich es tatsächlich. Die Straße ging zwischen den anderen Linien und Tintenflecken beinahe unter. Während ich mich vorbeugte, um die Umgebung des Labors zu studieren, holte Sam weitere Karten und legte sie auf den Tisch.

Nördlich des Reiches wurden der Wald dichter und die Details weniger, als hätten sich nur wenige Menschen die Mühe gemacht, dieses Gebiet zu erkunden und zu kartografieren. Eine handschriftliche Notiz warnte vor Drachen in dem eisigen Norden, obwohl ich mir nicht sicher war, wie weit man gehen musste, um welche zu sehen. Würde es eine Woche dauern, um dorthin zu gelangen? Wahrscheinlich länger.

»Sam.«

Er hielt neben mir inne, einen Arm um meine Taille gelegt.

»Erinnerst du dich, als du mir erzählt hast, wie du in deinem letzten Leben gestorben bist? Du bist nach Norden gegangen, hast eine riesige weiße Mauer gesehen, und da waren Drachen?«

Er zögerte. »Ja.«

»Wo wäre das auf dieser Karte?«

»Ich …« Seine verbundene Hand schwebte über der Karte, hielt aber niemals inne. »Ich bin mir nicht sicher. Du willst doch nicht etwa dort hingehen, oder?«

»Natürlich nicht.« Sam in die Nähe von Drachen zu bringen war das Letzte, was ich wollte. Er war dreißigmal durch Drachen gestorben. Durch einen glücklichen Zufall hatte ich es zweimal geschafft, ihn in diesem Leben vor Drachen zu retten. Ich würde ihn nicht ein drittes Mal in Gefahr bringen. »Ich versuche nur, eine Vorstellung vom Rest der Welt zu bekommen, da ich nicht hierher zurückkehren kann.«

Sam seufzte, als sei er erleichtert. »Ich wollte nicht misstrauisch sein. Wir haben in den letzten Monaten viel über Sylphen gelernt – genug um zu wissen, dass sie vielleicht nicht so böse sind, wie wir gedacht haben –, aber Drachen machen mir immer noch Angst.«

Dreißigmal. Ich konnte mir nicht vorstellen, dreißigmal durch Drachen zu sterben. »Ich würde dich nie in Gefahr bringen.«

Er bedachte mich mit einem schwachen, erschöpften Lächeln, und wir richteten beide unsere Aufmerksamkeit wieder auf den Tisch. »Stef kann Karten für dich auf deinen SAK spielen. Es ist nicht so gut, wie wenn man das ganze Land auf Papier sieht, aber es ist besser als nichts.«

»Oh, gut.« Ich fand Warnungen vor Trollen im Osten, Kentauren im Süden und Vögeln Rock im Westen. Und das waren nur die Wesen, denen Bürger von Heart an den Rändern des Reiches begegnen konnten. Dahinter gab es weitere Kreaturen, obwohl diese Karte nicht so weit reichte. »Ich glaube, ich brauche eine größere Karte.«

Sam förderte einen Globus zutage, die ganze Welt auf einem polierten Stein. Die Kontinente waren in Gold und Silber eingezeichnet und je nach Vegetation oder deren Fehlen mit Grün und Braun und Beige und Weiß ausgefüllt. Meere und große Seen waren von einem leuchtenden Blau.

Ich strich über den Globus und spürte den glatten Stein und das Metall. »Ich hatte ja keine Ahnung, dass es so viel außerhalb des Reiches gibt. Wo sind wir?«

»Hier.« Er zeigte auf die Mitte eines nördlichen Kontinents.

»Das Reich ist kleiner als der Durchmesser meiner Fingerspitze.«

»Oh.« Ich drehte den Globus. Er stand schräg – einer meiner Lehrer hatte mir erzählt, die Welt sei geneigt, aber ich war mir nicht sicher, in welche Richtung – und schaute auf Kontinente, die plötzlich so weit entfernt schienen, dass es sinnlos war, auch nur über sie nachzudenken. »Das Reich kommt mir so groß vor.«

»Es *ist* groß.« Sam strich mir das Haar aus dem Gesicht. »Der Rest der Welt ist noch größer.«

»Daneben komme ich mich ganz klein vor. Es gefällt mir nicht.«

»Mir auch nicht.« Sam setzte sich auf die Tischkante und sah zu, während ich weitere Karten durchforstete, einige verwarf und andere auf einem Stapel ordnete. Er antwortete, wenn ich Fragen hatte, aber meistens hielt er die Augen geschlossen und schien in Gedanken verloren zu sein.

Ich gähnte, als ich mit den Karten fertig war, und rollte sie wieder zusammen. »Lass uns schlafen gehen, Sam.«

»Hier?« Er betrachtete den Boden. »Hier sieht gut aus.«

Ich half ihm vom Tisch, und wir gingen nach unten und löschten unterwegs die Lichter. Als wir die Treppe erreichten, summte mein SAK mit einer Nachricht von Stef.

Kommt runter. Große Neuigkeiten.

KAPITEL 4

Zusammenkunft

Mein Kopf schmerzte vom Schlafmangel und von zu viel Lebensgefahr, als ich die Treppe hinunterstolperte und sah, dass Stef mit einigen anderen Freunden eingetroffen war.

»So viel zum Thema Schlaf«, murmelte Sam.

»Rin ist hier.« Ich deutete mit dem Kopf auf die Menge. »Sie kann sich deine Hand ansehen.« Rin war ein kleines Mädchen, etwa zehn oder elf Jahre alt, aber sie war eine der besten Ärztinnen in Heart. Aus irgendeinem Grund mochte sie mich. Sie war mehrmals für mich eingetreten, noch bevor ich gewusst hatte, wer sie war.

»Wow.« Stef schaute auf, als wir die Treppe herabkamen. »Ihr zwei seht furchtbar aus.«

»Ana!« Sarit sprang auf und schlang die Arme um mich. »Es geht dir gut.«

Ich erwiderte ihre Umarmung, erleichtert, dass sie hier war. Jeder wusste, dass Sarit und ich die besten Freundinnen waren; Deborl würde sie umbringen, wenn wir sie zurückließen. Stef konnte auf sich selbst aufpassen, aber Sarit war sanft. Sie würde niemandem etwas zuleide tun, nicht einmal um sich selbst zu schützen.

»Sind wir hier sicher?«, fragte jemand.

Stef nickte. »Ich habe die Eingänge der Bibliothek gesichert. Hier wird uns nichts geschehen. Und wenn jemand das Gebäude verlässt, dann bitte nicht allein. Bildet Gruppen von mindestens fünf Personen.«

Alle nickten.

»Also, was hast du für Neuigkeiten, Stef?« Sam ließ den Blick über die Menge schweifen und fand einen freien Stuhl, auf dem er zusammenbrechen konnte. Alle wirkten erschöpft, hatten Mäntel über Nachtkleidung gezogen und eilig gepackte Taschen neben der Tür stehen. Waffen waren auf einen der Tische gestapelt worden, und mehrere Leute beugten sich über SAKs und sandten Nachrichten oder checkten irgendeine Funktion, bei der es um eine Karte ging.

Alle waren neuseelenfreundlich. Einige hatten mir Unterricht in verschiedenen Fächern gegeben, während andere einfach enge Freunde von Sam waren. Da war noch eine Handvoll Leute, die ich von einer Liste kannte, die Sarit und ich aufgestellt hatten: Es waren schwangere Frauen. Sie trugen vielleicht Altseelen unterm Herzen, aber genauso gut konnten sie auch Neuseelen tragen.

»Es sind schlechte Nachrichten.« Wie immer sah Stef trotz des Durcheinanders so aus, als hätte sie eine Stunde darauf verwendet, sich herzurichten. Nicht als hätte sie gerade Leute aus ihren Häusern geschmuggelt und möglicherweise andere getötet.

Ich sah zu Sam auf seinem Stuhl hinüber, aber da war kein Platz für uns beide, es sei denn, ich setzte mich auf ihn, und sonst saß niemand *auf* seinen Freunden. Selbst die anderen Neuseelen lagen irgendwo versteckt und schliefen. Widerstrebend nahm ich mir meinen eigenen Stuhl auf der anderen Seite der Menge.

»Jeder weiß, dass Sam und Ana heute Nacht angegriffen worden sind. Sie haben mich gebeten, die meisten von euch hierherzubringen für den Fall, dass es weitere Angriffe gibt, aber in Wirklichkeit gibt es noch viel mehr, worum wir uns Sorgen machen müssen. Ich habe ein Programm an all eure SAKs geschickt. Whit und Orrin hatten es natürlich schon, aber der Rest von euch sollte gut aufpassen.« Stef hielt ihren SAK hoch. »Dieses Programm ist mit den Überwachungsstationen im ganzen Reich vernetzt. Sie lesen alle seismologischen Aktivitäten und übersetzen sie in Informationen, die für uns nützlich sind.«

Während sie sprach, fand ich die neue Funktion auf meinem SAK und öffnete sie. Mehrere kleine rote Punkte erschienen über einer Karte des Reiches. Ein großer Punkt lag genau unter Heart.

»Die Punkte sind Erdbeben aus jüngerer Zeit«, fuhr Stef fort. »Je größer der Punkt, umso größer das Erdbeben. Wenn ihr auf das Menü tippt, könnt ihr zwischen verschiedenen Arten von Ereignissen wechseln. Es gibt eins, das anzeigt, wo die hydrothermalen Eruptionen stattgefunden haben. Wir werden erst alle Details darüber erfahren, wenn jemand hingeht und nachsieht. Ich fürchte, dass ein Teil der Ausrüstung beschädigt oder zerstört worden ist, aber dies sollte euch eine Vorstellung davon geben, was vor sich geht.«

»Und was *geht* vor sich?« Rin zog sich eine Decke um die Schultern und gähnte. »Tut mir leid, ich bin nur müde, nicht gelangweilt. Stef hat mich geweckt, obwohl niemand versucht hat, mich zu ermorden.« Sie warf Stef einen finsteren Blick zu, der andeutete, dass sie besser nicht in der Nähe von Rin schlafen sollte, wenn sie nicht tot aufwachen wollte.

Und das war seltsam. Warum waren all diese Menschen hier? Ich hatte die Eltern von Neuseelen und einige unserer engsten Freunde erwartet. Zehn oder zwölf Personen. Nicht vierzig.

Whit ergriff das Wort. »Der Krater ist instabil. Der Boden hat sich im Laufe der letzten Monate messbar gehoben, und der Mittelsee fließt ab, wahrscheinlich aus einem Riss am Grund. Die Geysire sind häufiger ausgebrochen, und die Zahl der Erdbeben – selbst kleiner Beben, die man nicht spürt –

hat sich mehr als verdreifacht.« Er schaute in die Runde und sah mir für einen Moment in die Augen. »Der Krater wird ausbrechen. Ich weiß nicht wann, aber ich weiß, dass es bald sein wird.«

»Es wird in der Seelennacht passieren«, sagte ich.

Alle sahen mich an.

Die Sekunden dehnten sich wie Minuten, und schließlich meinte Sarit: »Nun, wirst du uns erklären, woher du das weißt?«

»Meuric hat es mir in der Nacht des Tempeldunkels erzählt. Er sagte, in der Seelennacht werde etwas geschehen, und dass danach nichts mehr eine Rolle spielen werde. Ich denke, er meinte den Ausbruch. Und«, ich sah von Sam zu Stef, die ermutigend nickten, »dass Janan sich erheben wird.«

Jemand keuchte auf.

»Janan ist nicht real«, sagte Aril. Ich kannte sie nur flüchtig von Mathematikstunden; obwohl sie immer freundlich war, war mir bisher nie bewusst gewesen, dass ich ihr so viel bedeutet hatte.

»Er ist real. Menehem hat es in der Nacht des Tempeldunkels bewiesen. Er hat die Reinkarnation mit einem Gift aufgehalten, erinnert ihr euch?«

Alle schauderten.

»Janan ist real«, fuhr ich fort, »aber er ist nicht das, wofür ihr ihn haltet. Er ist nicht das, was Meuric und Deborl euch gesagt haben.« Es war wahrscheinlich sicher, so viel zu enthüllen, obwohl die Wahrheit – dass Janan einst nicht mehr gewesen war als ein Mensch – zweifellos etwas war, das sie sofort wieder vergessen würden. »Er wird in der Seelennacht zurückkehren. Oder aufsteigen. Ich weiß nicht, wie. Ich weiß nicht, warum. Ich weiß nicht, was danach geschehen wird. Aber es ist ziemlich sicher, dass seine Erhebung im Krater so viel Instabilität verursachen wird, dass er ausbricht. Nicht nur hydrothermale Eruptionen wie heute Nacht, sondern ein verheerendes Ereignis.«

Stef nickte. »Ich stimme dir zu. Whit? Orrin? Ihr habt Rahels Arbeit studiert.«

Bei Rahels Namen zuckten die Menschen zusammen – sie war eine Dunkelseele, eine Seele, die während des Tempeldunkels verloren worden war –, aber Whit und Orrin nickten. »Alles scheint darauf hinzudeuten«, seufzte Whit. »Aber was können wir tun? Es gibt keine Möglichkeit, es aufzuhalten.«

»Keine Möglichkeit, den Krater aufzuhalten«, sagte ich, »doch wenn wir Janan daran hindern, sich zu erheben, wird das vielleicht alles andere in Ordnung bringen.«

»Das klingt unmöglich.« Sarit lehnte sich auf ihrem Stuhl zurück und verschränkte die Arme vor der Brust. »Es klingt auch ein bisschen verrückt. Ich glaube, was du über Janan gesagt hast, trotzdem klingt es verrückt.«

»Ich weiß.«

Stef steckte ihren SAK in die Tasche. »Ich stimme Ana zu, dass wir Janan aufhalten müssen.« Als sie mir in die Augen sah, wusste ich, dass sie an Cris und sein Opfer dachte und an alles andere, was im Tempel geschehen war. »Aber lasst uns später darüber reden, denn es gibt andere Dinge, die wir besprechen müssen, bevor alle vor Erschöpfung ohnmächtig werden.«

Ich warf ihr einen dankbaren Blick zu. Ich wollte nicht vor all diesen Leuten einen Plan diskutieren, um Janan aufzuhalten. Vor allem, da ich gar keinen Plan hatte.

Sie sah uns alle an. »Deborl und seine Freunde wollen Neuseelen Böses. Das wissen wir. Die Gesetze, die der Rat vorangetrieben hat, werden sie nicht davon abhalten. Aber in Wirklichkeit sind wir alle in Gefahr.«

Ich musterte die Menge, die müde Haltung und die ungläubigen Blicke der Menschen. »Für Neuseelen – und für alle, die ihnen helfen wollen – ist es das Beste, Heart zu verlassen.«

»Wir werden *sehr* weit gehen müssen, um dem Ausbruch zu entkommen«, sagte Orrin. »Wenn der Krater tatsächlich ausbricht, wird das Reich nur noch ein Loch im Boden sein. Die gesamte Umgebung des Reiches wird mit Asche bedeckt sein, so hoch wie ein Mensch. Dahinter wird es nur noch mehr Asche geben. Auf dem größten Teil des Kontinents wird die Luft giftig sein, und die Asche in der Atmosphäre wird die Temperatur der Welt absenken. Tiere werden sterben, und auf den Feldern wird nichts wachsen.«

»Wie weit werden die Menschen gehen müssen, um in Sicherheit zu sein?« Ich dachte an den Globus und daran, wie *groß* die Welt vor nicht einer halben Stunde gewirkt hatte.

Orrin schüttelte den Kopf. »Jeder Ort wird irgendwie betroffen sein, aber je weiter wir reisen, umso größer werden unsere Chancen zu überleben.«

»Sowohl den Ausbruch *als auch* Deborl.« Ich schluckte hörbar. »Ich würde euch raten, Heart bald zu verlassen.«

»Das gibt mir einen guten Übergang zu den nächsten schlechten Neuigkeiten«, warf Stef ein. »Es scheint, dass Sam und Ana heute Nacht nicht die Einzigen waren, die angegriffen wurden. Alle Ratsmitglieder, die sich für den Schutz der Neuseelen ausgesprochen haben, sind ermordet worden. Frase, Antha, Finn, Sine: Sie sind alle tot.«

KAPITEL 5

Phönix

»Sie sind tot?« Ich erhob mich schwankend auf die Füße, und mein SAK rutschte mir vom Schoß. »Nein …«

Alle redeten durcheinander, und Entrüstung und Trauer durchfluteten den Raum. Die Menschen riefen: »Dafür wird Deborl bezahlen!« Und: »Wir müssen die Wachen rufen!« Mehrere Leute zogen ihre SAKs hervor, aber Stef hob die Stimme.

»Ruhe!«

Alle verstummten.

»Die Sache sieht folgendermaßen aus.« Stef ließ den Blick durch den Raum schweifen. »Wir wissen nicht, wer mit Deborl zusammenarbeitet. Er und die anderen sind während des Erdbebens aus dem Gefängnis entkommen, so viel wissen wir, aber wie? Sind sie freigekommen, weil eine Mauer aufgebrochen ist? Haben sie es allein geschafft? Oder hat ihnen jemand geholfen, der wusste, dass das Erdbeben und die Ausbrüche die perfekte Tarnung sein würden?«

»Niemand kann Erdbeben voraussehen«, sagte Moriah.

»Deborl könnte dazu in der Lage sein.« Ich räusperte mich. »Er hat Meuric als Janans Geweihter ersetzt – Janans Stellvertreter –, und da das Erdbeben mit Janans Aufstieg in Verbindung stand, könnte Deborl gewusst haben, dass etwas geschehen würde. Wenn Freunde ihn im Gefängnis besucht haben, hätte er sie warnen und um Hilfe bitten können.«

Stef nickte. »Aber *wie* er es gemacht hat, ist nicht so wichtig wie die Tatsache, dass er entkommen *ist*. Ich habe euch alle aus einem von zwei Gründen hierher gebeten: Entweder ist Deborl eine unmittelbare Bedrohung für euch, oder es besteht keine Frage, wem eure Loyalität gehört. Aber alle anderen? Wir wissen es nicht. Wir müssen davon ausgehen, dass sie für Deborl sind.«

Vierzig Menschen gegen die Welt.

Sie begannen leise untereinander zu reden, und ich fing Sams Blick auf. Er schenkte mir ein trauriges Lächeln, als wüsste er, dass ich die Lage für hoffnungslos hielt.

»Also, was tun wir?«, fragte Lorin. »Wir werden nicht die Meinung aller über Neuseelen ändern oder dass sie sich auf Deborls Seite schlagen. Nicht einmal wenn wir einen Beweis dafür finden können, dass er den halben Rat ermordet hat. Er wird sie davon überzeugen, dass er das Richtige getan hat.«

»Wie ich schon sagte, wir gehen fort.« Ich bückte mich, um meinen SAK aufzuheben und steckte ihn in die Tasche, als ich mich wieder setzte. »Ich bin bereits in die Verbannung geschickt worden.« Galt das immer noch, wenn die Hälfte der Ratsmitglieder tot war? »Ich möchte, dass die Neuseelen ebenfalls die Stadt verlassen, zu ihrem eigenen Schutz. Alle anderen können bleiben oder mit den Neuseelen gehen. Sie werden eure Hilfe brauchen.« Vorausgesetzt, dass sie sich im Falle eines Ausbruchs weit genug vom Reich entfernen konnten. Wenn die einzige Möglichkeit, die Eruption zu verhindern, darin bestand, Janan aufzuhalten, dann sah die Zukunft sehr trostlos aus. Aber ich würde es versuchen, auch wenn es mich das Leben kosten sollte. »Das Sicherste für alle – Neuseelen wie Altseelen – ist es, weit, weit fortzugehen.«

»Dann gehen wir alle – wohin?«, fragte Lidea.

Ich schüttelte den Kopf. »Sprecht mit Whit und Orrin darüber, wo es am sichersten sein wird. Weit weg. Mehr kann ich nicht sagen.« Ich presste die Lippen zusammen und schaute zu Sam hinüber, der einfach nur traurig aussah. »Ich muss noch etwas erledigen, daher werde ich nicht mit euch mitgehen. Jedenfalls nicht den ganzen Weg.«

»Wohin Ana führt, werde ich folgen.« Sam brachte ein schwaches Lächeln zustande.

»Ich gehe ebenfalls mit Ana und Sam.« In Stefs Worten lag eine tiefere Bedeutung. Sie war die Einzige außer Sam und mir, die wusste, was Janan war und was er Neuseelen antat. Ihre Erlebnisse im Tempel hatten ihren Verstand geöffnet und die Erinnerungsmagie zerstört, die sie fünftausend Jahre lang in Unwissenheit gehalten hatte.

»Ich ... ich werde auch gehen.« Sarit sah mir in die Augen. »Ich bin mir nicht ganz sicher, was hier vorgeht, aber ich möchte dabei sein.«

»Danke.« Vielleicht hätte ich nicht darüber erleichtert sein sollen, dass Stef und Sarit mich auf dieser zweifellos gefährlichen Mission begleiten würden, aber das war ich. Stef war Sams beste Freundin und Sarit war meine. Sie würden helfen. Sie würden die Reise erträglicher machen.

»Ich komme auch mit.« Whit schaute auf seine Hände hinab. »Vielleicht wird ein Archivar nützlich sein.«

»Du wirst auf jeden Fall nützlich sein.« Wenn es mir gelingen würde, die Tempelbücher zurückzubekommen – und ich musste es versuchen, bevor ich ging –, würde Whit vielleicht bei der Übersetzung helfen können.

»Ich ...« Orrin schwankte und sah zwischen Geral und Whit hin und her.

»Du gehst mit Geral«, sagte Whit. »Und Ariana. Sie brauchen dich.«

Orrin nickte.

»Ich werde bleiben«, sagte Armande. »Jemand muss hierbleiben und ein Auge auf Deborl halten.«

Stef nickte, aber aus dem Augenwinkel sah ich, dass Sam den Blick senkte. Armande war in diesem Leben sein Vater und auch ein enger Freund. Er hatte Ratsherrin Sine verloren, und jetzt verlor er Armande.

»Es tut mir leid.« Armande sah weder Sam noch sonst jemandem in die Augen. »Es klingt feige, dass ich nicht mitgehen möchte, aber …«

»Es ist nicht feige«, unterbrach ich ihn. »Es ist mutig. Es wird hier gefährlich sein. Du wirst dich verstecken müssen. Es wird ständig Erdbeben geben. Du wirst nicht einmal zu Hause bleiben oder deinen Bäckerstand öffnen können, weil Deborl weiß, dass wir befreundet sind.«

Armande nickte. »Ich verstehe.«

»Dann wäre das also geklärt«, sagte Stef. »Alle bis auf Armande gehen.«

»Was ist mit Emil?«, fragte Whit. »Er sollte auch mitkommen.«

Emil der Seelenkundler war nicht in der Bibliothek.

Stef schüttelte den Kopf. »Niemand sonst. Wir wissen nicht, wer mit Deborl zusammenarbeiten könnte.«

»Emil würde das nicht tun. Und Darce auch nicht. Es gibt eine Menge Leute, die wir mitnehmen sollten.« Whit stand auf und wandte sich zu Stef um. »Wir können sie nicht zurücklassen.«

»Der Meinung bin ich auch«, sagte Orrin.

»Natürlich bist du das.« Stef verdrehte die Augen. »Nein, wir sind schon einmal ein Risiko mit Leuten eingegangen. Erinnert ihr euch daran, was Wend getan hat, nachdem Ana ihn zu unserer Versammlung wegen der Rechte für Neuseelen eingeladen hatte? Er hat Deborl von unseren Plänen erzählt. Zusammen haben sie zwei schwangere Frauen umgebracht, bei einer dritten eine Fehlgeburt ausgelöst und beinahe zwei weitere ermordet, von denen eine Geral war.«

Lidea, Wends frühere Partnerin, ließ den Kopf sinken, als wären seine Taten irgendwie ihre Schuld.

»Stef hat recht«, schaltete Sam sich ein. »Wir können niemandem sonst vertrauen. Wir alle werden Menschen zurücklassen, die uns etwas bedeuten, aber die Risiken sind zu hoch. Wenn Deborl uns daran hindert fortzugehen, ist es das Ende.«

»Sicherheit vor Freundschaft?«, fragte Orrin. »Ist es das?«

Einige andere Leute ergriffen das Wort und argumentierten gegen Stefs Ängste oder Whits Zorn. Ihre Stimmen erfüllten die Bibliothek und schwollen zu lauten Rufen an, als sie darum kämpften, ihren Ansichten Gehör zu verschaffen.

Ich sprang auf. »Stopp!«

Im Raum wurde es still.

»Ich stimme Stef und Sam zu. Wir haben bereits gesehen, was geschieht, wenn wir verraten werden, und ich werde die Sicherheit der Neuseelen nicht gefährden. Ich kann es nicht.«

Sam nickte mir leicht zu, und Whit und Orrin sackten in ihren Stühlen in sich zusammen. »Wann hast du den Glauben an die Menschen verloren, Ana?«, fragte Whit.

Es war erstaunlich, dass er überhaupt meinte, ich hätte welchen, wenn man bedachte, was ich alles mit Li und den Leuten durchgemacht hatte, die dagegen gekämpft hatten, dass ich Heart betrat. Die Leute taten ständig etwas, das meine Abneigung dagegen verstärkte, ihnen zu vertrauen.

»Ich vertraue dir«, sagte ich zu Whit. »Und Orrin. Und Sam und Stef und Sarit und allen anderen in diesem Raum. Aber ich muss entscheiden, was das Beste für die Neuseelen ist. Wenn wir sie nicht beschützen, wird es niemand tun. Vielleicht werden andere freundliche Menschen wie Emil und Darce sich melden, nachdem wir fort sind. Armande kann sie uns nachschicken, oder sie können hierbleiben und versuchen, eine Art Widerstand zu bilden. Aber die Neuseelen müssen *jetzt* gehen, solange noch eine Chance besteht, dass sie den Ausbruch überleben können.«

Orrin sah Geral und ihr Baby in ihren Armen an. Sonst sagte niemand etwas.

»Wir werden uns um die Logistik kümmern«, erklärte ich, als hätte es den Streit nie gegeben. »Ich werde euch Bescheid sagen, wann ihr bereit sein müsst. Packt, was ihr könnt, aber tut es schnell und heimlich. Wir werden alle gleichzeitig aufbrechen. Deborl will nicht, dass ich Heart verlasse.« Er hatte sich für meine Verbannung stark gemacht, aber jetzt schien es, dass er mich lieber tot sehen wollte. »Und er wird vermutlich nicht darüber erfreut sein, dass ihr geht.«

Alle nickten und begannen, Vorratslisten auf ihren SAKs aufzustellen, besprachen, wer was mitbringen würde und wo sie am sichersten wären, wenn der Krater ausbrach.

Als Rin aufstand, um sich Sams Hand anzusehen, schlüpfte ich aus der Versammlung und ging zu den großen Türen, die tiefer in das Rathaus führten. Ohne darüber nachzudenken, wohin ich ging, wanderte ich durch die Flure, bis ich vor meinem Lieblingsgemälde stand.

Es hätte ein großer Adler sein können, nur dass die Federn aus Flammen zu bestehen schienen. In der Asche seines Scheiterhaufens glühten Funken, und der üppige Dschungel rings um den Vogel war in seinem Licht verblasst. Trotz des feuerhellen Vogels gab es keinen Rauch.

Das Gemälde stellte einen Phönix dar oder die Erinnerung an die Erscheinung eines Phönix, denn das Tier auf der Leinwand war zu schön, um echt zu sein.

Ich hatte Sam einmal gefragt, ob er je einen Phönix gesehen habe. Er verneinte, was mich enttäuschte. Er war so alt. Er hatte so viel gesehen und geleistet. Ich konnte mir nicht vorstellen, wie es möglich war, dass er in seinen fünftausend Jahren nicht ein einziges Mal einen Phönix gesehen hatte.

Cris hatte im Tempel über Phönixe gesprochen, bevor er gegen Janan gekämpft hatte. Er hatte gesagt, Phönixe hätten Janan in einem Turm eingekerkert, aber nicht, was Janan getan hatte, um eine solche Strafe zu verdienen. Auch Meuric hatte

Phönixe erwähnt. Er hatte gesagt, jemand habe die Sylphen verflucht, und er denke, Phönixe steckten dahinter.

Was war vor fünftausend Jahren geschehen?

Ich hoffte, dass die Antworten in den Tempelbüchern sein würden. Ich musste sie nur zurückbekommen. Und übersetzen.

»Denkst du, Phönixe erinnern sich an ihre früheren Leben so wie wir?« Sarits Stimme hinter mir ließ mich zusammenzucken. »Entschuldige.« Sie trat neben mich und legte mir einen Arm um die Taille. »Ich habe gesehen, dass du rausgegangen bist.«

»Ist schon gut.« Ich lehnte den Kopf an ihre Schulter. »Ich brauchte nur ein bisschen Zeit zum Nachdenken. Heute Nacht ist so viel geschehen.«

Sie nickte und bewunderte mit mir gemeinsam das Phönixgemälde.

»Ich habe Sam einmal diese Frage gestellt.« Ich wandte das Gesicht wieder dem Gemälde zu. »Er sagte, es gebe keinen Grund zu der Annahme, dass sie sich nicht an jedes Leben erinnern können.«

»Ich hoffe, du wirst auch wiedergeboren.« Sie drückte mich. »Selbst wenn das Reich zugrunde geht und wir sterben, wird es weit weg noch viele Menschen geben. Es könnte lange dauern, aber irgendwann werden wir alle zurückkommen.«

Ich senkte den Blick. »Sarit.«

Sie wartete.

Die Wahrheit schnürte mir die Kehle zu. Ich hätte ihr beinahe erzählt, was ich im Tempel erfahren hatte, aber ich konnte das Mitleid jetzt nicht ertragen. »Falls Janan sich erhebt, denkst du, er würde weiter dafür sorgen, dass wir alle wiedergeboren werden?«

»Vielleicht.« Sie klang hoffnungsvoll. »Es kommt vermutlich darauf an, warum er zurückkehrt. Um zu herrschen? Er würde Menschen brauchen, über die er herrschen könnte.«

»Meuric hat mir gesagt, er brauche einen speziellen Schlüssel, um zu leben, sobald Janan aufgestiegen ist. Es scheint, als könne man ohne den Schlüssel nicht leben.« In dem Tempel hatten Cris und Stef auch nicht gedacht, dass Janan für die Wiedergeburt der Menschen sorgen würde. Da ihre Gedächtnismagie gebrochen war und Meuric ihr nie unterworfen gewesen war, schien mir ihre Voraussage das Wahrscheinlichste zu sein.

»Oh.«

»Du weißt doch, dass ich versuche, Janan am Aufsteigen zu hindern?«

»Natürlich. Ihn aufzuhalten bedeutet, die Eruption aufzuhalten. Aber ... was ist mit der Wiedergeburt? Wird sein Tod die Wiedergeburten beenden?«

Ich nickte. »Sie haben während des Tempeldunkels ausgesetzt.«

»Ja, allerdings.« Sarit schauderte, und ihr Ton wurde heiser vor Trauer. »Also ist es das Ende, so oder so. Was auch als Nächstes geschieht, dies wird unser letztes Leben sein.«

»Wiedergeburt hat ihren Preis.«

Sie sah mich an, und Sorge verdunkelte ihr Gesicht. »Welchen?«

Als ich es Sam erzählt hatte, hatte die Wahrheit ihn beinahe zerstört. Und wenn Stef und Cris sich erinnerten ...

Stef war seitdem ungewöhnlich nett zu mir gewesen, und Cris hatte sich geopfert, um mich zu retten. Ich wollte Sarit nicht verletzen, aber sie musste die Wahrheit erfahren. Alle mussten es. Und vielleicht würde sie sich erinnern. Vielleicht konnte ich dabei helfen, ihre Erinnerungsmagie zu brechen, so wie ich es bei Sam getan hatte.

»Neuseelen.« Das Wort erstickte mich fast. »Wann immer jemand wiedergeboren wird, nimmt Janan eine Neuseele.«

»Und tut was?«

Ich schloss die Augen und wiederholte, was Meuric mir im Tempel gesagt hatte. »›Sie werden gefressen.‹«

»Oh. Oh, Ana.« Ihre Stimme brach.

»Statt dass Neuseelen geboren werden, nimmt Janan die Macht der Seelen und reinkarniert eine Altseele. So hat es fünftausend Jahre lang funktioniert, bis Menehem eines Abends auf dem Marktplatz experimentierte, während Ciana im Sterben lag.«

»Das erste Tempeldunkel«, flüsterte sie.

»Janan war nicht in der Lage, ihre Seele aufzufangen, weil er geschlafen hat. Also bin ich Jahre später an ihrer Stelle erschienen.« Die Erste, aber nicht die Einzige. Nicht mehr.

»Menehem hat vergangenes Jahr das Gleiche getan.«

»Ja. Um die Geburt weiterer Neuseelen zu ermöglichen, und weil er sehen wollte, ob es möglich war, Janan aufzuhalten. Er war nur neugierig.«

Sie presste die Augen zusammen, und ihre Mundwinkel gingen nach unten. »Und wegen seiner Taten sind so viele Seelen für immer verloren.«

Und neue würden sie ersetzen.

»Das ist alles so unglaublich – *entsetzlich*. Es ist so unfair.« Sie schlang sich die Arme um den Leib und starrte zur Decke empor, während Tränen in ihren Augenwinkeln glänzten. Schwarzes Haar fiel ihr in Strähnen über den Rücken. »Nicht jeder wird glauben, dass Janan nach seinem Aufstieg aufhören wird, uns zu reinkarnieren.«

Ich wartete, aber sie sagte nicht, was sie glaubte.

»All diese Menschen werden das, was du tust, als eine Entscheidung sehen: eine Entscheidung zwischen Altseelen und Neuseelen. Also.« Sie senkte die Stimme. »Wenn du Janan aufsteigen lässt, würde er uns weiter reinkarnieren. Aber er würde auch weiter Neuseelen verzehren.«

»Und wenn ich ihn aufhalte«, sagte ich, »dann werden Neuseelen geboren, aber Menschen, die ich liebe, werden nach ihrem Tod nicht wiedergeboren werden.«

»Was bedeutet, dass du dich für Neuseelen entscheidest. Und gegen mich. Gegen deine anderen Freunde. Gegen Sam.«

»Ich wünschte, es wäre nicht meine Entscheidung, aber es scheint, als hätte man sie mir trotzdem überlassen«, erwiderte ich nach einer Weile. »Ich habe nicht um diese Verantwortung gebeten.«

»Ich kann mir nicht vorstellen, diese Entscheidung treffen zu müssen.«

Ich war kurz davor, den Rest der Wahrheit einzugestehen, dass jeder in Heart dem Austausch in dem Wissen, was geschehen würde, zugestimmt hatte, aber Sarit weinte bereits.

Ich hielt den Mund. Ich hatte es niemandem gesagt, nicht einmal Sam. Es war zu viel. Es würde sie fertigmachen.

Die Einzigen, die Bescheid wussten, waren Stef und Cris. Stef war gedemütigt, und Cris war eine Sylphe.

Sarit brauchte es nicht zu wissen.

Sie stieß einen langen Seufzer aus. »Ich habe meine Meinung geändert. Ich bleibe bei Armande.«

Mir wurde flau im Magen. »Was? Warum?« Sie sollte mit mir kommen. Sie war meine beste Freundin. Sie hatte *gesagt,* dass sie mit mir kommen würde. »Ist es wegen dem, was ich dir gerade erzählt habe?«

»Nein.« Sie presste die Lippen zusammen. »Vielleicht. Doch in Wirklichkeit bin ich nicht gut darin, durch die Wildnis zu marschieren. Für dich würde ich es tun, aber als Armande sagte, dass er bleibe, ist mir klar geworden, dass ich es auch tun sollte. Ich möchte nicht, dass er allein ist. Außerdem bin ich gut darin, Informationen zu beschaffen. Ich werde dir hier nützlich sein.«

Sie *würde* hier nützlich sein. Das hieß aber nicht, dass ich *wollte,* dass sie blieb.

Vielleicht hätte ich ihr nichts von Janan erzählen sollen. Vielleicht war es besser, diese Dinge geheim zu halten.

Wir standen noch für einen Moment nebeneinander, dann drückte sie mir die Hand und verließ den Flur.

Ich blieb noch dort, betrachtete das Phönixgemälde und wünschte mir inständig, mein Leben wäre anders. Besser. Ich wünschte mir ein Leben mit Sam und meinen Freunden, ein Leben mit Musik. Sollte das Leben nicht so sein?

»Ich wünschte, ich wäre ein Phönix«, sagte ich in den leeren Flur.

Schon bald würde der Morgen grauen. Gähnend trottete ich zurück in die Bibliothek und stellte fest, dass alle Lichter bis auf eins ausgeschaltet waren. Einige unserer Freunde waren gegangen, aber einige dösten in Sesseln oder hatten sich mit Decken in Nischen zurückgezogen. Sam lag auf dem gleichen Sessel wie vorher, eine Decke über die Beine gebreitet.

Orrin und Geral konnte ich nirgendwo entdecken – sie waren wahrscheinlich mit dem Baby irgendwo anders in der Bibliothek –, und niemand sonst schlief neben jemand anderem. Nun, ihr Pech, wenn ich sie in Verlegenheit brachte. Mir war versprochen worden, mit Sam zu kuscheln, und ich würde das Versprechen einlösen. Jetzt gleich.

Nachdem ich meine Schuhe von den Füßen geschleudert und mir eine Decke genommen hatte, schaltete ich die Lampe aus und suchte in der Dunkelheit Sam. Niemand sagte etwas, als ich ihn im Sessel zur Seite schob und mich neben ihm zusammenrollte. Unter den Decken schlang er mir einen Arm um die Taille, und wir rückten uns zurecht, bis wir eine bequeme Position gefunden hatten.

»Erinnerst du dich, dass du gesagt hast, du wolltest in die Bibliothek ziehen?«, murmelte Sam mir ins Ohr.

»So habe ich das nicht gemeint.«

Er küsste mir warm und fest den Hals. »Wo bist du gewesen?«

»Ich habe mir das Phönixgemälde angesehen.«

»Sarit ist dir gefolgt.« Als ich nicht reagierte, fügte er hinzu: »Hat sie geholfen?«

»Sie hat gesagt, dass sie hier bei Armande bleiben möchte. Dass sie ihre Meinung geändert habe.«

»Das tut mir leid«, flüsterte er. »Hat sie gesagt, warum?«

Ich schloss die Augen und fand seine gute Hand, verschränkte unsere Finger. »Ich habe ihr die Wahrheit über die Neuseelen gesagt.« Einen Teil der Wahrheit. Wenn ich ihr den Rest erzählt hätte, wie hätte sie reagiert? Ihre Entscheidung bestärkte mich in meinem Entschluss, die Entscheidung der Altseelen für mich zu behalten.

»Sie hat ein Recht darauf, es zu erfahren«, erwiderte er.

Ich konnte darauf keine Antwort finden, die nicht selbstsüchtig oder jammernd klang, daher hielt ich den Mund. Stattdessen lauschte ich auf die anderen, die sich in ihren Sesseln bewegten, auf gedämpfte Stimmen, die von hinter den Wänden aus Bücherregalen kamen. Als die Morgendämmerung durch die Bibliothek kroch, döste ich halb auf Sams Schoß, halb auf dem Sessel. Es war unbequem, aber ich blieb, wo ich war. Ich brauchte seine Nähe.

Als ich Stunden später erwachte, immer noch in Sams Arme gehüllt, waren die meisten gegangen. Unter einer Lampe wartete eine Nachricht von Stef, die besagte, dass wir nicht morgen aufbrechen würden, sondern heute Abend.

Denn heute Abend würden wir die Tempelbücher und Menehems Forschungen zurückstehlen.

KAPITEL 6

Archive

»Das ist also unser Plan?« Es klang mir zu einfach und unkompliziert, aber was wusste ich schon? Ich war vorher noch nie in einen sicheren Raum des Rathauses eingebrochen.

»Hast du einen besseren Plan? Ruht euch für heute Abend ein wenig aus. Ihr werdet eure Kraft brauchen.« Stef deutete auf ihr Sofa, das sie neben einem kleinen Flügel an eine Wand geschoben hatte. Ihr Wohnzimmer war überfüllt und enthielt Dutzende von Bücherregalen, aber nur wenige Sitzgelegenheiten. Während Sams Wohnzimmer fast sein gesamtes Erdgeschoss eingenommen hatte, hatte Stef nur einen kleinen Bereich für Gäste abgezweigt. Der Rest war gefüllt mit Maschinen in verschiedenen Stadien der Fertigstellung. Stef bekam nicht oft Besuch, aber das war ihre Entscheidung. Sie ging lieber selbst aus.

Als sie die schmale Treppe hinaufging und verschwand, sah ich Sam an, der mit verschränkten Armen und einem erschöpften Ausdruck auf dem Gesicht im Türrahmen lehnte. »Nun.« Ich deutete mit dem Kopf auf unsere Taschen, die sich in einer Ecke stapelten. »Zumindest ist der langweiligste Teil schon erledigt.«

Er lächelte. »Stef hat wirklich das Kommando übernommen, nicht?«

Es war eine Erleichterung. Sie hatte uns aus der Bibliothek zu Sams Haus geschleppt und gezwungen, so schnell wie möglich zu packen. Dann, als wir Bewegungsmelder und Alarmanlagen vor Stefs Haus angebracht hatten, hatte sie ihren Plan erklärt und alles, was wir tun mussten. Whit und Orrin koordinierten den Rest der Gruppe und sorgten dafür, dass alle auf dem Weg durch die Stadt geschützt waren.

Die Neuigkeit vom Tod der Ratsmitglieder hatte sich schnell verbreitet.

Deborls Freunde – jene, die während der vergangenen Woche nicht eingesperrt gewesen waren – verbreiteten Gerüchte, dass Neuseelen für die Morde sowie für das Erdbeben und die Eruptionen der letzten Nacht verantwortlich seien. Wenn sich nur alle zusammentäten, um Heart von Neuseelen zu befreien, würde alles wieder so werden wie früher …

Sam drehte sich um, schaute zum Flügel hinüber und öffnete und schloss die verbundene Hand. »Dies ist möglicherweise mein letztes Mal mit einem Flügel, und ich kann ihn nicht einmal spielen.«

»Ich übernehme die linke Hand.« Wir drängten uns zusammen auf die Bank, sein Bein an meinem. Ich lehnte mich an ihn und atmete den Duft von Seife und sauberen Kleidern ein. »Was möchtest du spielen?«

Er drehte sich um und sah mir in die Augen, etwas Warmes und Verführerisches in seinem Blick. »Spiel irgendwas.«

Ich streckte die Hand über die Tastatur und schlug einen Dur-Akkord an. Die Musik hallte durch das Haus und durchdrang mich wie Hoffnung. Dieser Flügel hatte einen schwächeren Klang und einen schlankeren Bass als der von Sam, aber auf seine Weise war er trotzdem schön. Und es war ein Flügel. Ich hatte das Spielen vermisst.

Sam hauchte mir einen Kuss auf die Stirn und fand eine Mittelnote, die zu meiner passte. Seine linke Hand spannte sich ein wenig über meiner Hüfte, als würde es mehr schmerzen, sie *nicht* zu benutzen. Er spielte vier Noten: drei tiefere und eine höhere. »Ich habe Orrin *Ana Incarnata* geschickt.«

Ich sah auf. Wir waren uns jetzt so nahe, dass sein Atem das Haar auf meiner Wange bewegte.

»Während du dir das Gemälde angesehen hast, hat Orrin gefragt, ob es irgendein Stück gebe, das er mitnehmen soll, wenn er mit den anderen fortgeht.«

»Archivar bis zum Schluss, hm?«

Sam nickte. »Er versteht, was ich für meine Musiksammlung empfinde. Genauso empfindet er für seine Bibliothek. Er und Whit haben so viele Leben damit verbracht, sie aufzubauen.«

So wie Sam so viele Leben mit Komponieren verbracht hatte. Würde irgendetwas davon die Seelennacht überleben?

»Die meisten Bibliotheksarchive sind digitalisiert worden, daher kann er das alles problemlos mitnehmen. Aber er erlaubte es sich, auch etwas Gegenständliches mitzunehmen. Ein greifbares Stück unserer Geschichte, nur für den Fall, dass sie doch überlebten. Er wollte, dass die Neuseelen etwas haben, das sie an zukünftige Generationen weitergeben können.«

Mir schnürte sich die Kehle zu. »Sind die meisten deiner Stücke nicht in den digitalen Archiven eingescannt?«

»Doch, und Stef hat sie auf unsere ganzen SAKs geschickt.« Sam spielte die nächsten Takte von *Ana Incarnata.* »Aber er versteht, was mir ein greifbarer Gegenstand bedeutet.«

»Und von all den Stücken hast du ihm meins gegeben?« Es gab so viele andere, die zu bewahren er Orrin hätte bitten können. Die *Phönix-Sinfonie.* Die *Blaue Rosenserenade.* Den *Tanz des Lichts* oder irgendeine der anderen Kompositionen, die dem Namen von Jahren gewidmet waren.

»Sie ist mir die Wichtigste.« Er küsste mich, nur eine sanfte Berührung von Lippen auf Lippen. »Nachdem Li das Original zerstört hatte, haben wir das Stück gemeinsam neu geschrieben.«

»Ich erinnere mich.« Ich konnte kaum sprechen bei diesem Durcheinander von Gefühlen. Sam war verhaftet worden, und Li hatte die Noten ins Feuer geworfen. Ich hatte versucht, sie zu retten, aber der größte Teil davon war zu verbrannt gewesen. Als Sam endlich freigesprochen worden und ich wieder bei ihm eingezogen war, hatten wir einen Monat damit verbracht, *Ana Incarnata* neu zu schreiben, den Walzer, den er für mich geschrieben hatte. Und wir hatten dort nicht haltgemacht. Er hatte darauf bestanden, dass wir das Stück auch für Flöte transkribierten, und später hatte er mir eine Flöte geschenkt, ganz für mich allein.

»Was auch geschieht, ich möchte, dass dieses Musikstück lebt. Wenn die Menschen es hören, möchte ich, dass sie an das denken, was wir zu tun versucht haben, ob wir Erfolg hatten oder nicht. Und ich möchte, dass sie wissen, dass ohne dich das, was immer Janan geplant hatte, ohne jeden Widerstand einfach geschehen wäre. Du hast uns die Augen geöffnet. Ich möchte, dass dieses Vermächtnis überdauert.«

»Oh.« Ich konnte kaum atmen. Wieder einmal hatte Sam mich zu etwas Wichtigerem gemacht, als ich wirklich war. »Ich weiß nicht, was ich sagen soll.«

Er schenkte mir ein schiefes Lächeln und ließ die Finger über die Tasten tanzen. »Du brauchst gar nichts zu sagen. Spiel einfach.«

Musik drang durch das kleine Wohnzimmer wie ein Fluss, der um Felsen und Bäume rauschte. Während Sam vertraute Melodien und das Flüstern von etwas Neuem spielte, fand ich Akkorde und Gegenmelodien. Einige Male blitzte Schmerz in Sams Miene auf. Sein Flügel war zerstört. Seine Flöte, seine Geige, seine Klarinette: alle fort. Wir hatten meine Flöte eingepackt – sie würde mit uns überall hinreisen –, aber die Wunde durch den Verlust der anderen Instrumente klaffte immer noch offen.

Wir spielten bis zum Einbruch der Nacht, als Stef nach unten kam und wir ein kleines Abendessen aus Huhn und Gemüse zu uns nahmen. Ich genoss alles; es war vielleicht eine der letzten Gelegenheiten, dass wir eine heiße, frische Mahlzeit hatten.

Um Mitternacht piepten wie auf Kommando unsere SAKs, und langsam löste ich mich aus Sams Armen und Beinen. Wir waren auf dem Sofa eingeschlafen, immer noch von Musik erfüllt, doch jetzt war es an der Zeit, alles loszulassen. Unser Heim. Heart. Relativen Frieden.

Ich schaltete meinen SAK auf stumm und überprüfte noch einmal, dass ich mein Messer in der Manteltasche hatte.

»Wir werden unser Gepäck hierlassen«, sagte Stef und schwang einen leeren Rucksack über die Schulter. »Whit und einige andere werden kommen, um es zu holen. Wir müssen die Bücher und die Recherchen mitnehmen, und wir werden die anderen an der östlichen Wachstation treffen. Dort werden genug Fahrzeuge für uns alle da sein. Hoffentlich sind wir weit von Heart entfernt, bevor Deborl überhaupt bemerkt, dass wir weg sind.«

Es war derselbe Plan, den sie zuvor verkündet hatte. Ich nickte.

Draußen stachen mir Schneeflocken ins Gesicht, als ich die Kapuze hochzog und meinen SAK checkte. Das Programm, das Stef zuvor hochgeladen hatte, öffnete sich und zeigte eine Reihe kleiner Erdbeben an, die ich nicht gespürt hatte. Dann wurde mir bewusst, dass das SAK-Licht die falsche Art von Aufmerksamkeit erregen könnte, und ich schob das Gerät in die Tasche. Ich nahm Sams Hand und ließ mich von ihm durch die Dunkelheit führen. Das einzige Licht war der Tempel, der immer noch unnatürlich hell strahlte.

Unsere Schritte knirschten auf der dünnen Schneeschicht, und der Wind rauschte durch die Tannen. »Folgendes wird geschehen«, sagte Stef. »Ich habe die Überwachungskameras im Rathaus neu justiert, sodass sie uns nicht aufzeichnen werden. Für dich wird es keine Rolle spielen, Ana, wenn wir geschnappt werden, da sie dich bereits in die Verbannung geschickt haben, aber für mich und Sam schon.«

Doch wie schlimm würde es werden? Die Mehrheit des Rates war ermordet worden.

Wie lange würden sie darüber streiten, was zu tun sei, bevor sie etwas gegen Neuseelen unternahmen oder Deborl wieder in den Rat aufnahmen? Was, wenn sie ihn zum *Sprecher* machten? Ich erschauderte.

»Das andere sind die Seelenscanner.« Stef bog in einen weiteren Weg ein. »Ich habe einen Blick in die Logdateien der Scanner geworfen. Es sieht so aus, als seien mehrere Ratsmitglieder in einen der privaten Archivräume gegangen, während du und ich im Tempel festsaßen, und dann wieder vor ein paar Tagen, nachdem du das Treffen mit ihnen hattest.«

Das Treffen, bei dem sie mich aus Heart geworfen hatten. »Sie hatten die Tempelbücher und Forschungsergebnisse bei sich.«

»Genau. Mir scheint, dass sie etwas Wichtiges aus diesem Raum geholt haben müssen, wie Bücher oder Unterlagen. Vielleicht sogar den Schlüssel. Leider ist der Scanner so programmiert, dass er nur Ratsmitglieder durch diese Tür lässt.«

»Zum Glück«, sagte Sam mit einem Lächeln, »haben wir ja dich.«

»Allerdings.« Es klang, als würde sie grinsen. »Niemand im Rat hat je begriffen, dass ich mir *immer* für jedes Gebäude in Heart einen zweiten Eintrittscode geben lasse. Ich schätze …« Stef stolperte über die Worte. »Ich schätze, dass sie es auch nie mehr erfahren werden.«

Trauer zog mir die Brust zusammen, und ich konnte nicht antworten. Sines Haltung mir gegenüber hatte sich verändert, als sie Sprecherin geworden war, aber sie war trotzdem mehr eine Freundin gewesen.

War noch irgendjemand übrig, der sich öffentlich gegen Deborl stellen würde, nach dem, was er getan hatte? Jeder, der vielleicht mutig genug war, um ihm die Stirn zu bieten – ausgenommen Sarit und Armande – gingen heute Nacht mit uns.

Stef schwieg für eine Weile. Sie war sehr wählerisch gewesen, als sie die Menschen in die Bibliothek eingeladen hatte. Sie hatte wahrscheinlich einige ihrer Freunde zurückgelassen, weil sie sich nicht sicher war, ob sie ihnen vertrauen konnte.

Stef hatte gewählt. Sie hatte mich gewählt.

Gedemütigt folgte ich den ganzen Weg bis zum Marktplatz und hielt die Augen offen. Aber der Weg war frei, und ich hörte nichts außer dem Wind. Schnee erstickte Geräusche und sorgte für eine unheimliche Stille. Der Schnee reflektierte das Tempellicht; der Marktplatz war hell erleuchtet.

»Versuch, nicht daran zu denken«, murmelte Sam.

»Woran soll ich nicht denken?« Ich kauerte mich in meine Schichten aus Wolle und Seide. Meine Kapuze versperrte mir den Rand meines Sichtfeldes.

»Die Risiken und Konsequenzen. Wohin wir danach gehen. Konzentrier dich einfach darauf, das hier durchzustehen.«

Ich öffnete den Mund, um einzuwenden, dass ich mir um diesen Teil keine Sorgen gemacht hatte, besann mich dann aber eines Besseren. Obwohl die Forschungsunterlagen und Bücher mir gehört hatten, bevor Deborl sie genommen hatte, kam es mir ein wenig wie Diebstahl vor, wenn ich sie mir jetzt wieder holte.

»Dann darf ich also davon ausgehen, dass du schon in viele Privatarchive eingebrochen bist?«, fragte ich.

Schnee dämpfte seine Antwort und verhinderte, dass andere sie hörten. »Ich gestehe nichts, außer dass Stef einen schlechten Einfluss hat.«

Ich schnaubte. »Mir kannst du nichts vormachen. Ich bin nicht so dumm zu glauben, dass Stef dich verdirbt.«

»Aber du kennst sie gut genug, um zu wissen, dass der meiste Ärger, den ich mir eingehandelt habe, ihre Schuld ist, oder?« Er warf mir einen Blick voll jungenhafter Unschuld zu.

»Klar, natürlich.« Ich sprach zweifelnd, obwohl ich ihm recht gab. Wenn Stef Sam nicht immer wieder in Schwierigkeiten bringen würde, würde er wahrscheinlich den ganzen Tag zu Hause bleiben und komponieren und üben.

Jetzt, da ich darüber nachdachte, fiel mir auf, dass Sam definitiv einen bestimmten Typ anzog.

Stef schmollte. »Ihr zwei werdet noch meinen guten Namen ruinieren.«

»Oh, der war schon lange ruiniert.« Sam grinste und umarmte sie von der Seite.

Wir suchten den Markt ein weiteres Mal mit den Augen ab, bevor wir losliefen und den gepflasterten Platz überquerten. Unsere Schritte schienen plötzlich so laut zu sein.

Aber niemand schnappte uns, und bald öffnete Sam die Bibliothekstür und führte mich hinter Stef hinein. Sie hatte eine Pistole gezogen.

In der Bibliothek war es dunkel und still. Ich spitzte die Ohren, konnte aber nichts Verdächtiges hören. Keine knarrenden Dielen. Kein Rascheln von Kleidern, das nicht hierher gehörte. Nur wir drei.

Wir schlichen durch den langen Flur. Es war unwahrscheinlich, dass so spät noch jemand arbeitete, aber wer wusste das schon bei Deborls Leuten.

Was, wenn Deborl bereits an die Recherchen und die Bücher herangekommen war?

Sorgen nagten an mir, während wir durch den stillen Flur eilten.

»Hier ist es.« Stef zog einen Schraubenzieher aus der Tasche und stemmte damit die Abdeckung des Seelenscanners auf. »Gebt mir nur eine Sekunde.« Sie packte den Schraubenzieher wieder ein und zog ein dünnes Kabel hervor, das sie in ihren SAK und einen Anschluss in dem Scanner steckte. Sie veränderte kurz einige Funktionen, dann tippte sie auf den SAK-Bildschirm, und der Scanner piepte. Die Tür entriegelte sich.

»Gute Arbeit.« Sam zog die Tür auf, bevor sie sich wieder verschloss.

»Ich weiß.« Sie klappte den Scanner zu und rauschte in den Raum. Ich folgte ihr, und als die Tür hinter uns zuschwang, gingen die Lichter an.

Reihen von Hunderten Schränken füllten den rechteckigen Raum. Es war nicht einmal Platz für einen Tisch, nur für Theken am Rand des Saals.

»Dann mal los.« Ich ging ans hintere Ende und begann, die Schränke zu öffnen. Einige waren leer, aber in den meisten waren alte Dokumente oder Objekte in luftdichten Glasgefäßen. »Was ist das?« Ich zeigte auf einen Stock, an dessen einem Ende eine Feder angebunden war. »Ein Pfeil?« Ich hatte Zeichnungen davon gesehen, aber niemand benutzte diese Dinge noch. Laserpistolen waren viel sauberer, wenn man aus der Ferne töten musste.

»Einige unserer frühesten Erfindungen oder Dinge, die wir in der Gegend fanden, als wir uns hier niedergelassen haben.« Stef zuckte mit den Achseln. »Es ist jetzt alles nutzloser Müll, doch der Rat hat beschlossen, es zu behalten.«

»Weil Whit und Orrin beschlossen haben, es zu behalten«, sagte Sam. »Zuerst hat man diese Dinge in der Bibliothek gelagert, wo jeder sie ansehen konnte, aber einige Leute haben nicht verstanden, welchen Sinn es hatte, sie zu versiegeln, um den Verfall aufzuhalten, daher wurden die Behälter immer wieder geöffnet. Orrin hat sie hierher bringen lassen.«

»Ah.« Ich fand es schön, dass sie diese Dinge aufgehoben

hatten. Noch schöner wäre es gewesen, wenn ich Zeit gehabt hätte, mir alles anzusehen, aber da ich in Eile war, versuchte ich einfach, so viele Details wie möglich aufzunehmen, während ich ganze Stapel durchsuchte. Schließlich öffnete ich eine Tür und fand einen Haufen vertrauter Ledereinbände und einen großen Umschlag voller Notizen und Tagebücher. »Hier ist alles.«

Nun, fast alles. Als ich die Sachen über die Theke zu Sam und Stef hinüberschob, konnte ich den Schlüssel zum Tempel nicht finden.

»Habt ihr den Schlüssel irgendwo anders gesehen?«, fragte ich und schaute in die Schränke unter und neben dem, in dem ich die Bücher gefunden hatte, aber der Schlüssel war nicht da.

Wir suchten noch eine Weile, bis Stef schließlich sagte: »Wir müssen gehen. Whit und die anderen sind bereit.«

Es gefiel mir nicht, den Schlüssel zurückzulassen, nicht dass er uns außerhalb des Reiches etwas genutzt hätte. Aber wenn wir ihn gehabt hätten, hätte das bedeutet, dass Deborl ihn nicht hatte.

Sam setzte den Rucksack auf, und wir verließen den Raum.

So schnell wie möglich gingen wir durch die Flure. Draußen leuchtete der Schnee auf dem Boden im Schein des Tempellichts, und die Luft glühte neblig weiß. Wir huschten seitlich um das Rathaus und umrundeten den gewaltigen Tempel. Es wäre schneller gegangen, wenn wir einen Wagen vor dem Rathaus hätten warten lassen, aber das hätte Aufmerksamkeit erregt. Deborl würde es sicher bemerken. Solange wir vorsichtig durch die Stadt schlichen, konnten wir die Wachstation ohne Zwischenfall erreichen.

Der weiße Tempel strahlte immer noch in einem Licht, das seit Beginn des Jahres der Seelen so unnatürlich hell war. Bei seinem Anblick juckte es mich am ganzen Körper.

Als wir an der Wachstation ankamen, einem großen Gebäude, das in die Stadtmauer hineingebaut worden war, zitterte ich vor Kälte und Feuchtigkeit.

Stef zog die Tür auf und ließ einen Lichtstreifen auf die verschneite Straße fallen, und eine Gestalt kam hinter der Ecke des Gebäudes hervor.

Ein blauer Lichtstrahl schoss auf uns zu.

»Pass auf!« Ich stieß Stef in die Wachstation und eilte ihr hinterher, aber der Gestank versengter Wolle holte mich ein. Der Laser hatte auf meinen Kopf gezielt.

Sam packte mich am Handgelenk und zerrte mich hinein.

Der Schütze trat ins Licht.

Deborl.

KAPITEL 7

Mitgefühl

Ich schlug die Tür zu, verriegelte sie und wirbelte herum. Alle hatten sich um zehn schwarze Wagen versammelt. »Es ist Deborl.« Meine Stimme zitterte, aber die Worte hallten durch die hell erleuchtete Wachstation.

Stef fluchte und drehte sich zu der Menge um. »Macht euch bereit, das Tor zu öffnen, aber fahrt nicht eher los, bis wir wissen, dass es sicher ist. Er könnte Schützen auf dem Dach postiert haben.«

Die Leute setzten sich in Bewegung, als etwas gegen die Tür auf der Stadtseite donnerte. Rufe erschollen in der Wachstation, Befehle und Hilfeschreie. Die Neuseelen fingen bei dem plötzlichen Lärm an zu weinen.

Stef drückte mir eine Laserpistole in die Hand. »Schieß auf jeden, der durch diese Tür kommt.« Sie packte Sam am Ellbogen und zog ihn tiefer in die Wachstation hinein.

Ich umklammerte die Pistole mit beiden Händen und starrte einige qualvolle Minuten auf die klappernde Tür, bevor ich begriff, dass es niemanden gab, auf den ich schießen könnte. Es sei denn, ich wollte Löcher in das Holz brennen. Mit zitternden Fingern schob ich die Pistole in die Manteltasche und suchte nach etwas, womit ich die Tür versperren konnte. Einen Schreibtisch oder Stuhl. Irgendwas.

Aber Wachstationen waren spärlich möbliert. Es gab einen Waffenschrank – ohne Zweifel bereits von Whit und Orrin geplündert – und einen Stall für Pferde. Nichts Nützliches, aber …

»Wir können die Tür mit Heuballen versperren.« Es waren mindestens fünf weitere Leute an dieser Tür. Wir brauchten nicht alle hier zu sein. Ich wandte mich an Aril, die neben mir stand. »Hilfst du mir?«

Sie schaute auf. »Heuballen? Gute Idee.« Sie schnappte sich Thleen – eine Wildtierexpertin, die ich erst vor Kurzem kennengelernt hatte –, und wir rannten durch einen kurzen, dunklen Gang in die Ställe.

»Vorsicht«, sagte Thleen. »Hinten gibt es ein weiteres Tor, durch das die Pferde auf ihren Auslauf gelassen werden.«

Wir verlangsamten das Tempo und lauschten, als wir zu einer langen Reihe von Ställen kamen. Hinter uns hörten wir unsere Freunde. Vor uns nur die Pferde, die schnaubten, Heu fraßen und Wasser tranken. Die Ställe rochen warm und erdig und ein bisschen nach Schweiß.

»Die Heuballen werden da oben gelagert.« Aril deutete auf eine wackelige Treppe, die zum Dachboden führte. Einzelne Halme schwebten herab, aber es ging kein Wind, warum also …

»Vorsicht!« Ich packte sie am Arm und zog sie zurück in den Gang, gerade als blaues Licht aufblitzte und sich links von mir ein Loch in die Wand bohrte.

Fremde erschienen auf dem Heuboden und zielten mit Laserpistolen auf uns. Fünf von ihnen sprangen nach unten und schossen in die Wachstation.

Meine Gefährten feuerten ihre Waffen ab. Zwischen den Schüssen stieß Thleen mich in eine flache Nische. Ich schlug schmerzhaft mit dem Ellbogen gegen die Holzwand und blickte gerade rechtzeitig auf, um zu sehen, wie Thleen sich krümmte und das Bein hielt.

Aber wir waren nicht allein. Unsere Leute kamen uns durch den Korridor zu Hilfe geeilt und feuerten mit ihren Pistolen. Pferde wieherten panisch, und der Gestank von brennendem Holz erfüllte die Luft. Es war ein wildes und chaotisches Scharmützel.

»Ana!« Sams Stimme war über dem Lärm zu hören. »Ana!«

Ich drängte mich zwischen den Kämpfern hindurch auf der Suche nach Sam, aber als ich den Weg zurück in die Wachstation gefunden hatte, stürmte eine weitere Gruppe von Deborls Leuten in den Hauptraum. Blaue Ziellichter leuchteten auf. Glas explodierte in einem der Wagen.

Ich hätte meinen Posten nicht verlassen dürfen. Stef hatte mich an die Tür gestellt, und ich war weggegangen.

»Da bist du ja.« Deborls Stimme drang durch den Lärm, als er vor mir auftauchte, die Laserpistole auf meine Stirn gerichtet. Er war klein, nur so groß wie ich und kaum ein Jahr über sein erstes Quindec hinaus. Er hatte immer noch spindeldürre Arme und Beine, in die er noch nicht ganz hineingewachsen war, und obwohl er auf eine unbeholfene Art hätte attraktiv sein können, wurde das von seinem zornigen Blick und seinem grausamen Lächeln zunichtegemacht. »Seelenlose.«

Wenn ich meine Pistole hob, würde er schießen. Er würde ohnehin schießen. Die Worte sprudelten aus mir heraus. »Wir versuchen nur, Heart zu verlassen, okay? Du gewinnst. Du kannst die Stadt haben. Die Neuseelen gehen fort.«

Er machte zwei lange Schritte, legte mir die freie Hand um die Kehle und stieß mich gegen die Wand. Meine Sicht verschwamm, während ich nach Luft rang, und die Pistole glitt mir aus den Fingern. »Ich werde jeden Einzelnen von euch töten«, sagte er. Seine Waffe presste sich gegen meine Schulter. »Ihr stellt keine Bedrohung für Janan dar. Aber für mich seid ihr ein Ärgernis.«

Erst Meuric, nun Deborl. Janans Geweihte mussten sich wirklich unbedingt von meiner Bedeutungslosigkeit überzeugen.

Ich riss das Knie hoch, zwischen seine Beine. Er taumelte zurück, und das blaue Licht von der Pistole blitzte auf. Ich schnappte nach Luft, als ich fiel und nach meiner Pistole tastete.

Hinter Deborl hatten sich die Kämpfe verlagert und fanden jetzt hauptsächlich in dem engen Flur statt. Wir waren zwar in der Minderzahl, aber wir schienen trotzdem die Oberhand zu gewinnen.

Ich ergriff meine Pistole und stand in dem Moment auf, als auch Deborl sich erhob. Sein Gesicht war immer noch schmerzverzerrt, und in seiner Hast, von mir wegzustolpern, hatte er seine Pistole fallen gelassen.

Mir schlug das Herz bis zum Hals, als ich meine Pistole auf ihn richtete und mir zu schießen befahl.

Neben dem Ausgang schrie jemand auf.

Sam rief wieder meinen Namen.

Deborls Leute wichen zurück, obwohl ich nicht verstand, warum.

»Schieß«, flüsterte ich mir selbst zu. Meine Hände zitterten, und als Deborl sich erholte, fing er langsam an zu lächeln, als wisse er, dass ich hoffte, dass jemand kommen und mir diese Entscheidung ersparen würde. Stef erschoss Menschen. Sam hatte es ebenfalls getan. Warum konnten sie nicht kommen, um es zu tun?

Das blaue Ziellicht drang aus meiner Pistole. Ich brauchte nur den Abzug ganz durchzudrücken.

Deborl streckte die Hand nach seiner Waffe aus. Ich zielte auf seine Pistole und schoss, bevor er sie ergreifen konnte. Sie kreiselte für einen Moment, dann ging sie in Flammen auf. Metallfetzen flogen auf und in Deborls Hand. Er schrie und hielt sich die blutenden, versengten Finger. Fluchend rief er zum Rückzug auf, und seine Leute begannen, auf den Ausgang zuzulaufen.

Langsam ging ich auf ihn zu und hielt zum ersten Mal meine Pistole ruhig. »Gib mir den Tempelschlüssel.«

Er wich vor den brennenden Trümmern seiner Pistole zurück. »Ich habe ihn nicht.«

Das war eine Lüge. Sein Mantel war aufgegangen und hatte ein Stück Silber in einer der Innentaschen enthüllt: den Schlüssel. Ich konnte mich vielleicht nicht dazu überwinden, ihn zu erschießen, aber ich konnte ihn treten.

Ich rammte ihm meinen Stiefel in die Rippen, und als er keuchend zu Boden fiel, schnappte ich mir den Schlüssel. Doch mit seiner unversehrten Hand packte er mich und zog mich zu Boden. Ich verstärkte den Griff um den Schlüssel, doch meine Pistole flog davon.

Deborl bohrte mir den Daumen in den Arm. Ich verspürte einen brennenden Schmerz und schrie.

Ich kämpfte, um mich loszureißen, und er entwand mir den Schlüssel. Wir rangen miteinander, riefen uns laute Flüche zu, und gerade als ich bereit war aufzugeben, prallte ein Stiefel gegen Deborls Kopf.

Sam zerrte den ehemaligen Ratsherrn auf die Füße und nahm ihm den Schlüssel ab. Während ich gegen Tränen ankämpfte, hielt ich mir den Arm. Ich konnte mich nicht daran erinnern, verletzt worden zu sein, aber irgendetwas musste passiert sein.

Bevor Sam den Schlüssel und die Pistole in seiner guten Hand vertauschen konnte, entwand Deborl sich und folgte seinen Freunden zur Tür hinaus. Sam bekam keine Gelegenheit mehr zu schießen.

Er ließ sich neben mir auf den Boden fallen, seine gesunde Hand fest um den Tempelschlüssel geschlossen. »Ana.« Er schlang die Arme um mich, während Deborl und seine Freunde entkamen und unsere Leute nach und nach in die Wachstation zurückkehrten.

»Anid und Ariana?«

»Sie sind in Sicherheit.« Ich spürte Sams warmen Atem an meinem Hals.

Erleichterung durchströmte mich, und ich klammerte mich an Sam. »Es tut mir leid«, krächzte ich. »Ich konnte es nicht tun.«

Zwei der zehn Wagen waren bei dem Kampf beschädigt worden, daher sortierten Orrin und Whit Gruppen und Vorräte um und montierten ihre Sonnenkollektoren von den Dächern ab, um sie in den anderen Fahrzeugen zur Verstärkung unterzubringen. Sie würden die zusätzliche Elektrizität brauchen, wenn sie ihr Ziel erreichten.

Da Rin die einzige Ärztin in der Gruppe war, sah sie sich kurz alle Verletzungen an und ließ die dringendsten Fälle in einen Wagen bringen, wo sie sie unterwegs behandeln konnte. Wie durch ein Wunder war niemand getötet worden, obwohl sich jemand das Bein gebrochen hatte, während ein anderer einen Schuss in die Kehle abbekommen hatte; der Laser hatte die Wunde ausgebrannt.

Ich stieg hinter Sam in einen der Wagen. Ich war nur ein einziges Mal in einem Wagen gefahren, soweit ich mich erinnern konnte, und zwar als Meuric, Li und zwei Wachen gekommen waren, um Sam nach der Neuwidmungszeremonie zu verhaften. Damals war ich zu aufgebracht gewesen, um den Luxus zu genießen. Diesmal tat mir zu viel weh, sowohl in meinem Herzen als auch in meinem Arm.

Stef fuhr. Orrin, Geral und Ariana zwängten sich ebenfalls hinein, und als die anderen aus der Wachstation fuhren, krochen wir hinter ihnen her in die eisige Nacht.

Ariana weinte, und Orrin und Geral konnten nichts tun, um sie zu trösten. Ich sackte in meinem Sitz zusammen und schickte Sarit eine Nachricht, um sie wissen zu lassen, dass wir aus Heart hinausgekommen waren.

Ich wünschte, wir hätten eine Gelegenheit bekommen, uns zu verabschieden, aber in der Hektik der letzten Minuten vor unserer Flucht war dafür keine Zeit gewesen. Sie fehlte mir jetzt schon. Vielleicht würden wir uns vor der Seelennacht wiedersehen können.

Sam half mir aus meinem Mantel, wobei er auf meinen verletzten Arm achtete, und trug Brandsalbe auf. Wir mussten den Verband gemeinsam anlegen, da er seine linke Hand dank Rin nicht bewegen konnte. Dann zogen wir eine Decke über uns.

»Ich habe nicht einmal gemerkt, dass er mich angeschossen hat«, flüsterte ich. »Nicht bis er den Finger in die Wunde gebohrt hat.« Die Verletzung pochte und machte mir das Denken fast unmöglich. Der Schmerz war mir lieber. Um ein Haar hätte ich nie wieder Schmerz verspürt.

»Das macht das Adrenalin«, erwiderte Sam.

Draußen glitten schneebedeckte Bäume vorbei, und in der Ferne erhoben sich Berge. Ich war in meinem Leben viel zu Fuß gegangen. Vom Purpurrosenhaus zum Endsee zu Sams Hütte und nach Heart. Später von Heart aus zum Purpurrosenhaus und zu Menehems Labor und zurück nach Heart. Ich war es gewohnt, dass Reisen Tage dauerten.

Obwohl Stef sich immer wieder darüber beklagte, wie langsam die Wagen über das Eis und die unsichere Straße fahren mussten, ging es viel schneller als zu Fuß. Es wäre ein großer Luxus gewesen, wäre ich keine Verbannte gewesen. Würden wir nicht um unser Leben fliehen.

Wir waren alle Verbannte.

Ich schaute aus dem Fenster und blickte durch mein Spiegelbild in der Scheibe. Im Norden, erhellt vom Tempellicht und umrahmt von Sternenlicht, konnte ich gerade noch die vielen Dutzende Obelisken hinter der Stadt erkennen.

Das Denkmal zur Erinnerung an das Tempeldunkel stand feierlich und wartend da, ein schweigendes Zeugnis unserer brüchigen Existenz. So gern ich die Tage vergessen hätte, die wir im Andenken an die Dunkelseelen verbracht hatten – jetzt, da wir daran vorbeifuhren, wurden die Erinnerungen noch einmal aufgefrischt. Wind in den Bäumen, der Geruch von Schwefel von den nahen Dampfspalten und das Läuten der Glocke, die zweiundsiebzigmal schlug. Ein Schlag für jede Dunkelseele.

Bald geriet das Denkmal außer Sicht. Bäume beugten sich über uns, die Schneeflocken sahen im Licht der Scheinwerfer aus wie winzige Pfeile. Dahinter war die Welt sehr, sehr dunkel, und es schien, als führen wir über ihren Rand.

Das Baby schlief ein, und Geral und Orrin unterhielten sich leise. Sam hielt mich in seinem linken Arm, die verletzte Hand auf meiner Hüfte, während er mir mit der guten Hand durchs Haar strich. Seine Berührung war beruhigend, und endlich kamen wir fort. Wir waren am Leben.

»Ich konnte es nicht tun, Sam.«

Seine Finger hielten über meiner Wange inne, dann fuhren sie warm weiter nach unten. Er fragte nicht, wovon ich sprach.

»Ich hätte es tun sollen. Ich hatte eine Chance, und ich habe gezögert. Wenn ich nur gehandelt hätte, müssten wir uns nie wieder mit ihm herumschlagen. Der Hass, den er in unserer Abwesenheit sät, ist meine Schuld, weil ich ihn nicht erschossen habe.«

Der Wagen kroch über einen Buckel in der Straße. Das Baby wimmerte, und alle versteiften sich, aber es wachte nicht auf.

»Egal, was Deborl tut«, sagte Sam, »seine Taten sind seine. Du solltest dir keine Schuld an dem geben, was er macht.«

»Aber wenn ich nur geschossen hätte.«

»Nein. Er ist immer noch verantwortlich für seine Taten.«

»Na gut.« Es ging mir nach seinen Worten ein wenig besser, aber ich hätte es trotzdem tun sollen. Weder Sam noch Stef hätten gezögert.

»Und so oder so«, murmelte Sam, »Janan würde in der

Seelennacht trotzdem aufsteigen. Wir würden trotzdem aus Heart fliehen, weil Deborl nicht der Einzige ist, der so empfindet. Wenn du es getan hättest, hätte das – in den Augen anderer Leute – vielleicht bewiesen, dass all das Schreckliche, das er über dich gesagt hat, der Wahrheit entsprach.«

Trotzdem. Die Vorstellung, es nie wieder mit Deborl zu tun zu haben …

»Egal.« Sams Stimme war warm und tief und voller Mitgefühl. »Ich bin froh, dass du es nicht getan hast.«

Als die Sonne aufging, machte Orrin uns auf Wölbungen in der Landschaft aufmerksam, die vorher nicht da gewesen waren. Die Straße hatte sich unter dem Druck aufgeworfen, und Pflastersteine ragten schief heraus. Überall blendete Eis im Sonnenschein, als Decke oder Eiszapfen oder Reif auf Bäumen.

Kein Wunder, dass wir gezwungen gewesen waren, so langsam zu fahren; bei allem, was über ein Kriechen hinausging, wären wir von der Straße abgekommen.

Erst am späten Nachmittag kamen wir in Sichtweite von Menehems Labor, einem gewaltigen Bau aus Stahl und Hässlichkeit. Daneben befanden sich Ställe und Zisternen. Schnee bedeckte die Sonnenkollektoren auf dem Labor, aber man konnte sie mit einer der Teleskopbürsten, die Menehem drinnen aufbewahrte, sauber fegen.

Alle acht Wagen bildeten einen Halbkreis, und die Motoren verstummten. Stille senkte sich über den Hof. Selbst der Wind erstarb. Mit dem Eis, das die Welt weiß färbte, war die Fassade von Menehems Labor so still wie ein Gemälde.

»Bist du bereit?« Sam drückte mich. »Alle warten auf dich.«

Er hatte recht. Alle in unserem Wagen schauten mich in der Erwartung an, dass ich den ersten Schritt tun würde. Dies war das Labor meines Vaters gewesen. Er hatte es mir hinterlassen, zusammen mit allem, was es enthielt. Einschließlich des Giftes, das Janan wieder einschlafen lassen würde, wenn wir genug produzieren konnten.

Ich war mir nicht sicher, ob mir die Verantwortung dieser Art von Macht gefiel, die Fähigkeit, die Reinkarnation zu stoppen.

Aber Reinkarnation war nicht natürlich, und Seelen litten deswegen. Bedeutete das nicht, dass ich dieses Unrecht richten musste, wenn ich konnte? Ich konnte es nicht ignorieren. Doch diese Macht, die Existenz des Giftes, das in diesem Gebäude hergestellt wurde, war zu viel für einen Menschen.

Genau wie die Macht der Wiedergeburt zu groß für Janan war. Er sollte nicht darüber entscheiden dürfen, wer lebte und wer niemals leben durfte. Er nahm ihnen die Entscheidungen.

Ich stieg aus dem Wagen, und kalte Luft biss mir in die Wangen, als ich mich zu dem Gebäude umwandte. Der Laborschlüssel drehte sich im Schloss. Ich tippte den Zugangscode ein, und der Mechanismus piepte. Erst als die Tür aufschwang, gesellten sich die anderen draußen zu mir, sammelten Babys und Taschen ein, um sie zu der breiten Tür zu schleppen.

»Was ist das für ein Ort?«, murmelte jemand. Ich hatte vergessen, dass wir nicht allen erzählt hatten, was sich hier befand.

Sam trat neben mich. »Bereit?«

Ich ließ ein gepresstes Lächeln aufblitzen und hoffte, dass er meine Sorge ignorieren würde. »Als wir im vergangenen Herbst hergekommen sind, lag drinnen ein toter Waschbär. Ich bin deshalb ein bisschen nervös bei dem Gedanken, was sonst noch während unserer Abwesenheit hineingekrochen sein könnte.«

Er kicherte, und gemeinsam traten wir ein.

Die Lampen gingen flackernd an und beleuchteten staubige Möbel. Im vorderen Teil des Labors war der Wohnbereich untergebracht: Küche, Schlafzimmer und ein kleines, abgetrenntes Bad. Aus dem Labor im hinteren Teil des Gebäudes kam ein leises Summen, wo die Maschine das Gift produzierte, das Janan zweimal hatte einschlafen lassen.

Langsam kamen die anderen herein und machten es sich auf dem Bett, dem Sofa und dem Fußboden bequem. Bald würde ich ihnen sagen müssen, was genau es mit diesem Ort auf sich hatte, obwohl einige seinen Zweck wahrscheinlich erraten konnten.

Und würde ich ihnen jetzt schon erzählen, dass die Maschine Gift produzierte? Sam hatte es mir erst neulich abends gesagt, vor dem Erdbeben.

»Was jetzt?«, fragte Sam mich, während wir die letzten Vorräte hereinbringen halfen. Die anderen würden nur wenige Tage hierbleiben, gerade lange genug, um sich von ihren Verletzungen zu erholen.

»Jetzt hoffen wir, dass die Sylphen kommen.« Ich war mir sicher gewesen, dass sie hier sein und auf mich warten würden. Sie hatten mich im Purpurrosenhaus gefunden und waren mir dann hierher gefolgt, als ich beschlossen hatte, dass ich untersuchen müsse, was mein Vater ihnen angetan hatte.

Während Sam und ich den vorübergehenden Bewohnern von Menehems Labor beim Putzen und Kochen halfen, behielt ich den Wald draußen im Auge. Die Sylphen mussten kommen. Ich musste wissen, was sie von mir wollten und ob sie mir helfen konnten, Janan aufzuhalten.

Doch als die Dunkelheit hereinbrach, füllten nur natürliche Schatten die Wälder.

KAPITEL 8

Gift

Der Morgen dämmerte kalt und still herauf, und nur wenige Schneeflocken kreiselten herab. Aber die Wagen waren weiß bestäubt, und die Berge sahen aus wie umgedrehte Eiszapfen. Die gefrorene Welt ließ Heart und all unsere Sorgen weit entfernt erscheinen wie eine verblassende Erinnerung.

Es waren immer noch keine Sylphen da, aber ich rief mir ins Gedächtnis, dass sie auch früher eine Weile gebraucht hatten, bis sie gekommen waren. Und Cris ...

Ich umklammerte das Fenstersims und schloss die Augen, plötzlich wieder in dem Raum mit den Skeletten, in dem Cris neben Janan auf dem Steintisch lag. Die Wände glühten rot, und das silberne Messer blitzte auf, als er es sich in die eigene Brust stieß. Und es schien, als sei die Welt aufgerissen worden. Jetzt war er verflucht. Ein Schatten seiner selbst. Körperlos.

Leises, friedliches Schnarchen holte mich zitternd zurück in die Gegenwart, und ich bahnte mir einen Weg zwischen den Schlafenden hindurch zum Labor.

Ich war in der vergangenen Nacht nur kurz hier gewesen, weil ich keine Aufmerksamkeit auf das lenken wollte, was hier geschah.

Im hinteren Teil des Labors verbargen sich viele metallene Geräte und Kuriositäten, die meisten davon mit einer Schicht aus Schmutz und Staub bedeckt. Die stöhnende Maschine, die Gift herstellte, war nur so groß wie ein Bücherregal. Unten befand sich ein Förderband, das Kanister unter einen Ausguss zog und sie dann auf den Fußboden schob, wo sie auf ihre weitere Verwendung warteten. Als ich gestern Abend hereingekommen war, hatten sich zwanzig große Kanister um das Förderband gedrängt. Ich hatte sie beiseitegeräumt und ein paar leere auf die Eingangsseite gestellt.

Menehem hatte eine *Menge* zusätzliche Kanister gemacht. Aber welche Pläne er auch gehabt haben mochte, sein Tod hatte sie verzögert.

Obwohl die Kanister groß waren, war das Metall leicht, und sie waren mit Spray gefüllt, sodass sie für mich nicht zu schwer waren. Einen nach dem anderen stellte ich sie an der Tür im hinteren Teil des Labors ab und legte eine schwere Plane darüber. Die Tür war zu groß, um sie jetzt zu öffnen; kalte Luft würde hereinströmen und alle aufwecken.

Menehems Notizen zufolge hatte er sechs Kanister für das Tempeldunkel mitgenommen. Außerdem stand dort, dass Janan und die Sylphen schnell eine Toleranz gegen das Gift entwickelt hatten, aber bis jetzt hatten wir fast dreimal so viel Gift, und es wurde noch mehr.

Vielleicht würde es ausreichen, um Janan während der Seelennacht aufzuhalten.

Als ich fertig war, schlich ich mich zurück in den Wohnbereich und hockte mich neben Sam. Im Schlaf war sein Gesicht friedlich und sanft. Ich berührte ihn an der Wange und zeichnete die Konturen seines Kinns und seines Halses nach. Er lächelte schwach, als er die Augen aufschlug. »Ana.«

Ich beugte mich vor, um ihn zu küssen, schnell, weil das Stöhnen und Rascheln von Decken andeutete, dass andere ebenfalls erwachten. »Sorg dafür, dass später die Hintertür geöffnet wird, damit ich das Gift rausbringen kann, ohne dass es jemand bemerkt.«

Er blinzelte und rieb sich das Gesicht. »Warum?«

»Ich möchte es verstecken.«

»Vor den anderen?« Jetzt hellwach stieß er sich hoch und flüsterte mir ins Ohr: »Gibt es hier jemanden, dem du nicht vertraust?«

»Nein.« Ich betrachtete die Menschen, die sich in ihren Schlafsäcken reckten und mit ihren Nebenmännern sprachen. »Das ist es nicht. Ich denke einfach, dass sie es nicht verstehen würden. Nicht alle. Jemand – irgendeiner von ihnen – könnte auf die Idee kommen, das Gift zu vernichten.« Ich hatte noch keinen *Plan* für das Gift, aber ich wollte so viele Optionen wie möglich.

»Musst du ihnen sagen, was es ist?«

Ich zuckte die Achseln. »Wenn sie fragen, werde ich ihnen die Wahrheit sagen müssen.« Diese Menschen waren auf meiner Seite, weil sie nicht wollten, dass Neuseelen ein Leid geschah. Aber das hieß nicht, dass sie bereit waren, ihre eigene Unsterblichkeit für die Möglichkeit weiterer Neuseelen aufzugeben. Sie wussten nicht – würden es nicht verstehen –, dass es mit den Wiedergeburten ohnehin vorbei war.

Sam wirkte zweifelnd, sagte jedoch nichts weiter darüber, und wir verbrachten die nächste Stunde damit, bei der Vorbereitung des Frühstücks zu helfen, während Aril und Lorin sich bitter über Armandes Abwesenheit beklagten.

»Er würde das hier geregelt kriegen. Irgendwie.« Lorin schaute über ihre Schulter zu den Dutzenden von Menschen, die durch den Wohnbereich liefen. »Und es ist nur ein Backblech da. Wie sollen wir nur alle satt bekommen?«

»Du wirst es schon schaffen«, sagte Sam und setzte eine weitere Kanne Kaffee auf. Der Morgen verging schnell. Rin machte ihre Runde bei den Verletzten, sah auch nach meinem Arm. Während alle beschäftigt waren, schmuggelte ich die Kanister hinaus.

Sie mitzunehmen, wenn wir weiterfuhren, kam nicht infrage. Wer wusste, wohin wir reisen würden? Aber ich wollte sie nicht einfach im Labor stehen lassen. Wenn Deborl einen Blick in Menehems Forschungen geworfen hatte, würde er wissen, wo das Labor war.

Vor dem Labor lag ein großer, offener Garten, aber dahinter fing dichter Wald an mit Fichten und Kiefern und Pappeln. Überall ragten Felsen und Steinbrocken auf. Ein Trampelpfad führte an einer Felswand entlang zu einer flachen Höhle, deren Eingang zum größten Teil von schneebedecktem Gestrüpp verborgen wurde. Perfekt.

Zwei Stunden später hatte ich alle Kanister in die Höhle geschafft und schwere Decken darüber gelegt, um sie gegen die Kälte zu schützen. Ein Glück, dass Menehem so viel Kram in seinem Labor aufbewahrte.

Als ich zurückkehrte, verschwitzt und verschmutzt, hatten sich alle hingesetzt und diskutierten darüber, wohin es als Nächstes gehen sollte. Sam zog eine Augenbraue hoch, als ich mich neben ihm niederließ, und ich nickte und ignorierte das Gespräch, das mich nicht betraf, um darüber nachzudenken, wo *wir* als Nächstes hingehen würden, und wann ich eine Gelegenheit bekäme, an der Übersetzung der Tempelbücher zu arbeiten.

»Ana«, fragte Lidea, »was ist das für ein Gebäude? Woher hast du gewusst, dass du uns hierherbringen konntest?«

Ich rutschte auf meinem Platz hin und her und wollte Sam oder Stef Hilfe suchend ansehen, aber alle warteten. Ich musste selbstbewusst wirken.

»Dies ist Menehems Labor. Hierhin ist er nach meiner Geburt verschwunden.«

Dutzende von Gesichtern wandten sich mir zu und verhehlten nicht den Abscheu und den Ekel bei der Erwähnung Menehems und seiner Experimente.

»Hat er hier das Tempeldunkel ausgelöst? Hat er hier unsere Freunde getötet?«, wollte jemand wissen.

Ich widerstand dem Drang, den Blick zu senken. »Bevor ihr urteilt, lasst euch erzählen, was wirklich passiert ist. Der Rat hat euch gesagt, dass Menehem die Verantwortung für das Tempeldunkel übernommen habe, aber das ist nicht die ganze Geschichte. Es begann vor fast fünfundzwanzig Jahren, als er nach Wegen suchte, um die Sylphen zu kontrollieren. Eines Nachts, während er auf dem Marktplatz experimentierte, lag Ciana im Krankenhaus im Sterben. Er arbeitete mit Gas, und es gab eine kleinere Explosion. Der Wind trug die Dämpfe zum Tempel, und der Tempel wurde dunkel.«

Alle wirkten bleich und elend. Lidea fragte: »Was hat das mit diesem Ort zu tun?« Sie wand sich, als wäre die Luft verseucht.

»Nun, ihr wisst, dass Ciana starb, als der Tempel dunkel war. Und im Jahr der Lieder wurde ich an ihrer Stelle geboren.«

»Das Gas hat das verursacht?«, hakte Whit nach.

Ich nickte. »Ja. Als Menehem klar wurde, was er getan hatte, verließ er Heart, um die Details zu verstehen. Die Mixtur, mit der er gearbeitet hatte, war falsch gewesen, und er war sich nicht sicher, wie er sie reproduzieren sollte. Also baute er dieses Labor, und achtzehn Jahre später erzielte er einen Durchbruch. Er hatte mit Sylphen gearbeitet. Ich kann euch die Aufnahmen zeigen, wenn ihr möchtet. Er hat alles dokumentiert. Und eines Tages hat seine Mixtur alle Sylphen in der Gegend betäubt.«

Einige Leute murmelten etwas, aber die meisten warteten einfach nur ab.

»Er hatte wiederholt mit den Sylphen experimentiert und protokolliert, wie lange das Gift bei ihnen wirkte, die Größe der Dosen – einfach alles. Ihm wurde klar, dass sie schnell eine Toleranz für das Gift entwickelten, sodass es als Waffe nutzlos war.«

»Und dann«, sagte Orrin, »hat er das Gift nach Heart gebracht.«

»Warum nennt ihr es ein Gift?«, fragte Moriah. »Es bringt sie doch nicht um, oder?«

Andere Leute meldeten sich mit weiteren Fragen zu Wort, brachen aber ab, als ich die Hände hob. »Es tötet sie nicht. Sie erholen sich, und es scheint keine Langzeitfolgen zu haben. Aber sie werden unfreiwillig in Schlaf versetzt.« Ich zuckte mit den Achseln. »Wenn jemand das mit mir machen würde, würde ich es als Gift betrachten.«

Moriah nickte zufrieden.

»Was die Frage betrifft, was als Nächstes geschah, hast du recht, Orrin.« Ich spielte mit dem Saum meiner Bluse. »Aus Gründen, die nur Menehem kennt, fing er Dutzende von Sylphen in Eiern und brachte dann sie und eine große Menge von dem Gift nach Heart. Er ließ die Sylphen frei und verteilte das Gift. In dieser Nacht kamen auch Drachen.«

Im Labor war es still, nur das Summen der Maschine hinten war zu hören.

»Also.« Moriah neigte den Kopf zur Seite. »Das Gift war als Waffe gegen die Sylphen gedacht, wirkte aber auch auf Janan. Warum? Wie? Sie sind verschiedene Wesen.«

Ich warf Sam einen Blick zu, doch er bot keine Antworten an. »Ich weiß es nicht«, sagte ich schließlich. »Es gibt eine Verbindung zwischen ihnen, aber ich weiß nicht, welche.«

»Und wir sind hier, weil ...«, fragte jemand weiter hinten.

»Weil wir hier in Sicherheit sind.« Für den Moment.

»Was ist mit dem Gift?«, wollte Lorin wissen. »Geht davon immer noch eine Gefahr aus?«

Eine Gefahr. Nicht eine Möglichkeit, um Janan aufzuhalten. Es war so, wie ich erwartet hatte: Sie hatten nichts gegen die Neuseelen, die bereits in ihrem Leben existierten, aber sie waren nicht bereit, ihre eigene Unsterblichkeit aufs Spiel zu setzen.

Wenn sie wüssten, dass die ganze Zeit über Altseelen Neuseelen ersetzt hatten – nicht andersherum –, würden sie vielleicht anders denken. Aber selbst wenn ich es ihnen sagen würde, würden sie sich später nicht daran erinnern. Die Gedächtnismagie würde es nicht zulassen.

Das gefiel mir nicht. Sie *alle* waren den Handel zur Unsterblichkeit eingegangen. Jeder Einzelne von ihnen hatte zahllose Neuseelen für seine eigene Wiedergeburt eingetauscht. Und keiner von ihnen konnte sich daran erinnern.

»Von dem Gift geht keine Gefahr aus«, flüsterte ich, als hätte ich nicht gerade zwanzig Kanister davon versteckt. »Menehem hat Janan in der Nacht des Tempeldunkels eine unglaubliche Menge verabreicht, und die Sylphen haben exponentiell eine Toleranz dagegen entwickelt. Wenn er jetzt noch nicht immun dagegen ist, wird er es bald sein.«

Sie nickten, größtenteils beruhigt. Nach einigen weiteren Fragen nahmen wir die Abdeckung vom Bildschirm und bereiteten ein paar Disketten vor, sodass sie Menehems erste Erfolge beim Betäuben der Sylphen sehen konnten und seine ersten Ideen, wie man die Existenz Janans beweisen könnte.

Anschließend, nachdem ich Rin überredet hatte, mir so viele medizinische Grundlagen beizubringen, wie es in der kurzen Zeit möglich war, zog ich die Tempelbücher hervor und machte mich an die langwierige Arbeit, die wenigen Symbole zu übersetzen, die ich kannte.

Sam beugte sich über mich. »Ich dachte, du würdest ihnen sagen, dass ich die Maschine eingeschaltet habe.«

Ich senkte den Blick auf die Bücher und strich ein Eselsohr glatt. »Es ist einfacher, wenn sie es nicht wissen.«

Ich war zu oft angegriffen und verraten worden, um irgendjemandem außer unseren engsten Freunden zu vertrauen. Menschen waren *getötet* worden, weil ich der falschen Person vertraut hatte, wie in Wends Fall, und ich würde nicht zulassen, dass das wieder geschah. Niemals.

Von nun an würde ich jedem nur das erzählen, was er wissen musste und wann er es wissen musste.

Ein paar Tage später bekam Sam einen Anruf. Als er auflegte, war er blass. »Das war Armande.«

Alle im Labor verstummten.

»Deborl hat sich selbst zum Sprecher ernannt. Da die Mehrheit des Rates tot ist, macht ihn das zum einzigen Führer von Heart. Er hat Merton mit drei Dutzend Leuten aus der Stadt geschickt. Armande weiß nicht, was sie vorhaben oder in welche Richtung sie unterwegs sind, aber man kann vermutlich davon ausgehen, dass sie nach uns suchen. In der Zwischenzeit hat Deborl einigen seiner Freunde das Kommando über die Wache erteilt, und alle Eingänge nach Heart wurden verschlossen. Es gibt eine stadtweite Sperrstunde, und wer für Neuseelen eintritt, landet im Gefängnis.«

Niemand sprach.

»Es kommt noch schlimmer«, fuhr Sam fort. »Deborl hat Luftdrohnen ausgeschickt, die uns finden sollen.«

Ich steckte den Finger als Lesezeichen in das Tempelbuch auf meinem Schoß. »Warum sollte er Luftdrohnen aussenden, wenn er auch Menschen losgeschickt hat?« Ich schüttelte den Kopf. »Vielmehr, warum Menschen ausschicken, wenn er Luftdrohnen eingesetzt hat? Das scheint mir Zeitverschwendung zu sein.«

»Vielleicht haben sie ein anderes Ziel.« Whit schaute nach Westen, in die Richtung von Heart. »Jedenfalls werden wir uns für eine Weile wegen Merton und der anderen keine Sorgen zu machen brauchen. Wir haben alle anderen Fahrzeuge in Heart funktionsuntüchtig gemacht, und bei diesem Wetter werden sie Tage brauchen, um zu Fuß hierherzukommen, vorausgesetzt, sie wissen überhaupt, wo wir sind. Es sind die Drohnen, vor denen wir uns in Acht nehmen müssen.«

»Vielleicht kann ich sie umprogrammieren.« Stef schaute von ihrem SAK auf. »Obwohl ich nicht versprechen kann, dass Deborls Leute die Veränderungen nicht bemerken werden. Ich werde das Programm überwachen. Ich schicke außerdem das Kartenarchiv an alle SAKs, sodass wir eure Route noch einmal durchgehen können – und dann solltet ihr aufbrechen. Wer nicht bei Ana bleibt, muss so weit fort von Heart wie möglich. Noch heute Nacht.«

An diesem Abend waren die acht Wagen, die vor dem Labor geparkt hatten, verschwunden. Nur Sam, Stef und Whit blieben bei mir.

»Warum gehen wir nicht?«, fragte Whit, als wir uns fürs Bett fertig machten. »Wenn Deborl nach uns sucht, warum bleiben wir dann an einer Stelle?«

»Ich warte noch auf jemanden.« Aber als ich zum Fenster hinaussah, waren Cris und die anderen Sylphen nirgends zu sehen.

KAPITEL 9

Pfad

Jetzt, da die anderen fort waren, war es in Menehems Labor zu still, und ich verbrachte meine gesamte Zeit damit, in der Hoffnung auf einen Durchbruch über den Tempelbüchern und den Übersetzungen von Symbolen zu brüten. Aber wenn darin irgendetwas stand, wie man Janan aufhalten konnte, hatte ich es bisher noch nicht gesehen.

»Wir sollten überlegen weiterzuziehen«, sagte Whit eines Nachmittags. »Jeder Tag, den wir hierbleiben, ist ein weiterer Tag, an dem Deborl uns finden könnte.«

»Vor allem, da wir zu Fuß gehen müssen.« Sam informierte sich auf seinem SAK über Erdbeben und Ausbrüche im Reich. Ich saß neben ihm und konnte mehrere rote Punkte auf dem Bildschirm sehen, aber keiner von ihnen war besonders groß.

»Und wir müssen all unsere Sachen tragen.« Stef, die Menehems Notizen über den Bau seiner Maschine durchlas, sah auf.

»Wir warten auf die Sylphen.« Ich blätterte eine Seite in dem Tempelbuch um und notierte mir einige mögliche Übersetzungen. »Und auf Cris.«

Whit legte den Kopf schräg. »Moment mal, wie soll Cris herkommen? Er ist während des Aufstands am Markttag gestorben.«

Ich stöhnte und ließ das Gesicht in die Hände fallen. »Stef, du bist dran.«

Sie seufzte. »Du versprichst, dass er anfangen wird, sich zu erinnern, wenn wir es ihm oft genug erzählen?«

Ich nickte, das Gesicht noch immer in den Händen vergraben. »Bei Sam hat es funktioniert. Die Magie wird Risse bekommen und schwächer werden, aber es dauert.«

»Ich sitze übrigens neben euch«, murrte Whit finster.

»Cris ist jetzt eine Sylphe.« Stef ging in den Küchenbereich, einen leeren Kaffeebecher in der Hand. »Als Deborl Cris, Ana und mich im Tempel gefangen hatte, hat Cris sich geopfert, um uns zu befreien.«

»Ihr wart im Tempel?«, fragte Whit.

Ich schlug das Tempelbuch zu und nahm mir mein Notizbuch. »Cris hat mir Folgendes erzählt: Vor fünftausend Jahren war Janan euer Anführer. Der Anführer aller Menschen, soweit ich weiß. Er war nur ein Mensch, mehr nicht. Aber er sehnte sich nach Unsterblichkeit, also scharte er eine Gruppe von Kriegern um sich und machte sich auf die Suche nach den Geheimnissen des ewigen Lebens. Etwas Großes geschah. Ich weiß nicht was. Ich studiere die Bücher, versuche zu verstehen. Dann wurden Janan und seine Krieger überall auf der Welt in Türme eingesperrt. Als seine Anhänger – ihr – von seiner Gefangennahme erfuhren, zogen sie los, um ihn zu befreien. Sie – ihr – seid gereist, bis ihr an eine gewaltige Mauer gekommen seid, die einen einzelnen Turm umgab. Aber als ihr versucht habt, ihn zu befreien, sagte er, die Phönixe hätten ihn eingesperrt, weil seine Suche erfolgreich gewesen war: Er hatte das Geheimnis der Unsterblichkeit entdeckt.«

»Und was geschah dann?«, wollte Whit wissen.

»Dann …«

Stef zog eine Augenbraue hoch, eine stumme Frage. Wollte ich, dass sie es aussprach?

Ich schüttelte den Kopf. Nein. Diese Schuld brauchte niemand sonst zu tragen. Und es war einfacher, wenn sie es nicht wussten.

Sam sah mich mit einer plötzlichen und durchdringenden

Neugier an, als wisse er, dass ich etwas Wichtiges zurückhielt.

Ich wandte den Blick ab und fuhr fort: »Dann hat Janan seine sterbliche Gestalt abgelegt. Er wurde zu einem Teil des Tempels, der bereits von Phönixmagie durchdrungen war, und begann die Reise zur Unsterblichkeit. Zu *wahrer* Unsterblichkeit, ohne den Kreislauf von Leben und Tod und Wiedergeburt. Er wollte, dass ihr alle auf ihn wartet. Er wollte zurückkehren und über euch herrschen wie zuvor« – das hatte er ihnen erzählt –, »daher sorgte er dafür, dass ihr wiedergeboren wurdet.«

Stef nickte. »Wir haben Meuric erlaubt, uns im Tempel in Ketten zu legen, und dann ist Janan zu einem Teil des Tempels geworden. Wir waren alle an ihn gekettet.«

Sams Blick war finster und voller Trauer.

»Bedeutet das …« Whit schaute zwischen Sam und mir hin und her. »Oh, du wirst niemals wiedergeboren werden, nicht wahr?«

Ich zuckte mit den Schultern und öffnete wieder das Tempelbuch. »Es ist nicht wichtig.«

»Doch, das ist es …«, begann er.

»Nein. Wir können nichts daran ändern, und selbst wenn, wäre der Preis zu hoch.« Ich versuchte, mich auf meine Arbeit zu konzentrieren, aber Tränen verschleierten mir den Blick. Ganz gleich, was geschah, dies war es für mich. Ich hatte nur dieses eine flüchtige Leben.

Ich musste das Beste daraus machen.

»Na gut.« Whits Stimme war sanft; er gab nur nach, weil er nicht mit einem Mädchen streiten wollte, das nur einmal leben würde.

Ich sah nicht von dem Buch auf, aber ich konnte ihre Blicke auf mir spüren. Ihr Mitleid.

Sams Trauer.

»Es ist nicht wichtig«, wiederholte ich. »Nach der Seelennacht wird ohnehin niemand mehr wiedergeboren werden. Nicht einmal ihr. Wenn das nächste Mal jemand stirbt, wird er für immer tot sein.«

Eine schwere Stille senkte sich über das Labor; diese einfache und beängstigende Wahrheit war wie eine Decke aus Schnee. Ich hätte es sanfter ausdrücken sollen. Sie alle kannten die Wahrheit, aber sie wurden wahrscheinlich ebenso ungern daran erinnert, wie ich nicht daran erinnert werden mochte, dass ich neu war.

Nach einem Moment nahm Sam mir gegenüber am Tisch Platz. »Wir reden ständig davon, dass Janan aufsteigt und zurückkehrt und dass es den Krater so destabilisieren wird, dass er ausbricht, aber was bedeutet Janans Erhebung tatsächlich? Wird er hierbleiben? Woanders hingehen? Wird er körperlich sein oder nicht? Du hast gesagt, er habe keine sterbliche Gestalt mehr. Wird er einfach eine Seele sein, die umherfliegt?«

»Wenn du sagen kannst, dass er überhaupt eine Seele hat«, murmelte ich, aber Sams Worte brachten mich auf eine andere Idee. Keine sterbliche Gestalt. Nur eine umherfliegende Seele.

Wie Sylphen?

»Früher war er menschlich.« Stef lehnte mit verschränkten Armen an der Wand. »Irgendwann muss er einmal eine Seele gehabt haben.«

Weniger sicher, aber nicht bereit zu streiten, kehrte ich zu Sams Frage zurück. »Ich weiß nicht, was geschehen wird oder wie. Das ist der Grund, warum ich versuche, diese Bücher zu übersetzen.«

»Dann lasst uns das tun.« Sam blätterte in meinem Notizbuch, fand meine möglichen Übersetzungen für Symbolfolgen aus den Büchern. »Dieses Zeichen bedeutet Heart, Stadt und Gefängnis?« Er deutete auf einen Kreis mit einem Punkt darin.

Ich nickte. »Das ist meine beste Vermutung. Du hast die Mauer im Norden schon einmal erwähnt.«

Sam zögerte. »Ja. Ich erinnere mich an die Mauer.«

»Cris hat mir von einer weiteren weißen Mauer in einem Dschungel erzählt.« Ich hatte diese Geschichte bereits für Sam wiederholt, und Stef kannte sie, aber Whit hatte sie noch nicht gehört. »Er sagte, er sammelte Pflanzen und sei auf einen zerfallenen weißen Stein gestoßen. Als er auf ein hohes Stück kletterte, wurde ihm klar, dass der Stein einst eine riesige Mauer gewesen war, die einen eingestürzten Turm umgab. Rings um den Turm befanden sich genug Trümmer, um darauf schließen zu lassen, dass er einst genauso hoch gewesen sein muss wie der Tempel im Zentrum von Heart.«

»Aber es gab keine anderen Gebäude«, fügte Stef hinzu. »Es war wie Heart, doch ohne unsere Wohnhäuser und das Rathaus. Wenn man es von oben betrachtete, würde es wie ein Kreis mit einem Punkt in der Mitte aussehen.«

»Genau. Und ich schätze, es waren alles Gefängnisse, wie es der Tempel in Heart ursprünglich für Janan gewesen war. Cris hat uns erzählt, dass alle Krieger, die Janan begleitet hatten, einzeln eingesperrt worden waren, damit sie sich nie wieder zusammentun konnten. Das erklärt jetzt auch, warum Heart über einem Krater von dieser Größe erbaut wurde, obwohl es absolut unpraktisch ist.«

»Warum?«, fragte Whit.

»Weil es ein Gefängnis war. Es war dazu gedacht, Menschen davon abzuhalten, ihn zu retten. Die anderen Gefängnisse, von denen wir wissen, befinden sich im eisigen Norden und in dem Dschungel, wo man nicht einmal gefahrlos das Wasser trinken kann. Wer weiß, wo die anderen sind?« Keiner meiner Freunde würde in der Lage sein, sich an die Orte zu erinnern, selbst wenn sie sie gesehen hatten. Nicht ohne viel Nachhaken und Suggestivfragen, und ich konnte nur dann Suggestivfragen stellen, wenn ich wusste, wo ich anfangen musste. Wie etwa bei Sams Tod. Oder bei den Symbolen, die Cris gesehen haben mochte. »Vielleicht am Grund des Meeres oder in Wüsten oder hoch oben auf einem Berg, wo die Luft so dünn ist, dass man nicht atmen kann. Sie könnten überall sein.«

»Doch um uns gegenüber fair zu sein, Heart wirkte anfangs überhaupt nicht gefährlich.« Stef runzelte die Stirn. »Bis auf die Geysire, die Schlammlöcher und die dampfenden Erdspalten.«

Ich nickte. »Ihr wart auf der Suche nach eurem Anführer. Ihr habt geglaubt, er sei zu Unrecht eingekerkert worden, weil man euch das erzählt hat.«

»Wer hat es uns erzählt?«, hakte Whit nach.

»Ich bin mir nicht sicher. Cris hat es nicht gesagt.« Ich runzelte die Stirn und versuchte, mich an alles zu erinnern, was er erzählt hatte, aber ich hatte diese Stunden im Tempel nur noch unklar im Gedächtnis. Ich hatte solche Angst gehabt und war so niedergeschlagen gewesen.

»Und wie kommen wir an den Schlüssel?«, fragte Stef. »Irgendjemand muss ihn mitgenommen haben, denn sonst wäre Janan niemals herausgekommen, um zu uns zu sprechen, und wir hätten niemals hineingelangen können.«

Ich kritzelte Spiralen an die Ränder meines Notizbuchs. »Wenn Phönixe die Gefängnisse erbaut haben, dann scheint es sehr wahrscheinlich, dass sie ebenfalls den Schlüssel gehabt haben. Irgendjemand muss ihn ihnen gestohlen haben.«

»Das scheint mir ein vernünftiger Schluss zu sein«, meinte Whit, aber ich fragte mich, wie viel von dem Gespräch bei ihm tatsächlich hängen blieb. »Vielleicht werden deine Bücher uns die Antworten liefern.«

»Das hoffe ich.« Ich blätterte die Seite um. Die Schriftspirale war jetzt leicht zu erkennen, und ich war besser darin geworden, die Zeichen zu finden, die ich kannte, ohne nach ihnen suchen zu müssen. Aber es war nicht genug. Die Zeit lief uns davon, und was war, wenn ich den Text entschlüsselte, nur um feststellen zu müssen, dass es eine Liste von komplizierten Anweisungen war, die ich unmöglich vor der Seelennacht ausführen konnte?

Was, wenn mir das Buch nur sagte, dass ich zu spät kam, um Janan aufzuhalten?

So durfte ich nicht denken.

»Nun, lasst uns vorerst einfach weiterarbeiten.« Sam drehte mein Notizbuch wieder zu mir um. »Sag uns einfach, was wir tun müssen, und hoffentlich werden die Sylphen bald auftauchen. Als wir das letzte Mal hier waren, haben sie ungefähr eine Woche gebraucht.«

»Danke.« Aber wir waren jetzt schon anderthalb Wochen hier. Entweder würden sie kommen, oder ich hatte ihr Verhalten zuvor falsch gedeutet, und sie wollten nichts mit uns zu tun haben.

Schrilles Piepen riss mich aus meinem Schlummer.

Sam, der neben mir in seinem Schlafsack lag, blinzelte und wirkte genauso verwirrt, wie ich mich fühlte. »Was ist das?« Whit wiederholte die Frage von seinem Platz auf dem Sofa.

Stef war an der Reihe, im Bett zu schlafen. Wir alle schauten auf, als das Licht von ihrem SAK ihr Gesicht erhellte und ihre Haut unheimlich weiß erscheinen ließ. »Wir müssen gehen.« Ihre Stimme war heiser vom Schlaf, aber etwas in ihrem Gesicht verschloss sich. »Wir müssen gehen. *Sofort.*«

Alle kamen stolpernd auf die Füße, und innerhalb von fünf Minuten hatten wir unsere Sachen in Rucksäcke geworfen und die Schlafsäcke aufgerollt. Als alles fertig war, machten wir die Lichter aus, gingen nach draußen und ließen das sanfte Dröhnen der Maschine im Labor hinter uns zurück.

Die Nacht war frisch, doch nichts regte sich, als wir in östlicher Richtung auf einem überwucherten Pfad gingen, der von Heart wegführte. Die Dunkelheit machte das Gehen auf dem unbekannten Boden schwierig, aber der Mond schien und warf sein Licht auf Eis und Schnee. Unser Atem bildete Wölkchen.

Als das Labor außer Sicht war, rückte ich meine Winterkleider zurecht, die ich zu hastig übergeworfen hatte, und betrachtete die mitternächtliche Umgebung. »Was war das für ein Alarm, Stef?« Meine Stimme klang so laut in der Dunkelheit.

»Eine Warnung, dass jemand meine Befehle für die Drohnen überschrieben hatte. Vorher konnte ich sie vom Labor fernhalten und andere Gebiete des Reiches absuchen lassen. Aber jetzt hat jemand anders die Kontrolle übernommen.«

»Kannst du die Kontrolle nicht zurückgewinnen?«, fragte Whit.

»Wenn ich mehr Zeit und einen Computer hätte. Mein SAK ist einfach nicht stark genug.«

»Stefs Alleskönner kann doch nicht alles?«, neckte Whit sie.

Stef funkelte ihn an, und niemand lachte.

»Was ist mit Orrin und den anderen?«, erkundigte sich Whit. »Werden die Drohnen sie finden können?«

Stefs Nicken war in der Dunkelheit kaum wahrnehmbar. »Es ist möglich, aber unwahrscheinlich. Sie haben das Reich inzwischen weit genug hinter sich gelassen. Es war das Labor, um das wir uns Sorgen machen mussten.«

»Und er wird es finden«, fügte ich hinzu, »weil er Menehems Forschungsunterlagen gesehen hat. Doch er würde nicht selbst hierherkommen. Nicht nach der Wachstation.«

»Stimmt.« Stef tippte auf ihren SAK und öffnete ein Fenster voller fremder Codes. »Er weiß nicht, was sich im Labor befindet, das wir vielleicht benutzen könnten, um uns zu verteidigen. Menehem hat Deborl immer nervös gemacht.«

Menehem hatte wahrscheinlich viele Menschen nervös gemacht.

Vielleicht hatten auch deshalb andere Leute Angst vor mir: Ich war nicht nur eine Neuseele, ich war Menehems Tochter.

Wir machten halt, um uns auszuruhen, wo der Pfad in eine Senke führte und wir außer Sicht waren. Ringsum erhoben sich hohe Bäume und Berge und hielten den größten Teil des Mondlichts ab. Es sah aus, als würde der Weg hinter dem Reich noch ein Stück weitergehen, aber er wurde nicht regelmäßig instand gehalten. Er war vor allem von Rehen und anderen großen Tieren benutzt worden; Fellbüschel hatten sich in Sträuchern verfangen, und Abdrücke von Hufen und Pfoten waren im Schnee zu sehen.

Es gab wenig Hinweise auf die Karawane von Verbannten, die hier entlanggekommen war, doch wenn ich mich bückte, fand ich zertretene Halme gefrorenen Grases und Zweige, die in verwischte Reifenspuren eingedrückt waren. Die Zeit und das Wetter würden sie auslöschen, und wir vier würden noch weniger Spuren hinterlassen.

»Wir sollten uns so weit von dem Labor entfernen, dass die Drohnen uns nicht gleich finden können«, sagte Whit. Seine Stimme klang harsch in der stillen Nacht. »Und wir sollten den Weg verlassen, denn wäre das nicht die naheliegendste Vermutung? Dass wir das Labor verlassen und den Pfad genommen haben?«

Stef nickte. »Es gefällt mir nicht, dass es so offensichtlich ist.«

Ich drückte mich am Rand des Pfades herum und suchte nach ... irgendetwas. Ich war mir nicht sicher.

»Was denkst du?« Sam erschien neben mir, eine warme, dunkle Gestalt, die mich beruhigte und erregte. Wir hatten keine Zeit für uns allein, bis auf die Momente vor dem Schlafen, und das waren erschöpfte Momente gewesen, getrennt durch unser Bettzeug und ein schmales Stück Fußboden. Wir waren uns gerade nah genug, dass wir einander sehen und berühren konnten, aber mehr nicht. Wären wir uns näher gewesen, hätte er mich nachts gehalten und ich ihn geküsst, ich weiß nicht, ob ich jemals aufgehört hätte.

Ich wandte mein Gesicht den Sternen zu. »Was siehst du?«

»Den Himmel.« Er schlang die Arme um mich und zog mich an sich. »Jede Menge Himmel.«

»Wie oft räumen Arbeitsdrohnen diesen Weg?« Wir waren jetzt außerhalb des Reiches, jenseits der Gebiete, die die Menschen regelmäßig bereisten. Es gab keinen Grund, warum der Weg so sauber sein sollte. Selbst die Bäume über uns sahen aus, als seien sie erst kürzlich zurückgeschoben worden, wenn auch nicht mit der Gleichmäßigkeit einer Arbeitsdrohne. Die herabgefallenen Zweige hatten alle ausgefranste Ränder, als seien sie von den Stämmen gerissen worden.

»Nicht sehr oft.« Sam senkte die Stimme. »Ich verstehe, was du meinst.«

»Wer lebt so? Trolle?«

»Ja.«

Und sie waren hier oft genug unterwegs, um sich einen Weg durch die Wälder zu bahnen. »Denkst du, die anderen sind vielleicht Trollen begegnet?«

»Keine Ahnung.« Sam legte den Kopf schräg und lauschte. Ich lauschte ebenfalls auf die leisen Stimmen auf dem Pfad, einen schwachen Wind, der die Kiefern rascheln ließ, das Plappern eines kleinen Tieres hoch oben in den Zweigen der Pappeln und ein Rudel Wölfe, das in der Ferne heulte. »Ich höre nichts Ungewöhnliches.«

»Ich auch nicht. Trotzdem, Stef und Whit haben recht. Wir müssen von dem Weg runter.«

Wir wandten uns wieder in die Richtung, in die unsere Freunde gegangen waren, aber gerade als Sam etwas sagen wollte, ertönte über uns ein ohrenbetäubendes Kreischen.

Alle schauten gleichzeitig hoch.

Was wir sahen, hatte die Gestalt eines Adlers, war jedoch groß genug, um den halben Himmel zu bedecken.

»Was ist das?«, flüsterte ich und hatte das grauenhafte Gefühl, es bereits zu wissen.

Sam ergriff meine Hand. »Es ist ein Vogel Rock.«

Mit einem weiteren schrecklichen Kreischen änderte der Rock seine Flugbahn. Er schoss direkt auf uns herab.

KAPITEL 10

Draußen

»Lauft!« Sam zerrte mich zum Wald hinüber. Wir krachten durchs Unterholz, während der Rock kreischte und die Flügel ausbreitete.

Zweige knackten. Eis klirrte und fiel von oben herab. Klauen bohrten sich donnernd hinter uns in den Boden. Stef schrie, und ich fuhr herum, um nach ihr zu sehen – ich erhaschte einen Blick auf breite braune Flügel und dunkle Raubtieraugen –, aber Sam riss mich zurück.

»Komm weiter.« Seine Stimme war rau, und der Befehl duldete keinen Widerspruch.

Ich stolperte hinter ihm her und kämpfte mich durch das Gestrüpp. Ich blieb an Felsen, Zweigen und Eis hängen, doch als der Vogel schrie und durch den Wald brach, drängte ich mit neuer Energie weiter. Baumstämme ächzten, und gewaltige Krallen streckten sich nach uns aus.

Am Boden, wenn er seine Beute durch den Wald jagte, war der große Vogel schrecklich unbeholfen. Seine Klauen stießen einen kleinen Baum um und hinterließen Furchen in der Erde, als der Rock sich zurückzog. Sam und ich eilten weiter, erklommen einen kleinen Hügel, liefen um Bäume herum. Auf dem Schnee rutschte ich aus, kam aber jedes Mal wieder hoch. Bis auf die Geräusche, die wir machten, war der Wald still. Andere Tiere gaben keinen Laut von sich, während der Rock sich mühte, uns zu erreichen.

Aber jetzt wurde er durch seine Größe behindert. Er kam

nicht durch den Wald hindurch, obwohl er unsere Flucht sicher hören könnte. Vielleicht sogar unser Keuchen und mein Wimmern, als mir Zweige Gesicht und Hände zerkratzten.

Schließlich ließ Sam zu, dass wir stehen blieben. Ich beugte mich vor, um zu Atem zu kommen. Meine Wangen brannten, und Blut rann mir in den Mundwinkel. Ich wischte es weg und suchte das Gebiet mit den Augen nach unseren Freunden ab. »Wo sind Stef und Whit?«

»Sie sind auf die andere Seite des Weges gelaufen.« Schwer atmend brach Sam auf einem großen Felsen zusammen. Er beugte sich nach vorn, den Kopf zwischen den Knien. Seine Schultern hoben und senkten sich. »Der Rock wird uns folgen.«

Ich ließ mich neben ihn fallen und nahm das Flügelschlagen in Richtung des Pfades überdeutlich wahr. Der Rock krächzte und schrie, und Bäume stöhnten unter seinem Zorn. Weitere Äste zerbrachen, aber es sah nicht so aus, als käme der Vogel voran. Ich sah nur den Schatten einer Bewegung über dem mondbeschienenen Schnee, doch sie schien immer noch unbehaglich nah zu sein.

»Wie lange wird er uns folgen?« Mir summte der Kopf vor Adrenalin, und ich konnte nicht aufhören, nach dem Rock Ausschau zu halten.

»Bis er bessere Beute findet.« Sam durchsuchte seine Taschen nach dem SAK. Keine Warnungen oder Nachrichten von Freunden. »Kannst du herausfinden, ob Stef und Whit okay sind?«

Ich nickte und schickte eine Nachricht von meinem eigenen SAK aus. »Was macht deine Hand?«

»Ist schon besser.« Er dehnte sie ein wenig und zuckte dabei zusammen.

»Solange es nur besser wird.« Ich stopfte den SAK in die Tasche. »Was jetzt? Gehen wir weiter? Versuchen wir zu schlafen? Die anderen haben das Zelt.«

Und der Rock war *ganz in der Nähe*. Ich würde nicht schlafen können, wenn ich ihn hören konnte, obwohl sich Erschöpfung bemerkbar machte.

»Bleib in Bewegung. Wir werden uns von dem Rock entfernen; auf diese Weise erregt er keine Aufmerksamkeit. Solange wir im Wald bleiben, kann er uns nicht kriegen. Dann treffen wir uns mit den anderen, wenn die Luft rein ist.«

Mein SAK meldete sich, und als ich die Nachricht las, stieß ich ein leises Kichern aus. »Stef hat gerade genau die gleichen Gedanken geschickt. Sie sind unverletzt.«

»Da bin ich froh.«

Ich brachte meine Sachen in Ordnung und überprüfte meine Kleidung auf Löcher oder Risse. »Ich bin so weit.« Je eher wir den Rock hinter uns ließen, desto besser. Alle hatten gesagt, es sei gefährlich, das Reich zu verlassen, aber mir war nicht klar gewesen, dass man sofort auf Gefahren stoßen würde. Menehems Labor lag unmittelbar hinter der Grenze des Reiches, es war so nahe, dass es immer noch Fallen und vereinzelte Drohnenpatrouillen gab, sodass klügere Geschöpfe sich fernhalten würden.

Aber wir waren bereits einem Trollpfad gefolgt und von einem Rock angegriffen worden. Kein Wunder, dass alle in Heart blieben.

Kein Wunder, dass sie alle solche Angst vor dem Tod gehabt hatten, als Janan ihnen die Wiedergeburt angeboten hatte.

Wir setzten uns in Bewegung, und diesmal achteten wir auf das Gebüsch, den Schnee und das Eis. Wir waren weit genug von dem Vogel Rock entfernt, dass wir uns nicht zu beeilen brauchten, und es wäre dumm gewesen, hier draußen das Risiko einer Verletzung einzugehen. Rins medizinische Einweisung war nicht *so* gründlich gewesen, und wir hatten nur wenig Ausrüstung mitgenommen.

Die Geräusche des wild flatternden Vogels Rock hinter uns

wurden schwächer, und Mäuse huschten wieder durch den Wald. Wahrscheinlich auf dem Rückweg zu ihren Höhlen. Die Sonne berührte den Horizont, ein dumpfer roter Schein, der durch die Bäume kaum sichtbar war.

»Sie haben das Zelt«, sagte ich noch einmal, als Sam gähnte.

Er sprach mit ausdrucksloser Stimme, als wir einen kleinen Hügel hinaufmarschierten. »Wir werden uns einfach in denselben Schlafsack quetschen müssen. Damit uns warm bleibt. Und damit ich dich nicht aus Versehen an die Wildnis verliere.«

»Du hast immer die besten Ideen.«

Er lächelte, und wir gingen weiter. Der Rock war jetzt entweder weit hinter uns, oder er hatte den Versuch aufgegeben, sich mit Gewalt einen Weg durch den Wald zu bahnen. Die Bäume standen immer noch dicht, daher würde er nicht noch einmal auf uns herabstoßen, aber ich hielt ein wachsames Auge auf den Himmel gerichtet, während Lichtstrahlen durch die Bäume fielen und Vögel in der Morgendämmerung zu singen begannen.

Wir gingen parallel zu dem Pfad, in östliche Richtung und in die Wildnis außerhalb des Reiches hinein. Kleine Tiere huschten durch den Wald und versteckten sich, wenn wir vorbeikamen, und überall gab es Hinweise auf größere Säugetiere: Fellbüschel an Ästen, herabgefallene Zweige und Dunghaufen, denen wir dank Sams Vorsicht ausweichen konnten.

Eis glänzte auf jeder Oberfläche, Raureif und glitzernde Eiszapfen, die Juwelen des Waldes. Ich strich mit meinen behandschuhten Fingern über die Eiskristalle und hörte das Klimpern, als sie abbrachen. Winter und Gespräche mit Sam über Musik lenkten mich für eine Weile von meiner Erschöpfung ab, aber am Vormittag konnte ich sie nicht länger ignorieren. Wir schickten Stef eine Nachricht und teilten ihr mit, dass wir eine Pause machten. Hoffentlich würden wir bald zu ihnen stoßen.

Sam und ich schlugen unser Lager neben einem schnell fließenden Strom auf. Ich wusch mir Blut und Schmutz vom Gesicht und von den Armen, dann rubbelte ich mich trocken, bevor ich mit Sam in seinen Schlafsack kroch.

Der Schlafsack war warme Erleichterung nach der Kälte der Nacht und des Tages. Sam hatte den Schlafsack in einer flachen Senke zwischen Baumwurzeln ausgebreitet – eine verlassene Tierhöhle vielleicht –, sodass wir auf drei Seiten verborgen waren. Und Sam sorgte typischerweise dafür, dass er zwischen dem Ausgang und mir lag, was bedeutete, dass unser Fuchsbau tief und dunkel war, als er sich an mich schmiegte. Ich spürte seinen warmen Atem im Nacken, und seine Hand ruhte auf meiner Hüfte.

»Liegst du bequem?«, flüsterte er.

»Ja.« Meine Füße drückten sich gegen die Rucksäcke, und der andere Schlafsack diente als notdürftiges Kissen. Und obwohl der Stoff dick und weich war, bohrte sich mir eine Wurzel in die Schulter. Ich rutschte zu Sam, und er zog die Luft ein. »Sehr. Du nicht?«

Er ließ die Hand über meine Seite gleiten. »Ich wünschte, wir wären zu Hause.«

»Ich auch.« Ich streckte die Finger nach meinem SAK aus. »Und ich wünschte, wir hätten Musik, aber ich möchte alles hören können, falls etwas passiert.« Wer wusste, was sonst noch plötzlich vor uns auftauchen würde, jetzt, da wir die Sicherheit des Reiches hinter uns gelassen hatten?

»Du kannst Musik hören, wenn du willst.« Sam küsste mir den Nacken, und ich erschauerte. Es war erstaunlich, wie er mich dazu bringen konnte, diese große und unaussprechliche Sache zu wollen, egal wo und in welcher Situation wir waren. »Hör ruhig, wenn du möchtest«, sagte er noch einmal. »Ich sage dir Bescheid, wenn draußen etwas passiert. Entspann dich.«

Entspannung schien unwahrscheinlich, aber als ich den

SAK und meine Ohrhörer hervorzog und die Augen schloss, gab es nur Musik.

Warme Klavierklänge durchdrangen mich. Schwer. Vertraut. Und mit Sam hinter mir, der mich beruhigte, sank ich in einen traumlosen Schlaf.

Ich war schlagartig wach, von Dunkelheit umgeben, und die Erde bebte.

Sam war nicht hinter mir. Ich strampelte in dem Schlafsack und stellte fest, dass einer der Rucksäcke verschwunden und die Nacht hereingebrochen war.

»Sam!« Ich krabbelte heraus, als der Boden erneut erzitterte und Erde in die Senke regnete. Mein SAK spielte weiter eine alte Sonate, noch während ich mir die Ohrstöpsel rausriss und das ganze Ding in die Tasche stopfte.

Der Wald war dunkel und still bis auf die dumpfen Schläge auf dem Boden. Es war nicht wie ein Erdbeben – diesmal nicht –, daher musste es etwas Großes sein, das sich in der Nähe bewegte.

Und ich hatte gerufen.

Ich zog den Kopf ein und machte mich kleiner, während ich in die Dunkelheit spähte. Schwaches Mondlicht drang durch das Blätterdach des Waldes, aber alles lag noch immer im Dunkeln, und ich konnte keine Bewegung wahrnehmen.

Der Boden zitterte unter meinen Knien und Händen, als ich die Erde berührte. Die Bewegung war lang und anhaltend, nicht wie von einem Troll, der den Pfad entlangtrottete. Dies war etwas anderes, vielleicht waren es Fahrzeuge, die in der Nähe rumpelten. Unsere Freunde sollten weit fort sein, wenn also das Beben in der Erde von Wagen kam, waren es Drohnen oder Menschen?

So oder so, sie würden nicht freundlich sein.

Ich riss die Schlafsäcke aus der Senke und rollte sie schnell ein, damit sie auf meinen Rucksack passten. Allein würde ich diesen Baum nie wiederfinden.

Doch bevor ich aufbrach, musste ich Sam finden. Ich rief seinen SAK an, und er antwortete sofort. »Was ist los?«

»Was los ist?« Ich schüttelte den Kopf und spähte durch den dunklen Wald. »Du bist nicht da. Das ist los. Wo steckst du?«

»Ich konnte nicht schlafen, daher bin ich losgegangen, um mir den Pfad anzusehen. Der Rock ist fort. Weggeflogen, schätze ich. Ich bin jetzt auf dem Rückweg. Wir können uns bald mit Stef und Whit treffen.«

Das Rumoren in der Erde wurde schwächer. »Hast du etwas gesehen? Ich habe etwas gehört. Wie Donner, aber ...«

»Ich habe es auch gehört.« Sam hielt inne und schien sich auf etwas anderes zu konzentrieren – gehen oder klettern wahrscheinlich –, dann holte er tief Luft. »Ich habe es gehört, aber ich weiß nicht, was es war.«

»Okay. Heb deine Taschenlampe in meine Richtung. Vielleicht kann ich sie sehen und auf dich zulaufen.«

»Eine Sekunde.«

Während er schwieg, spähte ich durch den Wald. Im Norden glomm ein schwaches Licht auf. Ich sicherte den Rucksack und die Schlafsäcke und begann, mir einen Weg durch die Bäume zu bahnen.

»Hast du es gesehen?«, fragte er.

»Ja.« Ich duckte mich unter Äste und um brüchige Steinbrocken herum und schaltete den SAK aus, damit ich ihn als Taschenlampe benutzen konnte; meine eigene war im Rucksack, und ich wollte nicht stehen bleiben und sie herausholen. Nicht, solange dort draußen *etwas* war. Gefrorene Kiefernnadeln raschelten, während wir aufeinander zugingen. »Das nächste Mal«, schnaufte ich, »weck mich und sag mir, dass du gehst. Soweit ich wusste, ist etwas vorbeigekommen und hat dich gefressen.«

»Tut mir leid.« Sam umarmte mich und küsste mich auf die Wange. »Lass uns hier langgehen. Ganz in der Nähe ist ein Teich. Stef und Whit warten dort auf uns.«

Ich nickte und kroch mit ihm durch den Wald. Es machte mich nervös, außerhalb des Reiches zu sein. Es schien, als könne alles Mögliche geschehen. Es gab in diesen Wäldern keine Fallen, die andere dominante Spezies fangen oder abschrecken sollten, und keine Drohnenpatrouillen. Dieser Ort war fremd und wild, obwohl er eine unheimliche Ähnlichkeit mit den Wäldern des Reiches besaß.

Wieder liefen Vibrationen durch den Boden, leise und stetig. Ein seltsamer Geruch lag in der Luft, wie tierischer Schweiß gemischt mit Kiefern und Erde. »Sam.«

Sein Nicken war in der Dunkelheit kaum wahrnehmbar, aber es war genug. Er spürte es auch.

Vielleicht war es nur eine Herde Rehe oder Bisons. Es gab viele große Tiere im Reich und in seiner Umgebung. Aber als Sam und ich uns dem Teich näherten, von dem er gesprochen hatte, wurde das Rumoren lauter, und ein tiefes Murmeln drang durch den Wald. Wie Stimmen.

Hunderte von Stimmen.

Sam und ich sahen uns an. »Der Teich ist genau vor uns«, flüsterte er.

Lichter tanzten durch die Bäume, unruhig und orangerot wie Feuer. Ein Frösteln überlief mich, während wir weiterkrochen.

Sam machte die Taschenlampe aus, damit ihr Licht keine Aufmerksamkeit erregte, und einige Minuten später blieben wir auf einer kleinen Anhöhe mit Blick auf ein Tal stehen, wo der Teich lag. Und dort sahen wir die Quelle der Lichter.

Stimmenlärm rollte über das sich kräuselnde Wasser, in dem das Licht Hunderter flackernder Fackeln glänzte und tausend Leiber offenbarte. Zuerst dachte ich, es seien Menschen zu Pferd. Dann, als meine Augen sich an die Dunkelheit gewöhnten, nahmen die dunklen Gestalten eine zusammenhängende Form an, und ich stellte fest, dass die Menschen zu weit vorn auf den Pferden waren, um sie reiten zu können. Und die »Pferde« hatten keine Köpfe.

»Kentauren.« Das Wort kam wie ein Atemhauch heraus, aber Sam nickte. Selbst in dem schwachen Licht sah er blass aus.

»Stef meinte, sie und Whit seien dort.« Er zeigte über den Teich, zu einer Lücke in den Bäumen, wo Trolle den Pfad angelegt hatten. »Also werden wir um die Herde herumgehen müssen.«

Das war es, was ich zuvor im Boden gespürt hatte: Tausend Kentauren, die dem Teich zustrebten. Wahrscheinlich hatten sie in Sichtweite meines Schlafplatzes eine Abkürzung durch den Wald genommen. Und ich hatte Sams Namen gerufen. Ich hatte unglaubliches Glück gehabt, dass sie mich nicht gehört hatten.

»Machen sie wirklich Kleider aus Menschenhaut?«, flüsterte ich.

Sam schauderte nur und führte mich zurück in den Wald.

»Vielleicht könnten Stef und Whit hierherkommen, statt dass wir zu ihnen gehen.«

»Wir müssen ohnehin in diese Richtung.« Sam sprach leise und studierte die Karte auf seinem SAK.

Wir gingen nur deshalb in diese Richtung, weil sie von Heart fortführte, nicht weil der Weg zwangsläufig Antworten barg oder Hinweise darauf, wo die Sylphen zu finden waren.

»Ich möchte wirklich wissen, warum all diese Kentauren so weit von ihrem Territorium entfernt sind. Vielleicht haben sie sich von der Hauptherde gelöst, oder sie suchen Ärger mit den Trollen.«

»Vielleicht können sie spüren, dass der Krater instabil ist.«

Mein SAK zeigte mindestens fünf neue Erdbeben an, seit ich das letzte Mal nachgesehen hatte. Keins von ihnen war so groß wie das erste, aber einige waren stark genug, dass die Menschen sie bemerken würden. Das Kentaurenterritorium lag südlich des Reiches, daher hatten sie wahrscheinlich das große Erdbeben zu Beginn des Jahres der Seelen gespürt.

»Das scheint gut möglich.« Sam deutete auf die Karte. »Wir werden hier den Hügel hinuntergehen und uns an den Wald halten. Mit etwas Glück wird der Wind nicht drehen. Kentauren haben einen ausgeprägten Geruchssinn.« Er schaute zu der Herde hinüber und rümpfte die Nase. »Und ausgeprägte Gerüche.«

Ich unterdrückte ein panisches Kichern. »Ja.«

»Sobald wir von diesem Hügel runter sind, werden wir zu dem Trollpfad hier gehen. Wenn wir ihn überqueren, werden wir keine Deckung haben, aber wenn wir uns weit genug im Hintergrund halten, sollten sie uns nicht bemerken. Es scheint, als machten sie sich für ein Nachtlager bereit, und sie können im Dunkeln nur so gut sehen wie Menschen.«

»Also keine Taschenlampen.«

Er nickte. »Aber sobald wir den Pfad überquert haben, sind wir in Sicherheit. Der Rest des Weges scheint dicht belaubt zu sein und wird uns Schutz geben.«

»Okay, wir sollten besser aufbrechen.«

Wir bahnten uns so leise wie möglich einen Weg den Hang hinab und zuckten jedes Mal zusammen, wenn ein Zweig knackte oder Tannennadeln raschelten. Aber wenn die Kentauren eine Bewegung im Wald bemerkten, mussten sie wohl angenommen haben, dass wir eins der vielen Nachttiere waren, die hier lebten.

Wir kamen langsam voran, vor allem ohne Licht, aber wir hatten Zeit, um vorsichtig zu sein, also nahmen wir sie uns. Zwei Stunden später erreichten wir den Pfad.

Er war so breit, dass darauf zwei Wagen nebeneinander fahren konnten. Als wir gestern darauf gelaufen waren, war er mir nicht so breit vorgekommen, aber jetzt, da wir den Weg vor den Augen einer Kentaurenherde überqueren mussten, hätten wir genauso gut über den Krater des Reiches gehen können.

Sam prüfte den Wind. Er trug immer noch den Gestank der Kentauren und Stimmenfetzen zu uns herüber. Ich konnte ihre Worte nicht verstehen, doch es war ohnehin unwahrscheinlich, dass sie unsere Sprache sprachen.

»Wir sollten kriechen«, flüsterte ich. »Damit sie nicht zwei große Menschen vorbeigehen sehen.«

»Einen großen und einen ungewöhnlich kleinen.« Er sagte es mit einem Lächeln, aber sein Humor war bemüht. »Du hast recht. Wir werden kriechen.« Er seufzte und öffnete und schloss seine verletzte Hand.

Wir rückten unsere Sachen zurecht und ließen uns auf den Boden hinab. Gefrorenes Gras reichte mir bis zu den Ellbogen und versperrte mir zu sehr den Blick – und doch nicht genug. Obwohl wir weit hinten auf dem Pfad waren, hinter einer Kurve, um außer Sicht zu bleiben, konnte ich, als wir die Mitte des Weges erreichten, die Feuer der Kentauren und ihre Umrisse auf der Lichtung sehen. Es waren so viele. Sie würden sich keine Sorgen wegen Rocks machen müssen, die auf sie herabstoßen könnten.

Ich spürte, wie der Boden unter mir zitterte, Vibrationen von all der Bewegung im Osten. Schwach sah ich, wie eine Gruppe von Kentauren verblüffend anmutig eine andere jagte. Sie riefen und lachten, und ihre Hufe trommelten rhythmisch auf den Boden.

Zuerst wirkten sie unbeholfen, so frontlastig mit ihren menschlichen Hälften vorne am Körper, aber das Licht der Feuer glänzte auf muskulösen Pferdehälften und stämmigen

Beinen. Zwei Kentauren umarmten einander. Einer bäumte sich auf und reckte die Arme den Sternen, dem Mond und dem Himmel entgegen.

Keiner von ihnen sah so aus, als trüge er Menschenhaut als Bekleidung.

Bei den Sylphen hatten wir uns geirrt. Jedenfalls irgendwie. Sie *hatten* seit Jahrtausenden Menschen angegriffen. Sie hatten auch mich vergangenes Jahr an meinem Geburtstag angegriffen. Aber sie hatten so etwas an sich. Sie liebten Musik. Und jetzt war Cris ebenfalls eine Sylphe.

Was, wenn wir uns auch in den Kentauren geirrt hatten?

Hufe schlugen auf den Boden und kamen näher. Sam drehte sich zu mir um, und in der Dunkelheit wirkten seine Augen groß. »Lauf«, formte er mit den Lippen. »Schnell.«

Ich kroch über den Pfad, so rasch ich konnte, und wäre am liebsten aufgestanden und gerannt. Aber wenn sie in unsere Richtung kamen, wollte ich nicht gesehen werden.

Die Hufschläge donnerten, und eine hohe, dünne Stimme kreischte.

Ich riss den Kopf hoch und sah einen jungen Kentauren mit schockierter Miene auf mich herabstarren. Ein zweiter Kentaur blieb neben ihm stehen. Beide schrien.

Ich schrie.

Sam packte mich am Handgelenk, und gemeinsam stolperten wir auf die andere Seite des Weges zu, aber die Kentauren folgten uns.

Und dann erzitterte der Boden. Nicht von der Herde. Nein, dies kam aus der anderen Richtung. Eine schwere Erschütterung nach der anderen.

Die jungen Kentauren sahen an Sam und mir vorbei, und die Herde verstummte.

Stille senkte sich über das ganze Gebiet, während die Erschütterungen lauter wurden und schneller kamen. Dann erhob Sam sich auf die Füße – woraufhin die jungen Kentauren zurücksprangen – und zog mich in den Wald.

»Troll!«

Sofort erhob sich ein Lärm vom Geschrei der Kentauren und klirrendem Metall. Und als ich über die Schulter sah, standen die jungen Kentauren einfach mitten auf dem Weg und starrten mit offenem Mund ein Ungeheuer in Menschengestalt an, das dreimal so groß war wie ich und brüllend auf die Lichtung zugestürmt kam. Eis und Äste flogen beiseite, als der Troll sich seinen zerstörerischen Weg bahnte.

»Warte!« Ich schüttelte Sam ab und rannte zurück zu dem Pfad. Die jungen Kentauren – Fohlen? Kinder? – wandten mir sofort beide ihre Aufmerksamkeit zu. »Kommt!« Ich hatte keine Ahnung, ob sie mich verstanden, aber als ich ihnen die Hand entgegenstreckte, legte einer der Jungen die Hand in meinen feuchten Fausthandschuh, und wir rasten gerade in dem Moment in den Wald, als der Troll an die Stelle gedonnert kam, wo wir gestanden hatten.

Sam öffnete den Mund, schüttelte jedoch den Kopf und begann durch den Wald zu laufen, während um den Teich herum ein wilder Lärm ausbrach. Schreie und Gebrüll trieben uns vorwärts durch die Bäume. Die Kinder rannten voraus und schoben Äste und Sträucher aus dem Weg. Sam und ich beeilten uns, Schritt zu halten, aber der dunkle Wald wurde nur hier und da von Fackeln auf dem Schlachtfeld erhellt.

Mein SAK summte in meiner Tasche, doch ich konnte nicht rangehen. Ich konzentrierte mich darauf, die dicken Wurzeln zu überwinden, über die die Kentauren sprangen. Darauf, eisweißen Ästen auszuweichen. Darauf, ein Bein vor das andere zu setzen.

Rufe wurden laut. Dann ein donnerndes Knurren. Und ein schwerer, dumpfer Aufprall, als etwas fiel. Ich stolperte, aber eins der Kentaurenkinder drehte sich um und nahm meinen

Arm, bis ich das Gleichgewicht wiederfand und allein weiterlaufen konnte.

»Ana! Sam!« Stefs Stimme war gleich vor uns. »Da seid ihr ja! Ich …«

Blaue Lichter flammten auf und zielten auf die jungen Kentauren, als wir ins Freie brachen. Der Rest der Herde war weit rechts von uns und versammelte sich um den gefallenen Troll, daher waren es jetzt nur vier Menschen und zwei verängstigte Kentaurenkinder.

Einer der Jungen schrie. Die Aufmerksamkeit der Herde verlagerte sich.

»Nein, nicht!« Ich trat vor die Jungen hin und streckte die Hände aus. Sie versuchten erfolglos, sich hinter mir zu verstecken. Sie waren beide viel größer als ich. »Nicht schießen. Es sind nur Kinder.«

»Es sind *Kentauren.*« Whit hielt weiter seine Waffe auf sie gerichtet. Niemand sonst bewegte sich.

Sam schaute zwischen uns hin und her. »Schieß nicht auf Ana.«

»Es sind nur Kinder«, wiederholte ich.

Die Kentaurenherde kam dröhnend mit erhobenen Schwertern und Speeren näher, die vor Blut im Fackellicht glänzten. Plötzlich waren wir umzingelt. Alle vier Menschen. Die jungen Kentauren.

Stef schwang ihre Laserpistole in Richtung der heranrückenden Armee, aber sie konnte unmöglich tausend Kentauren überwältigen.

Ein Ziellicht war immer noch auf die jungen Kentauren gerichtet. Ich bewegte mich nicht von meiner schützenden Position. Und die anderen Kentauren waren totenstill, während sie die Situation abschätzten.

Niemand rührte sich. Ich konnte kaum atmen.

Und dann erschienen Schatten im Wald, fielen auf das Fackellicht zu, während sie sich aus natürlichen Schatten lösten. Sie waren hoch und dünn und wurden von nichts geworfen. Sie summten leise und sangen vor sich hin.

Langsam verlagerte sich die Aufmerksamkeit der Kentauren von uns auf die Schatten, die sich von der anderen Seite näherten. Hitze wogte über die kalte Fläche, als ein Schatten vor die anderen nach vorne drängte. Er blieb neben mir stehen, und eine schlanke schwarze Rose erblühte in einer seiner Ranken, ehe sie zitternd zerfiel.

Die Sylphen waren gekommen.

KAPITEL 11

Wiedersehen

Ein Hoffnungsfunke regte sich in mir und wurde dann wieder erstickt, als die Herde von Kentauren wie auf Kommando die Waffen erhob und ihren Zorn zum Himmel schrie. Der Boden erbebte unter ihren stampfenden Hufen, als sie den Sylphen entgegenrannten.

Die Sylphen heulten: Es war ein schreckliches, misstönendes Wehklagen. Schatten drängten vorwärts und sandten Hitzewellen aus. Was zuvor eine Mittwinternacht gewesen war, wurde jetzt wie Sommer, während die Lieder der Sylphen zu einer schrecklichen Kakofonie verschmolzen.

Die beiden jungen Kentauren schluchzten und fielen zu Boden, hielten sich gegenseitig fest und umklammerten meine Beine. Ich fiel mit ihnen.

Sam und meine Freunde schrien auf, doch eine körperlose Mauer aus Schatten drängte sich zwischen uns und achtete darauf, kein empfindliches Menschenfleisch zu verbrennen. Aber sie hielt direkt auf die Kentauren zu, die nur ihre Kinder zurückwollten.

»Halt!« Ich befreite mich aus dem Gewirr der Glieder.

Als ich versuchte, mich in die Masse der Schatten zu werfen, packte mich eines der Kentaurenjungen am Handgelenk und schüttelte den Kopf, einen panischen Ausdruck auf dem Gesicht.

Ich legte ihm meine freie Hand um die dicken Knöchel, die durch seinen kräftigen Griff hervorstanden, und lächelte leicht.

»Ist schon gut.« Keine Ahnung, ob er verstand, aber als er mich losließ, drehte ich mich um und rief noch einmal: »Halt!«

Die Sylphen und Kentauren bewegten sich weiter aufeinander zu, und die Kentauren waren kurz davor, bei lebendigem Leib gekocht zu werden ...

Ich sang einen langen, anhaltenden Ton. Ich konnte die Höhe nicht halten, und meine Stimme brach vor Nervosität. Obwohl Sam mir einige Tipps gegeben hatte, wie ich am besten meine Stimme zum Tragen bringen konnte, hatten wir nie richtige Unterrichtsstunden vereinbart. Es war nie Zeit dazu gewesen.

Aber die Sylphe, die mir am nächsten war, bewegte sich und drehte sich beim Klang meiner Stimme um, löste sich aus der Masse der Schatten. Sie schwebte wartend über mir, fiel in meinen Ton ein.

Wenn Musik Wasser wäre, wäre dies ein Kräuseln gewesen. Das wütende Heulen verklang, und die Sylphen schienen alle aufzukeuchen und mich anzusehen. Sie beobachteten mich, obwohl sie keine Augen hatten, keine Gesichter. Sie waren nichts als hohe Schatten, mit Ranken, die dem Himmel entgegenzuckten, während ich mich mühte, meine Hände aus den Handschuhen zu befreien. Dann fand ich meinen SAK und suchte nach Musik.

Ich wählte die *Phönix-Sinfonie.* Einige der Sylphen kannten sie bereits, und es war eins meiner Lieblingsstücke.

Die ersten Akkorde rauschten wie ein Wasserfall aus den Lautsprechern, und ich ließ meine Stimme unter den mächtigen Klängen des Flügels, der Geigen und des donnernden Basses verklingen.

Ich schaltete die Lautstärke so hoch wie möglich, sodass jede Sylphe es hörte. Sie hielten inne, bevor sie die Reihe von Kentauren erreichten, und die unglaubliche Hitze schwächte sich zu etwas Erträglicherem ab.

Hinter mir rappelten die Kentaurenjungen sich hoch. Einer berührte mich an der Schulter, und sein Blick fiel auf den SAK in meiner Hand. Das Licht von dem Bildschirm beleuchtete sein Gesicht, zerkratzt von unserer wilden Jagd und seinem Sturz. Aber er lächelte, als seine Hand durch den Schein des SAKs glitt, und er sagte etwas, das ich über der Musik nicht deutlich hören konnte und das ich auch nicht verstand.

Mein SAK-Bildschirm blitzte; auf der anderen Seite des Sylphenschwarms hatte Sam seinen SAK mit meinem synchron geschaltet. Die *Phönix-Sinfonie* war von allen Seiten zu hören.

Die Jungen mussten zu ihren Leuten zurückkehren. Die Kentauren wollten sie einfach wiederhaben. Das war der Grund, warum sie hier waren. Und die Sylphen würden es bestimmt nicht zulassen, dass die Kentauren mir etwas antaten, falls sie es versuchten.

Ich steckte den SAK in die Tasche, den Lautsprecher nach oben gedreht, sodass die Musik laut und klar zu hören blieb, dann fasste ich beide Kentaurenjungen an der Hand. Gemeinsam gingen wir um die Sylphen herum, die zu der Musik sangen und tanzten, obwohl sie immer noch wachsam waren, als warteten sie darauf, dass die Kentauren wieder angriffen.

Wir überwanden die Reihe der Schatten und sahen, dass die Kentaurenherde fast regungslos dastand. Ihre Augen wurden schmal, aber das war alles.

Eine der Kentaurenfrauen brach mit ausgestreckten Armen durch die Herde. Die Jungen sprangen auf sie zu, und die Sylphen verteilten sich um mich, während sie Melodien und Gegenmelodien des ersten Satzes der *Phönix-Sinfonie* sangen.

Die Jungen umarmten die Frau – ihre Mutter? –, und die führenden Krieger der Herde schienen meine Gruppe in Augenschein zu nehmen. Vier Menschen, nur mit Lasern und Musik bewaffnet, und Dutzende von Sylphen.

Die Schatten, die rings um mich kreiselten, mussten den

Ausschlag gegeben haben. Einer der Anführer drehte sich um und rief eine Art von Befehl, und die Herde rannte mit donnernden Hufen davon.

Doch einer der Kentaurenjungen kam zurückgelaufen. Er blieb auf halbem Weg zwischen unseren Gruppen stehen und rief etwas, während er nach Südosten deutete. Er zeigte mir, wo sie hingingen. Dann fiel er mit einer hohen und auf unheimliche Weise schönen Stimme in den Gesang der Sylphen ein und begleitete kurz die Melodie aus dem SAK.

Nur einen Moment später war er fort, verloren zwischen den anderen Kentauren.

Die Musik schwoll an, und ich wandte mich wieder zu Sam und den anderen um. Die Sylphen teilten sich und bildeten eine klare Gasse.

Als ich zu Sam am anderen Ende des dunklen Tunnels ging, schlängelten sich Schattenranken hervor und wanden sich um mein Handgelenk oder berührten mein Haar. Aber die Ranken waren körperlos. Ich spürte nichts als Wärme, wo sie mich berührten.

Sylphengesang umgab mich, eine vielstimmige Harmonie entrückten Heulens und Flüsterns. Einige Sylphen schwankten, als seien sie in der Musik versunken.

»Geht es dir gut?« Sam streckte die Hand nach mir aus, und unsere SAKs wurden gedämpft, als wir einander umarmten.

»Ja.« Ich zog mich zurück, erleichtert wieder mit meinen Freunden vereint zu sein. »Es waren nur verängstigte Kinder. Sie waren neu. Wie ich.« Mein Lächeln kam mir gezwungen vor, als ich von Stef zu Whit schaute. Dies waren meine Freunde. Sie hatten sich bereit erklärt, mit mir diese unglaubliche und möglicherweise vergebliche Reise zu unternehmen. Aber sie waren Altseelen. Sie würden nie wirklich die Verbindung verstehen, die ich zu anderen Neuseelen verspürte, selbst wenn die Neuseelen Kentauren waren.

»Wir sind einfach froh, dass du in Sicherheit bist.« Whit schaute an mir vorbei zu dem Meer der Sylphen, die sich immer noch zu der Musik bewegten und die Teile mitsangen, die sie kannten. »Und ich sehe, du hast die Sylphen gefunden.« Seine Stimme war heiser, misstrauisch.

Ich schüttelte den Kopf und drehte die Lautstärke meines SAKs herunter, schaltete die Musik aber nicht aus, als der zweite Satz begann. »Sie haben uns gefunden.«

»Sie scheinen dich wirklich zu mögen.« Er runzelte die Stirn, und ich versuchte, mir vorzustellen, wie seltsam die ganze Situation erscheinen musste. Kentauren, die sich in den Hintergrund zurückzogen. Sylphen, die sich wie schattenhafte Umhänge um mich schmiegten. »Welcher von ihnen ist« – er schien mit der Erinnerung und dem Wissen zu kämpfen – »Cris?«

Ich warf einen Blick über die Schulter, aber ich konnte die Sylphen nicht auseinanderhalten. Sie waren alle einfach nur dunkle Säulen.

Eine Sylphe trat neben mich.

»Cris.«

Er zuckte ein wenig, beinahe wie ein Nicken, und eine schwarze Rose erblühte um ihn.

»Oh, Cris.« Stef streckte die Hände nach ihm aus, und ihre Stimme brach.

Ich biss mir auf die Lippe. »Diese Bewegung gerade. War das ein Nicken?«

Er tat das Gleiche.

»Und was bedeutet Nein?«

Der Schatten drehte sich, nur die obere Hälfte. Wie ein Kopfschütteln, nur dass der Rauch sich wieder setzte, ohne dass er sich wieder umgedreht hatte. Entnervend.

»Okay.« Ich wusste nicht, was ich sonst sagen sollte. Toll, wir konnten Ja- und Nein-Fragen stellen, aber ich wollte nicht fragen, ob er sich in diesem Zustand unglücklich fühlte, ob er litt oder ob er mir Vorwürfe machte. Ich wollte die Antworten nicht wissen, falls sie Ja lauteten.

»Diese anderen Sylphen werden uns nichts tun?«, fragte Whit.

Cris schüttelte den Kopf, noch während der Rest des Schwarms uns umkreiste und Hitze verströmte, um die kalte Nachtluft abzuwehren. Sie hatten zu singen aufgehört.

»Jetzt, da wir uns mit den Sylphen zusammengetan haben«, sagte Whit, »was machen wir nun?«

Ich war mir nicht sicher. Ich hatte sie finden wollen, hatte Fragen stellen wollen. Und jetzt konnte ich es. Aber darüber hinaus hatte ich nicht viel weitergedacht. Ich hatte Ziele, doch keine Ahnung, wie ich sie erreichen sollte. »Als Erstes«, sagte ich und drehte mich zu Cris um, »brauchen wir ein sicheres Versteck. Die meisten Ratsmitglieder sind ermordet worden. Deborl hat die Kontrolle über die Stadt. Er sucht nach uns. Sarit und Armande sind zurückgeblieben, um uns auf dem Laufenden zu halten.« Beim Gedanken an Sarit tat mir die Seele weh, aber ich würde sie später anrufen. Sie würde es nicht glauben, wenn ich ihr von den Ereignissen erzählte.

Cris nickte.

»Zweitens.« Ich schaute nach Südosten. »Wir haben eine Gruppe von etwa vierzig Menschen in diese Richtung geschickt, um sie von Deborl und einem Ausbruch wegzubringen. Auf diese Weise haben sie eine Chance.«

Cris nickte wieder, und alle anderen Sylphen beugten sich vor und lauschten.

»Können einige von euch sie einholen und beschützen? Wir werden sie anrufen und dafür sorgen, dass sie wissen, dass ihr kommt, damit sie nicht versuchen, euch eine Falle zu stellen. Aber sie haben nicht viel Schutz. Einige Sylphen würden viel ausmachen.«

Die Sylphen summten und sangen kurz untereinander, dann lösten sich vier von der Gruppe und schossen nach Südosten. Sie waren beängstigend schnell, beinahe wie richtige Schatten, wenn jemand Licht einschaltete.

»Danke«, flüsterte ich, als der Ring aus Sylphen sich enger schloss und meine Freunde zusammenrückten. »Die dritte Sache ist Folgendes: Ich muss lernen, und ich hatte gehofft, ihr könntet mir dabei helfen. Wir haben nicht viel Zeit, je eher ich also herausfinde, wie man diese Bücher liest, und verstehe, was vor fünftausend Jahren passiert ist, umso eher kann ich meinen Plan ausführen.«

Die Sylphen warteten und wiegten sich düster unter dem Mondlicht hin und her.

Ich sprach mit starker Stimme. »Ich möchte verhindern, dass Janan sich erhebt.«

Die Nacht zerbrach, als jede Sylphe einen triumphierenden Schrei ausstieß.

Die Sylphen führten uns zu einer Höhle am Fuß eines Berges, durch deren Mitte ein Bach floss. Wind wehte herein, und der Felsen war kalt und hart, aber als die Sylphen sich am Rand entlang aufstellten, strömte Wärme durch die Wände und den Boden.

Mit Lampen, die das Dunkel erhellten, und unseren Schlafsäcken so zusammengefaltet, dass man darauf sitzen konnte, war die Höhle gar nicht so übel.

»Ich wette, der Bach überschwemmt im Frühling die Höhle«, sagte Stef und schaute von ihrem SAK auf. »Nicht dass wir so lange hier sein werden. Ich habe übrigens eine neue Information von Armande.«

Wir alle beugten uns vor, und eine der Sylphen löste sich von den anderen.

»Cris.« Ich rutschte näher zu Sam, um Platz zwischen mir

und Whit zu schaffen, und obwohl Whits Lächeln eher gezwungen als herzlich war, rutschte er zu Stef hinüber und klopfte auf den Platz an seiner Seite. »Setz dich zu uns«, sagte ich.

Cris zögerte und schien zwischen den anderen Sylphen und uns hin und her zu schauen, die wir um eine helle Lampe und Sachen, die wir aus Heart mitgebracht hatten, versammelt waren. Er war sich nicht sicher, was er tun sollte. Bei Menschen sitzen, die Sylphen fünftausend Jahre lang gehasst hatten, oder bei seinen neuen Leuten bleiben. Plötzlich hatte ich ein schlechtes Gewissen, ihn zu dieser Entscheidung aufgefordert zu haben.

Die anderen warteten ebenfalls und beobachteten Cris, um zu schauen, was er tun würde.

»Warum kommt ihr nicht alle näher?«

Stef und Whit wanden sich, obwohl sie nickten, und Sam erbleichte. Es war schwer zu akzeptieren, dass Sylphen zwar Furcht einflößend waren, uns aber nichts tun würden.

Doch was war mit den Sylphen, die mich letztes Jahr an meinem Geburtstag gejagt hatten? Oder meine Hände verbrannt hatten?

Ich würde Cris später fragen müssen.

Keine der Sylphen machte Anstalten, meine Einladung anzunehmen. »Kommt nur«, sagte ich. »Wir sind Verbündete. Wir haben gemeinsame Freunde. Wir haben gemeinsame Ziele.« Ihrem Gesang vorhin nach zu urteilen schien es zumindest so, als wollten sie, dass ich Janan aufhielt.

Stück für Stück schoben die Sylphen sich auf uns zu, wobei sie ihre Hitze niedrig und ihren Gesang leise hielten. Sie ließen einen ziemlichen Abstand zwischen uns, aber dies war eine Verbesserung. Ich versuchte, sie anzulächeln.

Stef räusperte sich, und alle richteten die Aufmerksamkeit wieder auf sie. »Armande berichtet, dass die Sperrstunde strenger ist denn je. Mehrere Menschen sind ins Gefängnis geworfen worden, weil sie dagegen verstoßen haben. Noch mehr sind festgenommen worden, weil sie nicht an der morgendlichen Versammlung um den Tempel teilgenommen haben. Deborl besteht darauf, dass sie Wiedergutmachung dafür leisten müssen, Janan jahrhundertelang ignoriert zu haben. Sie haben auch angefangen etwas innerhalb der Stadt zu bauen, aber niemand weiß genau, was es ist, nur dass sie alle einen Beitrag dazu leisten müssen. Einige Leute sind ausgeschickt worden, um weitere Materialien in den Minen abzubauen oder zu veredeln.«

»Also sind selbst normale Arbeiten ausgesetzt worden?«, fragte Whit. »Für was immer sie da bauen?«

Stef nickte. »Es befindet sich im Industrieviertel. Es sieht so aus, als würden sie die geothermalen Energieleitungen für irgendetwas benutzen. Und viele der Lagerhäuser sind zerstört worden. Armande hat ein Bild geschickt.« Sie drehte den SAK um, um es uns zu zeigen.

Wie sie gesagt hatte, war ein großer Bereich des Industrieviertels eingeebnet worden. Wo einst Lagerhäuser gestanden hatten, waren jetzt nur noch vereinzelte Gebäude und skelettartige Rohrleitungen zurückgeblieben. Einige davon waren Wasserleitungen oder Abwasserrohre, während andere der Energieerzeugung dienten. Am äußersten Rand des Viertels standen noch die Textilfabrik, die Töpferei und die Schmieden. Noch.

Das neue Gebäude war noch nicht weit genug gediehen, als dass wir seinen Zweck hätten erraten können. Etwas Breites und Flaches, obwohl das vielleicht nur das Fundament für etwas Größeres sein konnte, vor allem da sie weiteres Material heranschafften.

»Nur weil wir nicht wissen, was es ist«, sagte Sam, »bedeutet das nicht, dass wir nicht wissen, wofür es letztendlich gedacht ist.«

»Janan.« Stef nickte. »Es wird zweifellos für ihn genutzt werden.«

»Es gibt so viel, was wir noch in Erfahrung bringen müssen«, meinte Whit. »Was bedeutet, dass wir uns wieder an diese Bücher machen müssen. Ana?«

»Ich bin bereit.« Ich sah Cris an – oder die Sylphe, die ich für Cris hielt. »Hast du zufällig gelernt, diese Bücher zu lesen, als du eine Sylphe geworden bist?«

Cris summte und trällerte, beinahe wie ein Kichern, als er den Kopf schüttelte. Aber bevor ich enttäuscht sein konnte, zuckte er, und eine weitere Sylphe trat vor.

Ich rang um ein Pronomen. Ich hatte Sylphen immer für geschlechtslose Wesen gehalten, aber es schien mir unhöflich, es ihnen zu sagen ... jedenfalls nicht in ihr Gesicht, da sie keine Gesichter hatten, aber ... Mist. Ich richtete das Wort an die neue Sylphe. »Kannst du mir helfen, die Symbole aus den Büchern zu übersetzen?«

Die Sylphe nickte, was im Wesentlichen aus einem vertikalen Rollen von Rauch bestand.

»Prima.« Es würde jedoch eine lange Nacht werden, wenn wir Ja- und Nein-Fragen über die Bedeutungen von Wörtern stellen mussten. Trotzdem, wir konnten damit anfangen, die Wörter zu bestätigen, die wir schon hatten. »Whit?«

Er stand auf und ging zu meinem Rucksack, in dem ich die Tempelbücher aufbewahrte. »Je eher wir das schaffen, desto eher kommen wir aus dieser Höhle raus.«

Sam beugte sich zu mir vor – und zu der Sylphe. »Ihm fehlt die Bibliothek.«

Ich seufzte. »Mir auch. All die Bücher. Die gut beleuchteten Leseecken.«

»Die Stühle.« Stef geriet in schwärmerische Verzückung. »Ich vermisse Stühle. Meine Beine sind nach dieser ganzen Lauferei müde.«

Cris stieß einen Pfiff aus, als wolle er damit angeben, dass er keine schmerzenden Beine hatte.

»Bereit?« Whit verteilte Bücher und Notizblöcke, und wir machten uns alle an die Arbeit. Sylphen schwebten um uns herum, während wir die Seiten durchgingen, und bestätigten unsere Übersetzungen oder versuchten, sie zu korrigieren. Es war schwer, die Sylphen zu verstehen, aber je länger die Nacht voranschritt, desto schneller begann ich, ihre Bewegungen, ihr Geträller und Gesumm zu erfassen, die Stimmungen, die sie durch ihre Tonhöhe und die Noten, die sie sangen, vermittelten.

Als ich Sam einen Blick zuwarf, um zu schauen, ob auch er die Sylphen etwas besser verstand, lächelte er.

Am Ende der Sitzung, als alle gähnten und sich in ihren Schlafsäcken zusammenrollten und die meisten Sylphen sich in der Höhle verteilt hatten, um sie warm zu halten, ging ich zu Cris.

»Danke für deine Hilfe.«

Er nickte.

»Hast du gewusst, dass wir dich gesucht haben?«

Ja.

»Wissen die anderen Sylphen, was vor fünftausend Jahren geschehen ist? Wie sie zu Sylphen geworden sind?«

Ja. Ein nachdrückliches Ja.

»Haben Phönixe sie verflucht?« Meuric hatte geglaubt, dass Phönixe dafür verantwortlich gewesen seien, aber Meuric hatte auch starke Schmerzen gehabt.

Ja.

Phönixe. Sie waren in so viel verwickelt, aber seit Jahrhunderten war keiner mehr gesehen worden. »Wirst du mir sagen können, was passiert ist? Oder die Bücher?«

Ja und ja.

»Waren einige dieser Sylphen dafür verantwortlich, dass ich

im vergangenen Jahr gejagt worden bin? Oder dass mir die Hände verbrannt wurden?«

Cris nickte zögernd, und dann war da etwas wie eine Entschuldigung oder eine Ausrede. Ich konnte das Heben und Senken seiner Stimme nicht ganz verstehen, und er brach mit einem frustrierten Klagelaut ab, was immer er zu sagen versucht hatte.

»Ist schon gut.« Ich streckte die Hand nach ihm aus und versuchte zu lächeln. »Ich weiß, dass du nicht zulassen wirst, dass sie uns etwas antun.«

Er summte gereizt.

»Oder sie würden es ohnehin nicht tun.«

Er nickte.

»Ich weiß, dass ihr hier seid, um zu helfen.«

Cris schwebte vor, schattige Ranken wanden sich um meine Unterarme, während er sich solche Mühe gab, etwas auszudrücken. Ich konnte es fast verstehen. Fast.

Wir sind deine Armee.

KAPITEL 12

Entscheidung

Es waren keine richtigen Worte. Es war mehr wie eine Melodie, ein Lied mit einem halb erinnerten Text. Es war die Ahnung von Wörtern, so wie Musik etwas in mir zum Klingen brachte und Ideen von einem tiefen und vergessenen Ort aufsteigen ließ.

Vor Schock konnte ich nicht antworten. Sylphen konnten *sprechen*. Sie liebten Musik. Sie hatten eine Sprache. Wie war es möglich, dass in den Tausenden von Jahren, in denen die Menschen vor den Sylphen geflohen waren, niemand jemals bemerkt hatte, dass die Sylphen *kommunizierten*?

Cris bewegte sich, und sein Lied klang wie eine Frage. Wie: *Verstehst du mich?*

»Ja«, flüsterte ich. »Ich glaube schon.«

Cris drehte sich in feste Schattenspiralen ein, dann schoss er schneller aus der Höhle, als ich es mit den Augen wahrnehmen konnte.

»Warte.« Aber er war bereits fort. Alle anderen schliefen tief und fest. Ich hätte beinahe die Höhle verlassen, um der Sylphe zu folgen, aber nach dem Vogel Rock, den Kentauren, dem Troll und der Ankunft der Sylphen wollte ich eine Woche lang schlafen.

Die Lampen waren alle heruntergedreht, und Sam hatte eine dunkle Ecke für unsere Schlafsäcke gewählt, wo wir praktisch allein waren.

Ich schälte mich aus Schuhen und Mantel, kroch dann in

meinen Schlafsack und rückte näher an Sam heran, der bereits schlief. Sein dunkles Haar war ihm ins Gesicht gefallen. Er wirkte so entspannt, alle Stressfalten verschwunden, während er träumte. Und als ich ihm über die Wange strich, meine Finger bleich über seiner gebräunten Haut, seufzte er und schmiegte sich in meine Berührung.

Mit einem großen Gähnen zog ich meinen SAK hervor und nahm ihn mit in den Schlafsack, um das Licht unter den Schichten aus Wolle und Seide zu verbergen. Ich sandte Orrin eine Nachricht und ließ ihn wissen, dass wir hier alle in Sicherheit waren.

Sind die Sylphen, die wir losgeschickt haben, eingetroffen?

Er war entweder sehr spät noch auf oder sehr früh schon wach, denn mein SAK summte mit einer Antwort.

Ja. Alle hatten Angst, aber die Sylphen schweben nur am Rand des Lagers.

Ich antwortete: *Sie werden euch auch wärmen, wenn ihr es ihnen erlaubt.*

Das ist bei den meisten von uns wahrscheinlich zu viel verlangt, schrieb er zurück.

Einige Minuten später meinte er, dass er Schluss machen müsse, daher setzte ich die Kopfhörer auf und hörte Musik, während ich mit den Landkarten der Umgebung des Reiches herumspielte und mich fragte, was ich als Nächstes tun sollte. Wir konnten erst zu Menehems Labor zurückkehren, wenn wir einen Plan hatten. Wir würden keinen guten Plan haben, bis wir alles aus den Büchern erfahren hatten, was wir konnten – und von den Sylphen.

Wir hatten Sylphen.

Wir hatten das Gift.

Wir hatten vier Menschen, die nicht aufgeben würden.

Es musste einen Weg geben, um zu verhindern, dass Janan sich erhob.

Ich nickte ein, wandelte in Träumen aus Feuer von der Erde und dem Himmel und von Schatten, die die Welt überschwemmten. Ich träumte von Geburt und Tod und Wiedergeburt und von dem überwältigenden Kummer eines einzigen flüchtigen Lebens.

Als ich erwachte, fühlte ich mich träge, aber der Geruch von gebratenem Fleisch lockte mich aus meinem Schlafsack, und ich fand Stef auf der anderen Seite der Höhle, wo sie einer Sylphe das Kochen beibrachte.

»Gut«, sagte ich, hauptsächlich zu mir selbst, während ich mir mit den Fingern durchs Haar fuhr, das vom Schlaf ganz zerzaust war. Sam und Whit waren verschwunden. »Wann gibt es Frühstück?«

»Es dauert nicht mehr lange.« Sie rückte ihr Backblech auf einem großen Stein zurecht. Es war kein Feuer darunter, nur eine Sylphe, die sich um das rot glühende Metall gerollt hatte. »Und du meinst wohl ein spätes Mittagessen. Alle haben den größten Teil des Tages verschlafen. Die anderen sind nach draußen gegangen, um noch ein paar Mahlzeiten zu fangen, bevor der Schnee kommt. Würde es dir etwas ausmachen, sie zu holen?«

Ich zog die Stiefel an und schleppte unsere Laternen und Solarbatterien nach draußen, damit sie laden konnten, solange es noch hell war.

Wolken bedeckten den Himmel, und die kalte Luft brannte mir im Gesicht, aber es sah nicht so aus, als würde es ein schlimmes Unwetter werden. Ein leichter Schneefall. Er würde unsere Spuren verdecken.

Statt durch den Wald zu wandern, um Sam und Whit zu suchen, schickte ich eine SAK-Nachricht und wartete neben einem Fluss und hielt das Gesicht in die Sonne. Die letzten zwei Tage hatten meinen Schlafrhythmus durcheinandergebracht. All dieses Wachsein mitten in der Nacht.

Nachdem die anderen zurückgekehrt waren und wir alle gegessen hatten, ging ich mit Sam nach draußen und nahm meine Flöte und eine Laterne mit. Es war noch nicht dunkel, aber unter dem Baldachin des Waldes waren die Trampelpfade nur undeutlich und schwer zu erkennen.

»Die Kälte wird deine Sinne schärfen.« Er schaute zum Wald hinüber. »Und die Geräusche werden vielleicht das Mittagessen von unseren Fallen vertreiben.«

»Dann lass uns in diese Richtung gehen.« Ich führte ihn in die entgegengesetzte Richtung, weg von der Stelle, von der er vorhin gekommen war. »Ich wollte dich etwas fragen. Über die Sylphen.«

Wir hatten auch sie in der Höhle gelassen. Sam und ich waren allein. »Okay«, sagte er.

»Ich bilde mir die ganze Zeit ein, Worte zu hören, beinahe jedenfalls.« Ich sah zu ihm auf, aber er starrte nur in den Wald, während wir weitergingen. »Gestern Nacht habe ich mit Cris geredet, und ich hätte schwören können, dass er etwas geantwortet hat. Dann ist er einfach verschwunden.«

Sam schwieg für eine Weile, aber als wir einen Felshang hinabkletterten, sagte er: »Ich dachte, ich müsse es mir eingebildet haben. Ich wusste, dass ich Gefühle hörte, als sie sangen, aber ab und zu dachte ich, ich höre Wörter. Oder – etwas Ähnliches wie Wörter. Etwas, das mich an Wörter denken ließ.«

»Genau. Das ist genau das, was ich gehört habe. Cris sagte, sie seien meine Armee.«

»Deine Armee.« Sein Ton war voller Ehrfurcht.

»Ich weiß. Mir kommt es auch verrückt vor.«

Eine Art Verehrung erfüllte seine Worte, leise und hoffnungsvoll. »Ist es wirklich so seltsam? Die Art, wie sie dir folgen, die Art, wie sie dich beschützen. Sie verhalten sich wie deine Armee, seit wir sie zum ersten Mal beim Labor gesehen haben. Sie haben dich bewacht.«

»Ich möchte wissen, warum.«

»Ich auch.« Er ließ den Blick über das Ufer eines seichten Baches schweifen und führte mich zu einem Felsbrocken, der groß genug war, dass wir beide darauf sitzen konnten. »Es gibt viele Dinge, die wir die Sylphen fragen müssen.«

So viel stand fest. Und ich hätte nie gedacht, dass ich diese Bemerkung einmal von irgendjemandem hören würde. Noch vor wenigen Monaten hatten wir uns gefragt, warum sie mir die ganze Zeit folgten und ob sie uns wohl im Schlaf verbrennen würden. Und jetzt war Cris eine von ihnen. Jetzt *vertrauten* wir den Sylphen.

»Danke.« Ich hielt meinen Flötenkasten an die Brust gedrückt und wartete, während Sam den Schnee von dem Felsen wischte und sich setzte. Ich hockte mich neben ihn, legte die Flöte über meinen Schoß und hielt mich so nah bei ihm, wie ich konnte, ohne mich auf ihn zu setzen.

»Wofür?« Er legte die Arme um mich und stellte die Laterne ab, die unsere Stiefel, über Kieselsteine plätscherndes Wasser und Kiefernnadeln erhellte. Sein Bein drückte sich an meins.

»Dafür, dass du das mit den Sylphen verstehst. Und nicht denkst, ich hätte mich bei den Kentauren verrückt verhalten. Ich weiß, dass jeder schon einmal unangenehme Erlebnisse mit ihnen gehabt haben muss, aber diese …«

Sam drehte sich um und legte die andere Hand auf mein Knie. Seine Finger drückten mich, und ich konnte seine Wärme trotz der Stofflagen zwischen uns spüren. »Ich vertraue dir. Du siehst die Welt anders als wir, und ich möchte auch lernen, die Welt so zu sehen. Du forderst uns heraus, inspirierst uns. Du inspirierst *mich*. Wir haben uns in Bezug auf die Sylphen geirrt. Vielleicht haben wir uns auch in den Kentauren geirrt.«

Ich zog den Kopf ein und verbarg ein Erröten. »Vielleicht habt ihr euch anfangs nicht bei den Sylphen geirrt. Wie du sagtest, sie scheinen mich zu mögen. Und das ändert nichts an Jahrtausenden der Gewalt zwischen euch.«

Er stieß ein müdes Lachen aus. »Du hast gute Instinkte. Es ist richtig von dir, Dinge zu hinterfragen, obwohl du all unsere Geschichten gehört hast. Wenn du die Reinkarnation nicht infrage gestellt hättest, wären wir immer noch in Heart und hätten keine Ahnung, warum Deborl die Stadt übernommen hat oder was wir bauen müssen.«

»Wir wären vielleicht glücklicher, wenn wir es nicht wüssten.« Das klang, als seien wir jetzt nicht glücklich. Aber war es so? Ich war glücklich *mit ihm*, aber all dieses angeschossen werden, Explosionen ausweichen, in Höhlen verstecken – das machte mich ganz bestimmt nicht glücklich.

»Wir würden trotzdem Probleme haben, Ana.«

»Oh.« Das klang noch schlimmer als das, was ich gesagt hatte, aber er hatte wahrscheinlich recht. Ich konnte schon Ärger machen, nur indem ich atmete.

»Kein Leben ist perfekt. Es gibt immer etwas, das einen verletzt, aber es ist wichtig, auch dankbar für die guten Dinge zu sein.« Er küsste mich auf die Wange, und ich spürte seinen warmen Atem. »Wenn es nicht das Ende der Welt wäre, wäre es etwas anderes. Vielleicht nicht so groß oder schrecklich, aber es gibt immer Ereignisse im Leben, die einen unglücklich machen können, wenn man es zulässt.«

»Der Gedanke an das Ende der Welt macht mich unglücklich. Ich glaube nicht, dass es daran liegt, dass ich es zulasse.«

Er lachte. »Mich macht es auch unglücklich. Ich sage ja nur …«

»Ich versteh schon.« Ich verstand es nur zum Teil, aber er brauchte sich keine Mühe mehr zu geben. »Aber du machst mich glücklich.« Es schien mir von größter Wichtigkeit zu sein, dass er das wusste. Ich neigte mein Gesicht zu seinem, einem warmen Schatten in der winterlichen Finsternis. »Was sonst auch immer passiert, du machst mich glücklich. Und ich möchte zulassen, dass du mich glücklich machst. Ich bin meistens nicht sehr gut darin.« Mein Atem fühlte sich schwerer an, bildete Wölkchen in dem Raum zwischen uns.

Musik war immer mein Trost gewesen, und Sam, bevor ich ihn gekannt hatte. Seine Kompositionen, sein Spiel, sein Gesang. Doch dieses Glück war fern gewesen. Das Leben von jemand anderem. Ich hatte mir eine Welt fern des Purpurrosenhauses vorgestellt, aber es war eine verträumte Vorstellung, und ich wusste, dass es niemals mein Leben sein würde.

Und dann war es doch meins. Sam kam und schenkte mir Musik und mein eigenes Glück. Das Leben, das ich mir immer gewünscht hatte, war plötzlich Wirklichkeit geworden, und der Versuch, das mit meinem alten Leben zu vereinbaren, erwies sich als schwieriger, als ich erwartet hatte.

Ich rechnete ständig damit aufzuwachen.

Als verstünde er alles, was ich nicht ausgesprochen hatte, küsste Sam mich. Sein Mund war warm und sanft, seine Finger in meinem Nacken weich. »Ich wünschte, ich könnte dir all die Zeit geben, die du brauchst, um dich an das Glück zu gewöhnen. Mehrere Leben, wenn nötig. Ich würde eine Ewigkeit warten, bis du es herausgefunden hast.«

Wir hatten keine Ewigkeit. Ich hoffte ohnehin, dass ich nicht so lange brauchen würde. Ich würde mir wirklich dumm vorkommen.

»Du machst mich auch glücklich.« Er küsste mich auf die Lippen. Die Nase. Das Kinn. Die Stirn. »Meine Gefühle für dich sind unbeschreiblich.«

Mein Herz schlug im Dreivierteltakt, als er mich wieder küsste. Mit ihm könnte ich für immer glücklich sein.

Oder zumindest das eine Leben, das mir geschenkt worden war.

Ich zog mich zurück. »Was ist, wenn Janan tatsächlich weiter Menschen reinkarnieren würde?«

Sam sagte nichts, aber sein Schweigen war verräterisch. Er

wollte nicht sterben. Niemand wollte das. Denn was geschah danach? Wohin ging man, wenn man für immer starb? Was tat man?

»Unmittelbar vor der Neuwidmungszeremonie vergangenes Jahr hast du mit Stef über Entscheidungen gesprochen. Du sagtest, du seist froh, dass du nicht zwischen Ciana und mir wählen musstest, denn wie könnte jemand zwischen zwei Menschen wählen, die ihm etwas bedeuten? Später hast du mir erklärt, dass du, wenn du eine Wahl hättest und wenn dein Wunsch etwas zählte, mich gewählt hättest.«

»Das meine ich immer noch. Ich werde dich immer wählen.«

»Ich glaube dir.« Ich schloss die Augen und ließ mich von ihm umarmen, versuchte nicht daran zu denken, was er und die anderen vor fünftausend Jahren entschieden hatten, dass sie bereit gewesen waren, Neuseelen gegen ihre Unsterblichkeit einzutauschen.

Vor fünftausend Jahren hatten sie alle sich selbst gewählt.

»Sarit denkt, dass Janan weiter Altseelen reinkarnieren wird, weil er Menschen braucht, über die er herrschen kann. Welchen Sinn hat es, mächtig und unsterblich zu sein, wenn man ganz allein ist?«

Sam nickte. »Ich nehme an, alles ist möglich, aber wie Stef und Cris gesagt haben: Janan würde die Macht nicht teilen wollen.«

»Doch Meuric wollte unbedingt den Schlüssel haben. Er sagte, er brauche den Schlüssel, um zu überleben.«

»Er war aber auch verrückt, als er das sagte, nicht wahr? Vor Schmerz? Und vor Angst vor Janan? Er war seit Monaten in dem Tempel gefangen gewesen.« Sam klang nicht so, als würde Meuric ihm leidtun, aber das Wissen, wozu ich den ehemaligen Sprecher verurteilt hatte, wog schwer. »Vielleicht«, fuhr Sam fort, »meinte er nur, dass Janan ihn töten würde, wenn er den Schlüssel nicht hätte, weil er versagt hätte. Oder wenn er den Schlüssel hätte, dass Janan ihn dann heilen würde. Wer weiß, was er erwartet hat?«

Ich starrte auf meine Stiefel, sortierte Gedanken und Gefühle und wie ich um Hilfe bitten konnte, ohne ihn sehen zu lassen, wie hin- und hergerissen ich wirklich war. »Was würdest du tun?«, flüsterte ich. »Nur wenige von uns verstehen wirklich, dass Janan nicht fortfahren wird, Menschen zu reinkarnieren, sobald er aufsteigt. Sarit sagte, alle anderen würden das, was ich tue, als eine Wahl zwischen Altseelen und Neuseelen ansehen.«

»Und?«

»Was ist, wenn es eine Wahl gäbe? Was würdest du tun?«

Nur das Plätschern des Wassers antwortete. Sam starrte in den finsteren Wald, während über uns Schnee durch die kahlen Äste zu treiben begann.

»Ich stelle dich nicht auf die Probe«, sagte ich schließlich. »Ich suche nicht nach einer bestimmten Antwort. Ich würde nicht für die Wiedergeburt verantwortlich sein wollen oder entscheiden müssen, ob jemand leben darf. Aber du hast so lange gelebt. Ich habe gehofft, dass du mich vielleicht an deinen Erfahrungen teilhaben lässt.«

»Ich weiß, dass deine Frage kein Test war. Ich habe nur darüber nachgedacht.« Er strich mir über die Wange und legte mir seine behandschuhten Fingerspitzen unter das Kinn. Weiche Wolle streifte meine Haut, beinahe ein Kuss, und Sam beugte sich so dicht zu mir vor, bis ich nur noch seine Augen sehen konnte. Er sprach leise und heiser. »Ich würde dich wählen. Jedes Mal. Was auch geschieht.«

Mein Herz schlug heftig und fühlte sich plötzlich zu groß für meinen Brustkorb an.

»Das ist wahrscheinlich eine sehr egoistische Antwort«, fuhr er fort, »aber es ist die Wahrheit. Wenn ich über die möglichen Folgen einer Entscheidung nachdenke, frage ich mich, was aus dir werden würde, und ob wir zusammen sein könnten. Jeder Ausgang, der nicht mindestens ein sehr langes Leben mit dir einschließt, ist für mich keine Option. Ich habe hundert Leben gelebt, Ana. Ich habe schon früher geliebt, bin einsam gewesen, habe mich nach etwas gesehnt, was ich nicht haben konnte. Ich habe immer jedes Leben mit dem gefüllt, was ich konnte, weil ich gesehen habe, wie andere selbstgefällig und müde wurden. Ich habe gesehen, wie bei ihnen aus Leben Existieren wurde. Ich war selbst in Versuchung, diesen Weg einzuschlagen, weil es manchmal einfacher erscheint als dieses ständige Sichsorgen und Wachsen und Sichverändern und mehr sein, als man ist. Ich habe außerdem lange genug gelebt, um zu verstehen, dass es nur wenige Dinge gibt, die wichtiger sind, als mit den Menschen zusammen zu sein, die einem am meisten bedeuten. Und das bist du, Ana. Wozu ist die Reinkarnation gut, wenn ich dich nicht habe? Wozu ist es gut, Janan aufzuhalten, wenn ich dich nicht habe? Was immer nötig war, welche Entscheidung ich auch treffen müsste, damit wir zusammenbleiben konnten – das ist es, was ich wählen würde.«

Bevor ich irgendeine Art von Antwort finden konnte, war Sams Mund auf meinem, und ich vergaß alles um mich herum. Er küsste mich und ließ das Kribbeln im Bauch zu einem heftigen Flattern werden. Ich küsste ihn ebenso leidenschaftlich, und seine Hände waren auf meinem Gesicht, schoben meine Kapuze zurück und fuhren mir durchs Haar. Er küsste mich auf den Hals und zog an dem Mantelkragen, als wolle er auch an meine Schulter.

Ich sehnte mich nach ihm. Ich sehnte mich nach seinen Berührungen, seinen Küssen, nach Leben, in denen ich ihn lieben konnte.

Eine heiße Welle durchfuhr mich, als Sam mich auf den Rücken legte und mir den Kopf und Rücken hielt, bis ich auf dem flachen Felsen lag und mein Haar sich über den Stein ergoss. Er beugte sich über mich, streichelte mir das Gesicht, die Seiten, die Hüften, und als unsere Blicke sich trafen, lag etwas Rohes und Nacktes in seinen Augen. Sehnsucht. Verlangen. War es das, was er auch in meinen Augen sah?

Ein Reh brach durch den Wald, und Sams Atem ging schwer, eine weiße Wolke in der Luft, als er sich umschaute und sich daran zu erinnern schien, dass wir draußen waren. »Fünf Minuten allein, und schon versuche ich, dich auszuziehen.« Er berührte mich am Bauch, und Schauer durchfuhren mich, dann deutete er mit dem Kopf zu der Stelle, wo mein Mantel offen stand.

Ich rang nach Luft. »Es waren eher fünfzehn oder zwanzig Minuten.« Ich zitterte sowohl von seiner Berührung als auch von der eisigen Luft. »Und wenn es nicht so kalt wäre und wir nicht draußen wären, wäre ich sehr dafür.«

Sam schloss den Reißverschluss meines Mantels. »Ich stelle plötzlich fest, dass ich wegen des Wetters ziemlich verbittert bin und wegen der Tatsache, dass wir es aushalten müssen, wenn wir allein sein wollen, und überhaupt wegen dieser ganzen Situation. Es gibt so viel, was wir stattdessen tun könnten.«

Ich rührte mich nicht von dem Stein, obwohl ich in dem Mantel fror und einen kalten Rücken bekam. Mein Körper summte immer noch von seiner Berührung, von dem Verlangen, das er in mir geweckt hatte. »*Sehr* bitter.« Doch ich würde die erste Gelegenheit nutzen, die sich uns bot. Irgendwo allein, in einem Haus und im Warmen. Und ohne den Felsen.

Während wir zusahen, wie der Schnee in den Fluss kreiselte, dachte ich über seine Worte nach, dass jede Entscheidung für ihn darauf hinauslaufen würde, ob er mit der Person zusammen sein konnte, die er liebte. Mit mir.

Was für ein erstaunliches Gefühl.

»Hast du deine Flöte wegen der Sylphen mitgenommen?«, fragte er nach einigen Momenten des Schweigens.

»Ja.« Ich stemmte mich hoch. »Ich dachte, sie würden es vielleicht mögen, wenn du spielst.«

»Ich?« Er nahm den Flötenkasten behutsam, fast ehrfürchtig in die Hand.

»Du hast seit Wochen nicht für mich gespielt. Du brauchst bestimmt Übung.«

Er lachte leise und nahm die Flöte aus dem Kasten. In seinen Händen wirkte das Stück Silber klein und zierlich. Er hielt die Flöte, als sei sie etwas Kostbares.

»Ist deine Hand dazu bereit?«, fragte ich.

Er nickte.

»Dann spiel für mich.« Ich rutschte zur Seite, um ihm Platz zu machen. »Spiel für die Sylphen. Ich habe noch kein Lied gefunden, das ihnen nicht gefallen hätte.«

»Lieder haben Worte«, murmelte er automatisch, während sein Atem über das Mundstück zischte. Er wärmte sich mit einer Reihe langer Noten auf, Tonleitern und Rhythmusübungen, und dann machte er sich bereit zu spielen.

Plätscherndes Wasser schlug den Takt, und das Säuseln des Windes sorgte für Harmonie. Sam gab der Natur einen Moment Zeit, bevor er mit einem leisen Ton begann, einem unheimlichen Vibrato, und einer tiefen Melodie, die aus einem meiner Träume hätte stammen können.

Wann immer die Welt sich veränderte, veränderte sich auch seine Musik. Ein Platschen flussabwärts hellte die Stimmung auf, und die Melodie wurde hoffnungsvoll; ein Wolf, der im Osten heulte, brachte die unheimlichen Töne zurück. Windstöße wirkten bedrohlich, so wie er spielte. Wenn ich die Augen schloss, war ich mir nicht sicher, wer die Musik leitete: Sam oder die Natur. Es schien, als würde er alles dirigieren, selbst den Wind und den fallenden Schnee. Und als mein Hals vom Summen der Gegenmelodie vibrierte, war ich bereit zu glauben, dass Sam irgendwie zaubern konnte.

Ich kannte das Stück nicht, obwohl mir bei seinem Klang das Herz wehtat und ich den nächsten Ton vorhersah, obwohl ich ihn nicht hätte kennen sollen.

Erst als sich ein schauerliches Stöhnen hineinmischte, kam ich wieder zu mir. Sam hörte auf zu spielen, als habe er ohnehin das Ende der Melodie erreicht, als seien die Sylphen gerade rechtzeitig erschienen, genau so, wie er es beabsichtigt hatte.

»Das war unglaublich«, flüsterte ich.

Sam sagte nichts dazu, als komponiere er ständig spontan mit der Natur.

Hitze breitete sich in der Nähe aus. Schnee zischte, als er durch die Sylphen trieb, und der Bach dampfte, wo einige Sylphen sich hineindrängen mussten. Komisch, noch vor einer Minute war es so kalt gewesen, dass ich meine Ohren nicht mehr spürte.

Eine Sylphe schwebte auf uns zu, unheimlich in der wachsenden Dunkelheit, und gab sich mit einer schwarzen Rose zu erkennen.

Wenn ich Cris so sah, krampfte sich mir der Magen zusammen. Er war ganz anders als der hochgewachsene junge Mann, dem ich erst vor wenigen Monaten im Purpurrosenhaus begegnet war. Er hatte scharfe, spitze Züge und ein breites Lächeln gehabt. Er hatte Gewächshäuser gebaut, damit Rosen das ganze Jahr über blühten, hatte sich um Eichhörnchen und Streifenhörnchen gekümmert, Tiere, die andere Leute als Schädlinge bezeichnen würden.

Er hatte Stef und mich gerettet.

Er hatte keine Augen, in die ich hätte schauen können, aber ich reckte das Kinn und versuchte es trotzdem. »Ich habe verstanden, was du gestern Abend gesagt hast.«

Alle Sylphen summten hoffnungsvoll.

»Wir möchten alles hören«, meldete Sam sich zu Wort. »Angefangen bei dem, was du Ana erzählt hast. Dass ihr ihre Armee seid. Warum? Wie?«

Ich sah ihn stirnrunzelnd an. Es gab Wichtigeres, was wir die Sylphen fragen mussten – aber vielleicht nicht für ihn.

Ihr Lied ließ mich an Winter denken, an Kälte und Rennen und Springen. Trällern und Pfeifen, drängende Laute wie täuschend angenehme Alpträume. Die Lieder der Sylphen dämpften die Nacht; nicht einmal der Bach wagte es, sie zu unterbrechen.

Ich musste mich einhören, um sie zu verstehen. Es war nicht leicht, aber ich lernte dazu.

»Immer nur einer.« Meine Stimme wirkte nach dem süßen Gesang der Sylphen harsch. »Sprecht einer nach dem anderen. Ich kann euch nicht alle gleichzeitig verstehen.«

Cris summte und trat vor. *Ich war so lange fort, weil ich nach den anderen gesucht habe.*

Endlich. Kommunikation. »Du hast sie alle zusammengebracht, damit sie meine Armee werden?«

Er nickte. *Als ich Heart verließ, fanden mich einige Sylphen. Sie freundeten sich mit mir an, und ich erzählte ihnen alles, was ich wusste. Sie sagten mir, dass sie dich dein Leben lang beobachtet hätten. Sie haben auf dich gewartet.*

»Darauf gewartet, dass ich was tue?« Ich starrte auf meine Knie. Ich konnte Cris und die anderen nicht ansehen. Selbst jetzt spürte ich, dass sie mich beobachteten.

Dass du Janan aufhältst.

KAPITEL 13

Früher

Was brachte sie auf die Idee, dass ich irgendetwas ausrichten könne?

Die Sylphen haben lange gehofft, dass du kommen würdest. Sie haben gehofft, dass du die Wahrheit über Janan erkennen würdest. Nach Tausenden von Jahren hatten viele diesen Glauben aufgegeben, aber als sie dich im Purpurrosenhaus entdeckten, hat sich die Nachricht zu allen Sylphen verbreitet.

»Ich verstehe nicht.«

Phönixe haben die Sylphen verflucht. Die einzige Möglichkeit, den Fluch zu brechen, besteht darin zu verhindern, dass Janan sich erhebt. Die Sylphen sind dazu allein jedoch nicht in der Lage.

»Das scheint mir kein besonders fairer Fluch zu sein.«

Cris trällerte, wie ein Lachen, und die anderen brannten ein wenig heißer. *Nein. Aber die Phönixe haben ihnen von der Möglichkeit einer Neuseele erzählt, von jemandem, der den Fluch wirklich brechen könne, indem er Janan aufhält. Und alle Sylphen haben geschworen, dass sie alles tun würden, um diese Seele zu finden und zu beschützen. Sie würden alles tun, was nötig ist, um ihre Erlösung zu erlangen.*

Erlösung. Eine Theorie nagte an mir, aber darüber würde ich später nachdenken.

Als du ein kleines Kind warst, wurden alle Sylphenfallen vom Purpurrosenhaus entfernt.

Sam und ich tauschten einen Blick. »Hat Li das getan?«,

fragte er. »In der Hoffnung, dass Ana ›versehentlich‹ von einer Sylphe getötet wurde?«

Schatten kräuselten sich. Nicken.

Aber sie wussten, dass du anders warst. Sie haben dich beschützt. Sie haben dein Zimmer im Winter gewärmt und im Sommer gekühlt. Sie haben dich in den Schlaf gesungen, wenn du geweint hast.

Es schien verrückt, aber Cris würde mich nicht belügen, und ich hatte oft von warmen Schatten geträumt. Vielleicht waren es doch keine Träume gewesen.

»Was ist mit dem Angriff an ihrem Geburtstag?«, fragte Sam. »Und am Tag danach, als eine Sylphe ihr die Hände verbrannt hat?«

Die Sylphen wollten kommunizieren. Sie haben Ana das Haus verlassen sehen, haben gesehen, dass sie für immer fortging. Sie dachten, sie sei bereit, dabei zu helfen, Janan aufzuhalten, also folgten sie ihr und versuchten, mit ihr zu singen. Stattdessen bekam sie Angst und lief fort. Wenn sie ihr etwas hätten antun wollen, hätten sie es getan, während sie schlief.

»Aber sie haben mich gejagt.«

Cris schrumpfte ein wenig in sich zusammen. *Sie waren aufgeregt. Nachdem du dich von einem Felsen gestürzt hattest, um zu entkommen, begriffen sie, dass du Angst gehabt hattest. Also haben sie am nächsten Tag nur eine Sylphe geschickt. Aber dann wolltest du Rache und hast versucht, ihren Boten einzufangen, der inzwischen Angst vor dir hatte. Sie haben dich nie verbrennen wollen. Es war ein Unfall.*

Das Lied endete flehend, aber die Erinnerung war noch zu lebendig, wie ich zwischen die Bäume gelaufen und Sträuchern ausgewichen war. Fast ein Jahr danach konnte ich immer noch spüren, wie mein Herz vor Entsetzen schlug, und ich konnte immer noch das Inferno in meinen Händen fühlen, wo sie verbrannt worden waren.

Es war eine lange und schreckliche Genesung gewesen, und ich hatte monatelang Angst vor Sylphen gehabt. Ich hatte befürchtet, dass sie hinter mir her waren, so wie Drachen es auf Sam abgesehen zu haben schienen.

Und die ganze Zeit über hatten sie meine Freunde sein wollen? Sie hatten gewollt, dass ich *sie* rettete?

»Ist das der Grund, warum Sylphen Menehem so lange erlaubt haben, mit ihnen zu experimentieren?« Ich verschränkte die Finger. »Und warum sie an dem Tag, an dem er das Gift entdeckte, beschlossen haben, ihn nicht zu verbrennen? Weil sie wollten, dass er weitermachte?«

Die Schatten kräuselten sich wieder. Zustimmung.

»Hat es wehgetan?« Die Frage war heraus, bevor ich es merkte.

Ein Schauder lief durch die Reihen der Sylphen.

Meine Stimme wurde dünn, war kaum noch eine Stimme. »Es tut mir leid.«

Eine nach der anderen beugten die Sylphen sich vor und strichen mir trockene Wärme über das Gesicht. Nichts brannte. Es fühlte sich nur so an, als würde man im Sommer einen aufgeheizten, lichtdurchfluteten Raum betreten.

Melancholisches Flüstern ließ mich an endlos lange goldene Sandstrände denken, windgepeitschte Dünen wie Schneewehen. Sie ließen mich an türkisfarbenes Wasser und vor Hitze flimmernde Luft denken, an seltsame Bäume mit breiten Wedeln und sich schälender Borke. Überall huschten Eidechsen umher, Riesenschildkröten, Schwärme weißer, kreischender Vögel. Die Stimmen der Sylphen rauschten und zischten wie Wellen am Strand.

Als sie sich zurückzogen, seufzte ich und zitterte. Ich war mir nicht sicher, was das gewesen war. Ein Geschenk vielleicht? Aber jetzt, da es vorüber war, stahl sich die kalte Luft heran, selbst durch die Sylphen.

»Was kannst du uns sonst noch erzählen?«, fragte ich Cris.

Er kräuselte sich auf eine Art, die ein Achselzucken hätte sein können. *Die Bücher, die du zu lesen versuchst, sind Phönixbücher. Die anderen können dir mit möglichen Übersetzungen für die Zeichen helfen, aber zu entschlüsseln, was in den Büchern steht – das ist deine Aufgabe.*

»Und die Phönixe? Du hast gesagt, sie hätten die Möglichkeit gesehen, dass jemand wie ich käme. Wie sind sie darauf gekommen?«

Phönixe erleben Zeit nicht so wie wir. Sie sehen alles gleichzeitig. Sie sehen Möglichkeiten.

»Sie sehen die Zukunft?«

Cris stieß ein frustriertes Heulen aus. *Nein. Sie sehen Möglichkeiten. So wie du Wasser im Bach sehen kannst. Es ist ständig in Bewegung. Du kannst sehen, was es gerade tut. Vielleicht wird es später im Boden versickern oder verdunsten oder in einen größeren Fluss münden. Selbst wenn du den Lauf dieses Flusses kennst, besteht immer noch eine Möglichkeit, dass dem Wasser etwas von außerhalb geschieht, dass es zum Beispiel von einem Tier getrunken wird. Es gibt Hunderte von Möglichkeiten. Phönixe sehen sie.*

Ich verstand es immer noch nicht ganz, nickte aber trotzdem.

Sam runzelte die Stirn. »Es klingt, als seien die Phönixe sehr mächtig. Sie sehen Möglichkeiten, sie verfluchen Sylphen, sie können Gefängnisse für Janan und seine Verbündeten bauen …«

Alle Sylphen zischten und wurden heiß, aber Cris erklärte ihre Reaktion nicht. Ich hatte jedoch meinen Verdacht.

Sam wurde vorsichtiger: »Wenn die Phönixe all diese Macht haben und wollen, dass Janan scheitert, warum helfen sie dann nicht? Warum überlassen sie es den Sylphen und einer Neuseele?«

Cris zitterte, und schwarze Rosen erblühten um ihn herum.

Erlösung muss verdient werden. Wenn wir sie wollen, werden wir dafür arbeiten, obwohl wir sie niemals allein erlangen können. Um Erfolg zu haben, brauchen wir Anas willige Hilfe. Und deine Hilfe, Dossam.

Ein Frösteln überlief mich. »Und die Phönixe?«

Für sie ist es nicht notwendig, dass Janan aufgehalten wird, so wie es für die Erde nicht notwendig ist, dass der Mond sie umkreist. Die Welt würde sich ohne den Mond verändern, aber die Erde würde weiter existieren.

Ich nickte, immer noch von so vielen Fragen erfüllt, während ich versuchte, so viele Informationen aufzunehmen. Ich wusste nicht einmal, wo ich anfangen sollte.

In der Nähe knackte es im Gestrüpp, und im Süden heulte ein Wolf.

»Wir sollten wieder in die Höhle gehen.« Sam legte einen Arm um mich. »Die anderen werden sich fragen, wo wir sind.« Er legte die Flöte zurück in den Kasten, und die Sylphenlieder verklangen in der Nacht, als alle bis auf eine Sylphe wieder im Wald verschwanden.

Cris blieb bei uns, als wir zur Höhle zurückgingen. Unser Weg wurde von der Laterne beleuchtet, die Sam mitgebracht hatte. Der Schnee fiel jetzt schneller und verdunkelte die Welt jenseits unseres kleinen Lichtkegels.

Zurück in der Höhle gingen Stef und Whit unsere Notizen über die Tempelbücher durch. Ein Stapel toter Kaninchen lag in der Ecke und wartete darauf, getrocknet zu werden.

Ich breitete ein Tuch über das Gemetzel. »Ihr hattet viel Glück mit den Fallen?« Zumindest würden wir nicht verhungern.

Whit schüttelte den Kopf. »Wir sind mit den Sylphen jagen gegangen. Sie haben die Kaninchen aufgespürt, gejagt, schnell getötet, und wir haben sie eingesammelt.«

»Sie jagen *und* sie kochen. Wer hätte gedacht, dass Sylphen so nützlich sein können?« Ich setzte mich neben Stef und Whit und warf einen Blick auf die Notizen, die sie gemacht hatten, aber mir fiel nichts Neues auf. »War einer von euch schon mal am Meer?«, fragte ich.

»Oft«, sagte Whit. »Es ist schön, aber es kann gefährlich sein.«

»Inwiefern?« Die Gemälde, die ich gesehen hatte, waren toll gewesen, und dieser flüchtige Einblick, den die Sylphen mir gewährt hatten, hatte das Meer wie eine andere Welt erscheinen lassen.

»Einmal haben ein paar von uns ein Schiff gebaut, das uns zu anderen Inseln und Kontinenten bringen sollte. Wir wollten die Welt erkunden. Aber wir haben uns auf See verirrt. Da war uns noch nicht ganz klar gewesen, wie groß das Meer ist und wie leicht es ist, sich zu verirren, daher hatten wir uns nicht genug vorbereitet. Zum Glück hatten wir Maschinen, die dem Wasser das Salz entzogen und es trinkbar machten.«

»Salz im Wasser?« Ich würgte. »Klingt eklig.«

Hinter Whit nickte Stef sehr ernst.

Whit fuhr fort: »Selbst als wir nicht mehr wussten, wo wir waren und welchen Kurs wir einschlagen sollten, war das in Ordnung. Dann fand uns ein Krake, riss das Schiff in fünf Stücke und begann es aufzufressen. Ich hatte das Glück, nicht bei lebendigem Leibe gefressen zu werden. Schätze ich. Obwohl, jetzt, wenn ich darüber nachdenke, wäre es vielleicht schneller gegangen als zu ertrinken.«

Ich schauderte und versuchte, nicht an all die Male zu denken, als ich beinahe in einer ähnlichen Lage gewesen war. Wäre Menehems Experiment nicht gewesen, hätte Janan mich noch vor meiner Geburt verzehrt. Und dann wäre ich beinahe im Endsee ertrunken.

»Das ist doch nicht zu viel für dich, oder?« Whit sah mich stirnrunzelnd an.

»Nein, ich musste dabei nur an etwas anderes denken.«

Sam berührte meine Hand. »Aber das Meer kann wunderschön sein. Die meiste Zeit ist es schön.«

Whit nickte. »Und es gibt viele Meere. Einige sind kalt, andere sind warm. In einigen ist das Wasser so blau, dass es nicht echt aussieht. Und ich liebe das Rauschen und Donnern der Wellen auf Fels oder Sand …« Seine Erinnerung ging mit ihm durch.

Wie lange brauchte jemand, um diesen Blick zu entwickeln, als sei er in einer anderen Zeit? Ein Leben? Zwei? Wie leicht war es für jemanden, in der Zeit zurückzufallen und alles Gefühl für die Gegenwart zu verlieren?

Ich konnte es mir nicht vorstellen. Die Gegenwart bedrängte uns von allen Seiten, unbarmherzig, scharf und real.

Im Laufe der nächsten Woche übersetzte ich mithilfe der Sylphen weitere Symbole.

Es war jetzt einfach, neue Bedeutungen für verschiedene Zeichen zu finden. Die Sylphen kannten mehrere Wörter für jedes Symbol und wussten, wie verschiedene Bestimmungswörter funktionierten, aber sie konnten mir nicht immer sagen, welche Bedeutung ein Zeichen in einem bestimmten Kontext hatte. Daher konnte ein Satz lauten: »Menschen näherten sich der Stadt.« Oder er konnte bedeuten: »Menschen griffen das Gefängnis an.« Oder etwas völlig anderes.

Aber nach Tagen, an denen wir einen vielversprechenden Abschnitt des Textes durchgegangen waren, fand ich eine Übersetzung, die meine Ängste bestätigte. Eines Nachmittags nach dem Essen gab ich Stef mein Notizbuch, um sie nach ihrer Meinung zu fragen.

Das Geplapper verstummte, während sie las, und einige Sylphen huschten aus der Höhle. Cris blieb, erkennbar an seiner Schattenrose.

Nach kurzer Zeit, während alle warteten und Stef beobachteten, reichte sie mir das Notizbuch zurück. Ihr Ton war nüchtern. »Das scheint mir richtig zu sein.«

»Danke.« Ich nahm das Notizbuch und blätterte zum Anfang der Geschichte zurück. »Dann schätze ich, wenn alle bereit sind …«

»Das sind wir.« Whit stellte unser schmutziges Geschirr beiseite und säuberte sich die Hände. »Dann können wir diese Höhle vielleicht verlassen.«

Ich nickte. Wir würden weiterziehen, aber der Ort, an den ich gehen wollte, würde ihm vermutlich nicht gefallen. »Macht es euch bequem.« Während ich sprach, rückte ich meinen Schlafsack so zurecht, dass ich mich mit dem Notizbuch auf den Knien an die Wand lehnen konnte. Cris schwebte in der Nähe, während Sam im Schneidersitz neben mir Platz nahm. Ich hielt ihm meine freie Hand hin, und er nahm sie auf seinen Schoß und zeichnete die Umrisse meiner Finger nach.

Bei Whit wurde die Gedächtnismagie brüchig und ließ nach, obwohl er noch nicht ganz davon befreit war. Es dauerte seine Zeit. Aber Sam und Stef würden sich an alles erinnern, was ich ihnen gleich erzählen würde, und je öfter wir es für Whit wiederholten, desto besser standen die Chancen, dass er es später noch wusste.

»Zuerst muss ich euch sagen, was das für Bücher sind. Es sind Geschichtsbücher, aber wie Meuric sagte, hat niemand sie geschrieben. Sie sind einfach geschrieben. Ich weiß nicht, wann oder wie, aber dieses hier«, ich öffnete eins der Bücher, »berichtet über meine Geburt.«

Whit nahm sich das Buch, als wolle er es auf der Stelle lesen.

»Wie ist das möglich?« Sam beugte sich vor, um das Buch zusammen mit Whit zu betrachten, runzelte aber die Stirn und lehnte sich zurück, weil er nicht darin lesen konnte.

»Niemand hat die Bücher geschrieben. Sie werden geschrieben, während die Geschichte sich vollzieht. Aber sie gehören tatsächlich den Phönixen. Sie wurden gestohlen, zusammen mit dem Tempelschlüssel.« Ich schüttelte den Kopf. »Ich greife mir selbst vor. Ich werde mit dem anfangen, was man euch zu vergessen gezwungen hat. Vor eurer Zeit ist die alte Welt untergegangen. Ein neues Zeitalter dämmerte herauf, mit verheerenden Ereignissen und dem Aufstieg von Wesen, die einst Mythen gewesen waren. Drachen, Trolle, Rocks, Kentauren – und Phönixe. Bei Erdbeben und Vulkanausbrüchen starben überall auf der Welt Millionen von Menschen. Gewaltige Wirbelstürme fegten über die Erde. Nur eine kleine Anzahl von Menschen überlebte die Zerstörung, und es konnte auch nicht lange dauern, bis auch sie gestorben waren. Das ist der Punkt, an dem all dies beginnt.«

»Es hat schon früher Menschen gegeben?«, fragte Whit.

»Viele Menschen, wie es scheint.«

»Dann müssten sie ihre eigene Gesellschaft gehabt haben. Technik. Wissenschaft. Ideen und Träume und *Kultur*. Was ist daraus geworden? Wie ist es möglich, dass nichts davon überlebt hat?«

»Ein großer Teil dieser Welt hat tatsächlich überlebt.« Ich konnte mir einen mitleidigen Blick nicht verkneifen. »Aber Janan wollte, dass ihr glaubt, er habe euch erschaffen. Warum hätte er der Kultur einer früheren Gesellschaft erlauben sollen zu bleiben? Er hat sie aus eurem Verstand gelöscht, wie er so viele andere Dinge ausgelöscht hat. Aber wenn ihr Geistesblitze oder Ideen für Erfindungen hattet, ist vielleicht etwas von dem, was ihr in eurem allerersten Leben gelernt habt, durch die Maschen der Gedächtnismagie geschlüpft.«

»Unsere Erfindungen also.« Stef betrachtete ihren SAK, meine Flöte, unsere Laternen. »Nichts, was wir für unsere eigene Leistung gehalten haben, ist wirklich *von uns*.«

Mir schnürte sich die Kehle zu, aber ich wusste nicht, was

ich sagen sollte. Ich wusste nicht, ob sie recht hatte oder … oder was. Die Bücher sagten es mir nicht.

Sam berührte mich am Bein. »Was geschah dann?«

Ich warf einen Blick auf meine Notizen. »Die Umwälzung geschah, bevor die Phönixe mit ihrer Geschichtsaufzeichnung begannen, also bleibt der Auslöser ein Rätsel. Wir werden es vielleicht nie erfahren. Es ist ohnehin nicht wichtig. Nur wie die Menschen darauf reagierten.« Ich fand meine Stelle wieder. »Die Menschen wurden immer weniger, während die anderen dominanten Spezies sich überall auf der Welt ihre Territorien eroberten. Nach etwa hundert Jahren, in denen sie ständig von der Ausrottung bedroht waren, wurde ein neuer Anführer geboren.«

»Du solltest wahrscheinlich erwähnen, dass die Menschen nicht wiedergeboren wurden.« Stef sah einen nach dem anderen an. »Die Menschen lebten und starben einfach wie alles andere auch.«

»So ist die Bevölkerung immer weniger geworden.« Ich lächelte sie an. »Danke.«

Sie zog den Kopf ein.

»Wie dem auch sei, der Name dieses neuen Anführers war Janan. Er war stark und hatte Pläne, seine Leute nicht nur über ihr gegenwärtiges Problem hinauszuführen – ständig von den verschiedenen Kreaturen abgeschlachtet zu werden, die außerhalb ihres kleinen Gebiets lebten –, sondern in eine größere Art des Lebens hinein: niemals zu sterben. Er sah, wie Phönixe sich aus ihrer eigenen Asche erhoben, und war neidisch. Also nahm er Dutzende seiner besten Krieger und machte sich auf die Jagd nach einem Phönix, um das Geheimnis seiner Unsterblichkeit zu erfahren. Sie fingen einen ein und verlangten Antworten, aber der Phönix konnte sie ihnen nicht geben.« Meine Stimme brach. »Also haben sie ihn verletzt und noch einmal befragt, aber noch immer sagte der Phönix ihnen nichts. Als sie ihn folterten, wurden sie von seinem Blut bespritzt und veränderten sich. Doch es war ihnen nicht bewusst.«

Stef und Whit starrten auf ihre Hände, und Sam hatte die Augen geschlossen, als würde er all das in seinem Kopf sehen. Die Lieder der Sylphen waren verstummt.

»Bald kamen andere Phönixe, um ihren Artgenossen zu retten. Sie waren zornig, doch sie töteten die Angreifer nicht. Wenn ein Phönix ein Leben nimmt, kostet ihn das seinen Zyklus von Geburt und Tod. Um die Angreifer zu bestrafen, beschworen sie stattdessen Turmgefängnisse an den gefährlichsten Orten der Welt herauf, in tiefen Dschungeln oder gewaltigen Wüsten oder auf großen Vulkanen. In den Türmen würden die Angreifer nicht verhungern oder verdursten. Sie würden bekommen, was sie wollten – Unsterblichkeit –, und sie würden für den Rest ihres ewigen Lebens allein sein. Weil die Phönixe alle Angreifer voneinander trennten, damit sie sich nicht wieder gemeinsam verschwören konnten. Die Türme waren leer. Sie hatten keine Türen. Nur ein spezieller Schlüssel konnte eine Wirkung auf den Stein ausüben.« Ich sah Sam an, der den Tempelschlüssel aus der Tasche zog. Er glitzerte in dem schwachen Licht der Laternen.

»Das ist der Schlüssel?«, fragte Whit.

Ich nickte.

»Wie haben wir ihn in die Hände bekommen?«

Ich wandte mich wieder meinem Notizbuch zu. »Meuric hat ihn gestohlen. Er war dabei, als Janan und die anderen den Phönix angriffen und als die Phönixe die Männer wegbrachten. Aber er nahm selbst nicht an dem Angriff teil; er versteckte sich im Wald. Als er zu den anderen Menschen zurückkehrte, sagte er ihnen nur, dass Janan und die Krieger von Phönixen gefangen und eingesperrt worden seien – nicht, was sie getan hatten, um diese Strafe zu verdienen. Er sandte eine Truppe aus, um den Schlüssel zu stehlen, und sie brachten nicht nur den Schlüssel mit, sondern auch einen Stapel Bücher.«

»Diese hier?«, hakte Whit nach und berührte den ledernen Rücken des Buches, das ihm am nächsten war, und ich stellte mir vor, dass er sich fragte, ob er wohl derjenige gewesen war, der die Bücher mitgenommen hatte. Vielleicht hatten er und Orrin gemeinsam entschieden, die Bücher zu stehlen. Die Anfänge ihrer Bibliothek, später für fünftausend Jahre weggeschlossen.

»Diese Bücher«, bestätigte ich. »Viele Menschen wurden bei dem Versuch, den Schlüssel zu stehlen, getötet, aber als die Überlebenden ihn zu Meuric zurückbrachten, hatten sie das, was sie brauchten, um Janan zu befreien. Sie gingen ihn suchen und fanden eine riesige Mauer, die einen scheinbar unendlich hohen Turm umgab. Aber in dem Turm hatte Janan etwas über die Magie gelernt, die sie dem Phoenix gestohlen hatten, und er begriff, dass es doch einen Weg gab, Unsterblichkeit zu erlangen. Wie Meuric wollte er nicht allen die Wahrheit darüber sagen, was er und seine Krieger getan hatten. Er sagte nur, dass er das Geheimnis der Unsterblichkeit erfahren habe und dass die Phönixe neidisch geworden seien und ihn deswegen eingesperrt hätten. Er würde nicht zulassen, dass die Phönixe ihn daran hinderten, unsterblich zu werden. Jetzt, da er verstand, wie Unsterblichkeit erreicht werden konnte, würde er alles dafür tun, um sie zu erlangen. Er würde mit sich selbst beginnen, und wenn das funktionierte, schwor er, würde er das Gleiche für alle anderen tun. In der Zwischenzeit würde er jeden reinkarnieren und seine Seele gegen eine neue Seele eintauschen. Jeder würde ständig wiedergeboren werden; niemand sonst würde geboren werden, weil er nur euch reinkarnieren konnte.«

Sam riss den Kopf hoch und starrte mich an. Stef warf mir einen warnenden Blick zu. Aber bevor jemand fragen konnte, drängte ich weiter.

»Janan sagte, der Schlüssel zur Unsterblichkeit der Phönixe sei ein Tod, den sie selbst herbeiführten. Nachdem alle in Ketten gelegt waren, für immer an ihn gebunden, nahm er das Messer, das er benutzt hatte, um den Phönix zu foltern und dessen goldenes Blut noch immer an der Klinge klebte, und rammte es sich in die eigene Brust. Er legte seine sterbliche Gestalt ab und wurde zu einem Teil des Turms, der durch Phönixmagie ohnehin bereits halb lebendig war. Und alle in dem Turm waren an Janan gebunden. Sie tauchten außerhalb der Gefängnismauer als Erwachsene auf, ohne Erinnerung an das, was gerade geschehen war. Nur Meuric erinnerte sich. Er sollte die Menschen dazu ermutigen, Janan zu verehren und Janans Rückkehr vorzubereiten. Als sie wieder hinter die Gefängnismauer traten, waren überall Häuser. Das Gefängnis war in eine Stadt verwandelt worden.«

Whit runzelte die Stirn. »Aber ich dachte, es hätte einen großen Streit darüber gegeben, wer in der Stadt leben würde.«

Ich nickte. »Das ist möglich. Vermutlich war damals alles chaotisch und fremd. Das Buch geht hier nicht ins Detail.«

»Was ist mit den anderen geschehen?«, erkundigte sich Sam. »Den Menschen, die Janan mit auf die Jagd nach dem Phönix genommen hat?«

Ich sah Cris und die anderen Sylphen an, die mit uns in der Höhle waren. Mehrere von ihnen stöhnten und rollten sich in sich selbst zusammen.

»Nein.« Whit schüttelte den Kopf. »Das ist nicht möglich, weil Cris ...«

»Es ist die Wahrheit.« Ich warf den Sylphen mit hochgezogenen Augenbrauen einen Blick zu, und mehrere von ihnen nickten, seltsame kleine Zuckungen. »Was mit Cris geschehen ist, ist noch nie da gewesen, aber die anderen waren von Phönixen verflucht worden. Sie haben Buße getan. Sie wollten Vergebung. Die Phönixe vertrauten ihnen nicht gerade, aber sie hatten gesehen, was Janan zu tun versuchte. Sie haben den Gefangenen eine Chance auf Erlösung gegeben. Sie ließen jeden Gefangenen tun, was Janan getan hatte. Sie trieben sich ihre eigenen Waffen in die Brust – die Waffen, die immer noch mit Phönixblut bedeckt waren. Die Gefangenen verloren ihre sterbliche Gestalt, aber sie waren an niemanden gebunden, besaßen keine körperliche Verbindung zu ihren Türmen. Sie tauchten schon bald als Sylphen wieder auf: körperlose Seelen aus Schatten und Feuer.«

»Das klingt nicht nach einer Chance auf Erlösung«, murmelte Whit.

»Die Erlösung kommt, wenn sie Janan daran hindern aufzusteigen.«

»Wie sollten sie das tun?« Stef klang entrüstet. »Sie haben nur das getan, was Janan befohlen hat. Es hätte jeder von uns sein können, den er mitgeschleppt hatte. Jeder von uns …« Ihre Stimme brach, und sie kauerte sich zusammen. Sam beugte sich vor, um sie zu umarmen, und alle schwiegen für eine Minute.

»Was ist mit Cris?« Whits Stimme war heiser.

Ich konnte die Sylphe neben mir nicht ansehen. »Er wurde zu einer Sylphe, weil er das gleiche Ritual vollzogen hat wie die anderen. Keiner von uns wusste, was danach passieren würde.«

Cris murmelte ein Lied, als erinnere er mich daran, dass seine Lage nicht meine Schuld war, aber ich hätte etwas tun können. Ich hätte ihn dazu bringen können zu warten. Ich hätte darauf bestehen können.

Ich hätte es tun sollen.

Sam sprach in einem vorsichtigen Tonfall. »Vorhin hast du gesagt, Janan habe darüber gesprochen, Seelen auszutauschen. Bedeutet das, dass wir es gewusst haben?« Er drehte sich zu mir um, das Gesicht voller Schmerz.

Er hätte es nicht herausfinden sollen.

»Haben wir es *gewusst,* Ana?« Sams Stimme wurde leise und gefährlich. »Seit wann hast du gewusst, dass wir dem Austausch zugestimmt haben? Seit wann hast du gewusst, dass wir zugestimmt haben, dass Neuseelen *gegessen* wurden, damit wir ewig leben konnten? Wie lange hast du mir das verschwiegen?« Seine Stimme war voller Trauer.

Ich flüsterte: »Seit Stef, Cris und ich im Tempel waren.«

Er drehte sich zu Stef um, und der nackte Verrat war ihm anzusehen. »Du hast es auch gewusst?«

Sie nickte.

Ohne ein weiteres Wort stand Sam auf und ging.

KAPITEL 14

Verrat

Ich wollte Sam folgen, aber Stef schüttelte den Kopf. »Gib ihm etwas Zeit.«

Ich ließ mich auf den Schlafsack fallen und sackte über dem Notizbuch in mich zusammen, dessen Seiten noch immer offen waren und die Wahrheit herausschrien. Er sollte es nicht erfahren. Niemals. »Wie lang?«

Stef zuckte die Achseln und schien um Worte zu ringen, während Whit ein finsteres Gesicht machte und aussah, als wolle er Sam nach draußen folgen.

»Ich wollte nicht, dass sich irgendjemand schuldig fühlt.« Es war die Wahrheit, aber meine Worte waren hohl, weil es eine andere, stärkere Wahrheit gab: Ich hatte mich nicht mit ihren Schuldgefühlen und ihrer Trauer auseinandersetzen wollen. Der Stress unserer bevorstehenden Aufgabe war jetzt schon überwältigend. »Außerdem weiß ich, warum ihr die Entscheidung getroffen habt. Ich verstehe es.«

Whit sah mich stirnrunzelnd an. »Warum?«

»Ihr hattet Angst.« Ich brachte nicht mehr als ein Flüstern zustande. »Ihr wart in einem fremden und Furcht einflößenden Land, und Janan hat euch eine Möglichkeit zur Rückkehr angeboten, wenn ihr sterbt.«

»Viele von uns hatten größere Angst vor Janan als vor dem Rest der Welt«, fügte Stef leise hinzu. »Er hatte die *Phönixe* verärgert. Er hatte etwas so Ungeheuerliches getan, dass Phönixe eingegriffen hatten, um ihn zu bestrafen. Ob wir nun die Wahrheit über das kannten, was geschehen war, oder nicht, wir wussten, dass es größer sein musste als wir, und das bedeutete, dass auch Janan größer war. Also stimmten wir zu, weil es so schien, als könne er uns beschützen oder vernichten. Wir haben eine Entscheidung auf der Grundlage von Angst getroffen.«

»Und es schien, als würden die Neuseelen nie erfahren, was sie verpassten.« Ich versuchte, nicht an die Nichtstimme zu denken, die ich einmal im Tempel gehört hatte, oder an die Weinenden: Neuseelen.

»Es spielt keine Rolle, ob sie nicht wussten, was sie versäumten«, sagte Whit. »Wir wussten es. Wir wussten, was Janan ihnen antun würde. Wir haben diese Entscheidung getroffen.«

Verlegenes Schweigen erfüllte die Höhle, und nach einer Weile folgte Whit Sam nach draußen, einen zweiten Mantel über den Arm geworfen.

Stef funkelte mich wütend an. »Wenn du weiter so schlecht darin bleibst, Geheimnisse zu hüten, musst du dir eine schonendere Art ausdenken, sie zu enthüllen.« Sie wandte sich ab und beugte sich über ihren SAK.

Jetzt waren alle sauer auf mich. Stef, weil ich es den anderen gesagt hatte, und Sam und Whit, weil ich es ihnen nicht früher erzählt hatte. Wahrscheinlich verdiente ich es, allein gelassen zu werden.

Aber noch während ich die Stirn gegen die Knie lehnte, rollte Cris sich neben mir zusammen und verströmte eine gesellige Wärme.

»Danke«, murmelte ich, und er stieß ein leises Summen aus. Ich hasste es, wenn Sam wütend auf mich war, aber was ich als Nächstes tun musste, würde es noch schlimmer machen.

Mit einem müden Seufzer griff ich nach meinem SAK und rief die Karte auf, um Zeit und Entfernungen zu berechnen.

Nach einer Stunde kehrten Sam und Whit in die Höhle zurück. Stef und ich schauten beide erwartungsvoll auf.

»Ana«, begann Sam, aber ich stand auf und schüttelte den Kopf.

»Ihr könnt euch auch einfach hinsetzen und euch anhören, was ich zu sagen habe. Es wird euch nicht gefallen.«

Sams dunkle Augen wurden schmal, aber er lehnte sich neben Whit an die Wand. Stef warf mir einen argwöhnischen Blick zu, und Cris verharrte in der Ecke, unsichtbar inmitten der Schatten.

Ich hoffte, dass meine Stimme nicht zitterte. »Das ist mein Plan. Es wird kühn klingen, aber wenn ihr keine bessere Idee habt, ist es der einzige Plan, den wir haben.« Angst ballte sich in meinem Magen zusammen, während der Gesichtsausdruck meiner Freunde immer skeptischer wurde. »Wir werden die Drachen dazu bringen, uns zu helfen.«

Sam wurde aschfahl. Stef starrte mich so zornig an, als würde sie mich gleich umbringen, während Whit einfach nur erschüttert wirkte, als hoffe er, dies sei nur ein Scherz.

Wenn es doch so wäre.

Cris stieß ein ungläubiges Trällern aus. Aller Augen richteten sich auf ihn, doch niemand sprach. Sie warteten einfach darauf, dass ich den Plan erklärte.

»Es klingt furchtbar, aber hört mich an. Die Drachen haben … sie könnten … in den Büchern habe ich gelesen …« Die Worte sprudelten aus mir heraus und überschlugen sich. Alles war in der falschen Reihenfolge.

Ich brach ab, schluckte und versuchte es noch einmal.

»Seit Tausenden von Jahren kommen die Drachen aus dem Norden. Jedes Mal greifen sie den Tempel an. Als sie an einem Markttag geflogen kamen, habe ich gesehen, dass sie direkt auf den Tempel zugehalten haben. Sie haben alles andere ignoriert, selbst die Leute, die sie angegriffen haben. Ich erinnere mich, dass ich mich gefragt habe, warum. Warum sollten sie sich freiwillig opfern, um ein Gebäude zu zerstören? Jetzt denke ich, dass sie nicht das Gebäude angreifen. Sie greifen Janan an. Ich weiß, dass alle anderen sich ruhig und gelassen fühlen, wenn sie den Tempel ansehen, als seien sie in Sicherheit, aber seit ich ihn das erste Mal gesehen habe, habe ich mich bei seinem Anblick schrecklich gefühlt. Als müsse ich mich zusammenziehen. Als beobachte mich jemand, der mich nicht mag. Und ich dachte, das liege nur daran, dass so viele Menschen mich beobachteten und mich nicht mochten, aber dann wurde mir klar, dass Janan echt war. Dann fand ich heraus, dass Janan ohne Menehems Experiment nicht …«

Sam riss den Kopf hoch, sein Blick so böse und gequält, dass ich ihn kaum wiedererkannte. Er sah ein bisschen wild aus, als hätte er alles darum gegeben, mich zum Schweigen zu bringen.

»An jenem Tag haben die Drachen versucht, den Tempel zu zerstören. Dann, während des Tempeldunkels, kam eine größere Zahl von ihnen und griff auch Menschen an, aber viele Drachen gingen trotzdem direkt auf den Tempel los. Während es dunkel war, brachen sie den Stein auf. Sie wickelten sich um den Tempel, zerdrückten und zerkratzten und *zerbrachen ihn.*«

Nach einem Moment verlegenen Summens sagte Cris: *Das ist nur wegen Menehems Gift geschehen.*

»Ich weiß, dass die Idee schrecklich klingt, und vielleicht ist sie es ja auch, aber das ist noch nicht alles.« Warum konnte ich nicht aufhören zu reden? Doch die Worte flossen aus mir heraus wie ein Wasserfall. Ich sah Stef und Whit an. »Ich habe noch mehr von dem Gift, das Menehem benutzt hat. Als wir im Labor waren, habe ich das Gift versteckt, damit es niemand findet. Wenn wir die Drachen davon überzeugen können, dass sie einen Versuch bekommen, den Tempel zu zerstören …«

Stef schüttelte den Kopf. »Hörst du dir eigentlich selbst zu? Du hast gerade gesagt, ›die Drachen davon überzeugen‹. Wie kommst du darauf, dass das möglich ist?«

Meine Kehle wurde mir eng, sodass meine Worte quiekend herauskamen. »Die Kentauren …«

Sie schüttelte wieder den Kopf. »Sie haben nichts von dem verstanden, was du gesagt hast. Du hattest zwei ihrer Kinder und eine Armee von Sylphen hinter dir. Sie haben uns nur deshalb nicht getötet, weil nichts einer Sylphe etwas anhaben kann.«

Cris gab ein leises Heulen von sich.

Stef ignorierte ihn. »Die Kentauren wollen nicht deine Freunde sein, Ana. Wenn sie dich ohne eine Armee von Sylphen angetroffen hätten, hätten sie dich umgebracht. Sie hätten uns alle umgebracht, wenn Cris nicht gekommen wäre. Und Drachen, Ana. *Drachen.*« Sie berührte Sam an der Schulter, und Schmerz zuckte über ihr Gesicht, als er zurückwich. »Wie kannst du das von Sam verlangen? Du weißt, was geschieht. Wie kannst du von ihm verlangen zu sterben?«

Ich sah Sam an, und ich verlor den Mut. Ich wusste von den Drachen. Ich wusste von den dreißig Drachentoden und wie er sich gefühlt hatte, nachdem die Drachen an jenem Tag den Markt angegriffen hatten. Ich erinnerte mich an die Angst in seinen Augen und an die Art, wie er immer distanzierter und finsterer geworden war.

Er hatte wieder diesen Blick. Furcht. Entsetzen.

Resignation.

Seine Stimme war tief und leise. »Sie verlangt nichts von mir, wozu sie nicht selbst bereit ist.«

Alle schauten von Sam zu mir, obwohl Sam weitersprach.

»Ana rechnet auch nicht damit, diese Sache zu überleben. Sie hat die ganze Zeit darauf gewartet zu sterben.«

Ich starrte auf meine Füße.

Sams Stimme wurde heiser. »Sie hat nur dieses eine Leben, und sie ist bereit, es zu riskieren, damit andere leben können. Wir alle sind für eine größere Sache zusammengekommen und wissen, dass wir vielleicht unser Leben opfern werden. Wir wissen, dass wir nicht wiedergeboren werden, wenn es uns gelingt, Janans Aufstieg zu verhindern. Nachdem wir fünftausend Jahre lang gelebt haben, ist es ein beängstigender Gedanke, plötzlich damit aufzuhören.«

Wohin gingen sie? Was taten sie? Die Seele würde doch sicher weiterleben.

»Aber Ana hat nur achtzehn Jahre gehabt.« Seine Stimme wirkte gepresst. »Neunzehn.«

Heute war mein Geburtstag. Ich hatte es vergessen.

»Was auch geschieht, für sie gibt es keine Wiedergeburt. Wenn sie bereit ist, den Rest ihres Lebens hierfür zu opfern, kann ich es auch. Sie verlangt nichts Unmögliches. Sie verlangt von uns, Buße für das zu tun, was wir bereits getan haben.«

So hatte ich das nicht gesehen. »Ich versuche nicht, euch aus einem Schuldgefühl heraus zum Mitkommen zu zwingen …«

Sam schüttelte den Kopf, und für einen Moment stand ein Ausdruck in seinen Augen, den ich nicht deuten konnte, aber er brach mir das Herz. Dann war er wieder hart. Wieder distanziert. »Es ist nicht nötig, dass du Schuldgefühle gegen uns einsetzt. Wenn du nach Norden gehst, dann werden wir alle gehen. Wir können nicht zurückbleiben, oder? Es ist unmöglich, die andere Gruppe einzuholen. Und allein können wir nicht überleben.«

Sie würden sich mir also nicht anschließen, weil sie mich liebten oder glaubten, dass ich recht hatte, sondern weil sie nirgendwo sonst hinkonnten. Und weil sie dachten, dass sie Neuseelen ihr Leben verdankten.

Sie waren sauer auf mich. Alle. Selbst Sam.

Besonders Sam.

»Also, wie sieht dein Plan aus?«, fragte Stef. »Menehems Gift, Drachen und Optimismus?«

Es klang so dumm, als sie es sagte, aber ich weigerte mich, klein beizugeben. »Die Drachen werden auf mich hören.«

»Warum?« Sie machte ein finsteres Gesicht. »Weil du Freunde unter den Sylphen hast? Weil du die Neuseele bist? Dir ist doch wohl klar, dass nichts dort draußen – abgesehen von Sylphen – sich dafür interessiert, was du bist. Sie können noch nicht einmal den Unterschied erkennen.«

»Ich werde einen Weg finden.« Ich würde einen Weg finden. Ich musste es.

Stef richtete den Blick auf mich. »Bevor oder nachdem sie Sam gefressen haben?«

Ihre Worte trafen mich wie Messerstiche. »Ich werde nicht zulassen, dass ihm etwas geschieht.« Doch als ich ihm in die Augen schaute, konnte ich sehen, dass es bereits zu spät war.

»Selbst wenn du eine Möglichkeit finden würdest, sie zu überreden, was dann? Legst du einfach dein Gift aus, betäubst Janan und lässt die Drachen durch Heart wüten?« Stef warf in gespielter Überraschung die Hände hoch. »Oh, ich weiß, warum mir das so bekannt vorkommt. Das ist genau das, was Menehem getan hat.«

»Ich bin *nicht* wie Menehem«, zischte ich. »Ich werde den Drachen sagen, dass sie den Menschen nichts antun dürfen. Und wir können die Menschen warnen, dass sie sich vom Tempel fernhalten sollen, während die Drachen ...«

»Ihn in Stücke reißen?« Sie kam auf mich zu. »Denkst du, das funktioniert? Zerstör den Tempel, und Janan kann nicht aufsteigen?«

In meinen Augen brannten Tränen, doch ich würde nicht weinen. Auf keinen Fall. »Ich war noch nicht fertig.«

»Was denn noch?«, fragte Whit.

»Ich habe in den Büchern etwas über Drachen gelesen. Etwas, das uns vielleicht hilft.« Ich holte einen tiefen, beruhigenden Atemzug. »Die Drachen haben eine Waffe.«

In der Höhle wurde es so still, dass ich das Geräusch des fallenden Schnees hören konnte.

»Mehr als ihre Zähne und Klauen?«, murmelte Stef düster. »Mehr als ihre Säure?«

»Ja.«

Sam schloss die Augen.

Ich versuchte, ihn nicht anzusehen. Oder einen der anderen. Ich versuchte, mich auf die flackernden Schatten an der Wand zu konzentrieren, aber ich konnte Sams unglücklichen Gesichtsausdruck nicht ignorieren. »Ja, eine weitere Waffe. Ich arbeite noch an der Übersetzung der Symbole, aber es scheint, als sei diese Waffe etwas, das sie verehren. Etwas, das ihnen wichtig ist.«

»Und was denkst du?« Stefs Stimme war ein Dolch. »Denkst du, sie werden dir die Waffe geben? Oder sie benutzen, weil du sie darum bittest? Sie sind kein Teil deiner Armee.«

Ich presste die Lippen zu einem dünnen Strich zusammen.

»Und selbst wenn sie wirklich eine Waffe haben, warum haben sie sie bisher nicht benutzt?«

»Weil sie versuchen, sie im Tempel gegen Janan einzusetzen?« Das hatte keine Frage sein sollen, aber meine Stimme setzte sich über mich hinweg und hob sich am Satzende. »Hört zu, vielleicht irre ich mich, was die Waffe betrifft. Und die Drachen. Aber habt ihr einen besseren Plan? Habt ihr überhaupt einen Plan? Du hast uns aus Heart herausgebracht und vor Drohnen beschützt, und ich kann dir nicht genug dafür danken, aber was jetzt, Stef? Der Rest liegt bei mir.« Ich sah Cris und die anderen Sylphen an, die in die natürlichen Schatten der Höhle schwebten, als wollten sie nicht, dass man sie bemerkte. »Ich weiß nicht, ob es funktioniert. Ich weiß nicht, ob *irgendetwas* funktioniert. Aber ich muss es versuchen.«

Niemand sprach, obwohl der Gesichtsausdruck von Sam, der sich verraten fühlte, Whits offensichtliche Verwirrung und Stefs Feindseligkeit alles sagten.

Meine Stimme war heiser, als ich nach meinem Mantel griff. »Wir brechen morgen auf.«

Diesmal war ich diejenige, die aus der Höhle eilte.

Ich wanderte durch den Zwielichtwald, Kummer in der Brust. Die Traurigkeit saß so fest, dass ich kaum atmen, kaum denken konnte. Nur als das Licht immer schwächer wurde, wurde mir bewusst, dass ich eine Taschenlampe und meinen SAK vergessen hatte, und die Einzigen, die nach mir suchen würden, waren Schatten.

Der Mond hing irgendwo über mir, aber es war dunkel heute Nacht. Dank dem Sternenlicht konnte ich die Umrisse von Bäumen sehen, doch ich hatte mich bald verlaufen und zitterte in meinem Mantel, der mir plötzlich zu dünn vorkam. Eis knirschte unter meinen Stiefeln und wurde im Vorbeigehen von den Zweigen abgebrochen.

In der Dunkelheit, zitternd und todunglücklich, wischte ich Schnee von einem Felsbrocken und ließ mich darauf niedersinken. Mein Hintern wurde sofort eiskalt, aber nach allem, was passiert war, war ich zu müde, um mich darum zu kümmern. Ich war zu müde, um mir weiter einen Weg durch die Dunkelheit zu suchen.

Es war mein neunzehnter Geburtstag.

Vor einem Jahr hatte ich Li im Purpurrosenhaus verlassen und war aufgebrochen, um meinen Platz in der Welt zu suchen. Stattdessen war ich von Sylphen gejagt worden – Sylphen, die offenkundig versucht hatten, sich mit mir anzufreunden –, und war in den Endsee gesprungen, wo Sam mich gerettet hatte. Wenn ich die Augen schloss und an diese Zeit zurückdachte, konnte ich immer noch den Schmerz in der Brust spüren und die Schwärze in meinem Kopf, als ich das Bewusstsein verlor.

Ich konnte immer noch spüren, wie Sams Arme sich um

mich legten, konnte spüren, wie er Luft in mich hineinblies, konnte den kalten Wind auf meiner nassen Haut spüren, als ich ihn über mir lächeln sah.

Er hatte mich ins Leben zurückgeholt.

Und jetzt würde ich ihn in den Tod schicken.

Ich beugte mich vor und saß nur da und heulte, dann kehrte ich in die Gegenwart zurück, als ich zu stark zitterte. Ich war mir jedes Geräusches im Wald überdeutlich bewusst: ein Windhauch, der Zweige und Kiefernnadeln rascheln ließ, Vögel, die sich in ihre Nester begaben, und ein leises und melancholisches Stöhnen.

Sylphen.

Ich leckte mir die von der Kälte aufgesprungenen Lippen und versuchte, meine Stimme nicht zu heftig zittern zu lassen. »Cris?« Es hätte auch jede andere Sylphe sein können, aber ich wusste nicht, wie sie hießen oder ob sie überhaupt noch Namen hatten.

Hitze umfloss mich und ließ meine Haut kribbeln. Die Sylphe summte leise neben mir. *Hier entlang.*

Ich konnte nicht sehen, wo wir hingingen. Ich folgte der Wärme, frustrierend langsam, weil ich jedes Mal, wenn wir abbogen oder um etwas herumgingen, die Luft prüfen musste. Aber ich war erleichtert, gefunden worden zu sein, noch dazu von jemandem, der mich wieder auftauen konnte.

Irgendwo in der Dunkelheit huschten kleine Tiere davon. Schließlich erblickte ich das schwache Licht, das aussah, als scheine es hinter einer Ecke. Die Höhle. Nachts reihten sich die Sylphen normalerweise am Ausgang auf und absorbierten das Licht, sodass jeder – Mensch oder Tier –, der vorbeikam, es nicht sehen würde.

»Danke, dass du mich gesucht hast«, sagte ich leise zu der Sylphe, dann ging ich hinein. Als ich durch das fahle Licht spähte, schienen alle in ihren Schlafsäcken zu schlafen. Niemand regte sich, als ich meinen schneebestäubten Mantel und die Stiefel auszog und in eine Ecke schob, doch als ich meinen Schlafsack suchte und ihn neben dem von Sam fand – wenn auch nicht mehr so nah wie vorher –, sah ich im Laternenlicht das Weiß seiner Augen, als er blinzelte.

Ich hielt inne und hockte mich neben meinen Schlafsack. Ich wollte ihn gerade von ihm wegziehen, damit ich es nicht vergaß, wenn ich am Morgen erwachte.

Aber unsere Blicke trafen sich, und für einen Moment hoffte ich, dass er etwas sagen oder einladend seinen Schlafsack öffnen würde. Wir hatten uns schon früher gestritten, und Versöhnungsküsse waren immer schön. Stattdessen nickte er schwach – nahm meine Rückkehr zur Kenntnis – und schloss die Augen.

Das Herz tat mir immer noch weh. Ich zog meinen Schlafsack von seinem weg, kroch hinein und starrte bis zum Morgen in die Dunkelheit.

Als die Sonne aufging, verließen wir die Höhle und machten uns auf den Weg nach Norden.

Dorthin, wo die Drachen lebten.

KAPITEL 15

Einsamkeit

Für lange Zeit gab es keine Musik. Nicht von Sam oder den Sylphen – und auch nicht aus dem Wald, der uns gegen den bitteren Wind abschirmte. Je weiter wir kamen, desto dichter und höher schienen die Bäume zu werden, als bargen sie zwischen den Ästen streng gehütete Geheimnisse. Nur wenige kleine Tiere huschten durchs Unterholz, und noch weniger Vögel riefen in den Bäumen. Die Welt begann sehr einsam zu wirken.

Ich hinterließ knirschend eine Spur auf dem eisverkrusteten Boden. Das Knacken war scharf und nicht zu überhören, aber die anderen schauten nicht zurück.

Wir kamen quälend langsam voran. Nach zweieinhalb Wochen hatten wir kaum die Hälfte der Strecke zu unserem Ziel zurückgelegt, obwohl wir für einige Tage Rast machen mussten, nachdem wir etwas gegessen hatten, das nicht hätte gegessen werden dürfen. Wir hätten trotzdem weiter sein sollen.

Es war die unglücklichste Zeit meines Lebens, aufgemuntert nur durch abendliche SAK-Gespräche mit Sarit.

Draußen vor dem Zelt lauschte ich Sarits Bericht über die Sperrstunden und wer festgenommen worden war, weil er sich Deborl widersetzt oder sich besorgt über die Neuseelen geäußert hatte.

»Diesmal war es Emil«, sagte sie.

»Der Seelenkundler von Anids Geburt?«

»Ja.« Sie seufzte, und es klang, als versuche sie, nicht zu weinen. »Wir haben hier alle solche Angst. Die Menschen leben in ständiger Furcht vor den Erdbeben und Stürmen.«

Das wusste ich. Sie sagte es mir jeden Tag.

»Armande lässt dich schön grüßen und hofft, dass du genug isst. Er sagt immer wieder, dass er dich hätte begleiten sollen, damit du etwas Ordentliches zu essen bekommst.«

»Ich wünschte, ihr wärt beide hier.« Nur dass ich nicht wollte, dass sie auch wütend auf mich waren. Ich hatte Sarit nichts von dem Geheimnis erzählt, das ich enthüllt hatte, nur dass sie etwas wussten und dass es alles verändert hätte. Sie wusste jedoch, wohin wir unterwegs waren.

»Wie läuft es bei dir?«

»Sam spricht immer noch meistens mit Whit.«

»Und Stef?«

»Immer noch sauer auf mich.« Ich schloss die Augen, als es zu schneien begann. »Sie sind nicht gemein zu mir. Sie *ignorieren* mich nicht. Aber sie verhalten sich mir gegenüber anders.«

»Verhältst du dich ihnen gegenüber anders, jetzt, da sie Bescheid wissen?«

Ich zuckte mit den Achseln, obwohl sie es nicht sehen konnte.

»Ich werte dein Schweigen als Zustimmung.« Sarit seufzte. »Du kannst nicht erwarten, dass die Dinge sich nicht ändern. Gib ihnen Zeit, sich daran zu gewöhnen.«

»Du hast recht.«

»Natürlich habe ich das.«

»Aber Sam ...«

»Du weißt, was du von ihm verlangst. Es kostet ihn wahrscheinlich seine ganze Kraft, um weiterzumachen. Du weißt doch noch, wie es ihm letztes Jahr nach dem Marktangriff gegangen ist. Das hier ist schlimmer.« Ihre Stimme knisterte, als das SAK-Signal schwächer wurde. »Ich weiß, dass es hart sein muss, vor allem nach der Art, wie Li dich behandelt hat, aber sie meinen das Schweigen nicht so, wie sie es gemeint hat. Warum versuchst du nicht, mit ihnen zu reden?«

»Worüber? Je länger wir so weitermachen, umso peinlicher wird es.«

»Musik? Essen? Wie sehr du die Kälte hasst? Ich weiß es nicht, Ana. Sie sind genauso unglücklich wie du. Warte nicht darauf, dass sie den ersten Schritt tun und nett zu dir sind. Aber wenn du nicht aktiv wirst, kann ich dir auch nicht helfen.« Etwas krachte im Hintergrund, und sie fluchte. »Entschuldige, Ana. Armande braucht mich. Erdbeben.« Sie legte auf, bevor ich mich verabschieden konnte.

Ich saß draußen und sah zu, wie der Schnee sich auf meinen Fäustlingen und dem SAK sammelte.

Unser Ziel war nicht das Drachenland. In der Bibliothek hatte es natürlich Informationen über Drachen und ihren Lebensraum gegeben, daher wussten wir ungefähr, wo sie waren, aber ich brauchte nicht ganz so weit nach Norden zu gehen.

Sam war in seinem früheren Leben auf eine riesige weiße Mauer gestoßen, wie die Stadtmauer von Heart. Dort hatten Drachen ihn entdeckt und getötet.

Das war mein Ziel, denn wir wussten, dass Drachen dieses Gebiet patrouillierten und dass es auf einer Seite einen eingebauten Schutzraum gab. Zuerst hatte ich Angst gehabt, dass ich Sam bitten müsste, sich an Einzelheiten über seine Reise nach Norden zu erinnern, oder dass ich nachsehen müsste, ob er irgendwelche Details in einem Tagebuch notiert hatte – aber am Ende retteten mich wieder die Sylphen.

Sie wussten, wo die anderen Gefängnisse waren.

Natürlich wussten sie es.

Also führten die Sylphen uns nach Norden, durch den Wald aus Ulmen, Kiefern und Fichten, und obwohl Cris uns versicherte, dass wir uns der Mauer näherten und »fast da« seien, schien es sich ewig hinzuziehen.

Wir waren nun schon so lange in der Wildnis, dass Heart, Janan und alles, worauf wir hinarbeiteten, wie ein anderes Leben schienen.

»Das war's«, sagte Stef, die mit Whit vorausging. »Hier ist die Grenze.«

Whit warf einen prüfenden Blick in den wolkenverhangenen Himmel. Bald würde es dunkel sein. »Dann werden wir hier für die Nacht haltmachen. Sieht so aus, als würde der Weg schwieriger werden.«

Sam trat hinter mich und sah mich aus dem Augenwinkel an. »Welche Grenze?« Er sprach nur mit Whit, aber Stef antwortete.

»Hast du heute Morgen nicht aufgepasst?« Sie verdrehte die Augen. »Unsere SAKs werden bald keine Verbindung mehr zu den anderen haben. Wir sind zu weit vom Reich entfernt.«

Sam schüttelte den Kopf. »Aber weiter im Süden funktionieren sie. Und im Osten und im Westen.«

Whit ließ den Rucksack fallen und begann das Zelt auszupacken. »Das liegt daran, dass dort manchmal Menschen unterwegs sind. Auf Entdeckungsreisen. Dort gibt es Nahrung und andere Dinge, die wir benutzen können.«

»Auf dem Kontinent stehen überall Türme«, fügte Stef hinzu, »die von Drohnen gewartet werden. Sie stellen die Verbindung zwischen den SAKs her, wenn man sich außerhalb des Reiches befindet. Aber hier oben gibt es nur Wald und Drachen. Hierher kommt niemand.« Sie warf einen Blick zu mir. »Bis auf uns, leider.«

Sie konnte wirklich lange nachtragend sein.

»Also, nach heute Abend keine Anrufe oder Nachrichten mehr.« Whit machte ein finsteres Gesicht, während er und Stef das Zelt aufbauten.

Für mich hieß das: keine Sarit mehr.

»Ich werde das Abendessen holen gehen.« Auf meine Worte hin nickten die anderen nur.

Sylphen schossen in den Wald, als ich meinen Rucksack fallen ließ und nach dem Stoffbeutel durchwühlte, in dem wir tote Tiere transportierten.

Sam zog Wasserflaschen und einen kleineren Beutel aus seinem Rucksack, und Cris schwebte auf ihn zu. Sie füllten meistens gemeinsam Wasser nach und kehrten mit etwas zurück, das wie abgestorbenes Gras aussah, aber eigentlich ganz gut schmeckte, wenn man es kochte und mit dem jeweiligen Fleisch mischte, das man abends hatte. Mensch oder Sylphe, Cris war immer noch der Beste, wenn es darum ging, essbare Pflanzen zu finden. Doch ich wünschte, er würde mit mir gehen.

Im Wald schossen die Sylphen umher und verbrannten schnell Eichhörnchen, Kaninchen und Tauben. Ich warf sie nacheinander in den Sack, und als ich zu den anderen zurückkehrte, stand das Zelt, und Cris und Sam machten Wasser fürs Abendessen heiß.

»Bitte sehr.« Ich stellte den Sack mit Tieren neben den Topf und hoffte. Wartete.

»Danke.« Sam schaute nicht auf. »Stef kocht.«

»Okay.« Das war sogar gut. Stef war eine viel bessere Köchin als wir anderen. Aber das war es nicht, was ich mir von ihm erhofft hatte. Vielleicht ein Lächeln oder eine Beschwerde über das Wetter. Ich wünschte, ich wüsste, wie viel von seinem Unglück an mir lag, und wie viel daran, dass auf unserer Suche nach Drachen einfach alles zusammenkam.

Sarit sagte mir, ich solle es versuchen. Ich nahm all meinen Mut zusammen. »Sam, ich weiß, dass ich dir nichts von dem Austausch erzählt habe, aber ich hatte einen guten Grund …«

Er schüttelte den Kopf. »Ich bin noch nicht bereit, darüber zu reden. Ich kann es einfach nicht.«

Die Zurückweisung tat weh. Ich wandte mich ab.

Während die anderen sich um das Abendessen kümmerten, zog ich mich ins Zelt zurück und nahm meine Notizbücher und die Tempelbücher hervor. Ich hatte im Lauf der letzten Wochen alle möglichen bemerkenswerten Dinge entdeckt, jedoch nichts, was die anderen im Moment interessieren würde, daher behielt ich sie für mich.

Ich kauerte in meiner Ecke des Zeltes und machte die Laterne an, die Tempelbücher um mich herum ausgebreitet. Mein Notizbuch war fast voll mit all den Übersetzungen und Fakten, die ich gesammelt hatte.

Ich hatte noch nicht lange gearbeitet, als Cris ins Zelt kam und sich neben mich schob. *Irgendetwas Neues?* Seine Anwesenheit machte meine Ecke des Zeltes wunderbar warm.

»Ich glaube, ich komme zu einem Abschnitt, in dem die Funktionsweise des Tempelschlüssels erklärt wird.«

Er nickte, nur ein flackernder Schatten.

»Als Meuric mich in dem Tempel gefangen hatte, habe ich auf viele der Zeichen auf dem Schlüssel gedrückt.«

Hm.

Ich verbrachte noch einige Minuten damit, meine Übersetzungen ein weiteres Mal zu überprüfen, bevor ich fortfuhr. »Es wäre schön gewesen, wenn ich das alles gewusst hätte, bevor ich den Tempel betrat. Also, die Symbole bewirken im Tempel alle etwas anderes. Horizontale Linien machen Böden, und vertikale Linien machen Wände.«

Das Quadrat erschafft Türen.

Ich nickte. »Drinnen oder draußen, je nachdem, ob man die eine Hälfte des Schlüssels in die andere schiebt. Ich hatte wirklich Glück, dass ich das vor dem Tempeldunkel geschafft habe. Wenn ich es nicht getan hätte, bevor das Gift zu wirken begann …«

Du wärst entkommen, als das Licht wieder anging.

Aber Sam, Stef und so viele andere wären jetzt tot.

Cris summte besänftigend. Eine dunkle Ranke legte sich mir ums Handgelenk, über die Hand und zwischen die Finger.

Ich schloss die Augen und versuchte, so zu tun, als seien Schatten genug. Als sei Sarits Stimme im SAK genug. Aber in meinem Inneren war eine Leere, die immer größer wurde.

Ich tippte mit dem Bleistift auf mein Notizbuch, wo ich das silberne Gerät gezeichnet hatte, und auf jedes der Symbole, die in das Metall eingraviert waren. »Man sollte meinen, ich wäre selber darauf gekommen, da ich fast getötet worden wäre, aber der Kreis erschafft Gruben im Tempel. Die Tiefe hängt davon ab, wie lange man den Knopf gedrückt hält, glaube ich. Es ist schwer zu sagen.«

Und die Raute?

»Dreht Dinge auf die Seite. Oder auf den Kopf.« Als Meuric mich im Tempel gefangen hatte, hatte ich gesehen, wie sich alles umgedreht hatte. In der Mitte des Raumes war eine Grube gewesen, und plötzlich war sie wie eine Spinne die Wand hinauf und über die Decke gekrochen. Als ich Meuric hineingestoßen hatte, war er nach oben gefallen. »Es gibt Anleitungen für die Kombination von Knöpfen, um Treppen und andere Dinge zu machen, aber es ist ein bisschen verwirrend.«

Der Tempel ist verwirrend.

Ich beugte mich näher zu ihm heran. »Es tut mir leid«, flüsterte ich. »Ich wünschte, wir hätten einen anderen Weg gefunden.«

Rosen erblühten in den Schatten. *Ich würde es wieder tun.*

Es tat mir in der Seele weh, und als ich die Augen schloss, konnte ich nur das Messer in Cris' Händen sehen, dessen Klinge in Gold getaucht zu sein schien, als er sie sich in die Brust stieß. Ich konnte nur sehen, wie er sich opferte, um Stef und mich zu retten. Und jetzt war er dies. Ein Schatten. Eine Seele ohne Substanz.

Wir hörten Stimmen und schwere Schritte auf dem Boden. Als die anderen hereinkamen, zuckte Cris zurück.

Ich senkte den Kopf wieder über meine Studien und blätterte in den Büchern, um nach allem zu suchen, was mit Drachen zu tun hatte. Nachdem ich die Bibliotheksarchive auf meinem SAK durchgelesen hatte, hatte ich mit den Tempelbüchern begonnen. Vielleicht würden sie mir etwas über Drachen sagen können, das wir nicht schon wussten. Und wenn wir Drachen begegnen sollten, musste ich alles wissen. Bis jetzt war das Interessanteste, was ich herausgefunden hatte, eine uralte Feindschaft zwischen Drachen und Phönixen. Aber das half mir auch nicht weiter.

»Ich möchte«, murmelte ich zu Cris, »mehr über die Waffe der Drachen wissen.« Die Bücher enthielten frustrierend wenig über das Thema.

Ich wünschte, wir hätten dir weitere Möglichkeiten für diese Symbole nennen können. Cris seufzte. *Lass uns heute Abend die alternativen Übersetzungen anschauen. Vielleicht entdecken wir etwas Neues.*

Ich lächelte Cris an, lächelte über seine Hoffnung, aber es war unwahrscheinlich, dass wir heute Abend irgendwelche neuen Erkenntnisse haben würden. Wir waren den Abschnitt schon tausendmal durchgegangen.

Sie kämpfen mit der Waffe, die alles zerstört.

Oder vielleicht: *Sie lieben das Instrument des Verzehrens.*

Oder sogar: *Sie fürchten das Werkzeug, das baut und zerstört.*

Oder nichts davon. Bei so vielen Zeichen, die mehrere Bedeutungen besaßen, war es für mich unmöglich zu erraten, was *diese* Symbole in *jenem* Zusammenhang bedeuteten.

»Drei Erdbeben heute«, sagte Stef, als sie eine weitere Laterne anzündete und die herannahende Nacht zurückdrängte. »Und eine hydrothermale Eruption in der Nähe des Denkmals für das Tempeldunkel.«

Ich checkte meinen SAK. Die Erdbeben waren stark gewesen, aber nicht so massiv wie das erste.

»Es wird dort langsam schlimm«, murmelte Whit.

»Irgendwas von Orrin?«, fragte Stef.

»Ich habe vorhin eine Nachricht von ihm erhalten. Er sagte, dass ein Fieber grassiert und sie die Reise hätten unterbrechen müssen. Rin behandelt sie, so gut sie kann, aber es ist schwer ohne Zugang zu den Medikamenten, die sie gewöhnt ist.«

»Geht es den Neuseelen gut?« Die Frage war heraus, bevor es mir bewusst war.

Whit und Stef sahen zu mir hoch, als hätten sie vergessen, dass ich da war. Sam saß in ihrer Nähe, aber nicht bei ihnen; er sah nur unglücklich auf seine Hände hinab.

»Die Neuseelen haben das Fieber nicht«, erwiderte Whit nach einem Zögern. »Ihnen wird nichts passieren. Es ist schwer, sie zu verletzen, genau wie dich.«

Er irrte sich. Ich war nur noch verletzt.

Whit teilte Schüsseln mit Suppe aus. Ich nahm meine stumm entgegen und aß, während ich zuhörte, wie Stef und Whit darüber spekulierten, welche Art von Fieber die anderen haben mochten. Und ich beobachtete Sam, über seine Schale gebeugt und scheinbar tief in Gedanken versunken. Wenn er etwas zu dem Gespräch beitrug, schien er nur halb da zu sein.

Fünf Minuten vor der üblichen Zeit von Sarits Anruf duckte ich mich aus dem Zelt und versteckte mich hinter einer Tanne. Durch die stark riechenden Nadeln konnte ich das Zelt und das Licht sehen, das durch seine Ränder sickerte, aber ich hatte ein wenig Privatsphäre.

Schnee trieb zwischen den Bäumen und ließ mich zittern, aber ich wollte nicht im Zelt reden. Es würde die anderen in Verlegenheit bringen, und ich würde einfach … ich würde zusammenbrechen.

Ihr Anruf kam zehn Minuten zu spät.

»Sarit.« Ich klang vielleicht ein bisschen zu erleichtert. »Ich hatte Angst, dass du nicht anrufen können würdest. Wir sind jetzt an der Grenze des Signals. Morgen werde ich dich nicht empfangen können.«

»Ana.« Sie klang seltsam leise, nüchtern. »Ana, was machen die anderen gerade?«

»Ich ...« Ich blickte durch den Schleier aus Tannennadeln, aber die Zelttür war geschlossen. Ich konnte nichts sehen. »Sich unterhalten, schätze ich. Ich bin draußen. Sie sind drinnen. Was ist denn los?«

Ihre Stimme brach, als versuche sie, nicht zu weinen. »Okay, du musst ins Zelt gehen. Du musst kurz mit ihnen reden.«

»Was ist los?« Meine Brust schnürte sich vor Sorge zusammen. Aber ich stand auf und umklammerte den SAK mit meinen Fausthandschuhen.

»Bitte. Damit ich es euch allen gleichzeitig sagen kann.«

»In Ordnung.« Meine Furcht vor ihrer Nachricht überwog meine Furcht, wieder ins Zelt zu gehen. Trotzdem tat die Art, wie Stef und Whit mich beim Eintreten ansahen – und wie Sam mich nicht ansah –, so weh, dass ich mich umdrehen und wieder hinauslaufen wollte. Ich schloss den Eingang hinter mir und kniete mich hin. Cris schwebte näher an mich heran. »Sarit muss uns allen etwas sagen.«

Jetzt sahen sie mich an. Sogar Sam.

Ich balancierte den SAK auf dem Knie und tippte auf die Lautsprecherfunktion, damit sie alle hören konnten, wie ihre Stimme zitterte. Sie weinte. »Okay, Sarit.« Meine Stimme war jetzt ebenfalls tiefer und voller böser Vorahnung. »Du kannst sprechen.«

»Es geht um Armande«, sagte sie. »Deborl hat ihn sich heute nach einem der Erdbeben geschnappt. Armande ist tot.«

KAPITEL 16

Turm

Danach gab es nicht viel zu sagen. Stef und Whit stellten einige Fragen, die Sarit beantwortete, so gut sie konnte. Sam begrub nur das Gesicht in den Händen und saß während des ganzen Gesprächs da wie erstarrt.

Ich wollte ihn in die Arme nehmen, aber als ich seine Schulter berührte, sackte er in sich zusammen, als sei das Gewicht meiner Hand zu viel.

»Er kommt nicht zurück«, sagte Sam. »Er ist für immer fort.«

Er hatte recht. Für Armande spielte es keine Rolle mehr, ob wir Janan aufhielten. So oder so, Armande war jetzt eine Dunkelseele.

»Wir haben jedoch erfahren, was Deborl die Menschen bauen lässt.« Trauer erstickte Sarits Stimme. »Es ist ein Käfig. Ein riesiger Käfig, groß genug, dass ein Trollbaby hineinpassen würde.«

»Ein Käfig?« Stef schüttelte den Kopf. »Es gab mehr Teile als nur einen Boden, eine Decke und Gitterstäbe. Das kann nicht alles sein, was er baut.«

»Wichtiger noch ist die Frage«, warf Whit ein, »wofür er es baut.«

»Ich weiß es nicht.« Sarit klang jung und allein und verängstigt. Armande war für uns alle wie ein Vater gewesen. Er *war* in diesem Leben Sams Vater gewesen.

Als Stef und Whit fertig waren, verabschiedete Sarit sich von ihnen, und ich glitt einmal mehr mit meinem SAK ins

Freie. Ich schaffte es jedoch nicht bis zurück zu dem Baum. Blieb auf halbem Weg dorthin einfach stehen, außerstande, die Tränen zurückzuhalten, die mir über die Wangen strömten.

Armande war *tot.* Ich würde ihn nie wieder sehen, ihn nie wieder umarmen. Er würde nie wieder seinen Bäckerstand auf dem Marktplatz öffnen und mich mit einem Muffin nach dem anderen füttern, als hätte er Angst, dass ich nicht genug essen würde, wenn er nicht ständig aufpasste.

»Was wirst du tun?« Meine Stimme zitterte von Trauer und Kälte.

»Ich weiß es nicht.« Unsere Verbindung knisterte und erinnerte mich an die Entfernung zwischen uns, erinnerte mich daran, dass wir heute Abend vielleicht zum letzten Mal miteinander redeten. »Ich weiß es nicht. Ein paar Leute haben versucht, sich Deborl zu widersetzen, aber die meisten von ihnen werden ins Gefängnis geworfen. Vielleicht kann ich sie rausholen. Oder vielleicht ... ich weiß es nicht. Ich werde mich weiterhin versteckt halten. Mich auf dem Laufenden halten, was sie bauen. Vielleicht kann ich herausfinden, wofür die restlichen Teile da sind. Ich habe einfach keine Ahnung.«

Sie tat mir so unendlich leid. Sie war allein, versteckte sich in Heart und hatte niemanden, der sie tröstete oder ihr durch diese Trauer half. »Pass bloß auf dich auf«, flüsterte ich. »Tu alles, um dich zu schützen.«

»Ich wünschte, ich wäre bei dir.« Ihre Stimme zitterte. »Ich wünschte, ich wäre mit dir gegangen.«

»Das wünschte ich auch.«

»Ich werde dich jeden Abend anrufen.« Ihre Stimme brach. Sie versuchte, stark zu klingen. »Ich werde jeden Abend anrufen, bis du zurückkommst.«

»Und dann wirst du aufhören anzurufen?«

Sie stieß ein ersticktes Lachen aus. »Ja, dann werde ich aufhören anzurufen.«

Einige Minuten später legten wir auf.

Ich stand draußen, weinte im Schnee, bis ich hörte, dass alle im Zelt in ihre Schlafsäcke krochen. Erst als ich mir sicher war, dass sie schliefen, schlich ich mich wieder hinein und zitterte mich warm.

Die folgende Woche war noch tausendmal einsamer als die Wochen davor.

Donner krachte, und alle fuhren aus dem Schlaf hoch.

Wir krochen eilig aus unseren Schlafsäcken und stolperten zur Tür des Zeltes, aber der Himmel war klar und dunkelblau in der kommenden Morgendämmerung. Sylphen umschwebten unser Lager und wärmten die Luft.

Es donnerte nur dieses eine Mal. Whit und Stef gingen wieder ins Zelt, um Frühstück zu machen, aber Sam blieb am Eingang und blickte wütend den Himmel an, als würde sein Leben davon abhängen. Der Donner war kein richtiger Donner gewesen.

Ich wollte ihn irgendwie trösten, aber ich hatte keine Worte. Nur die gleiche Verlegenheit, die seit meinem Geburtstag herrschte.

»Geh zu den anderen ins Zelt. Ich werde die Wasserflaschen füllen.« Anscheinend brachte ich keinen Trost zustande. Nur Anweisungen und Angaben, wo ich sein würde. Nachdem ich an meinem Geburtstag herumgewandert und Cris mir gefolgt war, hatte Whit mich beiseitegenommen und mir eine Standpauke gehalten, in Zukunft Bescheid zu sagen, wo ich hingehe. Wenn ich darauf bestand, Drachen zu verfolgen, dann sollte ich mich besser nicht aus Dummheit umbringen lassen.

Sam sah mich an. Irgendwie durch mich hindurch. Er nickte. »Wenn du etwas siehst, komm sofort zurück.« Ein besorgter Unterton schwang in seiner Stimme mit, aber hauptsächlich klang er hohl. Es ging ihm schlechter, seit Armande gestorben war.

Ich zog den Mantel und meine Stiefel an und machte mich mit einem Arm voll leerer Wasserflaschen auf den Weg in den Wald. Einige Sylphen folgten mir und blieben in meiner Nähe, während ich Eis brach und die Flaschen in einem schnell fließenden Bach füllte. Während ich arbeitete, tauchten Sylphen Schattenranken in die vollen Flaschen und kochten das Wasser ab.

Wir waren fast fertig, als erneut Donner krachte.

Ich sah Cris mit hochgezogenen Augenbrauen an, aber er rührte sich nicht. Auch die anderen Sylphen blieben regungslos, als erneut das Knallen von Lederflügeln erklang.

Über mir sah ich nur Kiefernzweige, die sich hart gegen das unendliche Blau abhoben.

Und dann glitt direkt im Osten ein geschmeidiger Leib über die Bäume und verdunkelte den Ausschnitt des Himmels.

Ich stellte die letzte Wasserflasche auf den schneebedeckten Boden. »Bringt einer von euch mich hin, damit ich ihn sehen kann?«

Cris schwankte, und die anderen Sylphen hielten sich verlegen im Hintergrund.

»Wenn du mich nicht hinbringen willst, werde ich ihn mir eben selbst anschauen gehen und mich wahrscheinlich wieder verlaufen.« Ich setzte mich in Bewegung, aber nach wenigen Schritten drehte ich mich um und zeigte auf Cris. »*Kein Wort* zu den anderen. Ich möchte nicht ausgeschimpft werden, wenn ich noch nicht einmal in Schwierigkeiten gerate.«

Mürrisch zogen die Sylphen hinter mir her, während ich dem Flügelschlag folgte.

Cris schwebte neben mich. *Betrachte dich als ausgeschimpft.*

Ich feixte und schlug nach ihm, aber die Enge in meiner Brust ließ ein wenig nach. Ob er meinem Plan zustimmte oder nicht, Cris mochte mich immer noch. Er und die anderen Sylphen waren mir näher als mein echter Schatten.

Schließlich kamen wir zu einer Schneise im Wald und an einen Felsrand, von dem man einen Blick auf ein weißes Tal hatte. Majestätische Bäume bogen sich stumm unter der Schneelast. Über dem Tal flogen drei Drachen.

Ihre schlangenförmigen Leiber glitten lautlos durch die Luft, bis sie mit den Flügeln schlugen, deren Spannweite so breit war wie ihr Körper lang. Ein trügerisch zartes Netzwerk aus Knochen und Schuppen schimmerte durchsichtig, wenn ein Drache abdrehte und auf die aufgehende Sonne zuhielt.

Ich stieß einen überraschten Laut aus und trat einen Schritt zurück in den Wald. Die Drachen waren so *riesig*. Nach einem Jahr hatte ich vergessen, wie groß sie waren. Aber als ich sah, wie sie beim Fliegen den Himmel ausfüllten, stolperte mein Herz. Das Tempeldunkel war noch nicht lange her. Damals hatte ich zu viele Drachen gesehen, hatte gesehen, wie sie Säure auf die Felder des landwirtschaftlichen Viertels spien oder versuchten, auf der Stadtmauer zu landen. Einer hatte sich über Sam und Stef gebeugt, um sie zu töten, als ich dazugekommen war.

Ich hatte beinahe einen Drachen Sam töten sehen.

Das Herz tat mir weh, als ich zum Himmel emporschaute und mich auf die Knie niederließ. Ich konnte nicht mehr stehen. Ich konnte nicht mehr *denken*. Ich konnte nur zusehen, wie ein Drache den Kurs änderte und mit angelegten Flügeln in das Tal hinabstieß. Die gewaltige goldene Bestie verschwand für einen Herzschlag im Wald und brach dann ein kurzes Stück dahinter aus den Bäumen, einen Hirsch im Maul. Der Drache zog eine Spur von Eis und Schnee und Ästen hinter sich her, die er aufgewirbelt hatte.

»Oh, Cris.« Meine Worte waren nur ein Hauch. Nur ein Nebel in der kalten Luft. »Wie soll ich nur nah genug an einen herankommen, um mit ihm zu sprechen?«

Cris schmiegte sich an mich, warm, aber stumm. Er hatte keinen Rat für mich.

Ich konnte mich nicht dazu überwinden, diese Stelle zu verlassen. Schnee drang durch meine Kleider, aber Cris und die anderen Sylphen blieben in der Nähe und verhinderten, dass ich zitterte.

Bald würde ich ins Lager zurückkehren müssen. Zu Sam, Stef und Whit. Und ich würde ihnen sagen müssen, dass ich Drachen gesehen und keine Ahnung hatte, was wir jetzt tun sollten. Die Drachen jagten unten im Wald. Sie mussten scharfe Augen haben, um diesen Hirsch zu sehen. Und im Gegensatz zum Vogel Rock hatten sie keine Probleme, in den Wald einzutauchen.

Sie könnten auch uns packen und davonfliegen.

»Wir werden Tarnung brauchen«, flüsterte ich. »Damit sie uns nicht im Freien erwischen. Selbst im Wald müssen wir es vermeiden, wie Nahrung auszusehen.«

Cris nickte und trällerte sanft neben meinem Ohr. *Wir werden dich beschützen.*

»Danke.« Ich senkte den Blick und versuchte nicht, die Tränen aufzuhalten, aber was ein Sturzbach hätte sein sollen, kam nur als ein Tröpfeln heraus. Ich war schon früher durch kalte Wälder gewandert, hatte Hunger gehabt, war geschlagen worden, aber so wie jetzt hatte ich mich noch nie gefühlt. Ich hatte mich noch nie gebrochen gefühlt, als habe sich mein Geist in zwei Hälften gespalten.

Welche Hoffnung hatten wir? Stef hatte mit den Drachen recht gehabt. Es bestand keine Aussicht darauf, mit ihnen zu reden. Es waren keine *Menschen.* Es waren keine Sylphen, die etwas von mir brauchten, oder Kentauren, die damit zufrieden gewesen waren, ihre Kinder unversehrt zurückzuerhalten, und die von der Anwesenheit der Sylphen eingeschüchtert gewesen waren.

Nein, jetzt befanden wir uns in einem großen Winterwald, weit, weit von zu Hause und allem Vertrauten entfernt. Wir hatten Wochen gebraucht, um hierherzukommen, und wozu? Es gab keine Möglichkeit, wie ich die Drachen dazu überreden konnte, uns zu helfen. Was sollte ich tun? Von dem Felsen schreien und sie um Unterstützung bitten? Fragen, ob ich mir ihre rätselhafte Waffe leihen dürfe? Sie würden herabstoßen und mich mit Haut und Haar verschlingen, bevor ich mich fertig vorgestellt hatte.

Und schlimmer noch, ich hatte Sam mit meinen Geheimnissen zurückgestoßen. Es machte mich wahnsinnig, wenn er Dinge vor mir verbarg und mir nicht sagte, was los war, daher hätte ich es *wissen* müssen. Stattdessen war ich eine Heuchlerin geworden. Ich hatte seine Gefühle verletzt und ihn in das Land seiner Albträume gezerrt, weil ich einen *Plan* hatte.

»Ich kann dir nicht helfen, Cris.« Mein Flüstern kam heiser, gebrochen heraus. »Es ist völlig ausgeschlossen, dass ich mit den Drachen sprechen kann. Sie werden den Tempel nicht für uns zerstören. Sie werden ihre Waffe nicht für uns einsetzen. Sie werden uns wahrscheinlich fressen. Janan wird aufsteigen, und der Krater unter dem Reich wird ausbrechen. Die Sylphen werden für immer verflucht sein.«

Nur das Knallen von Drachenflügeln antwortete.

»Ich wünschte, du hättest nicht dein Vertrauen in mich gesetzt. Ich wünschte, du hättest dich auf die Seite der anderen gestellt, um mir diesen Plan auszureden. Wir hätten niemals hierherkommen dürfen. Ich habe einen Fehler gemacht.«

Cris summte. *Ich glaube an dich.*

Ich sackte in mich zusammen, zu erschöpft, um mich aufrecht zu halten. »Ich nicht.«

Als ich mir die Tränen von den Wangen wischte, erregte ein Lichtreflex meine Aufmerksamkeit und lenkte sie nach Norden.

Ein weißer Turm stach in den Himmel, hell und leuchtend gegen den dunklen Wald. Wie der Tempel. Und darunter umringte eine weiße Steinmauer den Turm und durchschnitt den Wald wie ein Messer.

Der Turm war jedoch nicht vollkommen weiß wie Janans Tempel. Der glänzende Stein war vom Alter und Wetter matt geworden, und an manchen Stellen hatte der Wald die Mauer zum Einsturz gebracht, aber dieses Gefängnis hatte die Jahrtausende deutlich besser überstanden als das, welches Cris im Dschungel gefunden hatte.

»Wir sind fast da.«

Cris nickte.

»Es spielt keine Rolle.« Ich stand auf und klopfte mir Schnee und Matsch von den Kleidern. Es hatte keinen Sinn, jetzt hier zu sein. Ich hatte die Drachen gesehen. Ich hatte die Nutzlosigkeit meines Planes gesehen.

Die Sylphen trockneten mir die Kleider, während ich einen weiteren Blick auf das Tal und die Drachen warf, die immer noch im Wald jagten und sich weiter entfernten. Das Geräusch ihres Flügelschlags kam aus immer größerer Ferne.

Ich trottete zurück zu der Stelle, wo ich die Wasserflaschen gelassen hatte, aber dort war nur ein flaches Loch im Schnee. Jemand hatte sie mitgenommen.

»Hat einer deiner Freunde mich verpetzt?« Ich sah Cris wütend an, der ärgerlich summte.

»Es waren nicht die Sylphen.« Sams Stimme kam aus der Nähe, nur einige Bäume entfernt. Er löste sich aus den Schatten und trat auf uns zu. »Du warst lange fort. Wir haben dich gesucht, und einige der Sylphen haben uns darauf hingewiesen, dass du mit Cris losgezogen bist.« Er sprach leise und mit gleichmäßiger Stimme, konnte aber die Kraft, die sich darin verbarg, und die Enttäuschung nicht verbergen. Er warf Cris einen schnellen Blick zu und gab ihm einen Wink mit dem Kopf.

Ohne Kommentar verließen uns alle Sylphen.

Sam ging auf mich los. »Ich habe dir doch gesagt, dass du zurückkommen sollst, wenn du etwas siehst.«

Ich ärgerte mich. »Ich habe nichts *gesehen*. Ich habe etwas *gehört* und bin nachschauen gegangen. Cris war bei mir. Er hätte nicht zugelassen, dass mir etwas geschieht.« Der letzte Teil war als spitze Bemerkung gemeint – *Cris* bedeutete ich immer noch etwas –, aber falls Sam meine Absicht bemerkt haben sollte, so reagierte er nicht darauf.

»Was würde Cris tun, wenn du in Schwierigkeiten gerätst?« Seine dunklen Augen wurden schmal. »Was, wenn dich ein Drache verschleppen würde? Oder wenn du ausrutschst und dir etwas brichst? Er kann dich nicht auffangen. Er würde Hilfe holen müssen, und du würdest warten müssen.«

»Es ist egal!« Es tat gut zu schreien. Ich kämpfte nicht dagegen an. »Es ist nichts passiert. Er war da, darauf kommt es an. Ich bin nicht allein gegangen. Du bist nur deshalb sauer, weil ich nicht zurückgerannt bin und es dir gesagt habe.«

»Ist es das, was du denkst?« Er kam mit einem harten Gesichtsausdruck auf mich zu, die Hände zu Fäusten geballt. »Du denkst, mich interessiert nur, wo du bist und was du tust?«

Ich wich zurück, auf der Hut vor der starren Haltung seiner Schulter und diesem dunklen Ausdruck in seinen Augen. Er sah aus, als könne er sich nur mit Mühe beherrschen.

Ich hasste es, wie meine Stimme zitterte. »In letzter Zeit scheint dich nicht viel anderes zu interessieren.« Nicht dass ich ihm einen Vorwurf machen könnte. Meine Ferse traf einen Baum, dann meine Schultern und mein Rücken. Ich wich so weit zurück, wie ich konnte. »Du redest kaum mit mir. In der Nacht, in der ich mich verirrt habe, hast du Cris ausgeschickt, um nach mir zu suchen.«

»Ich habe ihn *gebeten*, dich zu suchen.«

»Es war noch dunkel.« Ich versuchte, von ihm abzurücken, aber Sam legte die Hände links und rechts von mir auf den

Baumstamm und hielt mich gefangen. Ich stählte meine Stimme. »Du sprichst nicht mit mir. Du siehst mich kaum an.«

Jetzt sah er mich an. Sein Gesicht war so nah, dass wir uns hätten küssen können, und er lehnte sich mit seinem ganzen Gewicht zu mir vor und wirkte größer, als er in Wirklichkeit war. »Was soll ich tun?«, fragte er mit rauer Stimme. »Sagen, dass es keine Rolle spielt, dass du etwas so Wichtiges vor mir verborgen hast? Sagen, dass mich Armandes Tod nicht innerlich zerreißt? Sagen, es macht mir nichts aus, dass wir wieder an den Ort reisen, an dem ich *gestorben* bin, damit du dich mit den Dingern, die mich umgebracht haben, anfreunden kannst?«

»Ich weiß ...« Die Worte kamen dünn und schwach heraus. »Ich weiß, dass das hier das Letzte ist, was du tun möchtest.«

»Aber ich bin hier, Ana. Für dich. Weil du gesagt hast, dass du glaubst, es würde funktionieren. Aber du kannst nicht von mir erwarten, dass ich darüber begeistert bin.«

»Das tue ich auch nicht.« Ich hatte das Gefühl, als würde ich verhärten wie Eis. Ohne die Sylphen in der Nähe biss mir die Kälte in die Nase und Wangen. Nicht einmal die Hitze von Sams zornigem Blick wärmte mich. »Aber du brauchst nicht allein zu leiden.«

Doch genau das war der Punkt. Er litt nicht allein. Er hatte Stef und Whit, auch wenn er auf Stef immer noch sauer war, weil sie ihm die Wahrheit verschwiegen hatte. Sie hatte sie auf meine Bitte hin vor ihm verborgen. Wie schrecklich das für ihn war, verstanden sie beide auf eine Weise, die ich niemals würde nachvollziehen können.

Ich machte mir keine Sorgen, dass er allein litt. Ich machte mir Sorgen um mein eigenes Leid. Meine Einsamkeit.

Bevor er die Scham in meinen Augen sehen konnte, drehte ich den Kopf zur Seite. Meine Stimme war farblos und wurde beinahe von dem Wind weggerissen, der um die Bäume pfiff.

»Ich habe einen Fehler gemacht. Viele Fehler.« Ihm aus dem Weg zu gehen war einer davon. Sarit hatte mir geraten, aktiv zu werden, aber ich hatte zu große Angst gehabt. Ich hatte Abstand gehalten und mir kaum Mühe gegeben, ihn zu trösten, als auch er es gebraucht hatte.

Er rührte sich nicht. Da ich den Kopf zur Seite gedreht hatte, konnte ich nur seinen Unterarm auf meiner Schulter sehen, und obwohl er den Mantel trug, konnte ich die Anstrengung und das Zittern sehen, die ihn diese Haltung kostete.

»Ich hätte die Wahrheit nicht vor dir verheimlichen sollen, aber ich hatte gehofft, dass du es nicht zu erfahren brauchst, weil du dich nicht wegen etwas schuldig fühlen solltest, das du vor fünftausend Jahren getan hast, als du jung und verängstigt warst.«

»Natürlich muss ich mich schuldig fühlen.« Sein Ton wurde weicher. »Wegen meiner Entscheidung sind hundert Neuseelen …« Ihm stockte der Atem. »Es hätte dich treffen können. Ich bin kurz nach Ciana gestorben. Du und ich, wir sind nur wenige Wochen nacheinander geboren worden. Alles war zeitlich so nah, dass *du* die Seele hättest sein können, die für meine Wiedergeburt eingetauscht wurde. Du hättest eine dieser Seelen im Tempel sein können, die für meine selbstsüchtige Entscheidung bezahlen. Ich denke jeden Tag daran. Ich denke jedes Mal daran, wenn ich dich ansehe. Wie kann ich mich nicht schuldig fühlen? Wie kann irgendjemand unter dem Gewicht von so viel Schuld *leben*?«

Aus dem Augenwinkel sah er gequält und leidenschaftlich aus, als koste es ihn alles, sich zusammenzureißen.

»Du versuchst, mich freizusprechen, damit ich nicht daran denke, was ich getan habe. Was wir alle getan haben. Du versuchst, deine Freunde gut und schuldlos zu halten, damit wir so weitermachen können wie zuvor, aber das wird nicht funktionieren. Lass uns die Schuld für das akzeptieren, was wir getan haben. Lass uns mit dieser Schuld fertigwerden. Es ist für keinen von uns schön, aber du kannst nicht – und solltest es auch nicht – versuchen, es zu verhindern, nur weil dir dabei nicht wohl ist.«

Ohne ein weiteres Wort wandte er sich dem Lager zu und verschwand im Wald.

KAPITEL 17

Trotz

Er hatte recht. Ich hatte Entscheidungen getroffen, die auf dem gründeten, womit ich mich am wohlsten fühlte.

Ich hatte sie gezwungen, mit mir nach Norden zu kommen. Hatte ihnen über Reinkarnation nicht die Wahrheit gesagt. Hatte der Gruppe gegenüber geschwiegen. War Sam aus dem Weg gegangen.

Aber jetzt wusste ich, was ich tun musste.

Es war ein schrecklicher Plan, doch als ich dort an den Baum gelehnt dastand und mein Atem in der kalten Luft kondensierte, wo die Hitze von Sams Körper bereits wieder verschwunden war, wusste ich, dass es der richtige Plan war.

Die Augen geschlossen und das Gesicht zu den Baumwipfeln und dem Himmel darüber erhoben flüsterte ich: »Bitte«, ins Nichts und an alles gewandt. An etwas, das größer war als ich. »Bitte, mach, dass dies richtig ist.«

Nur der Wind antwortete, heulte durch das Tal und um die Bäume. Eis klirrte, und Raureif zitterte. Kein Wunder, dass die Phönixe ein Gefängnis so hoch im Norden gebaut hatten: Drachen, eisiges Wetter und völlige Einsamkeit.

Ich schauderte und ging wieder zum Lager.

Im Zelt schaute Stef von dem Blech mit Kaninchendörrfleisch auf, von dem sie die fertigen Streifen in einen Beutel warf, aber sie sagte nichts. Die Sylphen, die ihr halfen, summten und wanden sich dunkel, und Sam, der die Knie an die Brust gezogen hatte, legte die Stirn auf die Arme.

Unaufgefordert beschwor mein Verstand ein Bild von den dreien in dem Raum mit den Skeletten im Tempel herauf, wie sie Janans Geweihtem das Handgelenk darboten. Silberne Ketten klirrten und glänzten. Eine Million Seelen sagte Ja zu dem Austausch. Eine Million Seelen tauschte zahllose Leben gegen ihre eigene Unendlichkeit ein.

Meine *Freunde* trugen im Tempel Ketten.

Ich schüttelte die dunkle Fantasie ab, als Whit mir in die Augen sah und mir ein schwaches Lächeln schenkte. »Wir müssen bald los«, sagte er. »Wir liegen bereits zurück. Nur noch vier Wochen bis zur Seelennacht.«

»Wir sollten umkehren.« Ich erschrak beim Klang meiner Stimme, atemlos und rau vor Kälte. »Wir sollten in Menehems Labor zurückkehren und das Gift holen.«

Sam sah auf.

»Einfach ... zurückgehen.« Während sie mich mit offenem Mund anstarrten, zog ich mich zu meinem Schlafsack zurück und nahm mein Notizbuch heraus, aber Stef gab mir keine Gelegenheit, mich in meiner Arbeit zu verlieren.

Sie knallte das Blech auf den Boden. »*Jetzt* begreifst du, was für ein dummer Plan das war? *Jetzt*, nachdem wir diesen ganzen weiten Weg auf uns genommen haben?«

Ich sprach monoton zu meinem Notizbuch. »Ich habe euch genug in Gefahr gebracht. Und wie Whit sagte, es sind nur noch vier Wochen bis zur Seelennacht. Wir haben keine Zeit, hier oben zu bleiben. Im Reich sind wir nützlicher.«

»Ich kann es nicht glauben.« Stef sprang auf. »Was ist mit dieser *Waffe*, von der du so überzeugt warst, dass wir sie brauchen würden?«

Die Waffe der Drachen? Ich hatte keine Ahnung, was es war. Oder wie ich um einen Gegenstand bitten sollte, den ich nicht einmal beschreiben konnte. Die Tempelbücher waren zu dem Thema ebenfalls so gut wie nutzlos.

»Wie lange denkst du schon, dass wir zurückgehen sollten?«, fuhr Stef fort. »Eine Woche? Zwei? Du hast recht: Wir *könnten* im Reich mehr tun. Wir *hätten* im Reich mehr tun können. Aber du hast gesagt, du hättest einen Plan. Dann hast du uns hier raufgeschleppt. Und jetzt sagst du, es sei Zeit umzukehren, nachdem wir nichts erreicht und nur Zeit verschwendet haben.«

Darauf gab es keine Antwort, daher sah ich nur stirnrunzelnd auf mein Notizbuch. Trotzdem brannten mir Tränen in den Augen, und ich musste den Kopf abwenden.

»Bist du zufrieden?« Stefs Stimme brach. »Bist du *glücklich*, dass du uns so weit vom Kurs abgebracht hast?«

»Stopp.« Whit stieß einen Seufzer aus und sammelte Laternen und Batterieladegeräte ein. »Hört einfach auf. Brüllen hilft uns nicht weiter.« Er brachte alles nach draußen, um es von der Sonne aufladen zu lassen.

Stef marschierte hinter ihm her, und einen Moment später waren ihre streitenden Stimmen zu hören, welcher der beste Weg zurück ins Reich sei.

Hinter dem Schutzschild meines Notizbuches ertappte ich Sam dabei, wie er mich aus dem Augenwinkel beobachtete. Aber ich beachtete ihn nicht, sondern senkte nur den Blick und begann zu schreiben.

Sam hatte immer an mich geglaubt. Als ich gedacht hatte, ich sei eine Seelenlose, hatte er darauf bestanden, dass es nicht der Fall sei. Er hatte mich ermutigt, bis ich es auch glaubte. Und als ich gedacht hatte, dass ich *Ana Incarnata* unmöglich neu schreiben könne, nachdem Li es im Feuer verbrannt hatte, hatte Sam mir gesagt, dass ich alles könne. Sein Glaube hatte mich glauben lassen.

Als er sagte, er würde überall mit mir hingehen, hatte ich den Mond und den Grund des Meeres vorgeschlagen. Es hatte ihm gefallen, dass ich in großen Maßstäben dachte.

Jetzt war er hier bei mir. Im Norden. Mit Drachen.

Und mein Plan war zu groß, zu wild. Es war verrückter, als zum Mond zu fahren.

Ich machte ihm keinen Vorwurf, dass er nicht mehr an mich glaubte. Es tat weh, aber in Wirklichkeit hatte er viel mehr durchgemacht, als zu erwarten gewesen war. Doch sein Zorn von vorhin und sein Schweigen jetzt riefen einen gewissen Trotz in mir hervor.

Ich *würde* zu den Drachen kommen. Und ich würde sie dazu überreden, uns zu helfen.

Die anderen verbrachten den Tag damit, Routen zu besprechen und genug Nahrung für einige Tage zu sammeln, weil Wolken mit Schnee drohten. Sylphen halfen, wo sie konnten, stießen in meine Richtung aber immer wieder ein kleines Jaulen der Enttäuschung aus.

Nach dem Abendessen suchten alle ihre Schlafsäcke und machten sich für die Nacht bereit. Sam warf mir einen langen, erschöpften Blick zu, und ich erinnerte mich wieder daran, dass er aufgehört hatte, an mich zu glauben.

»Versuch zu schlafen«, flüsterte er. »Morgen wird ein langer Tag.«

Als wären sie nicht alle lang gewesen. Doch immer noch zu kurz.

Ich verkroch mich in meinem Schlafsack, zog den Reißverschluss ganz zu und dämpfte mein Schluchzen mit meinen Fäustlingen. Wie konnte es körperlich so schmerzhaft sein? Wir hatten einander nicht berührt. Wir hatten kaum miteinander gesprochen. Ich wünschte, ich könnte die Zeit zurückdrehen zu dem Moment, als ich ihm zum ersten Mal begegnet war. Wenn ich noch einmal von vorn anfangen könnte, würde ich mich ihm sofort öffnen. Ich hätte *ihn* in der Küche geküsst, anstatt enttäuscht darüber zu sein, dass er mich nicht geküsst hatte. Und nach der Maskerade hätte ich ihn schnell nach Hause gebracht, bevor wir angegriffen werden konnten, und dann hätte ich ihm gesagt, dass wir ab sofort ein Schlafzimmer teilen würden.

Aber ich war nicht in der Zeit zurückgegangen. Ich war im Jetzt. In meinem muffigen Schlafsack. All meine Sachen waren gepackt, und ich würde einen kurzen Brief an meiner Stelle hinterlassen. Das heißt, all meine Sachen bis auf die Tempelbücher. Sie würden mir dort, wo ich hinging, nicht helfen.

Eine Stunde später war das Zelt von leisem Schnarchen und tiefen Atemzügen erfüllt. Ich steckte den Kopf aus dem Schlafsack und sah mich um, aber niemand regte sich. Nur die Schatten bewegten sich und richteten ihre Aufmerksamkeit auf mich.

Ich legte den Finger an die Lippen. »Pst.«

Cris schwebte zu mir herüber, Neugierde lag in der Art, wie er sich wie eine Flamme wand, aber er machte keinen Laut, als ich meinen Brief hervorzog und ein letztes Mal durchlas, bevor ich ihn neben Sam legte.

Meine Freunde,
wenn ihr aufwacht, werde ich fort sein. Ich hoffe, ihr werdet mir nicht folgen. Es war selbstsüchtig von mir, euch zu bitten, mich so weit zu begleiten. Das ist nicht eure Pflicht.

Ich weiß nicht, ob es mir gelingen wird, aber ich werde versuchen, Antworten zu finden, Hilfe zu finden. Jemand hat mir gesagt, er glaube, ich könne alles tun, alles sein, was ich wollte, gerade weil *ich neu bin. Er hat mir klargemacht, dass eine meiner besten Eigenschaften die ist, nicht auf das zu hören, was ich anderer Leute Meinung nach tun sollte. Er hat mich dazu gebracht, an mich zu glauben.*

Wenn ich nur ein Leben habe, werde ich es nicht verschwenden. Ich werde für das kämpfen, woran ich glaube. Ich glaube an dies.

Ich hoffe, ihr könnt auch an mich glauben.

Ich liebe euch alle,

Ana, die Leben hat

Leise rollte ich den Schlafsack zusammen und schnallte meinen Flötenkasten fest, dann setzte ich den Rucksack auf. Cris und eine Reihe von Sylphen folgten mir in die Winternacht, voller Fragen in ihren leisen Liedern.

Wohin gehst du?

»Zum Gefängnis«, flüsterte ich.

Wir werden mit dir gehen.

»Die Hälfte von euch bleibt bei ihnen. Sie werden trotzdem noch Sylphen brauchen.«

Cris sträubte sich. *Wir sind* deine *Armee. Wir folgen dir.*

Ich kroch von dem Zelt weg, wobei ich darauf achtete, wohin ich trat. Der Schein der Taschenlampe war schwach, gedimmt von dem Ende meines Schals, der sie bedeckte. Ich wollte nicht, dass jemand aufwachte und das Licht bemerkte. »Ihr seid meine Armee, also werdet ihr meine Befehle befolgen, richtig?«

Einige der Sylphen murrten, aber schließlich nickte Cris, und eine Handvoll Schatten zog sich in Richtung des Zeltes zurück.

Nach einem letzten Blick auf das Zelt und meine Freunde darin ging ich nach Norden und nahm den Schal von der Taschenlampe, sobald ich tiefer in den dichten Wald eingedrungen war. »Gibt es einen einfachen Weg von dem Felsen hinunter, der mich zu der Gefängnismauer bringt?«

Einige Sylphen huschten voraus, um einen Pfad auszukundschaften.

Sam wird wütend sein. Cris blieb neben mir und hielt mich warm. Schnee trieb durch den Wald und schmolz in der Hitze meiner Sylphe.

»Er wird es überleben.« Ich bahnte mir vorsichtig einen Weg über ein Wurzelgewirr und lauschte angestrengt auf Geräusche von Verfolgern oder Waldbewohnern. Abgesehen von Drachen war es unwahrscheinlich, dass andere Tiere mich behelligen würden, solange ich Sylphen in meiner Nähe hatte, aber Sam hatte recht gehabt, als er sagte, ich könne fallen oder mich verletzen, und Sylphen würden mir dann nicht helfen können. Ich musste vorsichtig sein.

Ich konnte zurückgehen. Ich konnte mich ins Zelt schleichen, den Brief zusammenknüllen und schlafen. Niemand würde es je erfahren, bis auf die Sylphen, und sie würden mein Geheimnis bewahren.

Aber ich drängte weiter durch die tiefer werdende Nacht und folgte den Sylphen zu einem verschneiten Pfad. Ich rutschte aus und landete auf dem Hintern, was mir die Luft aus den Lungen trieb. Ich kam wieder auf die Füße und zuckte wegen der Prellung zusammen, als eine der Sylphen genug Wärme erzeugte, um mir die Kleider zu trocknen.

»Kann einer von euch …« Ich deutete mit der Hand auf den steilen Pfad, der sich den Hang hinabwand. Es sah aus wie ein Drachenpfad, alle Äste oben waren zerfetzt und der Boden war mit Zweigen und abgefallenen Tannennadeln übersät, die Fallen unter dem Schnee schufen. »Den Schnee schmelzen? Den Weg festigen?«

Die Sylphen bildeten eine Reihe und sangen leise untereinander. Dampf stieg um sie auf, heiß und zischend wie ein Teil ihrer Melodie. Hitze umwallte mich, und es roch nach Ozon und Asche; Schweißtropfen krochen mir den Nacken hinab.

Es war innerhalb weniger Minuten erledigt. Die Sylphen

schienen sich zu schütteln, als sie an meine Seite zurückkehrten, nur eine oder zwei führten mich den jetzt trockenen Pfad hinunter.

»Danke.« Ich hatte mein Licht, sodass ich die Zweige und Blätter auf dem Boden sehen konnte, aber während wir ins Tal hinabstiegen, glühten sie rot auf und zerfielen zu Asche, wenn ich drauftrat. Die Sylphen gingen behutsam mit mir um.

Wir sind so nah, sang Cris. *Ich weiß nicht, ob dein Plan funktioniert, aber wir Sylphen lieben dich dafür, dass du es versuchst. Wir werden alles Notwendige tun, um dich zu beschützen.*

Ah, und wir würden die Drachen sehen, daher war es kein Wunder, dass er alle Sylphen dabeihaben wollte.

Ich streckte eine Hand nach ihm aus, und Schattenranken wanden sich mir ums Handgelenk und den Unterarm hinauf.

Vorsichtig ging ich den Hügel hinab und prüfte Steine, bevor ich ihnen mein Gewicht anvertraute. Jeder Schritt brachte mich weiter von meinen Freunden weg und mehr in Gefahr, aber ich verspürte ein seltsames Gefühl von Frieden. Ich hatte in meinem Brief an Sam und die anderen geschrieben, dass ich an das glaubte, was ich tat, und so war es auch. Es war richtig. Ich konnte nicht aufgeben.

Mir wurde erst bewusst, dass ich summte, als die Sylphen einstimmten, unheimliche Laute, die durch die Nacht hallten. Unser Lied erhob sich, warm und süß wie Honig, erfüllte den Drachenpfad und eilte uns nach unten voraus.

Die Sylphen wiegten sich in der Dunkelheit hin und her, Ranken aus Schatten streckten sich beim Tanzen in den verschneiten Himmel. Als wir das Tal erreichten, drehte ich mich unbeholfen unter meinem schweren Rucksack, und alle Sylphen scharten sich um mich und brannten von Glück. Sie schlangen sich umeinander und um mich, als sei ich eine von ihnen, und alle Sylphen ließen Blumen erblühen. Ich tanzte durch einen Garten von Schattenrosen.

Die Kameradschaft, die ich während der letzten Wochen vermisst hatte, wuchs rings um mich herum, wuchs in meinem Innern.

Vor einem Jahr – es kam mir vor, als sei es tausend Jahre her – hatte ich eine Sylphe in einem Ei gefangen und mir die Hände verbrannt. Als sie verheilt waren, waren die Narben von den Rosendornen, die ich den größten Teil meines Lebens getragen hatte, verschwunden. Ohne das Feuer der Sylphen wären die Narben niemals verheilt. Nur durch die Zerstörung hatte neue, gesunde Haut nachwachsen können.

Wie ein Phönix, der in Flammen und einem Funkenregen aufging, bevor er aus seiner eigenen Asche wiedergeboren wurde, hatte mich mein eigenes Unglück verzehren müssen, damit ich begriff, dass ich keine anderen Menschen *brauchte*, die an mich glaubten, bevor ich irgendetwas tun konnte.

Ich musste an mich selbst glauben.

Hoffentlich würde ich meine Freunde wiedersehen und ihnen das erklären können.

Das Singen hörte auf, und die Sylphen um mich brannten, glücklicher, als ich sie seit Wochen gesehen hatte. Schatten strichen mir sanft über die Hände und Arme, und Cris bedankte sich, als wir unseren Weg fortsetzten.

Ich war so verloren gewesen in meinen eigenen aufgebrachten Gefühlen, dass ich nicht einmal bemerkt hatte, wie traurig sie gewesen waren. Auch sie hatten die Musik vermisst.

Ich würde sie nicht noch einmal ignorieren.

Die Sylphen führten mich, schmolzen Schnee, wenn sie dachten, dass ich Mühe haben würde, Tritt zu fassen. Wir krochen stundenlang durch den Wald, und melodische Klänge flatterten wie Schmetterlinge oder Herbstlaub herum. Obwohl ich erschöpft war, empfand ich einen tiefen Frieden, was merkwürdig war, da ich mich mit einem Dutzend brennender Schatten in einem dunklen und fremden Wald befand.

Erst als die Strahlen des Morgenlichts durch die Bäume fielen, wurde mir klar, dass ich die ganze Nacht marschiert war. Meine Muskeln schmerzten, und mein Magen fühlte sich hohl an. Ich hob eine Handvoll frischen Schnees und aß ihn, aber es half nicht viel.

Eine der Sylphen flog davon, um mir etwas zu essen zu suchen, und einige Minuten später rupfte ich versengte Federn von einer Taube. Es war nicht ideal, aber ein paar Bissen, die zu heiß waren, um nach etwas zu schmecken, mit Schnee halfen unheimlich.

Ich wollte mich gerade hinsetzen und ausruhen, als das Licht sich gleich hinter den Bäumen auf weißem Stein brach.

Ein eingestürzter Abschnitt der Mauer.

Ich hatte mein heutiges Ziel erreicht.

KAPITEL 18

Klingeln

Gestern waren die Drachen am Morgen gekommen. Wenn ich ihre Aufmerksamkeit erregen wollte, musste ich alles perfekt timen.

Möglichst *nachdem* sie etwas zu fressen gefunden hatten.

Ich zog die Rucksackriemen stramm und steckte meinen Flötenkasten in den Mantel. Ein Trümmerhaufen bildete eine Art steile Treppe; ich kletterte hinauf und achtete auf rutschige Stellen und Schnee. Als ich eine Lücke mit zu vielen losen Steinen erreichte, streckte ich mich nach einem tief hängenden Ast aus und kletterte eine Tanne hinauf, bis ich einen weiteren guten Abschnitt der Mauer erreichte.

Es dauerte ewig, und die Sylphen hielten mich immer wieder auf, damit sie den Weg für mich trocknen konnten, aber schließlich erreichte ich die Mauerkrone.

Der Schnee ließ den Himmel neblig grau erscheinen, doch von hier oben konnte ich alles sehen. Bäume griffen auf das Gefängnis über, schoben sich durch Haufen verwitterter Steine, die aus der Mauer gebrochen waren. Ich stand über ihnen, über den Kiefern und Tannen und Ahornbäumen, und für einen Moment fühlte ich mich wie der größte Mensch der Welt.

Da war der Felsen, den ich gestern gefunden hatte. Er schien jetzt schrecklich weit entfernt zu sein, obwohl es wahrscheinlich nur eine Stunde zu Fuß war. Ich hatte den langen Weg nehmen müssen, weil ich im Dunkeln von dem Berg gestiegen war.

Sam und die anderen würden bald wach werden, wenn sie

es nicht bereits waren. Ich versuchte nicht, mir ihre Reaktion auf meinen Brief vorzustellen.

Kalter Wind strich über die Mauer, doch die Sylphen schlossen sich um mich, wärmten die Luft und hielten die starken Windstöße ab. Die Mauer war ziemlich breit, aber ich konnte es nicht riskieren zu fallen. Hier und da waren ein paar Löcher; diese Mauer und der Turm, den sie umgab, hatten keinen Janan, der sie instand hielt. Der Stein war eiskalt und zerfiel, ohne Herzschlag, der ihn durchpulste.

Als ich einen klaren Blick auf den frostverkrusteten Wald hatte, zog ich meine Flöte aus dem Kasten und blies heiße Luft in das Mundstück, um das Metall zu wärmen. Ich wollte den Kasten und den Rucksack absetzen, weil sie schwer und sperrig waren, doch ich konnte es nicht riskieren, sie zu verlieren. Ich hatte Angst, dass sie verschwinden würden, wenn ich sie abstellte. Die Sylphen waren nicht körperlich; als Träger waren sie nutzlos.

Ich hatte noch keinen Drachendonner gehört, aber die grauen Wolken spien Schnee aus. Ein Drache konnte sich dort oben mühelos verstecken.

Mein Herz schlug mir gegen die Rippen. Was, wenn sie nicht kamen? Was, *wenn* sie kamen?

»Ich weiß nicht, Cris.« Meine Stimme zitterte, als ich meine Flöte hob. »Dies scheint mir wieder zu groß zu sein.«

Cris summte tröstend, und Schatten berührten mich an den Händen, den Wangen.

Die Sylphen bildeten ein Hufeisen um mich und ließen mir nach vorne freie Sicht. Ich musste sehen und hören können.

Flügelschläge knallten im Osten, und ich erschauderte.

Wolken kräuselten sich, als schlangenförmige Leiber herandrängten. Ich atmete heiße Luft in meine Flöte und hielt das Metall warm, gewöhnte meine Lungen an die Anstrengung. Anders als sonst würde ich keine Zeit haben, mich aufzuwärmen. Es sei denn, Drachen waren beeindruckt von Tonleitern und Rhythmusübungen.

Ich kniete mich hin und hielt mich still, wartete, während der Drachendonner näher kam. Klauen rissen den Dunst in Fetzen. Gewaltige Flügel wirbelten Luft und Schneeflocken auf.

Drei Drachen segelten auf den Wald zu und glitten lautlos über die weißen Wipfel der Bäume. Nur der Wind, den sie verursachten, und der gelegentliche Flügelschlag waren ein hörbarer Beweis ihrer Gegenwart.

Von meinem Platz aus, umringt von Sylphen, deren größter Wunsch es war, mich zu beschützen, konnte ich beinahe die Schönheit dieser Drachen würdigen. Sam hatte mir einmal erzählt, dass die Menschen ihre Arbeit unterbrochen und aufgeblickt hätten, als sie das erste Mal Drachen gesehen hatten. Sie waren wie verzaubert gewesen.

Bis der Angriff kam.

Ich wartete, und der Puls dröhnte mir in den Ohren. Was, wenn sie Musik hassten? Was, wenn das der Grund war, warum sie immer Sam angriffen?

Ein Teil von mir wünschte, er wäre hier, denn obwohl wir uns gestritten hatten, vermisste ich ihn doch schmerzlich.

Aber im Wesentlichen war ich froh darüber, allein gekommen zu sein, denn ich musste allen – mich selbst eingeschlossen – beweisen, dass ich recht hatte und dies allein konnte, und weil ich Sam nicht in eine solche Gefahr bringen konnte. Beinahe hätte ich es getan. Es hatte ihn fast zerbrochen.

»Ich kann das«, flüsterte ich, als ein Drache in den Wald rauschte. Bäume zerbarsten, als er hindurchschoss, ein goldener Streifen in schneebedeckten Tannen. Der Drache tauchte mit etwas auf, das wie ein kleiner Bär aussah, dann schlang er es hinunter. Die beiden anderen Drachen stießen in dasselbe Gebiet hinab, und jeder tauchte mit einem weiteren Bären wieder auf. Sie hatten nicht einmal die Chance zu brüllen, bevor die Drachen sie hochwarfen und wieder auffingen, als würden sie spielen oder angeben.

War es das? War das alles, was sie fressen würden? Drachen waren riesig. Sie brauchten doch sicher mehr. Aber sie machten sich wieder nach Osten auf, zu einem anderen Jagdgebiet oder in ihre Heimat, ich wusste es nicht. Ich musste jetzt anfangen.

Als ich aufstand, schmiegten sich Sylphen an mich, so heiß, dass mir der Schweiß den Rücken hinunterrann.

»Ich kann das.« Mein Atem wehte über das Mundstück der Flöte und machte zischende Geräusche. Die Sylphen flatterten und begannen, tief und klangvoll zu summen. Ein Akkord, als seien sie meine Begleitung.

Mir entfuhr ein hohes, verängstigtes Kichern. Dann legte ich die Lippen auf das Mundstück, holte Luft und begann zu spielen.

Vier Töne. Eins, zwei, drei, immer tiefer. Vier sprang darüber, lang und hoch und bittersüß. Die ersten Noten, die ich je auf einem Klavier gespielt hatte. Die Noten, mit denen mein Walzer begann.

Wie auf Kommando änderten die Drachen den Kurs und kehrten um. Donner krachte, als sie mit den Flügeln schlugen, aber sie machten keinen anderen Laut, ließen nicht erkennen, wie sie kommuniziert hatten.

Instinktiv wollte ich weglaufen und mich verstecken. Mein Rucksack war so schwer, dass mir die Schultern schmerzen, als ich versuchte, meine Flöte im richtigen Winkel zu halten; Sam machte sich immer darüber lustig, wie ich die Flöte sinken ließ, und das erinnerte mich daran, dass ich einen besseren Klang bekam, wenn ich sie hochhielt.

Ich hörte auf, den Walzer zu spielen, und wählte stattdessen etwas Einfacheres: mein Menuett. Es war das erste, was ich je komponiert hatte, eine eindringliche kleine Melodie meiner Ängste.

Musik floss aus meiner Flöte wie silberne Seide, und die Schatten um mich schalteten schnell und veränderten ihre Stimmen zu Bass und Gegenmelodie. Sie hoben den Klang meiner Flöte hoch über die Baumwipfel und trugen ihn nach Osten. Mein Schattenorchester. Sie lauschten mir, beobachteten, wie ich mich bewegte, wo ich schneller und langsamer wurde, passten ihre Lieder meinem an.

Wieder krachte Donner, als die Drachen näher kamen. Ihre Flügel schienen den Himmel zu beherrschen und versperrten die Sicht auf die Berge und den Wald, als sie auf mich zuglitten. Ihre Augen waren groß und hell und blau, und plötzlich fühlte ich mich sehr, sehr klein. Wie Beute. Bald würden sie mich erreicht haben und mich wie einen dieser Bären oder diesen Hirsch gestern verschlucken können.

Als das Menuett endete, hörte ich nicht auf zu spielen. Ich wiederholte es, und die Sylphen setzten ihre Lieder fort, obwohl sie sich jetzt rings um mich ausgestreckt hatten, groß und breit und genauso Furcht einflößend wie in der Nacht meines achtzehnten Geburtstags. Während wir das Stück erneut durchgingen, wurden die Stimmen der Sylphen lauter, intensiver.

Die Drachenflügel verursachten einen schweren Wind. Einer der Sylphen baute sich vor mir auf und hielt den größten Teil der eisigen Wucht des Windes ab, obwohl mein Gesicht von der plötzlichen Kälte schmerzte und der Klang meiner Flöte für einen Atemzug wieder hineingesaugt zu werden schien.

Der Leitdrache öffnete das Maul weit und enthüllte vier lange Reißzähne und eine Reihe kleinerer Zähne, die noch nass vom Blut und verfilztem braunem Fell waren. Der Gestank von rohem Fleisch drang über die Mauer und erstickte mich fast, als ich Luft holte, um mein Menuett zu beenden.

Als ich wieder zu der letzten Note kam, erreichte mich der Leitdrache mit weit geöffnetem Maul …

Die Sylphen erhoben sich vor mir, eine Wand aus Schatten,

die phönixheiß brannte. Hitze schlug mir ins Gesicht, trocken und aschig, und der Drache riss sich in letzter Sekunde von mir los. Er war so nah gewesen, dass ich sein Gesicht hätte berühren können. Nur das sture Bedürfnis, stark zu wirken, hielt mich davon ab zurückzutaumeln, weg von den Drachen und den Sylphen.

Die Drachen brüllten frustriert, so laut und nah, dass mir die Ohren schmerzten.

Sie drehten bei und schnappten noch mehrere Male zu, aber die Sylphen verhinderten weiter ihren Angriff. Dunkle Flammen wanden sich um mich, sangen, hielten den schlimmsten Wind ab, damit er mir nicht die Luft nahm. Sie schossen vor, um die Drachen zu verbrennen, wann immer sie zu nah herankamen.

»Drachen!«, rief ich. »Könnt ihr mich verstehen?«

Ich kam mir ziemlich blöd vor, wie ich dastand, die Flöte an die Brust gedrückt, den schweren Rucksack auf dem Rücken. Mein Kopf pochte vom Rauschen des Windes und dem Lärm, Blut und Adrenalin rasten durch meine Adern. Ich zitterte vor Angst und Kälte am ganzen Leib, aber ich wich nicht von der Stelle.

Einer der Drachen spie einen Klecks Säure. Ich wollte fliehen, aber eine Sylphe streckte sich nach oben, und die grüne Flüssigkeit zischte und verging wie Schnee.

»Drachen!«, rief ich wieder und versuchte verzweifelt, die Salven von Säure zu ignorieren, die sie in meine Richtung spuckten, und ein plötzliches scharfes Klingeln in meinen Ohren, das von dem Lärm und dem Druckkopfschmerz stammte, der sich in mir aufbaute. »He, Säureatem!«

Eine der Sylphen zuckte, als würde sie lachen, während sie einen weiteren Klecks Säure verbrannte.

»Deine Schuppen sind stumpf, und deine Flügel sehen aus wie eine mottenzerfressene Decke!«

Das schrille Klingeln in meinen Ohren war derart stechend, dass ich mich beinahe krümmte, aber ich zwang mich, aufrecht stehen zu bleiben. Alle Forschungsarbeiten, die ich je über Drachen gelesen hatte, deuteten darauf hin, dass sie Macht respektierten. Wenn ich hinfiel, würde ich schwach aussehen. Wie Beute. Ich musste beweisen, dass ich das nicht war.

»Eure Schwänze sind stummelig, und eure Zähne halb verfault. Ich habe Kaulquappen gesehen, die einem mehr Angst einjagen als ihr!«

Die Drachen umkreisten mich, schnappten, spuckten und brüllten, während die Sylphen jeden Angriff vereitelten.

Ich hob einen faustgroßen Stein auf und schleuderte ihn, so fest ich konnte, nach dem nächsten Drachen. Er fiel in die Bäume. »Seht ihr diesen Stein?« Ich warf einen zweiten, der einen ähnlichen Weg nahm. »Dieser Stein fliegt besser als ihr!«

Ich warf daneben. Weit daneben. Das Klingeln in meinem Kopf ließ mich taumeln, und ich sah Blitze in den Augenwinkeln. Ich torkelte, als ich nach einem weiteren Stein griff, den ich nach ihnen werfen wollte, und dann ging mir auf, dass ich vielleicht keine Steine werfen sollte, wenn ich mich mit den Drachen anfreunden wollte. Ich mochte es auch nicht, wenn Leute Steine nach mir warfen.

Das Brüllen und Heulen der Drachen und Sylphen prallte in meinen Ohren aufeinander. Mein Kopf fühlte sich an, als sei er mit Rauch gefüllt, und die schädlichen Gase von brennender Säure drangen in mich ein wie Gift.

Meine Flöte fiel mir aus den Fingern, nur noch ein verschwommener silberner Streifen. Ich stolperte, als der Lärm der Sylphen und Drachen verebbte und nur das schrille Klingeln in meinen Gedanken blieb.

Ein Blitz zuckte in meinem Kopf auf, und das Klingeln verschmolz zu einer Stimme.

Sie brechen so leicht.

KAPITEL 19

Entschlossenheit

Als ich erwachte, lag ich unbequem verdreht über meinem Rucksack. Sonnenlicht schimmerte durch eine Sylphe, die sich wie ein Schirm über mich beugte. Wärme umgab mich und roch schwach nach Asche und verbranntem Fleisch.

Stöhnend stemmte ich mich auf die Ellbogen und schätzte meine Situation ab. Es hatte aufgehört zu schneien, und die Wolken hatten sich verzogen. Ich war immer noch auf der Mauer. Sylphen drängten sich um mich. Meine Flöte lag neben meinem Bein. Obwohl es nicht verschwunden war, hatte das Klingeln in meinen Ohren nachgelassen, und die Kopfschmerzen ebenso.

So weit, so gut.

Leises Knurren ließ den Stein unter mir vibrieren. Die Sylphen wurden heißer, aber sie taten nichts, das mich denken ließ, ich sei in unmittelbarer Gefahr. Trotzdem schien es wahrscheinlich, dass hinter mir ein Drache war. Ich sah kurz hin und erhaschte einen Blick auf goldene Schuppen.

Toll.

Sie mögen dich nicht. Cris sang leise neben mir und umwand mich mit Schattenranken, als wolle er mir helfen, mich ganz aufzurichten, aber der Schatten ging durch mich hindurch. Er stieß einen frustrierten Klagelaut aus, unterdrückte ihn aber schnell.

Wie oft vergaß er, dass er nicht mehr körperlich war? Ich setzte mich auf und beugte mich zu ihm vor, vermisste den

Jungen mit den scharfen Gesichtszügen, dem ich vor dem Purpurrosenhaus begegnet war, vermisste die Art, wie sein Lächeln manchmal wie eine Grimasse aussah, und die Begeisterung, die er gezeigt hatte, als er mich durch sein Gewächshaus geführt hatte. Er konnte keine Rosen mehr züchten. Keine echten.

Mühsam kehrte ich in die Gegenwart und zu dem Drachen hinter mir zurück. Doch die Sylphen gaben mir ein Gefühl von Sicherheit. Solange ich nicht wieder ohnmächtig wurde. »Ich schätze, ich verdiene ihre Abneigung.« Ich rieb mir die Seite meines Kopfes, wo ich auf die Mauer aufgeschlagen war. Eine Prellung pochte unter meiner Haut, aber ich konnte klar sehen und mich darauf konzentrieren, wie die Mauer sich weiß gegen die Tannen abhob. Der Tag war so klar und frisch nach dem Schnee. »Ich habe schließlich Steine nach den Drachen geworfen und sie beschimpft.«

Und du hast ihre Zähne beleidigt, ihre Flügel, ihre Schwänze … Cris zögerte, und ich konnte mir vorstellen, dass er mich wütend ansah.

»Ich weiß.« Belauschte der Drache hinter mir unser Gespräch? Konnte er uns verstehen? »Ich habe es übertrieben. Sie haben versucht, mich umzubringen.« Zumindest hatte ich meine Laserpistole nicht herausgezogen.

So gewinnt man keine Freunde.

Ich schnaubte. »Ich war noch nie sehr gut darin, Freunde zu gewinnen.« Ich hob meine Flöte auf und untersuchte sie auf Schäden – sie war in Ordnung –, bevor ich mich hochrappelte. Ich wollte stehen, wenn ich dem Drachen gegenübertrat.

Der Ring von Sylphen, der mich umgab, teilte sich, als ich sicher stand, und brachte dunkelblaue Augen zum Vorschein, die so groß waren wie meine gespreizten Hände. Sein Gesicht bestand hauptsächlich aus dem Maul, bekrönt von runden Nasenlöchern, bestückt mit Reißzähnen so lang wie mein Unterarm. Der Drache hatte sich ausgestreckt und lag auf der Mauer wie eine Schlange. Er versperrte mir den Weg nach unten – es sei denn, ich wollte springen. Die gewaltigen Flügel waren flach an den gewundenen Körper gelegt, während eins seiner Vorderbeine über die Mauer hing und eine Tanne zerfetzte, als würde es nervös zucken.

Die beiden anderen Drachen warteten unten im Wald, hatten sich um Bäume und Schutt von der verfallenen Mauer gelegt. Der Wald war entsetzlich still. Kein Tier wagte es, einen Laut zu machen, wenn Drachen in der Nähe waren.

Ich sah dem Leitdrachen in die Augen – in eins seiner Augen, da sie so groß und so weit auseinander waren – und beschloss, mit einer Entschuldigung zu beginnen. »Es tut mir leid, dass ich mich über euch lustig gemacht und Steine nach euch geworfen habe.«

Ein leises Grollen erklang, und die Mauer vibrierte unter meinen Füßen.

»Es tut mir wirklich leid. Ich bin hierhergekommen, um mit euch zu reden.«

Der Drache starrte mich nur an. Der Wind pfiff durch die Bäume, und meine Sylphen drängten sich dichter an mich und summten ein Gespräch, das sie für sich behielten. Ich konzentrierte mich auf den Drachen vor mir. Auf seine riesigen Zähne. Auf die Augen, die nicht blinzelten. Er starrte mich weiter an, die anderen ebenfalls, als würden sie auf etwas warten. Konnten sie mich überhaupt verstehen?

Plötzlich erinnerte ich mich an eine Stimme, an einen geknurrten Gedanken, kurz bevor ich ohnmächtig geworden war. Ich hatte es vergessen, als ich aufgewacht war, aber jetzt drängten die Worte sich mir auf. *Sie brechen so leicht.*

Es war kein Sylphenlied gewesen. Da war keine Musik in den Worten gewesen, keine *Vorstellung* von Worten. Nur Gedanken, die nicht meine waren.

Begleitet von einem vernichtenden Kopfschmerz.

»Ihr habt gesagt, ich würde leicht brechen.«

Die Augen des Drachen wurden schmal.

»Ich habe dich gehört. Und« – ich wappnete mich – »ich glaube, ihr könnt mich auch verstehen.«

Meine Ohren klingelten, als sei die Welt plötzlich verstummt, aber ich konnte immer noch den Wind und etwas in weiter Ferne hören, das wie schnatternde Tiere klang. Doch ich wandte den Blick nicht von dem Drachen ab.

»Ich weiß, dass ihr keine Menschen mögt.« Meine Stimme zitterte, wie sehr ich mich auch zwang, stark zu sein. Ich versuchte mir einzureden, dass es nicht anders war, als mit einem Vogel oder einem Eichhörnchen im Wald zu reden. Meine Kindheit war voller Versuche gewesen, mit den Tieren zu kommunizieren, da Menschen nicht mit mir sprechen wollten. »Drachen fliegen schon seit Jahrtausenden nach Heart und versuchen, den Turm in der Mitte der Stadt aufzubrechen.«

Der Drache knurrte wieder, und ein Wort knisterte ganz weit hinten in meinem Kopf. *Hass. Hass. Hass.*

Ich nickte. »Letztes Jahr habt ihr es geschafft. Der Turm hat Risse bekommen.« Ich konnte den Turm nicht ignorieren, der zu meiner Linken aufragte. Von hier aus konnte ich sehen, wo die Bäume den Stein überwanden, zwar nicht so schnell und vernichtend wie in dem Dschungel, von dem Cris mir einmal erzählt hatte, aber das Bauwerk würde dennoch eines Tages einstürzen.

Ich widerstand dem Drang, meine Sylphen anzusehen und zu überlegen, welche vor fünftausend Jahren hier eingesperrt worden sein könnten.

Und aus welchem Grund.

Sie waren jetzt auf meiner Seite, und sie sehnten sich nach Erlösung.

Ich richtete meine Aufmerksamkeit wieder auf den Drachen. »Du fragst dich vielleicht, was an letztem Jahr anders war. Warum ihr in der Lage wart, den Turm zu beschädigen, nachdem ihr es so lange erfolglos versucht hattet.« Vielleicht war die Bemerkung, dass ihre Bemühungen zuvor vergeblich gewesen waren, nicht die beste Idee, aber der Drache reagierte nicht. »Die Antwort ist eine Art von Gift. Es gibt da nämlich einen Mann, der sich zu einem Teil des Turms gemacht hat. Er hat ihn und den Rest der Stadt während der letzten fünftausend Jahre kontrolliert …«

Der Drache gähnte, und sein Atem stank nach Säure und totem Bären.

Oh. Okay. Ich sah Cris Hilfe suchend an, aber er und die anderen Sylphen waren abgelenkt. Ich ließ den Blick durch den Wald schweifen, konnte jedoch nichts Ungewöhnliches entdecken. Nur jede Menge Schnee und Bäume und strahlend blauen Himmel. Alles schimmerte im Mittagslicht. Mein Magen zog sich zusammen und erinnerte mich daran, dass ich seit einer Ewigkeit nichts anderes gegessen hatte als eine magere Taube.

Säureatem knurrte wieder und ließ die Mauer so heftig vibrieren, dass ich taumelte. Die beiden anderen Drachen spähten zu mir hinüber, die Augen zu Schlitzen verengt, als wollten sie dösen.

»Wie dem auch sei.« Meine Stimme klang hoch und panisch, als der Drache den Kopf bewegte, sodass ein langer Reißzahn direkt vor mir aufragte, knochenweiß gegen schimmernde, goldene Schuppen. »Mir scheint, dass du kein großer Fan des Turms bist.« Obwohl sie der Turm in ihrem Gebiet nicht zu stören schien. »Und ich dachte, ich informiere euch darüber, dass ich das gleiche Gift habe, das letztes Jahr verwendet worden ist, und ich werde das Gift wieder zur Frühlings-Tagundnachtgleiche einsetzen.«

Der Drache hob den Kopf. *Warum?*

Aha. Endlich.

Ich biss mir in die Wangen, um nicht zu lächeln, während ich die nächsten Sätze bildete. »Weil in dieser Nacht der Mann, der in den Mauern lebt, aufsteigen wird. Er will unsterblich sein. Er wird sich aus den Mauern befreien, in denen er fünftausend Jahre lang gefangen war. Es fängt bereits an. Die Erde bewegt sich.«

Der Drache senkte den Kopf. *Das ist uns egal.*

»Es sollte euch aber nicht egal sein.« Ich trat vor, und die Sylphen verteilten sich um mich. »Denn wenn es geschieht, wird die Erde aufbrechen und Feuer speien. Unter der Stadt liegt ein gewaltiger Vulkan, mächtig genug, um das umliegende Land zum Kochen zu bringen. Ihr seid von dem Vulkan weit entfernt, aber *so* weit nun auch wieder nicht. Nicht weit genug. Asche wird über euren Jagdgründen niederregnen und die Pflanzen und Tiere ersticken. Dieses eisige Land wird noch kälter und tödlicher werden.«

Warum willst du unsere Hilfe? Säureatem legte den Kopf schräg, sodass eins seiner Augen auf Armeslänge entfernt war, und das Klingeln in meinen Ohren wurde stärker. *Du hasst uns genauso, wie wir dich hassen.*

»Ich … ich hasse euch nicht.« Obwohl ich ganz sicher die Drachen hasste, die Sam in früheren Generationen getötet hatten. Und vielleicht einige der Drachen des Tempeldunkels, aber mehrere von ihnen waren tot. »Ich bin gekommen, weil ich dachte, ihr hättet vielleicht gern eine weitere Chance, den Tempel zu zerstören.« Und wie brachte man eine geheimnisvolle Waffe zur Sprache?

Er wird nur wieder heilen. Unsere Reise wird vergeblich sein, wie du sagtest, und Menschen werden uns töten. Wir sind nicht wie ihr. Wir kommen nicht zurück. Säureatem legte sich wieder auf die Mauer, das Kinn auf einen Vorderfuß gestützt. *Wenn unsere Jagdgründe zerstört werden, gehen wir woandershin.*

Das konnte nicht alles sein. Ich konnte nicht den ganzen weiten Weg gemacht haben und es tatsächlich geschafft haben, mit Drachen zu sprechen, nur um eine Abfuhr zu bekommen.

Eine Idee blitzte in meinem Kopf auf. »Was geschieht, wenn Janan beginnt, Jagd auf Drachen zu machen?«

Säureatem brummte, ebenso die anderen. *Was?*

Ich nickte. »Wenn Janan sich erhebt, wird er unsterblich sein. Vielleicht untötbar. Er hat die Magie eines Phönix gestohlen und sich so gemacht. Aber davor, vor fünftausend Jahren, war er der Anführer einer Gruppe von Menschen – der Menschen, die jetzt in der Stadt leben. Und wenn man bedenkt, wie oft sie von Drachen getötet worden sind, wird Janan sicher irgendeine Art von Rache wollen.«

Es könnte sein. Vielleicht.

Er wird Drachen nichts antun. Das kann er nicht.

»Bist du sicher?« Alles in mir verkrampfte sich und wurde taub von dem, was ich gleich sagen würde. Trotz dessen, was sie getan hatten, wollte ich meine Sylphen nicht verletzen. Es war das Gleiche wie mit Sam und meinen ganzen anderen Freunden. Ja, sie hatten eine Entscheidung getroffen oder Befehle ausgeführt, aber das war *fünftausend Jahre her.* Es war nicht nur ein anderes Leben gewesen, es war eine andere Welt. Sie alle hatten sich verändert. Ihre Entscheidungen von damals wirkten sich nicht auf meine Liebe zu ihnen heute aus. »Denn vor fünftausend Jahren haben Janan und seine Krieger einen Phönix gefangen genommen.«

Die Sylphen schauderten und heulten.

Phönixe kann man nicht fangen.

»O doch.« Ich verhärtete meine Stimme. »Man kann sie fangen, und sie sind gefangen worden. Ihr denkt vielleicht, Janan würde oder könnte euch nichts anhaben, aber wenn Menschen fünftausend Jahre lang Drachen bedroht hätten, würdet ihr nicht auch Rache wollen?«

Säureatem hob den Kopf und sah die anderen an, und das Klingeln in meinen Ohren wurde stärker. Ich konnte nicht verstehen, was sie untereinander sprachen, aber es ging definitiv etwas vor. Flügel spannten sich an. Worte knisterten am Rande meiner Gedanken, aber der Dialog – was ich davon hören konnte – schien unvollständig zu sein. Da war etwas in der Art, wie sie sich bewegten, das zu dem Gespräch beitrug – etwas, das ich nicht ganz verstehen konnte.

Aber die Bruchstücke, die ich hören konnte, waren interessant.

Sie will, dass wir den Tempel zerstören.

Und das Lied?

Sie hat es nicht. Ich sehe es nicht in ihr.

Vielleicht hasst sie den mit dem Lied.

Wir sollten helfen.

Wir sollten sie töten, bevor sie uns tötet.

Das kann sie nicht. Sie hat das Lied nicht.

Prüfe es.

Schließlich drehte sich der Leitdrache zu mir um und legte sich auf die Mauer. *Mach noch einmal ein Lied für uns. Wie vorhin.*

»Was?« Ich musste sie nach der Waffe fragen, die in den Tempelbüchern erwähnt wurde, und ob sie sie benutzen konnten, um gegen Janan zu kämpfen. Aber sie interessierten sich für ein Lied?

Der Drache knurrte, und sein Ärger durchdrang den Wald. *Das Lied, das du gemacht hast, um uns hierherzulocken. Mach ein weiteres, damit wir es hören können.*

»Ich soll meine Flöte spielen?« Meine Worte klangen wie ein Quieken, als ich die Flöte anhob. Die Sylphen regten sich erwartungsvoll.

Werden die Drachen helfen?, fragte Cris mich.

Jetzt!, befahl Säureatem.

Ich trat zurück und legte die Flöte ans Kinn.

Die anderen begannen mit einem leisen Summen, das über mich hinweg, durch mich hindurch rollte. Ich bewegte die Schultern, um den schweren Rucksack zurechtzurücken, dann spielte ich einige Tonleitern und Arpeggios, um mich aufzuwärmen. Die Drachen wurden still, wachsam.

Ich kannte ein paar Stücke auswendig und hatte sie so oft gespielt, dass meine Muskeln sich an die Melodien erinnerten, daher ließ ich die Finger nur kurz auf den Klappen ruhen, bevor ich mich für das Stück entschied, das ich bei der Demonstration am Markttag gespielt hatte, unmittelbar bevor ich gefangen genommen und in dem Tempel eingesperrt worden war. Es war die Musik, die ich wie ein Tagebuch geschrieben hatte, die ich monatelang für mich behalten hatte, bis ich endlich den Mut aufbrachte, sie Sam zu zeigen.

Das Stück begann langsam, melancholisch. Die Sylphen passten ihre Lieder an, entsprachen der Sehnsucht, die ich spielte, dem Bedürfnis nach dem Unbekannten. Ich nahm nichts mehr um mich herum wahr, als die Musik übernahm, die Sylphen wärmten mich, und ich spielte mit Hingabe. Keuchend bei einem Kuss. Gefangen von einem feuerroten Sonnenuntergang. Das wunderbare und demütigende Gefühl, Liebe zu empfangen. Die Klänge meiner Flöte drangen durch das Tal, schön und silbern und voller Leben.

Mit den Sylphen zu spielen war etwas ganz anderes, als mit Sam zu spielen. Sowohl Sylphen als auch Sam verstanden Musik auf eine Weise, von der ich nur träumen konnte, aber wo Sam mit unermesslichem Talent und Besonnenheit spielte, waren die Sylphen wild und frei. Wenn sie sangen, tanzten sie, und sie brannten vor Leidenschaft und Glück.

Die Musik wirbelte durch uns hindurch und ließ mein Herz vor Angst und Einsamkeit und Erschöpfung schlagen, als ich zu dem Teil kam, den ich geschrieben hatte, nachdem ich vom

Schicksal der Neuseelen erfahren hatte. Und dann Hoffnung und Verlangen, als Sam mich nach Hause gebracht und mir den Salon voller Rosen gezeigt hatte, nur weil er mich hatte lächeln sehen wollen.

Als wir uns dem Ende näherten, öffnete ich die Augen und stellte fest, dass die Drachen … friedlich aussahen. Seltsam glücklich, wenn man Drachen einen Gesichtsausdruck zuweisen konnte.

Und als mein Blick über das Tal schweifte, bemerkte ich eine Bewegung auf dem Felsrand, wo ich gestern gestanden hatte. Drei menschliche Gestalten und ein Dutzend Sylphen, von denen Letztere meine Musik wiederholten.

Ich ließ die Flöte sinken und auf meinen Oberschenkel schlagen. Sie waren nicht fortgegangen. Sie waren immer noch hier. Sam war hier.

Und die Drachen.

Als die Sylphen ihren Gesang beendeten, verwirrt, weil ich aufgehört hatte, drehte ich mich zu Säureatem um.

Was tust du?

Ich zog den Reißverschluss meines Mantels weit genug auf, um die Flöte in ihren Kasten zu schieben, den ich immer noch schräg über die Brust geschnallt trug. »Werdet ihr den Turm zerstören? Werdet ihr eure Waffe benutzen, um gegen Janan zu kämpfen?« Jetzt, da ich meine Freunde auf der anderen Seite des Tals gesehen hatte, brannte ich darauf, zu ihnen zurückzukehren, ihnen zu erzählen, was ich getan hatte. Ich wollte mich außerdem selbst irgendwie zwischen die Drachen und Sam stellen, aber sie würden um mich herumschauen. Über mich hinweg. Vielleicht konnte ich sie fortlocken, oder … ich hatte keine Ahnung. »Sagt mir, dass ihr den Turm an der Frühlings-Tagundnachtgleiche zerstört, und ich werde alles spielen, was ihr wollt.«

Warum hast du aufgehört?

Einer der anderen Drachen hob den Kopf und schaute zum Felsen hinüber, und ein Klingeln ganz hinten in meinen Kopf deutete an, dass sie darüber sprachen, was meine Aufmerksamkeit erregt hatte. Sie wussten, warum ich aufgehört hatte.

Sam.

Ich dachte nicht, dass ich es hören sollte, aber ein Drache murmelte einem anderen zu: *Der mit dem Lied.*

Wir werden der Ablenkung ein Ende machen. Das war für mich bestimmt, und mit einer anmutigen Bewegung grub Säureatem seine Klauen in den weißen Stein, als er sich für den Abflug duckte. Die Flügel weit gespreizt warf ihr Wind mich beinahe von der Mauer.

»Nein!« Ich rannte zu ihm, als könnte ich einen Drachen aufhalten. Er war bereit, loszufliegen und mich zu verlassen, bereit, Sam zu töten, während ich hier hilflos festsaß und nichts dagegen tun konnte. Ich warf ihm die Arme um das Vorderbein, gerade als er sich in die Luft erhob, und die Sylphen hinter mir kreischten.

Wir flogen.

Eisiger Wind schnitt mir ins Gesicht, drang mir in die Kehle. Ich keuchte und klammerte mich an das Bein des Drachen, als er es anzog und knurrte. Seine Schuppen waren kalt und glatt, beinahe glatt genug, um mich abzuwerfen. Ich schlang die Beine um seinen Knöchel – was ich für seinen Knöchel hielt – und versuchte, nicht daran zu denken, dass ich durch den Himmel flog. Auf einem Drachen.

Der mit dem Lied.

Welches Lied?

Säureatem ließ den Fuß hängen, flog dicht über peitschende Baumwipfel, die an mir hängen blieben. Kiefernnadeln schlugen mir gegen Arme und Beine, schoben sich in meine Ärmel und den Mantelkragen. Meine Hände schmerzten von der Kälte und vom Festhalten, aber als seine Flügel wieder in der

Luft krachten und ich aufblickte, sah ich den Felsen auf mich zurauschen.

Der Drache schleuderte mich zu Boden, auf die Reihe von Sylphen zu, die sich um Sam, Stef und Whit gebildet hatte. Ich legte mich schützend um meinen Flötenkasten, als ich über Steine und totes Gras rollte. Sylphen schwärmten aus, um mich zu umgeben, und drei Paar Hände zogen mich auf die Füße.

Ich hatte keine Zeit, ihnen zu danken. Ich ließ den Rucksack fallen und drängte mich durch die Sylphen.

»Stopp!« Ich reckte den Kopf, als die drei Drachen die Hälse bogen, als wollten sie Säure speien. »Wenn ihr ihnen etwas antut, werde ich nicht mehr für euch spielen.«

Die Drachen schnaubten, und ein beißender Gestank strömte über die Felskante. Sie standen unten im Wald, die Köpfe hoch genug erhoben, um uns anzustarren.

Der mit dem Lied. Er ist hier.

Das sehe ich.

Sie hat uns überlistet.

Töte sie.

»Ana …«

Ich warf Sam über die Schulter einen Blick zu und gab ihm mit der Hand ein Zeichen, dass er hinter den Sylphen bleiben solle. »Bleib da«, sagte ich.

Sie gibt dem mit dem Lied Befehle. Die Worte der Drachen quollen wie Rauch um die Ränder meines Bewusstseins. Fragmente, deren ich mir nur halb bewusst war.

Ich erkannte meine eigene windzerfetzte Stimme kaum wieder, als ich mich zu den Drachen umdrehte. »Und vielleicht ist es euch egal, ob ich jemals wieder für euch spiele. *Mir* ist es ehrlich gesagt egal, ob ich jemals wieder für euch spiele. Das sollt ihr aber wissen: Wenn ihr ihnen wehtut, werde ich euch jagen.«

Lügen.

»Keine Lügen. Ich habe euch gesagt, dass Janan Krieger hatte, die einen Phönix gejagt und gefangen haben. Diese Krieger sind zu Sylphen geworden. Sie sind jetzt bei mir, meine Armee und mein Panzer, und ich bin mir *sicher*, dass sie noch wissen, wie man etwas fängt, das nicht gefangen werden möchte. Wenn ihr meinen Freunden etwas antut, dann kommen wir euch holen, euch und jeden anderen Drachen auf der Welt.«

Das Phönixlied. Der mit dem Lied.

Wir müssen es zerstören.

Sie kennt den mit dem Lied. Sie wird das Lied gegen uns benutzen.

Wenn sie das wollte, hätte sie es schon getan.

Tötet sie sicherheitshalber.

Dann wird sie das Lied benutzen. Der mit dem Lied wird es tun. Seht nur, wie er dasteht.

Aber sie will, dass der Tempel zerstört wird.

Das Klingeln der Drachen wurde stärker, füllte meinen Kopf wie ein Bienenschwarm. Ich taumelte und hielt mich mit meinen wunden Händen an einem Felsbrocken fest. Stimmen riefen meinen Namen, Sylphen schlossen sich um mich, aber ich richtete mich auf und sah die Drachen böse an und nahm alles zusammen, was von meiner Stimme übrig war.

»Ich. Werde. Nicht. Aufgeben.«

Säureatem blies einen Strom ranziger Luft über den Vorsprung, Bäume raschelten, und die Sylphen stöhnten. Blaue Ziellichter flammten auf, aber ich hob wieder die Hand.

»Nicht.« Ich konnte nicht hinter mich schauen – ich hatte nicht die Kraft dazu –, aber die Lichter gingen aus. Ich konzentrierte mich wieder auf die Drachen. »Versteht ihr mich?«

Säureatem sah an mir vorbei, als die Hitze stärker wurde. Die Sylphen, die ich auf der Mauer zurückgelassen hatte, waren eingetroffen. Bisher hatte nur ein Dutzend Sylphen sie abgewehrt. Doppelt so viele …

Doch sie hatten keine Angst vor den Sylphen. Sie hatten vor etwas anderem Angst. Vor dem Phönixlied. Vor dem mit dem Lied.

Deinen Freunden wird nichts geschehen.

Ich nickte vorsichtig, damit meine Gedanken nicht ins Schwimmen gerieten. »Und werdet ihr in der Seelennacht den Turm zerstören? Zur Frühlings-Tag-und-Nacht-Gleiche? Werdet ihr eure Waffe benutzen?«

Wir werden es entscheiden. Du *hast den mit dem Lied. Du weigerst dich, uns zu erlauben, es zu zerstören, doch du bittest uns, es zu zerstören. Wir werden entscheiden.*

Bevor ich antworten konnte, stießen Säureatem und die anderen sich vom Boden ab und erhoben sich in den Himmel. Bäume brachen und stürzten unter ihrer Kraft um, und der Felsen erzitterte. Drachendonner zerriss die Luft, und ich sah ihnen nach, wie sie kleiner wurden, während Erschöpfung und Dunkelheit mich übermannte.

Aber als ich diesmal fiel, gab es Hände, die mich auffingen.

KAPITEL 20

Verbindung

Das Bewusstsein kehrte in scharfen Bruchstücken zurück, wie Splitter aus Glas und Licht. Warmes Wasser auf meinem Gesicht und Hals. Kleine Schlucke dünner Suppe. Der Geruch von Ozon. Stimmen, die vom anderen Ende der Welt zu kommen schienen.

Eine dunkle Gestalt mit angezogenen Knien, das Gesicht in den Armen vergraben, die Schultern hochgezogen und zuckend.

Als das Bewusstsein sich setzte und blieb, fand ich mich in meinen Schlafsack gehüllt, mit sauberen Kleidern, und lauschte einem Klavier in meinem Ohr. Mein SAK lag neben meinem Bettzeug, der Draht eines Ohrhörers wand sich zu mir herüber. Der andere spielte seine Musik ins Nichts.

»Sie ist schräg.« Ich krächzte, als hätte ich geschrien. Vielleicht war es nur die normale Heiserkeit nach dem Aufwachen. »Die Musik. Sie ist schräg.«

Ein leises Dröhnen, das ich bis jetzt nicht wahrgenommen hatte, brach plötzlich ab, und jemand stieß einen erleichterten Seufzer aus. Sam. »Deinetwegen. Du hast gesagt, ein Ohrhörer sei für dich, einer für uns, und als ich vorschlug, die SAK-Lautsprecher für alle zu benutzen, sagtest du, du hättest keine Zeit, darüber zu diskutieren.«

»Oh.« Das klang tatsächlich nach mir, aber ich erinnerte mich nicht an das Gespräch. Ich zog den Ohrstöpsel raus, brachte die Klaviersonate zum Schweigen und stemmte mich auf einen Ellbogen. Mein ganzer Körper war steif und schmerzte.

Whit und Stef saßen auf ihren Schlafsäcken und unterbrachen ihr Tippen auf den SAKs, um mich anzusehen. Ein Topf Suppe stand neben der offenen Zeltlasche und dampfte; eine Sylphe hatte sich darum geschlungen. Ein Lichtstrahl fiel durch die Öffnung und ließ die Dunkelheit im Rest des Zeltes noch dunkler und tiefer erscheinen.

»Nun seht mal, wer endlich wach geworden ist«, sagte Whit. »Als ich meinte, du solltest ein bisschen schlafen, habe ich nicht gemeint, dass du so lange schlafen sollst.«

Ich zog eine Grimasse, die ein Lächeln hätte sein können.

Sam saß direkt hinter meinem SAK im Dunkeln. Er hielt ein gefaltetes Stück Papier in Händen und schien in sich zusammengesackt zu sein. Aber er war bei mir gewesen, als ich aufgewacht war.

Ich setzte mich richtig hin und ignorierte den ziehenden Schmerz im Rücken und in den Schultern. »Sam.« Sein Name kam wie ein Hauch heraus, Kummer und Hoffnung und Sehnsucht in drei Buchstaben gefasst.

»Hey.« Seine Stimme war leise und heiser, und für einen Moment sahen wir uns an, und es gab nichts anderes auf der Welt.

Licht flimmerte in meinem Augenwinkel, als die anderen aufstanden und das Zelt verließen. Selbst die Sylphe verschwand und ließ Sam und mich allein.

Er schluckte hörbar und beugte sich zu mir vor. »Ana, es tut mir so leid. Ich weiß nicht, was ich sonst sagen soll.«

Ich rieb mir den Schlaf aus den Augen und schob mich aus dem Schlafsack. »Vielleicht fängst du damit an, mir zu sagen, wie lange ich« – nicht bewusstlos war, selbst wenn das der Wahrheit entsprach – »geschlafen habe.«

»Drei Tage.«

Drei Tage. Zeit, die wir nicht hatten.

Ich strich mir das Haar aus dem Gesicht und wälzte Fragen hin und her. Wer hatte mich gewaschen und angezogen? Waren wir noch im selben Lager? Ohne einen Blick nach draußen konnte ich es nicht sagen, und das Licht tat mir in den Augen weh. »Sind die Drachen zurückgekehrt?«

Was hatten sie gesagt? Der mit dem Lied? Das Phönixlied.

Sam schauderte. »Nein. Sie sind nicht zurückgekommen.«

»Okay.« Ich wusste nicht, wie ich jetzt weitermachen sollte. Ich hatte das Unmögliche getan. Ich hatte mit Drachen gesprochen. Ich hatte überlebt. Ich hatte die Drachen daran gehindert, meine Freunde anzugreifen, weil ich ein sehr Furcht einflößender kleiner Mensch war, der wenig auf sein eigenes Leben gab.

Ein hysterisches Kichern entfuhr mir. Meine Stimme klang dünn und schwach in dem dunklen Zelt, aber ich konnte es nicht verhindern. Nach allem, was geschehen war, konnte ich nichts anderes tun, als zu lachen, um die Anspannung in meiner Brust zu lösen.

Sam sah mich nur an, bis der Anfall vorüber war. »Hast du Hunger?«

»Ja.« Mein Magen fühlte sich hohl an, als ich mich zurücklehnte und mir wieder das Haar aus dem Gesicht schob. Ich hatte vage Erinnerungen daran, kleine Schlückchen dünner Brühe getrunken zu haben, aber davor war nur die Taube gewesen, die die Sylphe für mich gekocht hatte, und Stunden über Stunden, in denen ich wach gewesen und durch den Wald gelaufen war. »O ja.«

Er nickte und eilte zu dem Suppentopf. »Wir haben das Lager nicht verlegt. Wir wollten dich nicht stören.« Er kehrte zurück und reichte mir eine Schale mit Brühe, in der auch einige Brocken eines unglücklichen Waldbewohners schwammen sowie etwas, das als Gemüse durchging, wenn man in einem Winterwald festsaß.

Ich dankte ihm und nippte langsam daran, ließ meinen Magen sich wieder an das Gefühl von Essen gewöhnen. Die Suppe war fade, aber sättigend, und zu bald war die Schale leer. Ich stellte sie beiseite; ich würde mehr bekommen, sobald ich mir sicher war, dass ich so viel bei mir behalten konnte.

»Also, der Brief, den du hinterlassen hast.« Er drehte das gefaltete Papier in den Händen, und als er den Kopf schräg legte, konnte ich die Sorgenfalte zwischen seinen Augen sehen und die Schatten darunter. Bartstoppeln verdunkelten sein Kinn und seine Wangen. »Ich habe ihn gelesen.«

Verzweifelt versuchte ich mich daran zu erinnern, was ich geschrieben hatte. Es kam mir so vor, als hätte ich diesen Brief vor hundert Jahren verfasst. Seitdem war so viel geschehen.

»Fühlst du dich wirklich so? Denkst du, es sei selbstsüchtig von dir gewesen, uns zu bitten, dich zu begleiten? Als hätten wir nicht an dich geglaubt?«

Ich hätte diesen Brief niemals schreiben sollen.

»Meine Gefühle für dich haben sich nicht geändert. Hast du gedacht, sie hätten es?« Er streckte die Hände nach mir aus, hielt aber mittendrin inne, als sei er sich nicht sicher, ob wir uns noch berühren durften. »Ana?«

Nein. Ja. »Was hast du erwartet, was ich denken würde?«

Er drückte die Hände auf die Knie und senkte den Blick. »Ana«, sagte er noch einmal, wie ein Gebet. »Nur weil du Freunde bei dir haben möchtest, bist du noch lange nicht selbstsüchtig. Es macht dich menschlich. Und selbst wenn wir eine Idee für unklug halten, bedeutet das nicht, dass wir aufgehört haben, an dich zu glauben. Ich werde *nie* aufhören, an dich zu glauben. Was ich darüber gesagt habe, dass ich glaubte, du könntest alles tun, alles sein – das denke ich immer noch. Ich bewundere es immer noch, dass du dich nicht von der Begrenztheit anderer aufhalten lässt. Ich liebe das an dir. Ich liebe dich.«

Mein Blick verschwamm vor Tränen, die an meinen Wimpern hängen blieben, als ich versuchte, sie wegzublinzeln.

Sam schob sich vor und umfasste meine Wangen mit den Händen. Sanft strich er mir mit den Daumen die Tränen vom Gesicht, und die Art, wie er mich ansah, war so traurig und hoffnungsvoll und intensiv, dass ich mich schmerzlich danach sehnte, ihm einfach nahe zu sein. Seine Stimme war heiser, als er wieder sprach. »Es tut mir leid, dass ich dir das Gefühl gegeben habe, du müsstest den Rest des Weges allein gehen.«

Das Einzige, was ich spürte, waren seine Hände auf meinem Gesicht, stark und warm und schwielig vom Musizieren.

Vor Sam hatte ich Berührungen gefürchtet. Meine Mutter hatte mich nur geschlagen, aber Sam hatte mir Zuneigung und Trost und Freude gezeigt. Ich *wollte*, dass er mich berührte. Ich hatte gelernt, mich nach seinen Berührungen zu sehnen, nach der Art, wie er meine Hand hielt oder mir eine Haarsträhne hinters Ohr strich. Nach der Art, wie er mir ein Gefühl der Sicherheit und Verbundenheit gab, einfach dadurch, dass er mir nahe war.

Und diese letzten Wochen ohne ihn – sie waren mir vorgekommen, als hätte ich mich selbst weggeschlossen. Allein.

»Ich war bereits allein, Sam.«

Er ließ die Hände auf den Schoß fallen.

»Nicht körperlich. Aber über Wochen ist mir alles immer klarer geworden, und das lag nicht nur daran, wo wir hingingen, was wir erfahren haben und wen wir verloren haben. Mir ist auch wegen dir vieles klar geworden. Obwohl du wütend auf mich warst und genauso gelitten hast, wollte ich dich immer noch.«

Seine Kehle arbeitete, als er zu begreifen schien, wie weit wir uns voneinander entfernt hatten und dass wir beide daran beteiligt waren. »Ich wollte dich auch.« Er holte bebend Atem. »Aber jedes Mal, wenn ich dich ansah, dachte ich an das, was ich getan habe. Was wir alle getan haben. Ich dachte daran, dass genauso gut dein Leben gegen meines hätte eingetauscht werden können, und ich konnte es nicht ertragen.«

Es war beinahe mein Leben gewesen.

»Gibt es eine Möglichkeit, das wieder in Ordnung zu bringen?«, fragte er.

Ich sah ihm in die Augen, begegnete Dunkelheit und Qual. »Liebst du mich?«

Er sprach, ohne zu zögern, ohne die übliche Denkerfalte zwischen den Augen. »Unendlich.«

»Dann können wir es wieder in Ordnung bringen.«

»Das ist gut.« Er schloss die Augen und stieß einen langen Atemzug aus. »Das ist wirklich gut.«

Ich wollte näher an ihn heranrücken oder dass er näher an mich heranrückte, aber das schien mir alles zu schnell zu gehen. Ich wollte das Risiko nicht eingehen, diesen zerbrechlichen Waffenstillstand zu zerstören. »Es gibt da etwas, das ich dir sagen muss.«

Der mit dem Lied.

Er bemerkte die Veränderung in meinem Ton, dass wir jetzt nicht mehr über unsere Beziehung sprachen, sondern über etwas viel Größeres.

Obwohl mir unsere Beziehung sehr groß vorkam.

»Die Drachen.« Ich hasste es, mit ihm über Drachen zu sprechen. »Ich habe mit ihnen geredet.«

»Das habe ich gesehen.« Er war für einen Moment in einer anderen Zeit. »Ich habe dich auf der Mauer gesehen. Als ich aufgewacht bin und deinen Brief gefunden habe«, er verkrampfte sich am ganzen Körper, »habe ich gesehen, dass auch deine Sachen weg waren. Deine Flöte. Dein SAK. Dein Schlafsack. Alles. Ich dachte, du würdest nicht zurückkommen.«

»Ihr solltet nach Hause gehen.«

Er schnaubte und schüttelte den Kopf. »Nein, ich würde

dich nie verlassen. Egal wie viel Angst ich vor Drachen habe, dich zu verlieren macht mir noch mehr Angst.« Er rückte näher an mich heran, nur ein bisschen, sodass unsere Knie sich berührten. »Ich habe die anderen geweckt und nach dir gerufen, habe gehofft, du seist noch nicht weit gekommen. Gehofft, du würdest mich hören.«

»Ich bin kurz nach Mitternacht aufgebrochen. Als die Sonne aufging, war ich schon oben auf der Mauer. Ich hätte dich im Wald nicht rufen hören.« Vielleicht schon, wenn er auf dem Felsen gewesen wäre. Ich hatte etwas gehört, von dem ich gedacht hatte, es seien Waldtiere, aber jetzt, da ich darüber nachdachte, hätten die Geräusche auch Stimmen gewesen sein können.

Sam streckte eine Hand aus und berührte mich vorsichtig am Knöchel. »Als wir schließlich deinen Brief noch einmal durchgelesen haben, war klar, dass du die Drachen finden wolltest, aber nicht, wo du hingehen würdest. Also haben wir weitergesucht und den Felsen gefunden, und als wir nach Norden schauten, haben wir den Drachen auf der Mauer hocken sehen. Und du hast vor ihm gelegen und warst von Sylphen umgeben.«

Seine Stimme war tiefer geworden, schwer von den Dingen, die er nicht aussprach. Ich beendete seinen Gedanken. »Du hattest Angst, der Drache hätte mich getötet.«

»Ja.« Er klang unglücklich. »Ja, ich war mir sicher. Du hast auf deinem Rucksack gelegen. Du hast verletzt ausgesehen. Du hast dich nicht bewegt. Ich konnte mir nicht vorstellen, dass du noch lebst.«

Ich rieb mir den Kopf, der nach den Stürzen und dem Klingeln der Drachenstimmen immer noch empfindlich war. Wenn die Sylphen nicht gewesen wären, wäre ich jetzt tot.

»Aber dann bist du aufgestanden, und ich konnte nicht verstehen, was du sagst, aber ich konnte deine Stimme hören. Ich wollte über das Tal zu dir fliegen, selbst wenn es bedeutete, dass auch ich mich dem Drachen stellen musste.« Er nahm einen langen Atemzug. »Dann hast du angefangen, Flöte zu spielen, und die Sylphen haben mit dir gesungen. Die Sylphen, die du bei uns gelassen hattest, begannen ebenfalls zu singen. Es war unglaublich. *Du* warst unglaublich.«

Ich senkte den Blick, um mein Erröten zu verbergen.

»Was ist mit dir auf dieser Mauer passiert?«

Ich atmete tief durch. »Das ist wahrscheinlich etwas, was alle hören müssen, aber ich denke, ich weiß, was die Waffe der Drachen ist. Und warum die Drachen immer dich angreifen.«

Seine Miene verdüsterte sich. »Warum?«

Zögernd legte ich ihm die Fingerspitzen auf die Knöchel. Seine Hand ruhte immer noch leicht auf meinem Fuß. »Weil sie die Waffe nicht haben. Ich habe diese Zeilen im Buch falsch übersetzt. *Du* bist die Waffe.«

Ich fühlte mich nicht gut genug, um alles zweimal zu erklären, daher ging Sam die anderen holen. Ich aß noch eine Schale Suppe, ein wenig zuversichtlicher, was meine Fähigkeit betraf, sie bei mir zu behalten. Meine Muskeln und Knochen schmerzten noch immer bei jeder Bewegung, aber die Bewegung half.

Während ich aß und mich streckte, kamen Sylphen herein und wärmten die Luft, die sich in ihrer Abwesenheit abgekühlt hatte. Cris trällerte tröstend, während er mit den anderen Sylphen in die natürlichen Schatten eintauchte, und ich brachte ein Lächeln zustande.

»Hat es euch wehgetan?«, fragte ich. »Als ihr die Säure absorbiert habt, um mich zu beschützen?«

Cris wellte sich, wie ein Achselzucken. *Unsere Kräfte schienen zuerst grenzenlos. Wir können gewaltige Mengen Energie absorbieren. Aber so wie Menehems Gift den anderen wehtut,*

tut die Säure weh. Der Schmerz vergeht, und wir erholen uns, aber zu viel auf einmal könnte irreparablen Schaden anrichten.

Ich senkte den Blick. »Ich werde von jetzt an versuchen, mich nicht in Gefahr zu stürzen.«

Er trällerte, ein Lachen. *Na klar.*

»Ich meine es ernst.«

Wir sind deine Armee. Wir werden dich beschützen, egal wie groß der Schmerz oder wie hoch der Preis ist. Das ist alles, was du zu wissen brauchst.

Er meinte es ernst. Sie würden alles für mich tun. Ich war mir nicht sicher, ob mir die Bürde ihrer Verpflichtung und ihres Vertrauens gefiel. Sie glaubten, ich könne dabei helfen, sie zu erlösen, aber was, wenn ich es nicht konnte? Der Gedanke, sie zu enttäuschen, war unerträglich.

Als Sam mit Stef und Whit zurückkehrte, warfen sie mir alle einen abschätzenden Blick zu und sagten nichts, als Sam sich in meine Nähe setzte. Nicht neben mich. Er berührte mich nicht, wie er es zuvor getan hatte, aber er war in der Nähe. Es war für den Moment genug.

»Ich bin froh, dass du zurück bist, Ana.« Whit ließ ein Lächeln aufblitzen. »Und unverletzt.«

»Ich auch.« Stef schaute zu Sam und dann wieder zu mir. »Ich höre, du hast eine bemerkenswerte Geschichte zu erzählen.«

Ihre Aufmerksamkeit war nervtötend. Wir hatten wochenlang kaum miteinander gesprochen, selbst über Armandes Tod nicht, und jetzt beobachteten mich alle. Warteten. Ich wollte wegsehen, während ich ihnen von meiner Reise zu der Gefängnismauer erzählte, aber ich achtete darauf, dass ich ihren Blicken standhielt, während ich von der Kletterpartie sprach, davon, wie ich mein Menuett gespielt hatte, um die Drachen anzulocken, und von der Art, wie die Sylphen für mich gekämpft hatten. Ich weigerte mich, schwach zu wirken oder als zweifelte ich an meinen Taten.

Ich hatte mit Drachen gesprochen.

Vielleicht konnte ich wirklich alles tun.

Doch die Geschichte klang verrückt, als ich versuchte, das Klingeln in meinem Kopf zu erklären, wie die Sylphen in der Lage gewesen waren, mich vor den Salven von Säure zu schützen, und den Drang, auf das Bein des Drachen zu springen, als er über das Tal flog. »Den Rest habt ihr gesehen.« An dieser Stelle brach ich ab, weil ich nicht darüber reden wollte, wie ich ausgesehen haben musste, als ich gebrüllt und die Drachen bedroht hatte. »Sam sagte, sie seien nicht zurückgekommen. Noch nicht einmal um zu jagen?«

Stef schüttelte den Kopf. »Einige Sylphen haben das Tal beobachtet, nur um sicherzugehen, aber es sieht so aus, als würden die Drachen nicht zurückkehren.«

Also hatten die Drachen eine Entscheidung getroffen: Nein, sie würden nicht helfen.

Ich sah zum Eingang des Zeltes, der noch offen stand und Nachmittagslicht hereinließ. Ich konnte so gerade die Ränder unserer Laternen und der Ladegeräte für die Solarbatterien sehen, die das Licht aufnahmen, solange es hell war. Obwohl es nur noch wenige Wochen bis zur Frühlings-Tagundnachtgleiche – der Seelennacht – waren, hatte der Winter das Land fest im Griff. »Ich schätze, dass wir ohnehin nicht damit gerechnet haben, dass die Drachen sich für irgendetwas bereit erklären.« Das Eingeständnis knackste meinen Stolz ein wenig an.

»Nachdem du sie bedroht hast, haben sie sich bereit erklärt, uns nicht anzugreifen.« Stef warf mir einen vielsagenden Blick zu. »Das ist ziemlich beeindruckend.«

Whit, der fast fertig damit war, meine Geschichte aufzuschreiben, sah auf. »Erzähl uns mehr über das Klingeln. Du hast gesagt, es sei so laut geworden, dass du davon das Bewusstsein verloren hast. Ich dachte, ich hätte auch so etwas gehört.«

Ich rieb mir die Ohren und nickte. »Ich war mir zuerst nicht sicher, was es war, aber es musste von den Drachen gekommen sein. Sie kommunizieren miteinander durch ihre Gedanken, und ich hatte das Pech, es mitzukriegen. Es wurde einfacher, sie zu verstehen, als brauchte ich nur zu üben, aber …«

Sam beugte sich zu mir und legte mir eine Hand aufs Knie. »Es klingt, als hätten sie unsere Sprache verstanden.«

Er hatte recht. Kentauren hatten uns nicht verstanden, obwohl ihre oberen Hälften menschlich waren. Warum also Drachen? »Vielleicht weil ihre Sprache Gedanken sind? Wenn ich meine Gedanken konzentriert hätte, als wollte ich gleich etwas sagen, oder etwas in Gedanken gesagt und nicht laut ausgesprochen hätte, dann hätten sie es auf die gleiche Weise verstanden, und was ich laut sage, ist belanglos.«

Whit nickte und schrieb weiter in sein Notizbuch. »Das klingt plausibel. Wenn wir laut sprechen, ordnen wir unsere Gedanken und teilen sie mit. Drachen könnten einfach etwas mitkriegen, was wir unbewusst tun.«

Das leuchtete ein. »Ich denke, ihre Sprache hat noch eine weitere Ebene, so wie wir Körperbewegungen oder Gesichtsausdrücke als eine Art Kurzschrift für das wahrnehmen, was der andere wirklich meint.« Da ich nur mit Li als Beispiel dafür aufgewachsen bin, war ich nicht sehr gut darin, die feineren Zeichen zu deuten, die die Leute gaben, aber zumindest wusste ich jetzt, was ich verpasste, und konnte *versuchen* mitzuhalten. »Aber ihre Signale stehen auch für Worte, die sie weglassen. Denke ich.«

»Das ist sehr interessant.« Whit schrieb auch das alles auf. »Ich glaube, wir haben in den letzten zwanzig Minuten mehr über Drachen erfahren als in den letzten zwanzig Quindecs. Wir brauchten nur Ana, die beschließt, dass sie mit allen reden kann.«

»Anscheinend bin ich bereit, es zu versuchen.« Ich verzog den Mund zu etwas wie einem Lächeln.

»Was hat dich dazu gebracht, sie mit Musik anzulocken?« Sam sprach leise, als sei die Frage nur für uns beide bestimmt, aber die anderen wirkten ebenfalls interessiert.

»Ich bin mir nicht sicher.« Ich biss mir auf die Lippe. »Es war das lauteste Geräusch, das ich machen konnte, aber außerdem liebt jeder Musik. Menschen, Sylphen, selbst die Kentauren, als ich in jener Nacht die *Phönix-Sinfonie* gespielt habe. Einer der Jungen hat meinen SAK berührt und sah – keine Ahnung – glücklich aus. Als würde er es verstehen.« Manchmal hatte ich das Gefühl, als verstünde jedes Wesen Musik oder wollte sie verstehen.

Ein Lächeln umspielte Sams Mundwinkel. »Ich vermisse es, Musik zu machen.«

»Du kannst dir meine Flöte leihen.«

»Ana«, warf Stef ein, »du hast Sam gesagt, dass du weißt, warum die Drachen ihn angreifen?«

Der mit dem Lied.

»Ich *denke*, dass ich es weiß.«

Sam erbleichte, und ich konnte mir nicht vorstellen, was ihm durch den Kopf ging.

»Als sie mich baten, wieder für sie zu spielen, hatten sie ein weiteres Gespräch untereinander. Einer hatte Angst, dass ich *das Lied* hätte. Ein anderer sagte, er könne es in mir nicht sehen.« Ich schüttelte den Kopf und versuchte, mich genau an die Formulierung der Drachen zu erinnern, aber meine Kopfschmerzen waren so stark gewesen. So wie meine Ohren geklingelt hatten, war es schwer für mich gewesen, mich zu konzentrieren. »Sie haben mich geprüft. Und dann, als sie euch alle auf dem Felsen sahen, sagte einer: *Der mit dem Lied,* und sie waren plötzlich alle beunruhigt. Sie konnten es in *dir* sehen. Dann haben sie versucht, mich anzulügen, und haben gesagt, sie wollten meine Ablenkung loswerden, damit ich für sie spielen würde, aber …«

»Aber sie sind gekommen, um mich zu töten.« Sams Stimme war leise und schrecklich tonlos. »Ich bin der mit dem Lied.«

Ich nickte.

»Ich dachte, sie mögen Musik.« Whit musterte ihn. »Warum Sam töten, wenn sie Musik mögen?«

»Wegen des Liedes, das er hat. Das Lied ist die Waffe. Ich habe die Symbole aus den Büchern falsch übersetzt. Ich dachte, es sei eine Waffe, die sie besitzen, aber so ist es nicht. Es ist eine Waffe, vor der sie schreckliche Angst haben.«

Whit schnaubte. »Und das ist Sam.«

Wir alle sahen Sam an, der die Arme um die Knie geschlungen hatte und sich auf die Unterlippe biss. »Ich komme mir nicht wie eine Waffe vor«, sagte er schließlich.

»Du siehst auch nicht aus wie eine«, erwiderte Whit.

Ich rieb mir die Schläfen und versuchte, all ihre Hinweise zusammenzufügen. »Die Waffe ist das Phönixlied. Sie hatten Angst, dass Sam es gegen sie einsetzen würde.«

»Was ist das Phönixlied?« Whit sah Sam an, der den Kopf schüttelte und verloren wirkte.

»Die einzige Musik, die ich habe und die mit Phönixen zu tun hat, ist die *Phönix-Sinfonie*, aber die habe ich geschrieben, lange nachdem die Drachen begannen, meinen Tod zu ihrer Hauptaufgabe zu machen.« Sam fuhr sich mit den Fingern durchs Haar. »Sofern Drachen nicht Möglichkeiten für die Zukunft sehen können wie Phönixe, denke ich nicht, dass die Sinfonie das Phönixlied ist, vor dem sie Angst haben.«

»Sie sind davon überzeugt, dass das Phönixlied sie töten kann«, entgegnete ich. »Einen nach dem anderen. Alle gleichzeitig. Ich weiß es nicht. Mir scheint, sie sollten sich größere Sorgen über echte Phönixe machen, die vor ihnen singen.« Aber echte Phönixe töteten nicht, also stellten sie vielleicht doch keine Gefahr dar. »Phönixe entfernen sich aber nie weit von ihren Dschungel, oder?«

Eine der Sylphen schüttelte den Kopf. Cris. *Das letzte Mal, dass Phönixe aus ihrem Dschungel kamen, war, um die Sylphen zu verfluchen.*

»Vor fünftausend Jahren«, murmelte Stef. »Es ist also nicht die *Phönix-Sinfonie*, und sie sind nicht wegen echter Phönixe besorgt. Denn echte Phönixe sind keine Gefahr. Aber jeder, der das Lied kennt, ist in Schwierigkeiten.«

»Das bin ich«, sagte Sam.

Ich berührte seine Hand. »Das kommt mir unfair vor.« Die Drachen schienen ohnehin nicht viel auf Fairness zu geben.

Doch die Drachen hatten noch etwas anderes gesagt – dass ich sie gebeten hätte, Sam nicht zu töten, sie aber auch gebeten hätte, es doch zu tun …

Der Gedanke verflog.

»Ich wünschte, ich könnte sagen, dass ich mich mit dem Wissen besser fühle, die Macht zum Drachentöten zu haben.« Sam griff nach seiner Wasserflasche und drehte sie in den Händen. »Ich würde mich besser fühlen, wenn ich irgendeine Ahnung hätte, was dieses Phönixlied tatsächlich ist und wie man es benutzt.«

»Würdest du es denn benutzen?«, fragte ich. Es war seltsam, sich Sam vorzustellen, wie er loszog und zu den Drachen sang, bis sie nicht mehr waren. Der Sam, den ich kannte, war nicht so herzlos. Er hatte mich für mein Erbarmen gelobt, als ich Deborl nicht töten konnte – obwohl ich keine Zweifel gehabt hatte, dass er Deborl erschossen hätte, wenn er die Möglichkeit dazu gehabt hätte. Nicht nachdem er ihn in der Nacht des Erdbebens gesehen hatte, als Mat uns im Badezimmer angegriffen hatte. Sam hatte ihn und andere getötet. Es gab eine dunklere Seite an Sam als die, die ich kannte. Es gab Tausende von Jahren an Sam. Ich würde ihn niemals ganz kennen. Aber er war kein Mörder.

»Ich weiß es nicht«, sagte er schließlich.

»Nun, ich spreche es ja nur ungern aus.« Stefs Gesichtsausdruck war hart. »Aber trotz Anas Erfolg, zu den Drachen zu sprechen, denke ich nicht, dass sie uns helfen werden.«

»Ich auch nicht«, gab ich ihr recht.

»Was ist unser nächster Schritt?«

Niemand sah mich an.

Ich betrachtete meine Hände.

Ganz langsam sagte Sam: »Was, wenn wir das Phönixlied doch kennen?«

Im Zelt wurde es still.

»Beziehungsweise, was ist, wenn«, Sam stellte die Wasserflasche vor sich auf den Boden, »wir die Drachen glauben lassen, wir würden das Lied kennen, um sie zu überreden, uns bei Anas ursprünglichem Plan zu helfen: das Gift benutzen, die Drachen dazu bringen, den Tempel zu zerstören, und hoffentlich Janan daran hindern, jemals eine Chance zu bekommen, sich zu erheben.«

Mir gefiel das *hoffentlich* in dem Satz nicht. Es klang immer noch so unwahrscheinlich, obwohl es nicht so war, als gebe es andere Vorschläge. Und jetzt dachte Sam sich wieder Wege aus, um meine Idee umzusetzen.

Ich war mir nicht sicher, wie ich mich dabei fühlte. Erleichtert, weil er an mich glaubte? Entsetzt, weil er sein Leben riskieren würde, indem er so tat, als wisse er etwas, das er nicht wusste? Was, wenn Säureatem es darauf ankommen ließ?

»Nein«, flüsterte ich.

Alle sahen mich an.

»Zum einen müssten wir die Drachen verfolgen. Sie sind nicht hierher zurückgekehrt. Sie können die Reise viel schneller machen als wir. Wir werden auch keine Zeit haben, zu Menehems Labor zurückzugehen und das Gift zu holen, wenn wir nach Drachen suchen müssen. Wir werden jetzt schon täglich länger wandern müssen, um rechtzeitig dort anzukommen.

Der zweite Punkt ist: Selbst wenn wir ihnen folgen, wer sagt denn, dass nicht die falschen Drachen uns finden und sofort töten? Die Sylphen können uns beschützen, aber nicht ewig. Wir werden in Bewegung bleiben und nach Säureatem und seinen Freunden Ausschau halten müssen. Und das Dritte ist, dass Sam das Phönixlied nicht bewusst kennt, also ist es nutzlos. Ich möchte nicht mit einer Waffe drohen, von der wir nicht wissen, wie man sie benutzt. Sie haben mir geglaubt, als ich ihnen gedroht habe, und sie sind abgezogen. Das wird genügen müssen. Ich werde es nicht noch einmal riskieren.« Ich senkte die Stimme. »Ich werde euch alle nicht noch einmal in Gefahr bringen.«

Im Zelt herrschte minutenlang Stille, und Sam sah mich einfach nur an, etwas Undeutbares in seinen Zügen. »Was machen wir dann?«

»Wir sind hierhergekommen, um sowohl nach Hilfe als auch nach einer Waffe zu suchen. Hilfe bekommen wir nicht. Die Drachen haben das ziemlich klargemacht. Aber wir haben erfahren, dass die Waffe, die wir gesucht haben, die ganze Zeit über bei uns war. Sam mag das Lied jetzt noch nicht kennen, aber vielleicht können wir einen Weg finden, um es gegen Janan einzusetzen.«

»Was du von Anfang an tun wolltest«, sagte Sam. »Die Waffe benutzen, um gegen Janan zu kämpfen.«

Ich nickte. »Wir gehen zurück zu Menehems Labor, holen das Gift und kehren nach Heart zurück. Sarit kann uns helfen, in die Stadt zu kommen.« Falls sie noch lebte. »Wir zerstören den Käfig, den Deborl baut, und alles andere, was für Janans Aufstieg wichtig zu sein scheint. Wir tun, was wir tun müssen, um Dinge zu zerstören. Auf dem Weg dorthin lernen wir so viel wie möglich über das Phönixlied und hoffen, dass wir es tatsächlich einsetzen können.«

Sam faltete die Hände. »In Ordnung. Dann gehen wir morgen zurück. Es sei denn, es gibt andere Ideen?«

Stef und Whit sahen sich an, schüttelten aber den Kopf.

Am Morgen packten wir unsere Sachen und machten uns auf die lange Rückreise ins Reich.

KAPITEL 21

Nächte

Wir würden es nicht rechtzeitig nach Heart zurückschaffen.

Ein Schneesturm erstickte die Welt mit weißem Pulver und Wind, und obwohl wir hindurchstapften, wann immer es möglich war, blieben uns nur noch zwölf Tage bis zur Seelennacht. Wir würden längere Strecken wandern müssen, aber selbst das würde nicht reichen.

Zwölf Tage.

Es war weit nach Einbruch der Dunkelheit, als wir haltmachten, um das Lager aufzuschlagen. »Ich wünschte, ich hätte den Tempelschlüssel an dem Gefängnis ausprobieren können.« Ich griff nach dem Essenssack, als Sylphen in den Wald schossen, um zu jagen.

Whit wirkte argwöhnisch, als er und Stef bei Laternenlicht das Zelt aufbauten. »Warum?«

Stef kicherte. »Wissenschaftliche Neugier. Die hat sie von Menehem.«

»Ich denke gern, dass ich sie habe, weil ich ich bin.« Meine Worte waren nicht scharf, aber ich sah ihr in die Augen. Sie musste wissen, dass ich es ernst meinte. »Neugier ist einfach ein Teil von mir. Wie Musik.«

»Okay.« Sie ließ ein Lächeln aufblitzen, doch es verschwand schnell wieder. Unser Verhältnis hatte sich zwar gebessert, aber nicht viel. Sie redeten mit mir, und jeden Abend rückte Sam seinen Schlafsack näher an meinen heran, aber selbst kleinste Meinungsverschiedenheiten belasteten unsere Gespräche.

»Ich denke nur viel nach. Die anderen Türme sind alle verfallen, seit niemand mehr in ihnen lebte. Janan ist der Einzige, der den Turm in Heart intakt hält. Aber man sollte doch meinen, dass die Türme ewig halten sollten, wenn die Phönixe sie erschaffen haben, oder?«

Stef zuckte die Achseln. »Vielleicht wären sie ewig geblieben, wenn die Sylphen nicht freigelassen worden wären.« Sie bückte sich und befestigte die letzte Innenwand am Zelt. »Du solltest besser unser Abendessen besorgen. Ich werde bald kochen können.«

Solchermaßen entlassen zog ich die Schultern hoch und folgte Cris in den Wald. Der Strahl meiner Taschenlampe beleuchtete die verschneite Welt. Inzwischen hatten die anderen Sylphen wahrscheinlich reichlich Tiere erlegt, daher steckte ich mir die SAK-Ohrstöpsel ein und wählte die *Phönix-Sinfonie.*

Ich hatte mir die ganze Sinfonie im Laufe der vergangenen Woche ein Dutzend Mal angehört und mit Sam darüber diskutiert, aber bisher hatten wir in der Musik nichts Ungewöhnliches gehört. Wir vier hatten sogar den Abschnitt neu übersetzt, den ich über die Waffe gefunden hatte, aber obwohl das interessant war, ging er nicht näher auf die Art oder den Zweck der Waffe ein.

Unsere jüngste Übersetzung lautete: *Drachen fürchten das Instrument des Lebens und des Todes.* Oder das *Lied des Phönix.*

Ich hob ein verbranntes Kaninchen auf und warf es in den Beutel, während ich die Flötenstimme des vierten Satzes der Sinfonie summte. Es war ein schneller, majestätisch klingender Satz, eine meiner Lieblingsstellen, die mein Herz immer vor heftiger Freude anschwellen ließ.

Eine Hand legte sich mir auf die Schulter. Ich machte einen Satz und fuhr herum. Sam beobachtete mich mit einem amüsierten Lächeln. Eine Laterne schwang an seiner Seite. »Hast du dich denn immer noch nicht daran sattgehört?«

Ich zuckte mit den Achseln und zog meine Ohrhörer heraus. »Ich rechne nicht damit, mich jemals daran sattzuhören, aber falls doch, sage ich dir Bescheid.«

»Ich habe auch andere Stücke. Einige sind besser als diese Sinfonie.«

»Sie war das erste Stück von dir, das ich je gehört habe. Es wird immer mein Lieblingsstück bleiben.« Ich blieb neben einem umgestürzten Baum stehen, dessen Tod neuem Leben Platz gemacht hatte. Kleinere Pflanzen kauerten am Boden und warteten auf den Frühling. »Außerdem, wenn es einen Hinweis auf das Phönixlied gibt, ist er bestimmt in dem Lied, das du nach ihnen benannt hast.«

»Lieder haben Texte«, sagte er zum tausendsten Mal, als er die Laterne auf dem Boden abstellte. Sie warf Schatten auf sein Gesicht, und er sah mich von der Seite an, ein komisches kleines Lächeln um die Lippen. »Das sagst du nur, weil es mich ärgert, nicht?«

Ich grinste, ohne zu gestehen. »Was ist dann mit dem Lied der Vögel? Oder Singvögel? Singen sie Texte?«

»Wer weiß? Vielleicht haben Vögel auch eine Sprache wie Kentauren.« Er meinte es neckend, aber als ich mich aufrichtete und unsere Blicke sich trafen, wurden wir wieder ernst.

»Könnte es etwas Kleines sein?« Ich legte den Sack auf den Boden und versuchte, meine Gedanken in Worte zu fassen. »Wir dachten, es sei ein ganzes Lied. Die ganze Sinfonie. Eine ganze Sonate. Aber was, wenn es etwas Kleines ist, etwas so Winziges, dass man es nicht einmal bemerkt?«

»Weil der Gesang von Vögeln normalerweise kurz ist oder aus der Wiederholung einer Notenfolge besteht.«

»Und Phönixe sind Vögel.«

Sam packte mich an den Armen, zog mich an sich und küsste mich so heftig, dass ich umgefallen wäre, wenn er mich nicht festgehalten hätte. Ich keuchte auf und drückte mich enger an ihn, aber gerade als ich begann, seinen Kuss zu erwidern, klingelte mein SAK mit einem Anruf.

Wir lösten uns voneinander, während ich nach meinem SAK fummelte, und sahen uns an, als seien wir nicht sicher, ob Küssen wieder in Ordnung war. Wir hatten es seit meinem Geburtstag nicht mehr getan, noch nicht, als warteten wir beide darauf, dass der andere den ersten Schritt tat.

Jetzt hatte er ihn getan.

Mein SAK klingelte abermals. Atemlos nahm ich den Anruf entgegen. »Sarit?«

»Oh, endlich.« Erleichterung erfüllte ihre Stimme. »Du bist da.«

Ich überprüfte die Stärke des Signals. »So gerade«, antwortete ich und gab Sam einen Ohrhörer, damit er mithören konnte. »Ich dachte nicht, dass wir schon Empfang hätten. Geht es dir gut? Was ist los?« Es war weit nach ihrer üblichen Zeit für den Anruf.

»Ja, es geht mir jetzt gut. Da war nur …« Sie zögerte. »Du wirst es nicht glauben.«

Ich sah Sam in die Augen, senkte den Blick auf seine Lippen. Er stand immer noch so nah, dass wir beide mit Sarit sprechen konnten. »Im Moment werde ich alles glauben«, flüsterte ich.

»Es sind gerade drei Drachen über Heart geflogen.«

»Gerade eben?« Sam sah nach oben, als könne er sie von unserem Standort aus sehen.

»Ist das Sam?« Hoffnung klang in Sarits Stimme mit. »Dann redet ihr wohl wieder miteinander. Das ist gut. Ja, gerade eben. Sie haben über dem Tempel gekreist und sind dann wieder nach Norden geflogen.«

»Sie haben nicht angegriffen?« Ich konnte kaum glauben, was sie sagte.

»Nein. Sie waren so schnell wieder weg, dass wir gar keine Zeit hatten, die Luftdrohnen raufzuschicken.« Sie klang, als könne sie es auch nicht glauben. »Habt ihr Drachen gesehen?«

Ich stieß einen Laut zwischen einem Quieken und einem hysterischen Lachen aus.

»Ana hat welche gesehen.« Sam sprach leise und ernst. »Aber das können wir jetzt nicht alles erklären. Wir stehen möglicherweise kurz vor einer Entdeckung. Wenn sich etwas ergibt, sagen wir dir Bescheid.«

»Wir sind auf dem Rückweg zu Menehems Labor«, fügte ich hinzu. »Dann zurück nach Heart, sodass wir langsam darüber nachdenken müssen, wie wir in die Stadt kommen, ohne dass Deborl es bemerkt.« Wir würden rennen müssen, um dort hinzukommen. Ich wusste nicht, wie wir das schaffen sollten, aber wir würden es versuchen. Darin waren wir uns alle einig.

»Ach, Leute. Deborl ist schlimmer denn je. Die Menschen werden verhört, wo ihr seid. Es weiß natürlich niemand, aber das hindert Deborl nicht daran zu fragen. Seine Leute haben die gesamte Wache übernommen. Jeder wird dafür rekrutiert. Wenn sie nicht bei seinem Käfig helfen, sind sie jetzt bei der Wache. Er spricht auch ständig von seinem Freund Merton und wo sie alle hingegangen sind. Ich weiß nicht, weswegen Deborl Merton losgeschickt hat, aber ich schätze, nicht um euch zu suchen. Was immer es ist, Deborl lässt es so klingen, als sei es *noch* wichtiger als ihr.«

»Ich wünschte, wir wüssten, worauf er aus ist. Was ist sonst noch los?« Das Heart, das ich kannte, schien in weiter Vergangenheit zu liegen.

»Der Käfig ist fast fertig. Die Gitterstäbe stehen unter Strom, und das ganze Ding befindet sich ein gutes Stück über dem Boden. Ich schicke euch ein Bild.« Sie hielt inne, um Luft zu holen, und mein SAK piepte, als das Foto ankam. »Jeden Tag gibt es Erdbeben. Die Tiere verlassen die Wälder um Heart, und der Mittelsee ist fast trocken. Alles bricht zusammen.«

Ich schloss die Augen vor dem dunklen Wald, von meinen Sylphen umgeben. Es schien falsch zu sein, in einer so friedlichen Umgebung zu stehen, während zu Hause alles zerstört war.

»Die Obelisken im Denkmal für das Tempeldunkel sind umgestürzt. Deborl sagt, es sei ein Zeichen, dass Janan uns bestraft.« Sie unterdrückte ein Schluchzen. »Ich wünschte, ihr wärt hier. Ich vermisse euch. Und ich vermisse Armande. Allein werde ich noch verrückt.«

»Es tut mir leid, Sarit.« Sam sprach noch einen Moment mit ihr und beruhigte sie. Dann sagte er: »Wir werden bald zu Hause sein«, und legte auf.

Ich hob den Beutel mit unserem Abendessen auf. »Die anderen werden sich wundern, wo wir bleiben.«

Er schien nur widerstrebend von mir Abstand zu nehmen, nickte jedoch. »Du hast recht, und Stef wird ungenießbar, wenn sie Hunger hat. Ich werde dir mit dem Rest helfen.«

Wir arbeiteten schweigend zusammen, aber ich beobachtete ihn aus dem Augenwinkel. Als er mich ertappte, schenkte er mir ein scheues, hoffnungsvolles Lächeln. Ein warmes Gefühl der Erleichterung durchströmte mich.

»Der Gesang der Vögel, hm?« Er schob sich eine Haarsträhne aus dem Gesicht und steckte sie in die Kapuze. »Das gibt uns einiges zum Nachdenken.«

»Wir werden uns deine ganzen Stücke anhören müssen, um herauszufinden, ob etwas dabei ist, das du immer wieder wiederholst.«

»Wie was?«

»Wie Rhythmen oder Harmonien, die oft in deiner Musik vorkommen.« Ich schüttelte den Kopf. »Oder etwas ganz anderes. Vermutlich wäre es dir schon längst aufgefallen, wenn du das gleiche Thema in mehreren Stücken benutzt hättest.«

Er runzelte die Stirn. »Das hätte ich sicher bemerkt.«

»Vielleicht ist es etwas in den Instrumenten, die du bevorzugst. Oder auch nur in der Art, wie du Musik machst, und es hat gar nichts mit deinen Kompositionen zu tun.«

»Das könnte Jahre dauern.«

Die wir nicht hatten. »Aber wenn Drachen davor Angst haben, lohnt es sich, es zu verstehen.«

Sam nickte und hob den Beutel auf. »Wir sind hier fertig.«

Es war fast Mitternacht, als wir das Zelt betraten. Stef hatte Wasser zum Kochen gebracht, und Whit blätterte in den Tempelbüchern und meinen Notizen, in denen ich verschiedene Abschnitte übersetzt hatte.

»Ihr habt ja ziemlich lange gebraucht«, brummte Stef.

»Sarit hat angerufen.« Sam hockte sich neben sie, und während sie die Kaninchen häuteten, erzählte er ihr von dem Gespräch mit Sarit.

»Ana.« Whit schaute von seiner Lektüre auf. »Komm mal kurz her.«

Ich ließ mich mit schmerzenden Gliedern neben Whit und die Laterne fallen. Er blätterte zurück zum Anfang meines Notizbuches.

»Ich habe über Menehems Forschungen und deine weiteren Notizen nachgedacht.« Er legte das Notizbuch vor mich hin und nahm eins von Menehems Tagebüchern heraus. »Ich sehe hier, dass du besorgt über die Größe und die Art der Verabreichung der Giftdosis warst, die wir gegen Janan einsetzen wollten.« Er zeigte auf meine Notizen. »Also habe ich nachgeschaut, was Menehem während des Tempeldunkels getan hat.«

»Er hatte sechs von diesen großen Kanistern. Wir haben mindestens zwanzig, und die Maschine läuft seit unserer Abreise und hat mehr produziert. Wir könnten fünfundzwanzig haben.«

»Du sagtest, die Sylphen hätten exponentiell eine Toleranz dagegen entwickelt. Wenn man also die Größe der Dosis am Tempeldunkel bedenkt, könnten wir vielleicht genug haben, um Janan für ein Weilchen in Schach zu halten. Zehn Minuten? Zwanzig Minuten?«

Ich widersprach seinem Optimismus nicht.

»Aber in diesen Notizen äußerst du dich auch besorgt über die Verabreichung. Wenn ich richtig lese, hatte Menehem seine Kanister mit einer Zeitschaltuhr versehen. Sie waren rings um den Tempel positioniert, und als er bereit war, öffnete er die Kanister per Fernbedienung, damit die Sylphen dem Gift länger ausgesetzt waren. Um die Toleranz auszugleichen, öffnete er erst einen, dann zwei, dann die letzten drei.«

»Das ist richtig.«

»Ich denke, dass deine Sorgen über eine effektive Verabreichung berechtigt waren. Werden wir in der Lage sein, etwas wie Menehem zu tun? Wir haben zwanzig Kanister. Wie können wir das Gift freisetzen, damit es eine unmittelbare Wirkung hat?«

»Alles gleichzeitig.«

»Aber dann«, wandte Stef ein und schaute herüber, als sie damit fertig war, Fleisch in den Wassertopf zu geben, »würde die Wirkung nicht lange anhalten. Wir hätten vielleicht nur zwei Minuten.«

Ich schüttelte den Kopf. »Wir haben nicht genug, damit es länger wirkt. Davon reden wir ja gerade. Es ist einfach nicht genug da.«

Als er fertig mit Händewaschen war, senkte Sam den Blick und schwieg. Er war derjenige gewesen, der die Maschine eingeschaltet hatte, in der Hoffnung, es würde helfen.

»Es ist wie ein Messer.« Bei meinen Worten sah Sam auf. »Es mag nicht genug sein, um Janan zu töten, aber wenn wir das Gift im richtigen Moment freisetzen, könnte es ihm schaden. Es könnte gerade ausreichen, um uns Zeit zu verschaffen.«

»Zeit wofür?« Stefs Stimme wurde tiefer, und sie verschränkte die Arme vor der Brust, aber es geschah aus Furcht, nicht aus Zorn. Die Seelennacht war nicht mehr weit, und Menschen, die wir liebten, starben. Für immer. Sie hatte genauso viel Angst wie ich. »Wenn der Tempel dunkel ist, wenn die Seelennacht beginnt, war es das für Janan? Wird er dann einfach verschwinden?«

Das schien unwahrscheinlich. Aber würde er aufsteigen können? Vielleicht nicht. Das mochte seine Rückkehr einfach nur verzögern, oder alles würde wieder so sein wie vorher. Neuseelen eingeschlossen.

Nein, ich musste eine dauerhafte Lösung finden.

»Es gibt etwas, das wir tun können, was Menehem nicht konnte.« Ich stand auf und suchte in Sams Manteltaschen, bis ich die Ecken eines viereckigen Geräts spürte.

»Das stimmt«, murmelte Sam. »Ich hätte Menehem nie erlaubt, in meinen Kleidern zu wühlen. Was suchst du?«

»Das hier.« Ich zog den Reißverschluss einer Innentasche auf und nahm den Tempelschlüssel heraus. »Beide Male, als Menehem Janan vergiftet hat, hat er es von außerhalb des Tempels getan. Aber *wir* können das Gift im Innern des Tempels freisetzen.«

»Wird das etwas bringen?« Whit zog die Augenbrauen hoch.

»Vielleicht wird es uns ein oder zwei Minuten mehr verschaffen, als wenn wir es draußen einsetzen würden.« Ich wollte den Schlüssel in Sams Mantel zurücklegen, aber er hielt mein Handgelenk fest und drückte mir das Gerät an die Brust.

»Behalt du ihn. Ich wollte ihn dir ohnehin zurückgeben.«

Mit einem ernsten Nicken verstaute ich den Schlüssel in meinem Mantel.

»Wenn wir das Gift im Inneren des Tempels benutzen«, fragte Sam, »werden wir dann herauskommen können?«

Ich senkte die Stimme. »Ich weiß es nicht.« Wieder wünschte ich, wir hätten Zeit gehabt, den Schlüssel an dem Turm im Norden auszuprobieren. Würde der Tempel noch auf den Schlüssel reagieren, wenn Janan bewusstlos war?

Sam berührte meine Hand. Schneefall setzte ein und klopfte in einem leisen Rhythmus auf das Zelt, bis alle Geräusche von draußen erstickt waren. »Wir hatten einen kleinen Durchbruch mit dem Phönixlied«, sagte er zu den anderen.

»Vielleicht.« Ich wollte nicht, dass sie sich Hoffnungen machten, falls wir uns irrten. »Wir brauchen immer noch weitere Informationen. Ich hoffe ja, dass uns die Bücher helfen.« Ich warf einen Blick zu dem Stapel, merkte aber, wie ich müde wurde. Die Bücher hatten keine neuen Informationen gebracht, während wir eingeschneit gewesen waren, und es war unwahrscheinlich, dass wir vor der Seelennacht noch etwas anderes finden würden.

Während wir aßen, berichtete Sam über unser Gespräch über den Gesang der Vögel und unsere Vermutungen zur Natur des Phönixliedes.

»Was ist der nächste Schritt?«, erkundigte sich Whit.

»Ich werde mir so viel wie möglich von Sams Musik anhören«, antwortete ich.

»Oh, nein.« Whit griff sich an die Brust. »Wie wirst du das nur überstehen?«

Ich grinste. »Ich weiß, aber um die Welt zu retten, werde ich es tun. Ich werde mir auch die Partituren auf meinem SAK ansehen, falls ich herausfinde, wie man dabei gleichzeitig laufen kann. Ich möchte mir Notizen über eventuelle Richtungen im Stil oder in der Instrumentation machen. Über alle Richtungen, um genau zu sein.«

»Du brauchst also einen Freiwilligen, der dich ins Reich zurückträgt, hm?« Whit sah Sam an. »Du siehst in letzter Zeit ein bisschen mager aus. Ich werde Ana tragen.«

Sam schnaubte. »Wenn irgendjemand Ana trägt …«

»Ich gehe zu Fuß.« Ich verdrehte die Augen. »Ich komme schon klar. Vielen Dank.«

»Ich bin nicht mit jugendlichem Stolz belastet.« Stef lehnte sich in ihrem Schlafsack zurück. »Du darfst mich gern tragen.«

Whit kicherte und zwinkerte mir zu. »Nein, Stef, du magst zwar keinen jugendlichen Stolz mehr haben, aber du hast ganz sicher jede andere Art von Stolz, die es gibt.«

Sie warf ihm einen Fäustling an den Kopf, und für einige Minuten erfüllte Gelächter unser Zelt.

Als die Laternen schwächer wurden und Stef und Whit in ihre Schlafsäcke krochen, hockte Sam sich neben mich.

»Ana, ich hatte gehofft …«

Ich biss mir auf die Lippe und nickte. »Ich auch.«

Die Anspannung in seinen Schultern schmolz dahin wie Eis im Frühling, und er legte unsere Schlafsäcke übereinander, was uns ein zusätzliches weiches Polster verschaffte, als wir uns beide in den oberen Schlafsack schoben. Ich drückte ihm den Rücken gegen die Brust.

»Liegst du bequem?« Er legte sich um mich, fest und warm, und unsere Beine verschlangen sich ineinander. Unsere Finger fanden sich, seine Hand über meinen beiden.

»Ja.« Ich schloss die Augen und lauschte auf den Rhythmus seines Herzschlags, die Art, wie er versuchte, nicht zu laut zu atmen, als könnte atmen den Moment zerstören. »Sam.«

Er küsste mich auf den Hinterkopf.

»Sam.« Ich wollte mich umdrehen und mich an ihn drücken. Ich wollte seine Haut unter seinen Kleidern spüren und ihm die Finger durchs Haar schieben. Ich wollte Dinge, die ich mir nur vorstellen konnte. Aber nicht, wenn wir nicht allein waren. »Diese letzten Wochen tun mir leid. Die Geheimnisse, die ich gehabt habe. Meine wilden Ideen. Ich wollte dir nicht wehtun.«

»Ich weiß.« Er drückte meine Hände, und unsere Knöchel bohrten sich mir in die Brust. »Ich wollte dir auch nicht wehtun. Ich war so verloren in meinen eigenen Schuldgefühlen und meinem eigenen Unglück, dass ich vergessen habe, was das Wichtigste ist.«

»Und was ist das?«

»Leben. Lieben. Das Beste aus unserer gemeinsamen Zeit zu machen, ganz gleich, wie kurz oder lang sie sein wird.«

Ich zog die Hände aus seinen und drückte seine Handfläche flach gegen meinen Herzschlag. Nachdem er mich aus dem Endsee gerettet hatte, war ich aufgewacht und hatte ihn so wie jetzt vorgefunden; er hatte mich in den Armen gehalten und gewärmt, obwohl er nicht wusste, wer ich war. *Was* ich war.

Jetzt zeichnete ich den Rücken seiner gespreizten Hand nach, fühlte Knochen und Knöchel und Muskeln, und als ich seine Hand losließ, fragte er mich nicht, ob ich sicher sei. Wir wussten beide, dass ich es war, sonst hätte ich ihn nicht eingeladen. Er blieb noch für einen Moment über meinem Herzen, atmete mir schwer ins Haar und ließ dann die Hand über die Wölbungen meines Körpers gleiten und weckte in mir eine tiefe und wunderbare Sehnsucht.

Schwere Schichten von Kleidung dämpften unsere Atmung, seine geflüsterte Liebe. Wir waren vorsichtig und leise, aber Feuer entzündeten sich in mir, und ich hatte mir nie so sehr gewünscht, dass wir allein wären. Ich wollte mich umdrehen und ebenfalls die Muskeln auf seinem Körper nachzeichnen, aber dann würde ich nie wieder an Schlaf denken. Und Sam schien zufrieden damit zu sein – mehr als zufrieden –, Muster auf meinen Bauch zu zeichnen, mit der Hand über die Wölbung meiner Hüfte zu streichen und mich zum Dahinschmelzen zu bringen. Ich hatte mir nie etwas so sehr gewünscht, wie ich mir wünschte, dass er mich weiter berührte.

Als seine sinnlichen Bewegungen zärtlich wurden und sein warmer Atem in meinem Nacken sanft und gleichmäßig wurde, begann ich endlich einzunicken. Obwohl ich noch nicht bereit war aufzuhören, zog der Schlaf an mir, und dies war nicht unsere einzige Nacht. Es gab noch einige Nächte, in denen ich mit seinen Händen auf meiner nackten Haut einschlafen konnte.

Auf halbem Wege in einen Traum, in dem ich mit Sam am Flügel saß, riss Donner mich aus dem Schlaf.

Und ich hatte ein schrilles Klingeln im Kopf.

KAPITEL 22

Flug

»Drachen!«

Ich wand mich aus Sams Armen und Beinen und schrie. Er schreckte hoch, und auf der anderen Seite des Zeltes waren Stef und Whit bereits aus ihren Schlafsäcken heraus, machten Laternen an und suchten Pistolen. Sylphen quollen kreischend aus dem Zelt.

»Wo sind sie?« Stef schaltete ihre Pistole ein, und der blaue Zielstrahl schien durch das Zelt. Laternenlicht fiel auf ihr Gesicht, verdunkelte die Schatten um ihre Augen.

»Keine Ahnung.« Ich versuchte, im Aufstehen meine Kleider zu richten. »Ich höre das Geräusch. Das Klingeln.«

Wieder krachte Flügeldonner, und wir alle folgten den Sylphen nach draußen. Die verschneiten Steine bohrten sich mir in die nackten Füße, und der umliegende Wald war schwarz vor Schatten, echten Schatten und Sylphen. Das Geräusch ihres Stöhnens schwoll an.

Über uns flogen dunkle Gestalten durch den Himmel. Sie umkreisten uns, als suchten sie nach einem Landeplatz.

Wie hatten sie uns *gefunden*?

»Ich habe eine Idee.« Ich rannte wieder ins Zelt und nahm meine Flöte aus dem Kasten. Sam packte mich, als ich wieder zum Vorschein kam.

»Was tust du?«

»Du tust es.« Ich drückte ihm meine Flöte in die Hand. »Sie haben Angst vor dir.«

»Bist du sicher, dass es klug ist, sie so zu bedrohen?«, fragte er.

»Sie sind bewaffnet. Jetzt sind wir es auch.«

Bäume brachen wie Zweige, als die Drachen sie beiseiteschlugen. Rauschen und Krachen und Chaos erklangen. Vögel kreischten und flogen davon, riefen Warnungen. Tiere im Wald ergriffen die Flucht, als Bäume umstürzten und die Schatten gewaltiger Flügel auf die Erde fielen.

Ich nahm eine der Laternen und drehte das Licht so weit auf wie möglich.

Der mit dem Lied ist hier.

Sie brauchen uns. Sie werden das Lied nicht gegen uns benutzen.

Sam, Stef und Whit schrien alle und hielten sich die Köpfe gegen das Klingeln, aber während es meinen Kopf pochen ließ, blieb ich auf den Beinen. Vielleicht gewöhnte ich mich allmählich daran.

Drei Drachen landeten vor uns, die Flügel angelegt, die blauen Augen leuchtend. Gewaltige Klauen zogen Furchen in die gefrorene Erde. Schnee bestäubte ihre Schuppen. Die riesigen Reißzähne glänzten im Laternenlicht.

Ich trat vor, ohne Mantel und ohne Stiefel, aber die Sylphen umgaben mich wie Flügel. »Was wollt ihr?«

Wir haben uns entschieden.

Sie hatten tatsächlich darüber nachgedacht, uns zu helfen? Hm! »Und?« Es kostete mich meine ganze Willenskraft, aber ich widerstand dem Drang, über die Schulter zu schauen und nach meinen Freunden zu sehen. Zum ersten Mal Drachen sprechen zu hören war eine schmerzhafte Erfahrung.

Wir haben uns eure Stadt angesehen. Der Turm leuchtet jetzt selbst bei Tageslicht. Das Böse darin wird stärker. Eure Leute werden von ihrer eigenen Art versklavt.

Ich rührte mich nicht. Atmete kaum.

Die Erde bricht auf. Die Dampfspalten sind so weit aufgerissen, dass ein Drache darin nisten kann. Euer See ist verschwunden. Dort ist jetzt nur noch der Tod.

Säureatems Stimme war gewaltig, dröhnte in meinem Kopf. Wenn ich nickte, wurde mir schwindlig, aber ich schaffte es, aufrecht stehen zu bleiben. »Ja«. Meine Stimme kam mir dünn und schwach vor, obwohl sie, abgesehen von dem leisen Stöhnen der Sylphen, dem Ächzen meiner Freunde und dem Knacken und Prasseln fallender Bäume, das einzige Geräusch war. »Ja, diese Dinge geschehen wegen dem, was im Tempel lebt.«

Viele Dinge leben in dem Tempel, aber das Einzige, was ihr töten wollt, ist das, was ihr Janan nennt.

»Ja.« Was lebte denn noch in dem Tempel? Da war nichts. Nur endlose Labyrinthe und Gräuel – und die Skelettkammer. Aber die Skelette zählten doch nicht als Lebende, oder? »Warum greifen Drachen den Tempel an?«

Um den mit dem Lied zu töten.

Ich wirbelte zu Sam herum, der meine Flöte an die Brust gedrückt hielt, die Augen groß und umschattet im Laternenlicht. Er hatte es gehört. Die anderen – sie schauten beide auf – hatten es ebenfalls gehört.

»All diese Angriffe«, sagte Whit, »um Sam aufzuhalten?«

Um Sam aufzuhalten, der gerade erst erfahren hatte, dass er irgendeine Art von Waffe besaß, von der er nicht einmal wusste, wie man damit umging.

Flüchtig erwog ich, den Drachen zu sagen, dass er nie die Absicht gehabt habe, das Lied gegen sie zu benutzen, aber es war unwahrscheinlich, dass sie mir glaubten, und wenn ich wollte, dass sie weiter ein wenig Angst vor uns hatten, brauchte ich noch etwas anderes als die Sylphen.

Ich konzentrierte mich auf die Drachen. »Wenn ihr uns helft, den Turm zu zerstören, wird der Kreislauf der Wiedergeburt enden. Ihr werdet das Lied nicht mehr fürchten müssen. Wenn Sam alt ist und stirbt, wird es für immer fort sein.«

Wir fürchten das Lied nicht.

Ich zog eine Augenbraue hoch, aber man bezichtigte einen Drachen nicht einfach so der Lüge.

Wenn du weißt, dass euer Zyklus der Wiedergeburt enden wird und dass das Lied mit ihm enden wird, dann werden wir euch helfen, den Turm zu zerstören. Säureatem funkelte Sam an, der schwieg. Der sich nicht rührte. *Wenn ihr zulasst, dass ihr endet, werden wir euch helfen, den Turm zu zerstören.*

Und wir würden uns nicht auf eine Waffe verlassen müssen, von der wir nicht wussten, wie man sie benutzte. Wir werden uns einfach auf *Drachen* verlassen müssen.

Ich sah Sam an. Dies war seine Entscheidung.

Seine Stimme klang leise und rau. »Zerstört den Turm.«

Gut. Säureatem richtete sich auf und warf einen gleichgültigen Blick auf unseren Lagerplatz. *Packt eure Sachen.*

»Warum?« Ich stemmte die Fäuste in die Hüften und funkelte zu dem Drachen empor, als wüsste ich nicht, wie leicht er mich mit Haut und Haar verschlingen konnte. Als würden die Sylphen meine Ängste kennen, rückten sie näher heran.

Menschen gehen zu langsam. Wir werden euch dorthin bringen, wo ihr hinmüsst. Dann werden wir nach Norden zurückkehren und unsere Armee versammeln. Wir werden euren Turm in Schutt und Asche legen.

Die Drachen zu Menehems Labor reiten? *Die Drachen reiten?*

Ich warf einen Blick über die Schulter. Sam starrte mit leerem Blick vor sich hin, während Stef und Whit sprachlos schienen. Auf dem Rücken der Drachen würden wir viel schneller dort sein, aber dann würden wir ihnen vertrauen müssen, dass sie uns nicht töteten.

Trotzdem, wenn sie den Tempel zerstören wollten – und

mit ihm das Lied, das sie so fürchteten –, brauchten sie das Gift, das sie nur von uns bekommen konnten.

Aber Sam würde dies nicht tun können. Es war völlig ausgeschlossen, dass er einen Drachen reiten würde, selbst wenn dieser Drache einen guten Grund hatte, ihn nicht auf einen Berg fallen zu lassen. Wir würden den ganzen Weg zurück ins Reich rennen müssen.

»Nein«, sagte ich. »Wir werden zu Fuß gehen.«

»Nein. Allein werden wir es niemals schaffen.« Sam trat vor und blieb neben mir stehen. Seine Knöchel um meine Flöte waren weiß, aber seine Stimme war plötzlich stark. »Wir nehmen euer Angebot an.«

Säureatem betrachtete uns für einen langen Moment, dann nickte er. Es war eine langsame, schwere Bewegung, die an seinem schlangenförmigen Körper seltsam aussah. *Lasst uns die Bedingungen unserer Abmachung nennen.*

Ich hob die Stimme. »Nun gut, ihr werdet keinem meiner Freunde etwas tun. Nicht jetzt und nicht, nachdem wir den Turm zerstört haben. Wenn der Turm zerstört ist, wird der Zyklus der Reinkarnation enden und mit ihm die Bedrohung durch das Phönixlied.«

Ja. Das Gleiche muss für uns gelten. Wir werden euch kein Leid antun – oder dem mit dem Lied –, aber ihr werdet eure Lichter nicht gegen uns benutzen. Ihr werdet eure Schatten nicht gegen uns benutzen. Ihr werdet das Lied nicht gegen uns benutzen. Wenn eine Seite diese Bedingungen bricht, ist unsere Vereinbarung hinfällig.

Und wir konnten wieder zur Normalität zurückkehren und versuchen, uns gegenseitig umzubringen. Toll.

Aber Säureatem war noch nicht fertig. *Keiner von euch wird Musik machen. Vor allem er nicht.* Der Drache deutete mit der Nase auf Sam.

Ich wandte mich an Sam. »Bist du dir sicher?«

Sein Gesichtsausdruck war hart, sein Mund zu einem Strich zusammengepresst. Steif gab er mir meine Flöte und sagte: »Wir stimmen den Bedingungen zu.«

Wir ebenso. Säureatem senkte wieder den Kopf, und die Drachen begannen, leise untereinander zu reden.

Ich wusste, dass sie es tun würden.

Verzweifelt.

Sind wir das nicht auch? Menschen mit dieser Macht sind zu gefährlich. Sie könnten uns am Ende …

Pst.

Ich drückte mir die Flöte an die Brust, ließ die Finger über die Klappen gleiten, das glatte Metall, die Gravuren in dem Silber, noch scharf und neu.

»Gehen wir jetzt?«, fragte Whit, der hinter uns trat.

»Ich denke, ja.« Es war das Beste, so schnell wie möglich dort hinzukommen und die Drachen ihres Weges zu schicken. Wahrscheinlich würde keiner von uns den Rest der Nacht schlafen können, wenn draußen vor dem Zelt drei Drachen waren. »Stef, wir werden uns irgendwie anschnallen müssen, damit wir nicht herunterfallen.«

Sie nickte. »Ich habe schon eine Idee.«

Cris schwebte neben uns. *Wir können euch in der Luft nicht beschützen.*

»Ist schon gut.« Ich hielt ihm die Hand hin, und eine Ranke aus Schatten umkreiste meine Finger. »Ihr könnt schnell am Labor sein, richtig?«

Ja.

»Wartet dort auf uns. Auf den Drachen wird uns nichts geschehen. Sie brauchen uns.«

Ich traue ihnen nicht.

»Ich auch nicht.« Ich lächelte, obwohl mein Gesichtsausdruck grimmig war. »Aber ich gehe davon aus, dass sie die Zerstörung des Tempels wollen.«

Sie wollen die Zerstörung des Phönixliedes, und das ist im Turm.

Sam senkte den Blick. »Wir sollten uns beeilen und es hinter uns bringen.«

Während Stef an Sicherheitsgeschirren arbeitete, half ich Whit, das Zelt abzubauen. Sam packte all unsere Taschen und warf dabei ständig besorgte Blicke auf die Drachen. Seine Miene blieb düster, und er hatte tiefe Schatten unter den Augen.

Obwohl die Menschen schon vor Generationen gelernt hatten, Dinge fliegen zu lassen – wie Luftdrohnen –, hegten die meisten Leute den starken Glauben, dass Menschen nicht ohne Grund ohne Flügel geboren worden waren. Keiner von uns war glücklich über den Flug auf den Drachen, aber wenn wir frühzeitig nach Heart zurückkommen konnten, würde es sich gelohnt haben.

»Ich bin schon auf einem Drachen über ein Tal geritten.« Ich versuchte zu lächeln, während ich meinen Flötenkasten schloss und die Riemen noch einmal überprüfte. »Es wird schon gut gehen.«

»Sie haben dich durch Bäume gezerrt.« Whit schüttelte den Kopf. »Orrin wird es nicht glauben, dass wir das tun.«

»Niemand wird es glauben.« Ich konnte mir nicht mal Sarits Gesichtsausdruck vorstellen, wenn wir es ihr erzählten.

»*Ich* glaube nicht, dass wir es tun.« Stef hielt zwei Seilgeschirre hoch. »Jetzt alle aufpassen.« Sie deutete auch auf die Drachen.

Was sind das für Dinger? Säureatems Worte klingelten in meinem Kopf, und für einen Moment wurde mir schwindlig. Wenn dies vorbei war, wollte ich nie wieder mit einem Drachen sprechen.

»Ich habe zwei Geschirre gemacht. Sie sollen uns sicheren Halt geben. Sie werden über die Köpfe der Drachen gezogen und reichen bis zu den Flügeln. Sie sollten beim Fliegen nicht stören. Es werden jeweils zwei Personen auf einem Drachen reiten.« Sie sah Sam und mich an. »Ihr werdet vermutlich zusammen fliegen wollen.«

Sam nickte, ohne auch nur für eine Sekunde den Blick von den Seilen in Stefs Händen abzuwenden.

»Gut. Hier vorne befindet sich außerdem ein Ring für unsere Rucksäcke. Da wir zu zweit reiten werden, möchte ich nicht, dass unsere Taschen uns im Weg sind. Sie werden wie Anhänger herunterhängen.« Sie schaute zu Säureatem auf. »Ich nehme an, ihr kommt damit klar.«

Natürlich.

Stef und Whit begannen steif und vorsichtig, den Drachen die Geschirre anzulegen. Sylphen duckten sich um sie herum, hielten die Luft warm und hinderten die Drachen an plötzlichen Bewegungen. Mehrmals zog Stef an einem Geschirr und fragte den Drachen, ob es bequem sei oder schmerze, und für einen Moment schien es seltsam, dass sie so viel Sorgfalt auf den Komfort eines *Drachen* verwandte, aber sie hatte recht: Wenn dic Geschirre beim Fliegen hinderlich waren, waren wir in Gefahr.

Als sie fertig waren, sagte ich Säureatem, wo wir hinmussten, und versuchte, Menehems Labor aus der Vogelperspektive zu beschreiben. »Da ist ein großer Stahlbau, eine Lichtung, jede Menge Wald ...«

Ich habe es gesehen.

»Oh, prima. Das macht es einfacher, nicht wahr?« Ich versuchte zu lächeln, aber der Drache funkelte mich nur an.

Säureatem hielt still, als ich auf seinen Rücken kletterte und mich rittlings auf ihn setzte. Er zischte ein bisschen, als Sam nach mir heraufgeklettert kam, und brummte stumm in seinem Kopf, mehr aber nicht.

Sam setzte sich hinter mich. Wir beide waren in Mäntel und

zusätzliche Kleidungsschichten eingemummt und hatten Decken wie einen Kokon um uns geschnürt, sodass wir uns gegenseitig wärmen konnten. Wir zogen Schals wie Masken über unsere Gesichter, und dann schlang Sam die Arme um mich. Wir würden während des Fluges keine Sylphen haben, die uns wärmten, und die Schuppen der Drachen waren wie Eissplitter.

»Nicht nach unten sehen«, sagte Sam so laut, dass ich ihn durch meine Kapuze und drei Mützen hören konnte. »Es wird dunkel sein, daher wirst du nichts sehen können, aber es wird einfacher sein, wenn du nicht hinunterschaust.«

»Ich habe keine Höhenangst.« Ich versuchte, mich enger an ihn zu kuscheln, aber wir waren so gut gesichert, dass ich mich nicht bewegen konnte. Wir saßen ohnehin schon so nah beieinander wie möglich. Nur durch die ganzen Kleidungsschichten wirkte es so, als sei ganz viel Platz zwischen uns.

»Ich weiß. Aber diese Höhe – sie kann schon überwältigend sein. Dir könnte schwindlig werden, oder du könntest die Orientierung verlieren, als seist du unter Wasser und wüsstest nicht, wo oben und wo unten ist.«

Er redete zu viel, weil er sich selbst beruhigen und von dem ablenken wollte, was wir gleich tun würden. Woher wusste er überhaupt, wie es sein würde? Vielleicht vermutete er es nur. Vielleicht erinnerte er sich auch ans Sterben, als er im Griff eines Drachen hin und her geworfen worden war.

Ich wollte noch einmal all unsere Knoten überprüfen, aber das würde seine Stimmung wohl kaum verbessern. Stattdessen tätschelte ich ihm das Knie. »Als ich in dem See zu ertrinken drohte, bevor du mich gerettet hast« – er musste sich an seinen Mut erinnern –, »war es unmöglich, oben von unten zu unterscheiden. Ich frage mich, ob es einfacher ist, bei Nacht zu fliegen, wenn man nichts sehen kann, oder tagsüber, wenn man alles sehen kann.«

»Ich denke, es kommt darauf an.« Sam beugte sich über

mich, als wir spürten, dass die Muskeln unter uns anschwollen und sich bewegten. »Was ist beängstigender? Das Bekannte oder das Unbekannte?«

Die meisten Menschen würden sagen, das Unbekannte. Ich war mir nicht sicher, was meine Antwort war.

Wir sind bereit.

Stef und Whit waren tatsächlich auf dem anderen Drachen festgeschnallt, und ihre Taschen und das zusammengelegte Zelt hingen unten am Geschirr. Es würde etwas schaukeln, aber Stef hatte alles so fest verzurrt, dass es sich nur wenig bewegen würde.

Muskeln spannten sich an, flatterten gegen meine Beine und meine Brust, als ich mich über Säureatem beugte. Aus dem Augenwinkel konnte ich im Licht von Stefs Taschenlampe gewaltige, goldene Flügel sehen, die sich ausstreckten und schimmerten. Ein Netzwerk aus Knochen und Adern trat hervor, als das Licht durch die ledrige Haut schien. Es war mir unbegreiflich, wie etwas so Dünnes stark genug sein konnte, um einen ganzen Drachen anzuheben, aber während des Tempeldunkels war ich auf einem Flügel hinuntergerutscht, um von einem Dach zu kommen. Die zarte Haut war nicht unter meinem Gewicht gerissen, wie ich befürchtet hatte.

Die Flügel hoben sich, rauschten herunter. Luft fing sich in einer Blase und verlieh uns für einen Herzschlag Schwerelosigkeit. In unserem Kokon aus Decken stach Sam mit den Fingern gegen meine Kleider, gegen meine Rippen. Ich hatte Mühe, gleichmäßig zu atmen.

Donner krachte, als Säureatem wieder mit den Flügeln schlug. Mit einem Ruck duckte er sich nach unten – ich unterdrückte einen Schrei –, und Muskeln spannten sich an. *Festhalten*, murmelte er in unsere Köpfe, obwohl es nichts gab, woran wir uns festhalten konnten außer den Decken, die zwischen uns als Polster dienten.

Flügel schlugen schneller, Drachendonner zerriss die Luft. Er sprang, und mein Magen machte einen Satz …

Wir knallten auf den Boden, und Bäume krachten zur Seite. Er drehte sich um, galoppierte ein paar Schritte, schlug schneller mit den Flügeln und sprang erneut.

Die Luft hielt uns. Säureatem spannte und bewegte die Muskeln, ganz anders als der glatte Gang eines Pferdes. Er wand und bog sich wie eine Schlange.

Dann konnte ich nicht mehr an das Unbehagen denken, nur noch an den steilen Aufstieg und die Art, wie er plötzlich senkrecht war. Ich rutschte auf der Decke auf Sam zu. Sein Griff um meine Rippen wurde fester, und etwas – sein Kinn oder seine Stirn – grub sich mir in den Rücken. Die Flügel schlugen die Luft und waren das einzige Geräusch, das ich hören konnte.

Wir rutschten. Schreiend streckte ich die Hand aus, aber meine behandschuhten Finger glitten über glatte Schuppen. Keine Chance, mich festzuhalten.

Ich hatte keine Ahnung, wie hoch wir waren, aber bei der eisigen Luft und dem Schnee, der mir in den Augen brannte und mir den Atem raubte, stellte ich mir mühelos das Entsetzen eines freien Falls vor.

Die Decke rutschte weiter. Schwach fragte ich mich, ob der ganze Stoff, der um uns gewickelt war, den Aufprall abmildern würde, wenn wir auf dem Boden aufschlugen. Wahrscheinlich nicht.

Donner und Wind, meine Schreie und Sams, das kreischende Klingeln der Kommunikation der Drachen: Die Geräusche machten mich taub, und meine Ohren knackten und knackten, während wir höher stiegen. Mein Kopf fühlte sich an, als würde er gleich explodieren, als der Druck sich veränderte, und ich konnte nicht richtig atmen. Dünne, eisige Luft rauschte mir übers Gesicht, selbst wenn ich den Kopf einzog, damit meine Kapuze das meiste abbekam.

Wir schossen in den Himmel, fielen nach oben, so schnell Säureatems Flügel uns tragen wollten.

Wir rutschten weg. Seile schnitten mir in die Taille und Beine. Sam drückte sich fester an mich. Jeden Moment würden die Seile reißen und wir zu Boden stürzen.

Unser Aufstieg verlangsamte sich, und Säureatem war wieder in der Horizontalen.

Ich wusste nicht, wann ich aufgehört hatte zu schreien. Vielleicht als die Luft aufhörte, zu schwer zum Atmen zu sein. Keuchend wartete ich darauf, dass mein Herz zu einem regelmäßigen Rhythmus zurückfand und meine Ohren aufhörten zu schmerzen. Sam zitterte hinter mir; ich zitterte ebenfalls.

Säureatems Flügel donnerten, und die eisige Luft schlug uns ins Gesicht, aber wir waren immer noch auf seinem Rücken, und das war für mich die Hauptsache.

Sam musste gegen den Lärm von Flügeln und Luft anschreien. »Geht es dir gut?«

Ich versuchte zu nicken, aber er würde es nicht sehen. Stattdessen ließ ich die Decken los und berührte seine Hand, die noch auf meinen Rippen lag. Mein Kopf pochte noch immer von dem Druck – oder von zu wenig Druck –, und mein ganzer Körper fühlte sich so an, als hätte ich eine Runde gegen den Endsee verloren, aber es ging mir gut. Solange wir das nie wieder machten.

Sams Griff wurde etwas lockerer, als ich mich ein wenig aufrichtete und darauf achtete, dass meine Kapuze und der Deckenkokon den Blick auf die Flügel und das Vorüberziehen von Schwärze unter und um uns verbarg. Ich wollte doch lieber nichts sehen.

Eine Bewegung hinter mir. Die an meinem Mantel und meinen Blusen zupfte. Heiße Haut glitt über meine Taille und meine Rippen, und das Gewicht von Sams Kopf legte sich mir auf den Rücken. Mein Herzschlag beruhigte sich mit seiner

Hand auf meiner Haut. Ich konnte nichts gegen die Panik tun, wann immer Säureatem absackte oder die Richtung änderte, aber diese greifbare Erinnerung an Sams Gegenwart half.

Wir flogen stundenlang durch Schneewolken und glitten meistens auf einer Luftebene dahin. Der Wind ließ nie nach. Für eine Weile lauschten wir auf die Gespräche der Drachen untereinander, aber das Klingeln in meinen Ohren war unerträglich, und die Drachen schienen nicht geneigt, viel zu sprechen, während wir auf ihnen saßen. Und überhaupt in unserer Gegenwart. Sie schienen Angst zu haben, dass wir all ihre Drachengeheimnisse erfuhren.

Ich hoffte, dass es Whit und Stef besser erging, aber dann dachte ich an unseren unvermeidlichen Sinkflug und was geschehen würde, wenn wir endlich im Reich waren.

Die Wolken zogen nach Nordosten, von uns weg. Stunden später wurde der Himmel indigoblau, und ein glänzender Streifen goldenen Lichts schoss über den östlichen Horizont. Die Sonne lugte hinter einem Bergkamm hervor und beleuchtete die Rundung der Erde. Berge stachen in den Himmel, ganz Schnee und Eis und gefrorene Schönheit. Und im Westen zog ein heller Schimmer meinen Blick auf sich: der Tempel in Heart.

Als Licht das weiße Land überflutete und zwischen Bergen hindurch und in Täler strömte wie Flüsse und Seen aus purem Gold, entdeckte ich die Löcher in der Erde, die von den hydrothermalen Eruptionen stammten. Es war schwer, sie aus dieser Entfernung zu sehen, aber die Tatsache, dass ich sie überhaupt sehen konnte – dass sie existierten –, war genug, um Furcht einflößend zu sein.

Sam rief hinter mir: »Siehst du das Denkmal für das Tempeldunkel?«

Ich spähte in den Norden der Stadt, aber wenn das Denkmal noch existierte, war es zu weit entfernt, als dass ich es hätte sehen können. Ich schüttelte den Kopf und duckte mich, als Säureatem nach Osten abdrehte.

Es war mitten am Vormittag, als ein Klingeln in meine Gedanken drang.

Dies ist der Ort.

Der Sinkflug war genauso schrecklich wie der Aufstieg. Wir neigten uns nach vorn, und durch die Wucht der Landung wurden wir bis auf die Knochen durchgerüttelt, aber dann wurde alles herrlich still, und ich stellte mir vor, in einem richtigen Bett zu schlafen. Mit heißem Wasser zu duschen. Nicht in einem Zelt zu leben.

»O nein.« Sam fluchte leise, und ich blickte auf.

Menehems Labor lag in Trümmern.

KAPITEL 23

Bündnis

Der größte Teil des Gebäudes stand noch, obwohl das Dach durchlöchert und ein Baum darauf gestürzt war, sodass ein Ende ungeschützt den Elementen ausgesetzt war. Die Zisternen lagen am Boden, von einer Eisschicht umgeben. Die Sonnenkollektoren waren irreparabel beschädigt worden, und nicht zu identifizierende Maschinenteile quollen aus der Tür.

»Nein«, hauchte ich. »Nein, nein.« Ich fummelte an den Riemen des Geschirrs und kämpfte darum, mich von den Seilen zu befreien, die mir in den Leib schnitten.

»Warte.« Sam hielt mich fest. »Warte. Ich mache das.«

Als er meine Hände losließ und das Geschirr zu öffnen begann, starrte ich nur auf die Ruinen des Labors meines Vaters und sah, wie Sylphen aus dem Wald hervorkamen. Sie stießen ein melancholisches Wehklagen aus, während sie durch die Ruinen schwebten.

»Jetzt.« Das Geschirr lockerte sich, und ich schob die Seile von den Schultern und meinem Bauch und streifte auch die Decken ab. Obwohl mir kaum bewusst war, was ich tat, sprang ich auf Säureatems Vorderbein und rutschte runter, dann rannte ich auf die Ruine zu.

Im Innern des Gebäudes war es noch schlimmer. Da war der Küchenbereich, wo Sam und ich so viele Mahlzeiten hatten anbrennen lassen, weil wir uns geküsst und jedes Zeitgefühl verloren hatten; jetzt lag der Inhalt der Schränke auf dem Boden verteilt, zerdrückt und verschüttet.

Da war der Bildschirm, wo ich Videos von den Experimenten meines Vaters mit den Sylphen gesehen hatte; jetzt war er zerborsten und ausgehöhlt.

Da war der Schlafbereich, wo Sam sich eines Nachmittags neben mich gesetzt und mir zum ersten Mal gesagt hatte, dass er mich liebte; jetzt war die Matratze zerfetzt, ihr Schaum und ihre Wolle wie Schnee auf dem Boden.

Hinten war die obere Etage in das Labor gestürzt und hatte Maschinen und Kisten, die mit Menehems Kleidern und alter Ausrüstung gefüllt waren, unter sich begraben. Ein gesprungener Computerbildschirm schimmerte im Morgenlicht, das durch Löcher im Dach und das offene Maul der Hintertür fiel.

»Ana?« Beim Klang von Sams Stimme drehte ich mich um und sah ihn in der Tür stehen, von Licht umrahmt. »Bist du okay?« Er trug unsere Taschen und meinen Flötenkasten, und hinter ihm konnte ich Säureatem sehen, der sich argwöhnisch umsah.

Menschen leben im Schmutz, murmelte er einem der anderen Drachen zu.

»Ja. Nein.« Ich schüttelte den Kopf und versuchte, mich trotz der Erschöpfung, des Schocks und des ständigen Klingelns in Gegenwart der Drachen zu konzentrieren. »Damit habe ich nicht gerechnet. Aber natürlich hat Deborl das Labor zerstört. Natürlich.«

»Es hat auch Erdbeben gegeben.«

Ich deutete auf die Sprungfedern, die aus der Matratze gerissen worden waren; das Ganze war aufgeschlitzt worden. »Ein Teil dieser Zerstörung war vorsätzlich. Und da waren Drohnen.«

Sam ließ unsere Rucksäcke fallen und legte die Flöte obenauf, er bewegte sich steif unter dem Blick des Drachen. »Ist schon gut. Komm wieder nach draußen.«

Noch während er sprach, stieß das Gebäude ein leises Stöhnen aus und erzitterte. Er hatte recht. Es war nicht sicher hier drin, nicht nach den Erdbeben.

Ich trottete nach draußen und sah, dass Stef und Whit schweigend von ihrem Drachen gestiegen waren und die Geschirre entfernten. Klingeln erfüllte meinen Kopf, als Säureatem mich musterte.

Du hast gesagt, du hättest ein Gift. Wurde es hier aufbewahrt?

»Nein.« Ich blickte nach Norden, in Richtung der Höhle, wo ich die zwanzig Kanister versteckt hatte. »Ich werde nachschauen, aber es sollte sicher sein. Die Leute, die das hier getan haben, wussten nicht, wo ich das Gift versteckt habe.«

Säureatem schnaubte. *Dann gilt unser Abkommen immer noch. Wir werden eine Armee sammeln. Wo werdet ihr sein?*

Ich ließ den Blick über die Ruinen schweifen, Schnee und Eis und Metall, die im Sonnenlicht glänzten. »Für kurze Zeit hier, aber nicht lange. Vielleicht ein oder zwei Nächte. Dann werden wir in die Stadt zurückkehren. Wir können zu Fuß gehen.«

»Und wenn Deborl jemanden dagelassen hat, der nach uns Ausschau halten soll?«, fragte Stef.

»Dann kümmern wir uns um ihn.«

Sam stieß mich an. »Die Kanister. Wie sollen wir sie tragen?«

Mit vier Menschen und zwanzig Kanistern, die halb so groß waren wie ich, würde es unmöglich sein. Aber ich hatte gehofft, mehr zu haben. Zwanzig … Das würde nie reichen.

Säureatem kniff die Augen zusammen. *Bringt mich zu dem Gift. Wir werden es draußen vor eurer Stadt lassen.*

Das könnte funktionieren. »Wir werden es irgendwie in die Stadt schaffen müssen.«

Whit nickte. »Und wir wissen im Moment noch nicht einmal, wie wir selbst hineingelangen sollen.«

Wann wird Janan aufsteigen? Wir können die Kanister in die Stadt bringen, wenn es beginnt.

Sam, Stef, Whit und ich sahen uns an. »Wann ist der offizielle Beginn der Seelennacht?«, fragte ich.

»Bei Sonnenuntergang.« Sams Stimme war leise und nüchtern. »Die Seelennacht beginnt, sobald die Sonne untergeht.«

Noch elf Tage.

Dann werden wir eure Kanister bereithaben. Wo sollen wir sie jetzt hinschaffen? Wohin sollen wir sie bei Sonnenuntergang bringen?, fragte Säureatem.

Ich sah die anderen an und wartete auf Vorschläge, aber als niemand sprach, sagte ich: »Stellt sie erst einmal bei dem Denkmal für das Tempeldunkel ab. Das Feld mit den schwarzen Obelisken.«

Sie sind alle umgestürzt.

Durch die Erdbeben. Ja. »Ich weiß. Stellt die Kanister trotzdem dorthin. Könnt ihr es bei Nacht tun, damit euch niemand sieht?«

Sie werden uns hören.

»Ihr könnt doch schnell machen, oder?«

Ja. Säureatems Stimme knirschte in meinem Kopf.

»Dann wird euch nichts geschehen. Es ist so dunkel, dass sie nicht sehen werden, was ihr tut. Die meisten Menschen in der Stadt *wollen*, dass Janan sich erhebt. Sie möchten nicht, dass wir das Gift gegen ihn einsetzen, weil sie Angst haben. Sie fürchten sich vor dem Unbekannten – vor dem, was passiert, wenn Janan *nicht* aufsteigt.«

»Aber sie wissen auch nicht, was passiert, wenn er es tut«, sagte Whit.

Ich nickte. »Doch jemand, dem sie vertrauen – Deborl –, hat ihnen gesagt, dass alles gut werden würde.«

Der Drache blinzelte langsam, und die beiden anderen schwangen die Köpfe herum, um mich anzusehen. *Werden die anderen Menschen versuchen, uns während der Frühlings-Tagundnachtgleiche zu töten?*

»Vielleicht.« Vielleicht würden sie auch zu sehr mit Janan und dem Zweck des Käfigs beschäftigt sein, was immer es war.

Ihr wollt wahrscheinlich trotzdem nicht, dass wir ihnen etwas antun?

»Es wäre mir lieber.« Obwohl, wenn er Deborl in einem Säureklecks ertränken wollte, hätte ich nichts dagegen.

Die Erde vibrierte durch das Brummen des Drachen. *Wohin sollen wir das Gift in die Stadt bringen?*

Ich schloss die Augen und dachte darüber nach, welche Stellen frei waren, welche Stellen für die Drachen leicht zu erreichen wären, während sie für Deborl und seine Wachen schwer zugänglich sein würden. »Das Rathausdach. Wir können von dort in den Tempel gelangen, das Gift freisetzen und schnell verschwinden.«

»Und wir fliegen auf das Dach?«, fragte Whit. »Wie durch Zauberei?«

»Stef wird sicher etwas einfallen.«

Stef seufzte und nickte. »Natürlich.«

Das ist für uns akzeptabel. Bringt uns zu dem Gift.

Ich bedeutete Sam und den anderen zurückzubleiben; sie konnten schon anfangen, das Lager aufzubauen. Einige Sylphen kamen mit uns und schmolzen Schnee und Eis von unserem Weg.

Bist du sicher, dass wir euch nicht in die Stadt tragen sollen? Eure Beine sind so kurz. Zu Fuß werdet ihr Tage brauchen.

»Wir können nicht einfach bis zur Stadt auf Drachen reiten«, murmelte ich.

Außerdem würde ich Sam keinem weiteren Drachenritt aussetzen, wenn es nicht sein musste. Es schien, als wären wir am sichersten, wenn Sam und die Drachen möglichst viel Abstand voneinander hielten.

»Seid vorsichtig mit den Kanistern«, mahnte ich. »Wenn sie aufgehen, bevor wir soweit sind, sind wir verloren. Wir haben nur eine Chance.«

Die Drachen beschlossen, bis zum Abend zu warten, um die Kanister zu holen, aber sie hielten sich die ganze Zeit, die sie in der Gegend waren, abseits von uns. Wir hörten sie nur von Weitem, wie sie durch Bäume krachten und polterten. Selbst der klingelnde Lärm ihres Dialogs war weit weg und ermöglichte uns, einige Stunden lang in Ruhe die Trümmer des Labors zu durchsuchen.

Es war nur wenig zu retten. Stef fand einige Dinge, die sie behalten wollte, und ich fand den Kanister, der gerade aufgefüllt worden war, als wir das Labor verlassen hatten. Er war jetzt leer – das Gift hatte sich längst verflüchtigt –, und es lagen keine anderen herum. Also war das Labor kurz nach unserem Aufbruch zerstört worden.

Ich rief Sarit an, um sie auf den neuesten Stand zu bringen, und als es Abend wurde, krachte Drachendonner am Himmel. Wir gingen alle hinaus, um zu beobachten, wie Säureatem und seine Freunde davonflogen, unsere Hoffnung in ihren Zähnen und Klauen. Ihre Leiber glitten durch die Luft, Schuppen reflektierten die letzten Sonnenstrahlen, während sie immer höher und höher hinaufstiegen.

Als sie außer Sicht waren, entspannte Sam sich, und wir zogen uns beide ins Zelt zurück, wo Sylphen unsere Schlafsäcke wärmten und einen Topf Suppe erhitzten.

Tiere verlassen das Reich. Cris' Gesang war leise und besorgt. Die anderen summten ebenfalls ihre Sorge.

Sie wanden sich um uns, näher als unsere eigenen Schatten, und in der Wärme sah ich Bilder aufblitzen: schneebedeckter Wald mit Rehspuren, aber ohne Rehe, Bäume mit Vogelnestern, aber ohne Vögel, und Senken mit Höhlen kleiner Tiere, aber ohne kleine Tiere. Trockene Flussbetten, leere Teiche, auf deren Grund Fische verfaulten, und Wasserlöcher mit Tierabdrücken im rissigen Schlamm. Heiße Quellen waren verschwunden. Schlammlöcher waren fest geworden. Geysire zischten Dampf und sonst nichts.

Das Reich zerfällt. Es wird wenig zu essen geben, bis wir in Heart sind. Und dann würde es das geben, was immer in den Lagerhäusern war, zweifellos von Deborl streng rationiert. Sarit hatte nicht gesagt, dass sie hungerte, daher hoffte ich, dass es ihr gut ging. Zumindest konnten wir Wasser in Form von geschmolzenem Schnee bekommen.

»Danke, Cris.« Sam ließ unsere Schlafsäcke fallen und massierte sich die Schläfen. Erschöpfungsfalten durchzogen sein Gesicht. Er brauchte eine Dusche und eine Rasur. Ich sah vermutlich nicht besser aus. »Ich bin so froh, dass die Drachen weg sind.«

Ich setzte mich neben ihn und legte ihm eine Hand aufs Knie. »Ich auch. Obwohl ich erleichtert bin, dass sie uns helfen, auch wenn sie es nur tun, weil sie dich loswerden wollen.«

Er zuckte zusammen. »Es ist schwer zu akzeptieren, dass sie während der letzten fünftausend Jahre nach Heart gekommen sind, um herauszufinden, ob ich noch lebte, und mich dann zu töten.«

»Nicht nur, um dich zu töten, sondern um den Ort zu zerstören, an dem deine Reinkarnation stattfindet. Woher *wissen* sie das?«

»Ich wünschte, ich wüsste es.«

»Und außerdem, wie erkennen sie dich in jedem Leben? Säureatem hat es so klingen lassen, als könne er das Lied in dir sehen, aber wie sieht es aus? Woher weiß er das? Und ist er der Einzige?«

Sam öffnete den Mund, aber ich war noch nicht fertig.

»Er sagte, sie würden nicht wiedergeboren werden, aber leben sie länger als Menschen? Warum haben sie solche Angst vor dem Phönixlied? Sie haben jahrtausendelang deinen Tod zu einer *Priorität* gemacht, und das ist nicht nur unhöflich, es ist auch so *zielgerichtet*. Ich verstehe es einfach nicht. Und weißt du, wenn sie nicht so viel Zeit mit dem Versuch verbracht hätten, dich zu töten, wären wir vielleicht nie dahintergekommen, dass du das Phönixlied hast.«

Er stieß ein leises Schnauben aus. »Ich kann dir einige Antworten geben, aber es gibt eine Menge, was wir nicht über Drachen wissen und wahrscheinlich auch nie erfahren werden.«

»Ich hasse es, die Wahrheit nicht zu kennen.«

»Das ist eins der Dinge, die ich am meisten an dir liebe. Deine endlose Suche nach der Wahrheit.« Sam schlang mir einen Arm um die Taille und zog mich an sich. »Nun, sie leben tatsächlich länger als Menschen. Es scheint, dass sie praktisch unsterblich sind – bis sie getötet werden. Es gibt einige, von denen wir denken, dass sie so alt sind wie Heart. Vielleicht noch älter.«

»Vielleicht haben sie deshalb solche Angst vor dem Phönixlied.« Ich warf einen Blick auf meinen Flötenkasten. »Mir scheint, dass diejenigen, die denken, dass sie niemals sterben werden, die größte Angst vor dem Tod haben.«

»In manchen Fällen.« Er strich mir eine Haarsträhne aus dem Gesicht. »Und manchmal werden wir am Ende weise genug, um zu verstehen, dass das Leben ein Geschenk ist, das nicht ewig dauern kann – oder sollte.«

»Und das Phönixlied beendet das Leben?«

Sam zuckte die Achseln. »Ich weiß es nicht. Die Stelle in dem Buch wird ganz unterschiedlich übersetzt. Baut und zerstört. Leben und Tod. Verzehrt. Vielleicht ist es auch nichts davon.«

Vielleicht war es das alles.

Sein Mund streifte meine Wange, dann beugte er sich vor, um Suppenschalen für jeden von uns zu füllen. »Du hast zweimal für die Drachen Flöte gespielt. Was hast du gespielt?«

»Meine Lieder.«

Er warf mir einen Blick zu. »Sie sind nicht ...«

»Ich weiß.« Ich schenkte ihm das unschuldigste Lächeln, zu dem ich fähig war.

Er lachte und schüttelte den Kopf. »Und beim Spielen immer schön die Flöte gerade halten.«

Ich grinste und nahm eine Suppenschale entgegen. »Zuerst habe ich mein Menuett gespielt. Dann habe ich das Stück von der Demonstration am Markttag gespielt.«

»Keine meiner Kompositionen.« Er wirkte vor allem neugierig, aber da war auch ein Anflug von Gekränktheit in seiner Stimme. »Warum?«

»Ich wollte es allein schaffen. Mit meiner Musik.« Es war nicht ganz meine eigene gewesen. Die Sylphen waren da gewesen, ebenso wie Sams Einfluss. »Ich musste es einfach selbst machen, so viel ich nur konnte.«

»Ich verstehe.« Er verzog den Mund zu einem schwachen Lächeln. »Ich war neugierig, ob sie überhaupt auf die Musik reagieren würden, ob es irgendetwas darin gab, womit wir das Rätsel um das Phönixlied lösen könnten.«

»Was immer es ist, es ist nicht in meiner Musik. Es ist in keinem der Teile, die wir gemeinsam überarbeitet haben.« Ich schloss die Augen und erinnerte mich daran, mit ihm am Flügel zu sitzen, der Salon von Musik erfüllt, bis sie all meine Sinne überwältigte und mich vor Leben vibrieren ließ. »Ich werde tun, was ich gesagt habe: mir deine Musik anhören und die Partituren lesen. Wiederkehrende Motive notieren.«

Stef und Whit kamen herein, während wir uns das Gesicht wuschen. Sie wirkten beide grimmig und erschöpft.

»Ich habe einige Nachrichten aus Heart abgefangen.« Stef

hielt ihren SAK hoch. »Drei Drachen wurden nördlich der Stadt gesichtet und sind im Denkmal des Tempeldunkels gelandet. Kanister wurden nicht erwähnt, aber falls jemand dort hingeht …«

»Vielleicht war Säureatem so geistesgegenwärtig, sie zu verstecken.« Mein Optimismus klang selbst in meinen eigenen Ohren gezwungen.

»Vielleicht.« Stef überprüfte noch einmal ihren SAK, während sie sich vor die Suppe setzte. »Seit die Drachen gestern über die Stadt geflogen sind, sind die Wachen in Alarmbereitschaft. Sie sind besorgt wegen eines weiteren Angriffs. Für gewöhnlich ist es ein kleiner Angriff, dem ein viel größerer folgt, aber Säureatem und seine Freunde haben das Muster durchbrochen. Dieselben drei Drachen sind zweimal über die Stadt geflogen und haben beide Male nicht angegriffen, also könnt ihr euch vorstellen, dass Deborl die Ängste der Menschen schürt.«

Whit nickte und füllte Schalen für sich und Stef. »Deborl sagt, dass die Drachen wegen Janans Erhebung kämen – sie wollen ihn aufhalten –, aber dass Janan sie beschützen würde.«

»Inzwischen«, fuhr Stef fort, »haben natürlich alle, die sich öffentlich gegen Janans Aufstieg gewendet haben, die Stadt verlassen oder sind im Gefängnis gelandet. Die Menschen, mit denen Deborl spricht, hören ihm deshalb gerne zu, oder weil sie zu große Angst haben.«

Wie viele waren dagegen? Genug, dass der Versuch sich lohnen würde, mit ihnen in Verbindung zu treten? Oder sie zu befreien?

»Hat es Gerede über das gegeben, was Merton für Deborl holen sollte?«, fragte Sam.

Stef schaute auf ihren SAK und runzelte die Stirn. »Nichts darüber, was es ist, nur dass er den Gegenstand an sich gebracht hat und auf dem Rückweg nach Heart ist. Wir werden ziemlich bald mehr darüber erfahren, was es ist, nehme ich an.«

Na toll. Janan bekam also das Hilfsmittel, das er für seinen Aufstieg brauchte. »Ich frage mich, was es ist.«

»Es klingt so, als sei er weit gereist, um es zu holen – und als habe er dabei fünf Krieger verloren –, aber das ist alles, was ich euch sagen kann.«

»Nun, es hat nicht viel Sinn hierzubleiben. Menehems Maschine ist zerstört. Mehr Gift bekommen wir nicht. Ist jemand dagegen, dass wir morgen nach Heart zurückkehren?«

Als alle einverstanden waren, zog ich mir die Stiefel und Oberkleider aus und stieg in den Schlafsack, wobei ich Platz für Sam ließ. Aber ich konnte nicht lange genug wach bleiben, um Gute Nacht zu sagen. Kaum hatte ich den Kopf aufs Kissen gelegt, war ich auch schon eingeschlafen.

Im Laufe der nächsten Tage blieben wir so weit wie möglich im Wald und hielten ständig Ausschau nach Luftdrohnen, die die Straßen nach Heart patrouillierten. Die schneebedeckten Bäume wurden immer dunkler, und dort, wo der Boden unter ihnen heißer wurde und die Wurzeln kochte, wurden sie schwarz. Es herrschte eine unheimliche Stille – kein Vogelgezwitscher, keine umherhuschenden Tiere, kein Geräusch plätschernder Bäche. Der Wald, der uns umgab, starb.

Jeden Abend gingen wir gemeinsam die Tempelbücher durch, suchten nach irgendetwas über Janan, Phönixe und Drachen. Irgendetwas, das wir noch nicht wussten. Sam und ich gingen die Musik durch, aber bisher gab es nichts Auffälliges. Sarit sagte, sie werde einen Plan haben, wenn wir Heart erreichten.

Endlich erhob sich die gewaltige Stadtmauer über dem Wald. Wir waren fast zu Hause und hatten dank der Drachen noch Zeit.

»Hier entlang«, sagte Stef und führte uns zum Mittelsee – oder was davon übrig war.

Jetzt war der See ein breites, klaffendes Loch im Boden, auf dessen Grund Pflanzen und Tiere faulten. Der aufsteigende Verwesungsgestank war beinahe unerträglich, wenn er sich mit dem Schwefelgeruch mischte, der jeden Atemzug in der Mitte des Reiches begleitete. Alle stöhnten und bedeckten das Gesicht mit Schals, aber es schien kaum zu helfen.

»Das einzig Gute daran, dass der See trocken gefallen ist«, sagte Stef, »ist, dass wir unterirdisch nach Heart hineingelangen können, da es keinen oberirdischen Weg gibt. Das Fundament der Mauer ist nicht tief, daher waren wir in der Lage, eine Kanalisation und Wasserleitungen von dem See zu bauen. Wenn der See voll wäre, würden wir nicht in die Stadt kommen.«

Zuerst mussten wir auf den Grund des Sees hinabsteigen.

»Gehen wir jetzt?«, fragte ich. Schwere Wolken hingen tief am Himmel und drohten mit neuem Schnee und einer weiteren kalten Nacht. Ich konnte den Stand der Sonne nicht sehen, aber es kam mir spät vor. Wir waren stundenlang gelaufen.

Sie nickte. »Warum nicht? Durch die Schatten werden wir schwerer zu sehen sein, und ich möchte nicht im Dunkeln da runtergehen.«

Die Sylphen gingen zuerst und bildeten eine schwarze Linie die Böschung hinab. Braune Pflanzen leuchteten hell auf und verbrannten, als die Sylphen nach dem Eingang der Wasserleitung suchten.

»Ich hoffe aufrichtig, dass es groß genug ist und wir hindurchgehen können.« Ich sah zu, wie Whit und Stef den Sylphen folgten, dann ließ ich mich selbst hinab, bis ich Tritt fasste. Eisiger Schlamm quoll um meinen Stiefel, und ich wollte mich übergeben, als ich ein wenig einsank. Der See mochte zwar abgeflossen sein, aber die Erde war immer noch feucht und eklig. Der Abstieg der Sylphen hatte es noch schlimmer gemacht, weil sie den Schlamm erwärmt hatten.

Sam warf mir einen erheiterten Blick zu, als er nach mir hinabkletterte. »Das Rohr ist ziemlich groß. Eine Million Menschen verbrauchen eine Menge Wasser. Sei einfach dankbar, dass sie uns nicht durch den Abwasserkanal führt.«

Ich würgte und folgte den anderen, und meine Stiefel schmatzten, als wir in das Becken des Sees hinabstiegen. Ringsum erhoben sich schlammige Wände.

Vor mir erregten Metall und Schatten meine Aufmerksamkeit. Ein gewaltiges Rohr ragte seitlich aus dem See und war mit dicken Gittern aus Draht und Metall verschlossen. Unkraut hing von den verrosteten Angeln herab, dann verbrutzelte es, als die Sylphen alles verbrannten, was Stef in den Weg kommen konnte. Sie hatte bereits ihr Werkzeug ausgepackt.

Das Rohr war groß genug, dass ich aufrecht darin gehen konnte, aber jeder, der größer war – alle anderen –, würde den Kopf einziehen oder sich bücken müssen. Endlich. Ein echter Vorteil meiner überschaubaren Körpergröße. Natürlich würde man mir hineinhelfen müssen, da der Boden in Hüfthöhe war.

»Das ist der Zulauf«, sagte Stef, als sie das schwere Gitter wegzog. Whit und Sam traten vor, um zu helfen. »Er saugt Wasser an, wenn der Tank im Industrieviertel fast leer ist. Das Wasser wird hier grob gesiebt, aber es muss noch stark gereinigt werden, bevor man es trinken kann.« Sie ächzte, und das Drahtgitter folgte dem Metallgitter auf den Grund des Sees.

»Natürlich«, bemerkte Whit, »gibt es das alles erst seit den letzten paar tausend Jahren. Früher haben wir direkt aus dem See getrunken. Dann sind wir so schlau geworden, das Wasser in die Stadt zu transportieren und es abzukochen.«

»Widerlich.« Ich verbarg meinen Flötenkasten in meinem Mantel und zog die Rucksackriemen stramm, dann ließ ich mich von Sam und Whit in das dunkle Loch des Rohres heben. Als ich die Laterne einschaltete, die Sam mir reichte, sah ich nur feuchtes Metall, Algen und dahinter jede Menge Dunkelheit.

Dies würde alles andere als lustig werden, aber es würde besser sein, als zu versuchen, durch einen der Torbögen in die Stadt zu gelangen. Als wir sie auf normalem Weg verlassen hatten, war es schließlich nicht besonders gut gelaufen.

»Bist du sicher, dass dieses Ding einen Ausgang hat?«, fragte ich. »Das heißt, einen Ausgang, der *nicht* in eins der Klärbecken führt.«

Stef grinste. »Es gibt eine Luke, durch die wir Reinigungsdrohnen in die Rohre lassen. Ich schwöre, dass ich euch sicher hindurchbringen werde.«

»Okay«, murmelte ich und tippte auf meinem SAK eine schnelle Nachricht an Sarit, um ihr Bescheid zu sagen, dass wir uns treffen konnten. Dann half ich den anderen, so gut ich konnte, und trat beiseite, sodass Stef und Whit vorangehen konnten. Sam folgte hinter mir.

Es war nicht besonders angenehm, durch das Rohr zu laufen. Vorher hatte ich nie gedacht, dass mir enge Räume etwas ausmachen würden, aber die unterirdische Strecke dauerte ewig. Wir gingen nach unten, dann wieder nach oben, und ich versuchte, mich an alle Beteuerungen Stefs zu erinnern, dass es sicher sei: Man hatte darauf geachtet, das Rohr nur dort zu verlegen, wo der Boden fest genug war, um es zu tragen, und es mit einem hitzebeständigen Material zu ummanteln, damit das Rohr unversehrt blieb, falls es zu Erdbewegungen kam.

Sie hatten jedoch offensichtlich nicht mit Erdbebenschwärmen gerechnet, denn wir mussten mehrmals haltmachen und uns durch Erdhaufen kämpfen, wo das Rohr aufgebrochen war. Die Luft wurde staubig und schwer zu atmen, und mir klebte unangenehm das Haar am Kopf. Schweiß sammelte sich an meinem Schlüsselbein, rann mir über die Brust und den Rücken hinab. Die Sylphen hinter uns machten die Hitze nicht besser, aber zumindest waren sie still. Das Echo ihrer Lieder hätte mich wahrscheinlich dazu getrieben, sie alle in Sylpheneiern zu fangen.

»Gibt es Wasser in der Stadt?« Ich sprach leise, damit man mich nicht hörte. Trotzdem zuckte ich bei dem Geräusch zusammen. »Seit der See trocken ist?«

»Ja.« Stefs Stimme hallte krächzend von den Rohrwänden wider. »Es gibt Zisternen für Regenwasser und Schnee. Die Stadt ist für eine Belagerung gebaut. Selbst wenn der See leer ist, kann die Bevölkerung fünf Monate bequem leben. Und sogar noch länger, wenn wir sorgfältig rationieren.«

Das war gut zu wissen. Ich würde vielleicht doch duschen können.

Seitlich vor uns war Licht zu sehen. »Das ist es. Sieht so aus, als hätte Sarit bereits die Luke für uns geöffnet.« Nachdem wir eine kleine Steigung bewältigt hatten, machte Stef ihre Laterne aus und befestigte sie am Rucksack. »Lasst uns von hier verschwinden.«

Kalte Luft strömte herein, als sie das Gitter ganz aufdrückte, und endlich traten wir in einen kleinen, spärlich beleuchteten Raum mit ausgeschalteten Arbeitsdrohnen, die auf der anderen Seite auf Regalen saßen, und einer Handvoll Leitungen, die den Raum durchzogen und durch Luken Zugang boten. Die Sylphen blieben tief in der Dunkelheit des Rohres zurück. Sie würden herauskommen, wenn wir Sarit daran erinnert hatten, dass sie *unsere* Armee waren.

»Endlich!« Sarit schoss um die Ecke und wollte mich umarmen, bremste sich jedoch. »Du riechst grauenhaft.«

»Ich fühle mich auch furchtbar.«

Doch sie sah gut aus, bis auf die dunklen Ringe unter den Augen und die Art, wie ihr Lächeln nicht ganz zu passen schien. Nach dem Verlust von Armande war sie allein gewesen. Einige Wochen lang hatte sie nicht einmal mich gehabt, da das SAK-Signal nicht so weit nach Norden reichte, wie wir gereist waren.

»Ich bin so froh, dass du wieder da bist.« Tränen schimmerten in Sarits Augen, als sie uns anlächelte. »Ich kann gar nicht sagen, wie sehr ich euch vermisst habe. Aber ich werde euch nicht umarmen, bis ihr euch alle gewaschen habt. Ich habe nämlich Maßstäbe.«

»Wir haben dich auch vermisst.« Ich zog mir feuchte Haarsträhnen von der Stirn und schaute mich in dem kleinen Raum um. Es war gut, wieder von festen Mauern umgeben zu sein, obwohl die Umstände unserer Rückkehr viel besser hätten sein können. »Wo hast du gewohnt? Wann kann ich duschen?«

»Zwanzig Minuten, wenn du rennst und als Erste an der Dusche bist. Ich bin abwechselnd in den Häusern von Dunkelseelen und Fabrikgebäuden untergekommen. Wir befinden uns im Moment mitten im Industrieviertel, in einem der wenigen Gebäude, die noch stehen, nachdem sie eine Reihe von Lagerhäusern geschleift haben. Dieses hier wird noch gebraucht.« Sie zuckte die Achseln. »Ich bringe euch in die Textilfabrik. Ich musste so tun, als sei ich Stef, um einige der Leitungen in eine Dusche umzufunktionieren, aber wenn man verzweifelt ist, reicht es.«

»Und wir sind verzweifelt.« Whit lachte und ging zur Tür, aber kaum hatte er sie aufgezogen, schoss ein blaues Licht herein. Whit kippte um.

Er war tot.

KAPITEL 24

Verlust

Ich schrie.

Sam und Stef zogen ihre Pistolen und schoben sich an der Wand entlang zur Tür.

Ein weiteres blaues Licht schoss herein, doch bevor Sam oder Stef durch die Tür schlüpfen konnten, drang Schwärze aus dem Rohr, durch das wir gerade gekommen waren, und heulte so laut, dass mir die Ohren schmerzten.

Die Sylphen glitten über Whits Leichnam in der Tür hinweg und wurden heißer, als sie nach draußen kamen. Obwohl Whit von einem Laser getötet worden war und nur ein kleines Loch in der Stirn hatte, wurde seine Haut von der Hitze der Sylphen immer dunkler und dunkler, als sie ihm die Kleider, das Haar und die Wimpern versengten.

Sarit schrie mit heiserer Stimme. Sam und Stef zogen sich wieder zurück, als die Sylphen nach draußen strömten, und binnen wenigen Herzschlägen brüllten Männer und Frauen vor Schmerz auf. Der Gestank von brennendem Fleisch zog in den Raum und mischte sich mit dem Geruch, den wir aus dem Aquädukt und von der tagelangen Reise mitgebracht hatten. Säure stieg mir in die Kehle; ich krümmte mich und übergab mich.

Bevor ich ausspucken und mir den Mund abwischen konnte, packte Sam mich am Handgelenk und zog mich hinter sich her. Stef hatte Sarit.

»*Gehen* wir.« Stef führte uns über Whits Leichnam.

Seinen Leichnam.

Vor einer Minute hatte er noch gelebt.

Jetzt war er eine verkohlte Hülle.

»Komm!« Sam zerrte mich nach draußen. Es war dunkel, aber in diesem Viertel gab es so viele Lampen, dass ich die rauchenden Leichen auf dem Boden nicht ignorieren konnte. Es waren vier, alle von Sylphen zu Tode verbrannt.

Ich stolperte hinter Sam her, über meine eigenen Füße, über den harten Boden.

Stef übergab Sarit an Sam. »Bring sie in die Fabrik. Ich kümmere mich darum.«

Darum kümmern? Da waren Leichen. Whit.

»Ist das sicher?«, fragte Sam.

»Ich werde es sicher machen.« Stefs Augen waren hart, wütend.

Tränen blendeten mich, während ich hinter Sam herschwankte, gegen Sarit stieß, die genauso desorientiert und verwirrt wirkte. Sylphen flogen um uns herum, nur die Hälfte ihrer gewohnten Zahl. Die anderen mussten bei Stef geblieben sein.

»Hier lang.« Sams Stimme war rau, als er uns hinter ein Gebäude zog, um zu warten und zu lauschen, obwohl ich über meinem pochenden Herzschlag, dem stockenden Atem und dem Aufschluchzen von Sarits Weinen nichts hören konnte.

Für eine Zeit, die mir wie Stunden vorkam, blieben wir immer wieder stehen, versteckten uns hinter Gebäuden, obwohl das Geräusch meines Atems uns sicher verraten würde. Sylphen schwebten voraus und um uns herum, obwohl nur einer den Weg zur Textilfabrik kannte, und ich konnte nicht erkennen, ob Cris bei uns oder bei Stef geblieben war.

Oder bei Whit.

Er war getötet und dann verbrannt worden.

Eine Tür schlug zu, und nachdem Sam alles mit der Taschenlampe abgeleuchtet hatte, schaltete er das Licht ein. Schwere Vorhänge vor den Fenstern verhinderten, dass Passanten den Lichtschein bemerkten.

»Dusche?«, fragte Sam.

Sarit zeigte durch das Erdgeschoss auf einen dunklen Flur. Sie sprach leise und monoton. »Wo sie die Wolle waschen. Gleich hinter …«

»Ich weiß, wo es ist.« Sam führte mich durch ein Labyrinth von Maschinen, den beleuchteten Flur entlang und betrat einen Raum mit riesigen Wannen. »Komm«, murmelte er und half mir, den Rucksack, den Flötenkasten und den Mantel abzulegen.

Ich ließ mich auf den Rand einer Wanne fallen, und mein Blick verschwamm vor Tränen. Sam zog mir die schlammverkrusteten Stiefel aus und warf sie beiseite. Sie schlugen laut auf dem Holzboden auf. Dann zog er einen notdürftigen Vorhang vor und drehte das Wasser auf. Heißes und kaltes Wasser strömte von oben aus Löchern in zwei verschiedenen Leitungen und prasselte laut auf den Wannenboden.

»Zeit, dich auszuziehen.« Sam half mir, mich aus einigen Kleiderschichten zu schälen, bis ich nur noch mein verschwitztes, steifes Unterhemd und die Leggings anhatte. »Ab in die Wanne.« Er hielt meine Hand, als ich zitternd hineinstieg, und von allen Seiten rauschte das Wasser heiß und kalt und hart aus zwei Rohren in der Decke.

Ich schloss die Augen und ließ mir das Wasser über den Körper laufen.

Whit war tot.

Ich hatte ihn sterben sehen.

Wir hatten gelacht.

Und dann war er tot.

Deborls Leute hatten auf uns gewartet.
Sie wussten, dass wir zurück waren.

Als ich die Augen öffnete, strömte mir immer noch Wasser über die Haut. Dampf erfüllte den Raum, und ich wusste nicht, wie lange ich unter den kaputten Rohren gestanden hatte. Lange.

Auf dem Wannenrand fand ich Shampoo und Seife und einen Waschlappen. Andere Duschutensilien. Sarit musste diesen Ort gemocht haben. Es gab Wasser und viele weiche Dinge, in die man sich hineinkuscheln konnte.

Immer noch zitternd schälte ich mir die Unterwäsche vom Leib, wobei ich mich an einem Rohr festhielt. Seide platschte auf den Boden der Wanne, wo Schmutz sich um den Abfluss in Schlamm verwandelt hatte. Ich stieß mit den Zehen gegen den Schlamm, bis er hineinfiel.

Ich schrubbte mich so fest ich konnte und hatte das Gefühl, in meinem ganzen Leben noch nie so verdreckt gewesen zu sein. Als ich das Wasser abstellte und tropfend dastand, war meine Haut wund und rot und brannte.

Sam hatte den Raum vor einer Weile verlassen und meinen Rucksack und die Flöte mitgenommen, aber ein Haufen frischer Handtücher und Kleider wartete auf mich. Ich trocknete mich ab und zog mich an, machte ungeschickt sauber, damit der Nächste, der duschte, es nicht zu tun brauchte. Sam musste noch duschen. Und Stef. Und Whit …

Nein, Whit nicht.

Ich unterdrückte ein Schluchzen, als ich meine schmutzigen Sachen in eine andere Wanne warf, wo Sarit ihre Wäsche gewaschen haben musste; dort wartete bereits ein Kleiderhaufen.

Als mein Haar gekämmt und geflochten war und ich in einem beschlagenen Spiegel einen Blick auf mich selbst erhaschte, sah ich mager und blass aus. Meine Wangen waren eingefallen, und mein Schlüsselbein stach scharf hervor. Die Art, wie mir kurze Haarsträhnen an der Stirn klebten, machte die Sache nicht besser.

Ich rubbelte mich noch einmal mit dem Handtuch ab, dann warf ich es in die Wäschewanne.

Der Flur war kalt und dunkel. Leise Stimmen kamen aus einem anderen Raum der Fabrik. Ich folgte ihnen an einem Lagerraum und einer weiteren Halle vorbei, in dem riesige Maschinen mit einem breiten Förderband und Walzen an einem Ende standen, die mit spitzen Nadeln bestückt waren. Kardiermaschinen.

In einem Raum standen Maschinen mit dünnen Armen und Spulen, auf die gesponnenes Garn gewickelt war. Büschel gekämmter Wolle hatten vor langer Zeit den Boden wie Schnee bedeckt. Synthetische Seide schimmerte in dem Licht, das aus dem Flur hereinfiel.

Ich fand Sam und Sarit auf einer Bank im Webraum, die riesigen Webstühle zur Hälfte mit Kettfäden bespannt. Entlang der Wände waren Kisten mit Stoffen gestapelt, einige bunt gefärbt, andere in gedämpfteren Farben. Nichts davon glich den kleineren textilverarbeitenden Maschinen, die ich gerade gesehen hatte. Diese hier wirkten weniger sympathisch, zur Produktion bestimmt, doch Alter und Verlassenheit umgaben das Gebäude wie ein Leichentuch.

Als ich eintrat, schaute Sam auf, finster und erschöpft. »Möchtest du etwas zu essen?«

»Ich habe Durst.« Ich ging um einen Webstuhl herum und setzte mich zwischen ihn und Sarit. Wenn Whit hier gewesen wäre, hätte er mich aufgezogen und gefragt, wie ich denn Durst haben könne nach all dem Wasser, unter dem ich gerade gestanden hatte. Aber er war nicht da. Whit würde nie wieder da sein.

Sam reichte mir eine Wasserflasche. Die Außentür wurde geöffnet, und er nickte Stef zu, als sie hereinkam, von Schatten gefolgt. »Möchtest du als Nächste duschen?«

Sie ließ ihren Rucksack und Schlafsack fallen und ging kommentarlos zum Waschraum.

Ich zog die Knie an und versuchte, nicht zu denken. Ein magerer Arm schlang sich um mich, und Sarit legte mir ihre Wange auf die Schulter. »Ich weiß«, flüsterte sie. »Ich weiß, dass es wehtut.«

Erinnerte sie sich an Janan? Dass niemand wiedergeboren werden würde? Oder konnte ein Tod noch immer ein Loch im Herzen hinterlassen, selbst wenn man dachte, der Verstorbene kehre zurück?

Es musste wehtun, so oder so. Das war der Grund, warum Stef einmal Sams Hut gerettet hatte, nachdem ein Drache ihn getötet hatte. Und warum Sam mich im Endsee vor dem Ertrinken gerettet hatte. Das war der Grund, warum Menschen sich in den Wiedergeburtsraum drängten, um alte Freunde oder Geliebte wieder willkommen zu heißen.

Das war der Grund, warum die Tage nach dem Tempeldunkel und die Gedenkfeier im Norden so traurig gewesen waren. Sie kannten zeitweiligen Verlust, zeitweiligen Tod, und sie kannten den Schmerz.

Seit dem Tempeldunkel kannten sie auch dauerhaften Verlust.

Ich lehnte mich in Sarits Arme, dankbar für ihren Trost. Und hatte tiefe Schuldgefühle, weil ich nicht da gewesen war, als sie Armande verloren hatte. Nicht dass ich mich wie durch Zauberei an ihre Seite hätte versetzen können.

Aus dem ganzen Raum kam leises Stöhnen, gefolgt von Hitze. Sylphen.

Sarit verkrampfte sich, zwang sich aber nach einem Moment, sich zu entspannen.

»Ich habe ihr das mit den Sylphen erklärt«, sagte Sam. »Cris ist hier. Er und die anderen möchten sich dafür entschuldigen, dass … du weißt schon.«

Dass sie im Vorbeischweben Whit verbrannt hatten. Ich wusste es.

»Und für das, was draußen passiert ist.«

Dafür, dass sie verkohlte, qualmende Leichen hinterlassen hatten. »Sie haben den Rest von uns gerettet.« Meine Stimme war trocken, gequält.

»Sie haben geschworen, dich zu beschützen«, sagte Sam leise. »Sie werden alles dafür tun.«

Weil sie dachten, ich könne Janan aufhalten und sie erlösen, der Strafe ein Ende machen, mit der die Phönixe sie vor fünftausend Jahren belegt hatten. Auch das wusste ich.

»Was jetzt?«, fragte ich.

»Ich werde Orrin anrufen und ihm von Whit erzählen. Sie sind beste Freunde gewesen … seit einer Ewigkeit.«

»Er muss es erfahren«, stimmte ich zu.

»Und wir werden alles tun, um Janans Aufstieg zu verhindern.«

Wir hatten fünf Tage bis zur Seelennacht. Diese Zeit war ein Geschenk.

»Vielleicht können wir Verbündete finden«, fuhr Sam fort. »Wir sollten mit Deborls Gefangenen beginnen und einen Weg finden, sie zu befreien.« Er sprach sanft. »Jetzt, da Sarit nicht mehr allein ist, kann sie vielleicht etwas schlafen.«

Ein Vorhang aus schwarzem Haar zitterte, als Sarit neben mir nickte. »Ich könnte wirklich Schlaf gebrauchen.«

»Warum legt ihr zwei euch nicht ein Weilchen hin?«, schlug Sam vor. »Ich nehme zwei Sylphen mit und prüfe die Umgebung.«

Ich schaute auf. »Worauf willst du sie überprüfen?«

Sam nahm seine Pistole von der Bank. »Ich will schauen,

ob uns jemand hierher gefolgt ist. Die Sylphen können Wache stehen, aber ich würde mich besser fühlen, wenn ich nachsehen würde.«

Er war Musiker, kein Krieger. Aber ich hinderte ihn nicht daran hinauszugehen, denn er war auch eine Seele mit einem ausgeprägten Gefühl für Ehre und dem Bedürfnis, andere zu beschützen.

Als er fort war, drückte Sarit mich fest und stand auf. »Lasst uns Schlafplätze für euch finden. Wir haben jede Menge schöner Stoffe. Möchtest du Wolle? Seide? Bison? Nimm von allem etwas.« In ihrer müden Stimme schwang ein Unterton von Humor mit, als hätte sie mich über Nacht zu sich nach Hause eingeladen und wolle eine gute Gastgeberin sein. »Dieses Gebäude wird nicht mehr so viel benutzt wie vor deiner Ankunft. Ciana war hier für alles zuständig. Es kommen zwar immer noch Leute her, um zu weben und die Vorräte vor den Markttagen aufzustocken, aber es ist nicht mehr so viel los wie früher. Nicht mehr seit Ciana.«

Ich nickte. Die Erinnerung an ihre Abwesenheit musste geschmerzt haben, vor allem die Menschen, die ihr am nächsten gestanden hatten. Sam hatte ihr nahegestanden.

»Wie dem auch sei.« Sarit öffnete eine Kiste und stöberte in den Tuchballen. »Es wird eine schöne Abwechslung von deinem Schlafsack sein. Wir können dir eine Pritsche machen, so dick und so weich wie du möchtest, fast wie ein richtiges Bett.«

»Das wäre schön«, antwortete ich, weil sie sich so viel Mühe gab. »Wo hast du denn geschlafen?«

»Im Lagerraum. Keine Fenster. Nah beim Waschzimmer und den Wannen. Man fühlt sich wie in einem Versteck.« Ihr Lächeln wirkte angestrengt. »Dort gibt es eine zweite Tür zu dem anderen Flur. Ich kann also in beide Richtungen verschwinden, falls sich jemand an mich heranschleicht, während ich schlafe.«

»Wir sollten alle dort schlafen.«

»Das wäre schön. Es war schrecklich, allein zu sein.« Der Stoffballen, den sie hielt, fiel zu Boden, als sie sich eine Hand auf den Mund legte. »Entschuldige. Ich habe mir vorgenommen, nicht zu jammern.«

Ich umarmte sie fest. »Ist schon gut. Wir sind ja jetzt da.«

Sie zitterte und flüsterte: »Danke. Nach Armande – ich war so froh, als wir endlich wieder miteinander reden konnten. Ich habe nicht gedacht, dass ich dich so bald wiedersehen würde, und ich bin so unglaublich dankbar.«

»Wir mussten Drachen reiten.«

»Ich hätte einen Drachen und einen Vogel Rock geritten, um dich wiedersehen zu können.«

Ich löste mich von ihr und begann, Ballen gewebter Wolle abzuwickeln. »Wie hättest du den Rock überredet?«

»Sie mögen doch sicher Honig. Jeder tut das. Ich hätte ihn mit einem ganzen Glas Honig bestochen und sogar eine Schleife um den Deckel gebunden.«

»Das hätte bestimmt funktioniert.«

Gemeinsam trugen wir Arme voll von unseren Lieblingsfarben in den Lagerraum. Es gab dort viele Kisten, die wir als Trennwände aufstellten, um ein bisschen Privatsphäre zu schaffen.

»Du und Sam, ihr teilt euch einen Schlafsack, hm?« Sie lächelte ein wenig.

Ich errötete. »Ja. Ich meine, nicht … das. Noch nicht. Wir haben uns gestritten.«

Sie nickte. »Ich erinnere mich.«

»Wir haben uns *lange* gestritten.« Es war mir jedenfalls wie eine Ewigkeit vorgekommen. »Wir haben nicht miteinander geredet. Und seitdem haben wir versucht, uns langsam wieder anzunähern, aber wir wollen uns nicht zu sehr annähern, denn was ist, wenn …« Ich konnte es nicht aussprechen.

»Was ist, wenn es euch nicht gelingt, Janan aufzuhalten?«

Ich setzte mich auf eine Kiste. »Oder was ist, wenn es uns gelingt, und jeder in Heart ist so wütend, dass sie uns für den Rest unseres Lebens ins Gefängnis werfen?« Das schien eine durchaus wahrscheinliche Folge zu sein, wenn wir Erfolg hatten, obwohl sie eindeutig einem Scheitern vorzuziehen war.

»Hm. Ich wette, ihr hättet gern ein wenig Zeit für euch allein.«

Ich wurde so rot, dass meine Wangen schmerzten. »Lass uns von etwas anderem reden. Irgendetwas anderem.« Beste Freundin oder nicht, es gab immer noch Dinge, über die ich nicht gern sprach.

Sie ließ ein Lächeln aufblitzen und hielt einen leuchtend blauen Stoff hoch, die Farbe des Himmels an einem Sommertag. »Ich denke, du solltest den hier nehmen. Er passt zu deinen Augen.«

Für eine Weile arbeiteten und plauderten wir miteinander, redeten über alles, was nicht wehtat. Sylphen traten herein, um den Raum zu wärmen und in den Schatten herumzulungern, und schon bald kam Stef von ihrer Dusche, sauber und das Haar zu einem komplizierten Zopf geflochten. Sam kehrte von seiner Mission zurück und wusch sich rasch. Bald hatten wir es uns alle im Lagerraum bequem gemacht, aßen eine Kleinigkeit und tauschten Geschichten aus.

Und dann bebte die Erde.

KAPITEL 25

Bürde

Ein tiefes Grollen lief durch die Erde, erschütterte den Boden und ließ Lichter flackern. In den anderen Räumen klapperten Maschinen. Ein Holzbalken brach.

Mein Herz schlug, als Sam mich packte und in einen Türrahmen schob. Stef ging zur gegenüberliegenden Tür, während Sylphen durch die Fabrik flogen und heulten, als das Erdbeben stärker wurde. Fenster klapperten, Glas sprang, aber Sarit saß einfach in ihrem Nest aus Decken und wartete darauf, dass alles aufhörte, sich zu bewegen.

»Das passiert oft«, sagte sie, als die Welt wieder schwieg. Sie stand auf und richtete ihre Kleider. »Ich werde nachsehen, ob es Schäden gab.«

»Wir kommen mit«, sagte Sam.

Ich griff nach unseren SAKs, und zu viert schlichen wir durch den Flur und schauten in die Räume, ob dort irgendetwas nicht an seinem Platz stand.

Einige Maschinen waren über den Boden gerutscht, und einer der Webstühle hatte einen gebrochenen Rahmen, aber sonst schien alles in Ordnung zu sein.

Ich schob meine Hand in Sams, als wir Stef und Sarit durch die Fabrik folgten, und Sarit machte uns auf all die Dinge aufmerksam, die sie getan hatte, damit das Gebäude während der Erdbeben nicht über ihr zusammenbrach.

»Sie werden schlimmer«, berichtete sie. »Anfangs waren es nur ein oder zwei am Tag, nicht annähernd so schwer wie das in der Neujahrsnacht. Aber jetzt haben wir vier oder fünf am Tag, und die meisten sind ziemlich stark. Vor einer Weile hat Deborl Leute ausgeschickt, die alle gefährlichen Chemikalien in der Stadt entsorgt haben; auf diese Weise werden sie nicht versehentlich verschüttet.«

Ich schauderte und versuchte, nicht daran zu denken, welche Art von Chemikalien Menehem in der Stadt gelassen haben mochte – Chemikalien, die sich durch Gebäude fressen und Brände verursachen konnten und zweifellos Schlimmeres.

»Danke«, flüsterte ich Sam zu. »Für vorhin. Dafür, dass du nicht in Panik geraten bist. Dass du dich um mich gekümmert hast, als ich in Panik geraten bin.«

Er küsste mir die Hand.

»Ich weiß nicht, warum ich mich so verhalten habe. Es ist nicht so, als hätte ich noch nie jemanden sterben sehen.« Ich zitterte unter dem Gewicht der Erinnerungen. Ich hatte Cris im Tempel sterben sehen. Li, erschossen vor ihrem eigenen Haus. Menehem, von Sylphen verbrannt. Meuric, der auf den Stufen des Rathauses starb – nachdem ich ihm Monate zuvor einen Dolch ins Auge gerammt und ihn in eine Grube gestoßen hatte.

Ich hatte zu viel Tod gesehen.

»Nur weil du es schon einmal gesehen hast«, murmelte Sam, »heißt das nicht, dass es beim nächsten Mal einfacher wird, damit umzugehen. Whit war dein Freund. Ein Lehrer. Und wenn man bedenkt, was wir alles zusammen überlebt haben, war ein Glückstreffer mit einer Pistole …« Er starrte auf seine bestrumpften Füße hinab.

»Armande fehlt mir auch. Ich wünschte, wir könnten hören, wie er sich über den Zustand der Statuen auf dem Marktplatz beklagt oder darüber, dass zu viele Leute das Frühstück auslassen.«

»Er wollte Stimmunterricht nehmen.«

»Und mir beibringen, wie man Apfeltaschen backt.« Ich seufzte und setzte mich auf eine Kiste.

»Es ist beängstigend«, sagte Sam, »zu wissen, dass sie nicht zurückkommen werden. Zu wissen, dass es uns eines Tages – vielleicht schon in wenigen Tagen – genauso ergehen wird.«

Ich schlang die Arme um mich. »Wir haben so viele Freunde bei unserem Versuch verloren, Janans Aufstieg zu verhindern. Wir müssen ihn aufhalten, was auch geschieht. Wir müssen dafür sorgen, dass ihr Opfer nicht umsonst war.«

»Das werden wir.«

Schrilles Wehklagen durchbrach die Stille, als eine Sylphe durch die Tür flog und dabei das Holz versengte. Alle zuckten zusammen, und ich lauschte angestrengt, um Bedeutungen in dem Lärm zu finden.

Andere Sylphen schwärmten um ihren Gefährten, summten und sangen, um ihn zu trösten.

Schließlich löste Cris sich von den anderen. *Merton ist mit seinen Kriegern in die Stadt zurückgekehrt. Sie haben ihre Beute mitgebracht. Sie kommen damit die Südallee herauf.*

Schweigend rannten wir alle zurück in den Lagerraum, griffen hektisch nach Stiefeln und Mänteln und Schals. Dann, leiser, schlichen wir uns in die Nacht hinaus und hielten uns in den Schatten. Sylphen verbargen unsere Gegenwart, während wir nach Westen gingen, auf die Südallee zu.

Lichter schienen über die Straße, erhellten den Schnee und die weißen Steinhäuser in dem südwestlichen Wohnviertel, obwohl diese größtenteils hinter Bäumen verborgen waren. Menschen füllten die Straße, zitterten in der Kälte. Über allem erhob sich der Tempel in der Mitte der Stadt, strahlend wie ein auf die Erde gestürzter Mond.

»Hier lang«, murmelte Sarit. Sie ergriff meine Hand und zog mich zu der Keramikfabrik, einem mehrgeschossigen Gebäude aus Stein und Holz. Wir betraten es durch eine der kleinen Nebentüren, und Sarit führte uns eine schmale Treppe hinauf. »Über diese Treppe gelangt man aufs Dach, wo wir zusehen können. Ich versuche, nicht in der Menge unterzugehen, wenn ich es verhindern kann.«

Die Treppenstufen knarrten unter unseren Stiefeln, und die Hitze von den Sylphen machte den engen Raum unerträglich, doch dann drückte Sarit eine Luke auf und zog eine Leiter herab. Kalte, frische Luft wehte herein, und wir kletterten alle auf das Dach.

»Duckt euch«, mahnte Sarit. »Wenn ihr nicht aufpasst, wird das Tempellicht euch verraten.«

Dumpfes Stimmengebrüll erhob sich, als wir zum westlichen Rand des Daches krochen. Von hier aus konnte ich die vier Hauptalleen der Stadt sehen, die im Tempellicht glühten. Die Stadtmauer bildete einen hellweißen, perfekten Kreis, und vom Südbogen schien eine Lampe auf eine große Gruppe von Männern und Frauen, die von Kopf bis Fuß in Rot gekleidet waren.

Die Gruppe hatte eine Trage auf den Schultern, obwohl das, was sie darauf trugen, von einem schweren schwarzen Tuch verborgen wurde und mit Seilen gesichert war. Mehr Material für den Käfig?

Der Käfig selbst stand genau dort, wo Sarit es gesagt hatte: Im Industrieviertel, wo früher Lagerhäuser gestanden hatten. Er war in der Nähe des Marktplatzes – und daher auch des Tempels – und erhob sich mindestens drei Stockwerke hoch. Der Käfig sah tatsächlich so aus, als sei er groß genug für einen kleinen Troll, obwohl die elektrischen Leitungen, die unten hineinliefen, ungewöhnlich schienen. Vielleicht wollten sie dem, was immer sie in den Käfig sperren wollten, Elektroschocks verpassen.

Was immer auf diesem Gestell getragen wurde?

Die Prozession bewegte sich langsam die Südallee entlang. Ihre Last musste schwer gewesen sein. Die Bürger von Heart folgten ihnen, ihr Geplapper laut und hektisch, während sie sich auf dem Marktplatz versammelten. Grelle Lampen strahlten den Markt an, als die rot gekleidete Gruppe laut bis drei zählte, sich hinkniete und dann die Trage auf die Pflastersteine abstellte.

Das Bündel zitterte, aber das mochte an dem Aufprall gelegen haben und nicht daran, dass es lebendig war. Oder bei Bewusstsein.

Irgendwie hoffte ich, dass es tot war, was immer es war.

»Kannst du verstehen, was sie sagen?«, flüsterte Stef und beugte sich vor, als würde eine Handbreit etwas bringen. »Ich glaube, das ist Merton da vorne.«

Und tatsächlich, der Mann vor der Gruppe war riesig, mit breiten Schultern und Armen, die so groß waren wie meine beiden Beine zusammen. Selbst aus dieser Entfernung wirkte er gewaltig. Als die Menge ruhiger wurde, fing ich Bruchstücke von Mertons Ansprache auf.

»... monatelange Reisen ... fünf sind tot ... Janans glorreiche Rückkehr.«

Ich schüttelte den Kopf. Sam schien ebenfalls angestrengt zu versuchen, ihn zu verstehen. Obwohl wir beide gute Ohren hatten, war Merton einfach zu weit entfernt.

»Er spricht über ihre Reise«, murmelte Sam. »Aber ich weiß nicht, wohin sie gegangen sind. Oder was sie zurückgebracht haben.«

Wir schienen alle den Atem anzuhalten.

»Jemand sagt, dass sie es sehen wollen.« Sam legte den Kopf schräg, wie um besser hören zu wollen. »Merton sagt, Deborl werde es nur enthüllen, wenn Janan es erlaubt. Ich frage mich, wie Deborl mit Janan kommuniziert hat, wenn wir den Schlüssel haben.«

»Wahrscheinlich erfindet er das alles nur«, meinte Stef. »Obwohl dieser Käfig wirklich speziell ist.«

»Er könnte Meurics alte Tagebücher und Pläne haben«, sagte ich. Wind tanzte über unser Dach und ließ mich zittern. »Meuric und Janan hatten schließlich viel Zeit zu planen.«

Stef gab einen unverbindlichen Laut von sich, und wir spähten alle in die Ferne, als eine kleinere Gestalt an der Seite des Marktplatzes erschien.

»Ist das Deborl?«, flüsterte ich.

»Ich glaube schon.« Sarit rutschte näher an mich heran. »Er hat sich im Rathaus versteckt, bis er bereit war, zu den Menschen zu sprechen. Er sagt, er stehe in tiefem Gespräch mit Janan, aber er delegiert ziemlich viel. Es ist zum Beispiel jemand für die Erbauung des Käfigs zuständig, obwohl er immer nur genug Anweisungen für den nächsten Schritt bekommt, nicht für das Ganze. Jemand ist für alle Wachen zuständig. Und jemand ist für die Rationierung von Nahrungsmitteln verantwortlich.«

»Es gibt ihm den Anschein, ein wichtiger Mann zu sein«, bemerkte Sam. »Deborl mag es, wichtig zu erscheinen.«

Sarit schnaubte leise.

In der Ferne ging Deborl vorn um die Trage herum und stieg auf den Rand. Es machte ihn nur ein bisschen größer; er war klein, kaum größer als ich.

»Was sagen sie jetzt?«, fragte Sarit.

Sam schüttelte den Kopf. »Ich weiß es nicht. Deborls Stimme ist nicht so laut wie die von Merton.«

Wir beobachteten das Geschehen, bis die Menge sich zu zerstreuen begann, bevor wir vom Dach kletterten und in die Fabrik zurückkehrten. Nachdem wir Sylphen zur Bewachung des Gebäudes abgestellt hatten, schickten wir einige weitere los, um aus den Schatten heraus zu spionieren, und andere, um überall in der Stadt Schnee zu schmelzen, damit wir keine Spuren hinterließen. Deborl wusste bereits, dass wir wieder in

Heart waren, aber das bedeutete nicht, dass wir allen verraten mussten, wo wir uns aufhielten.

»Ich werde anfangen, SAK-Nachrichten durchzugehen und Anrufe zu belauschen«, erklärte Stef. »Vielleicht sagt ja jemand etwas Nützliches.«

Ich nickte. »Wir haben in letzter Zeit viel getan. Sind durch die halbe Welt gewandert. Haben uns in einer verschlossenen Stadt versteckt. Das Beste, was wir bis zur Seelennacht tun können, scheint mir zu sein, Informationen zu sammeln, alles zu sabotieren, was wir können, und jeden Schritt unseres Plans durchzugehen, wie wir verhindern wollen, dass Janan sich in der Seelennacht erhebt.«

Ich wollte auch das tun, was Sam vorgeschlagen hatte: die Gefangenen befreien. Sie würden uns wahrscheinlich nicht helfen, aber es würde Deborl ärgern.

»Und uns weiter verstecken.« Sarit blieb an meiner Seite und heuchelte ein Lächeln, obwohl ihr Ton verriet, wie schrecklich einsam sie während der letzten Monate gewesen war.

»Ja.« Ich hakte Sarit unter. »Und wir werden zusammen sein.«

»Schaut auf eure SAKs.« Am nächsten Nachmittag lehnte Stef gegen einen Stapel Kisten im Lagerraum, Decken schützen sie vor dem splittrigen Holz. »Ich habe ein Stichworterkennungsprogramm an eure Geräte gesandt. Die einfachsten Suchen sind bereits installiert: Nachrichten mit unseren Namen oder den Worten Janan, Käfig oder Seelennacht werden an euch geschickt werden, und Anrufe mit diesen Worten werden euren SAK summen lassen, sodass ihr zuhören könnt.«

Sam beugte sich über sein Gerät und musterte es misstrauisch. »Dieses Ding ist so schon verwirrend genug. Du machst es noch schlimmer.«

»Es ist nicht ohne Grund Stefs *Alles*könner.« Sie feixte und winkte ihn näher heran, damit sie ihm helfen konnte. »Sieh mal, so schwer ist das gar nicht. Gerade summt er mit einer neuen Nachricht.«

»Das wird es viel einfacher machen, andere auszuspionieren.« Ich blätterte durch mehrere markierte Nachrichten und sah Sarit an, die das Gleiche tat. »Aber niemand scheint zu wissen, was Merton zurückgebracht hat, nur dass es für Janan wichtig ist. Und das hatte selbst *ich* erraten.«

»Ich auch.« Sarit steckte ihren SAK in die Tasche. »Ich habe an die Menschen im Gefängnis gedacht. Du hast doch mit Sam darüber gesprochen, sie zu befreien, nicht?«

Ich nickte. »Sie werden uns wahrscheinlich nicht helfen wollen, aber ich möchte irgendetwas *tun*. Wir können nicht viel sabotieren, ohne Menschen zu schaden, und wir können Deborl nicht einfach für eine Woche fesseln; sein Haus ist zu gut bewacht.«

Sarit grinste. »Ich denke, ich kenne einen Weg, um sie herauszuholen, aber wir müssten bis kurz vor Morgengrauen warten.«

Es bedurfte keiner großen Diskussion, bevor ich überredet war, und wir verbrachten den Rest des Abends damit, uns vorzubereiten und Sarits Plan durchzugehen, bis wir alle sicher waren, dass wir ihn durchziehen konnten.

In der Zwischenzeit hielt Stef ein Auge auf ihren SAK und überwachte Anrufe und Nachrichten. Wir erfuhren, dass die Leute Angst hatten: Angst vor Deborl und vor dem, was er der Stadt angetan hatte; Angst vor Janan und was es bedeuten würde, wenn er aufstieg oder nicht; und Angst vor den Gerüchten, dass die Neuseele nach Heart zurückgekehrt sei. Was, wenn sie alles ruinierte?

Ha. Vielleicht dachten sie, ich hätte einen echten Plan, der sich nicht auf Drachen und Gift verließ und darauf, dass ich mich selbst im Tempel einschloss.

Aber es verschaffte mir eine gewisse Befriedigung, dass die Menschen vor Deborl und Janan Angst hatten. Wir konnten uns nicht darauf verlassen, dass uns jemand half – sie würden uns eher aus Furcht verraten, wie wir mit Whit und Orrin in der Bibliothek diskutiert hatten, aber es war eine Erleichterung zu wissen, dass nicht alle bereit waren, Janan willkommen zu heißen.

Nach einer kurzen Pause piepten unsere SAKs eine Stunde nach Mitternacht, und wir kleideten uns alle in Rot, derselben Farbe, die Deborls Wachen trugen. Unsere Jacken und Hosen waren etwas anders als deren Uniformen, aber bei unseren begrenzten Mitteln und der knappen Zeit war es das Beste, was wir tun konnten; wir konnten froh sein, überhaupt diesen ganzen Stoff zu haben.

Wir verließen die Textilfabrik, und nur wenige Sylphen blieben zurück, um sie zu bewachen, dann gingen wir nach Norden auf den Tempel und das Rathaus zu. Ich schob mir das Haar unter die Mütze, als ich Sam in die Dunkelheit folgte.

Schatten umgaben uns, als wir auf die Südallee zugingen. Man würde uns nicht behelligen, es sei denn, jemand kam uns zu nah. In Rot gekleidet, Laserpistolen im Hosenbund, war dies eine Gelegenheit, sich in der Stadt umzusehen. Solange niemand unsere Verkleidung durchschaute.

Als wir zu dem riesigen Käfig kamen, riskierte ich einen Blick. Tempellicht erhellte die Gitterstäbe und Drähte und die Wachen. Was immer Merton zurückgebracht hatte, es blieb abgedeckt und reglos.

»Was meinst du, was es ist?«, flüsterte ich, als Sam die Wachen um den Käfig mit einer erhobenen Hand grüßte. Sie winkten zurück. Für jemanden, der den größten Teil seiner Zeit damit verbrachte, zu Hause Musik zu schreiben, war er erschreckend gut darin, andere zu täuschen. Stef hatte einen *schlimmen* Einfluss auf ihn.

»Ich wünschte, ich wüsste es.« Er trieb mich voran. Stef und Sarit würden auf uns warten, da sie direkt zum Marktplatz gegangen waren. Eine große Gruppe würde verdächtig aussehen, hatte Sarit gesagt, weil Wachen normalerweise zu zweit gingen. Da sie am längsten in der Stadt war, vertraute ich ihr.

Nach der schummrigen Straße wirkte das Tempellicht blendend, als wir den Marktplatz überquerten, um uns mit den anderen zu treffen. Wir nahmen eine Seitentür in das Rathaus.

»Kommt es dir heller vor?«, fragte Sam und schloss die Tür, nachdem uns einige Sylphen hineingefolgt waren.

»Es ist in den letzten zwei Wochen immer heller geworden«, erklärte Sarit.

Sams Stimme wurde schwer. »Ich frage mich, wie es in der Seelennacht aussehen wird.«

Der Gedanke ließ mich schaudern. Noch vier Tage.

Sarit schaute den Flur hinunter, der dunkel und still war. Alle schliefen oder wünschten, sie würden es. Sie hatte viel Zeit gehabt, die Muster und Gewohnheiten der Wachen zu studieren, und obwohl keine Zeit war, wenn es *einfach* sein würde, sich an ihnen vorbeizuschleichen, boten die Stunden vor der Dämmerung den geringsten Widerstand.

Schatten auf den Fersen, krochen wir durch die Flure und horchten angestrengt, um jedes Geräusch einer Bewegung aufzufangen. Sarit hielt ihre Pistole fest umklammert, aber das Gebäude blieb still, bis auf das Rumoren und Klappern der Welt, die unter uns zitterte.

Es stellte sich heraus, dass es nicht besonders schwer war, in das Gefängnis einzubrechen. Stef und Sam gingen voraus, und nach einigen Sekunden bedeuteten sie Sarit und mir, ihnen zu folgen.

Drei Leichen lagen zusammengesunken über einem Schreibtisch und auf Stühlen, saubere Brandlöcher in den Schläfen. Als ich Sam und Stef ansah, hielten sie den Blick abgewandt und deuteten auf einen Flur. »Hier entlang«, sagte sie. »Ich werde von hier aus die Zellen aufschließen.«

Ich nahm Sarits Hand und zog sie mit mir. Sam und die Sylphen folgten uns, und sie drosselten ihre Hitze, damit sie nichts verbrannten; wir wollten keine Beweise hinterlassen, dass sie mit uns arbeiteten.

Schlafende Menschen füllten die Zellen, ihre Schlafsäcke dicht an dicht. Es mussten etwa hundert Gefangene an diesem dunklen Ort des Schweißes, des Gestanks und des Hungers sein, auf dem Fußboden der zehn Zellen gab es keinen freien Fleck mehr. Sie seufzten und stöhnten im Schlaf.

Ich schaltete die Lichter ein.

Einige Leute verkrochen sich tiefer in ihre Schlafsäcke, während andere sich nicht rührten. Ein paar stemmten sich auf die Ellbogen und blinzelten.

»Habt keine Angst«, sagte ich. Ich war mir der Sylphen bewusst, die mich wie ein Mantel umgaben, und meiner Freunde, die hinter mir nachkamen. »Wir sind gekommen, um euch zu befreien.«

»Ist das Ana?« Flüstern und Gemurmel brach in den Zellen aus. Einige rüttelten andere wach, Stimmen erhoben sich, Schlafsäcke raschelten, und es wurde laut im Gefängnis.

»Die Neuseele. Sie ist zurück.«

»Sie wird dafür sorgen, dass wir alle getötet werden.«

»Sind das *Sylphen*?«

»Sylphen!«

Binnen Sekunden waren alle Gefangenen auf den Füßen und drängten sich in ihren Zellen so weit nach hinten wie möglich. Ein oder zwei weinten stumm. Die meisten starrten uns nur mit entsetzten Augen an.

»Genau wie Menehem«, hauchte jemand. »Gekommen, um uns zu töten.«

»Ich bin nicht hier, um irgendjemanden zu verletzen!« Meine Stimme erklang in den Zellen. »Wir sind gekommen, um euch zu befreien. Stef ist da hinten, bereit, eure Zellen zu öffnen. Aber zuerst müsst ihr etwas erfahren.«

Das Stimmengewirr verebbte, und Blicke hefteten sich auf mich. Ich holte einige Male tief Luft, um einen klaren Kopf zu bekommen, aber ihre Furcht und ihr Misstrauen waren greifbar.

»Ihr alle seid eingesperrt worden, weil ihr Deborl infrage gestellt oder euch geweigert habt, seine Befehle zu befolgen. Andere sind getötet worden.« Ich begegnete dem ernsten Blick eines Mannes und sah in das verzweifelte Gesicht einer Frau. »Ich weiß, was ihr in den letzten Monaten erlitten habt. Ihr wisst, dass viele von uns Heart und das Reich nach Neujahr verlassen haben. Sarit und Armande sind zurückgeblieben, um zu beobachten und auf unsere Rückkehr zu warten. Denn obwohl ich verbannt worden bin, habe ich geschworen, dass ich wiederkommen und alles tun würde, um Heart zu retten, die Menschen hier und die Menschen, die fortgegangen sind. Ich habe noch immer vor, das zu tun. Armande ist vor einigen Wochen unter Deborls Händen gestorben, aber Sarit konnte uns erzählen, was ihr ertragen habt, und ich bin hier, um euch etwas zu sagen: Es wird noch schlimmer werden.«

»Was meinst du?«, fragte jemand über das Gemurmel. »Ich dachte, du wolltest uns befreien.«

»Ich bin hier, um euch zu befreien.« Ich straffte die Schultern und hob das Kinn. »Aber die Seelennacht steht bevor, und Deborl bereitet Janans Rückkehr vor. Seine Erhebung wird eine Reihe massiver Eruptionen auslösen. Whit …«, sein Name blieb mir in der Kehle stecken und mischte sich mit Trauer, »… hat die Anwendung von Rahels seismischen Forschungen auf diese Anzeichen, diese Erdbeben, die sterbenden Pflanzen und die Wölbungen im Land abgeschlossen. Es wird tagelange Ausbrüche geben. Die Asche und die Gesteinsbrocken werden Heart und das Reich und all die umliegenden Länder unter sich begraben. Es wird nichts übrig bleiben.«

»Gehen wir dann alle fort?«, fragte einer der Jungen, der vielleicht einige Jahre älter war als Sam und ich. Er beäugte die ganze Zeit über die Sylphen, meine stummen Schattenwächter.

Ich schüttelte den Kopf. »Ihr könnt es versuchen, aber der Ausbruch wird euch einholen.«

»Was machen wir denn dann?«, wollte ein Mädchen wissen, das einige Jahre jünger war als ich.

»Ich habe einen Plan, um zu verhindern, dass Janan zurückkehrt – dass er aufsteigt.« Ich verkniff es mir, den genauen Plan zu enthüllen. Sie dachten ohnehin alle schon, ich sei wie Menehem. Nicht nötig, ihnen noch mehr Munition zu geben. »Ich werde alles in meiner Macht Stehende tun, um ihn aufzuhalten, aber ich kann es nicht allein.«

»Was brauchst du?« Das Mädchen trat vor und strich sich das schwarze Haar aus dem Gesicht. »Was können wir tun?«

»Wo werden alle sein, wenn die Seelennacht beginnt?«, fragte ich.

»Beim Käfig«, sagte jemand. Andere murmelten zustimmend.

»Gut. Dann bitte ich euch, ebenfalls dort zu sein. Verkleidet euch. Tut alles, was ihr tun müsst, um bis dahin nicht geschnappt zu werden, aber ich brauche euch in dieser Menge. Während Sam und ich die Sache vorbereiten, werden Stef und Sarit überall in der Stadt Ablenkungsmanöver inszenieren, und wir brauchen Leute, die darauf hinweisen. Wir müssen Deborl, Merton und ihre Gruppe von dem fernhalten, was wir tun.«

»Und was *werdet* ihr tun?«, erkundigte sich ein Mann.

Ich schaute ihm in die Augen und sah ihn hart und fest an. »Ich werde alles tun, was ich kann, um Janan daran zu hindern, alles zu zerstören.«

»Falls wir überleben«, sagte Sarit, »werden wir euch vielleicht erzählen können, was Ana alles für Heart getan hat, sowohl für Altseelen als auch für Neuseelen. Ihr würdet es jetzt nicht glauben, aber wenn wir Erfolg haben, werdet ihr es glauben. Wenn wir Erfolg haben, werdet ihr verstehen und glauben, was ihre Freunde bereits wissen: Ana kann alles tun.«

Ich warf ihr einen Seitenblick zu und runzelte die Stirn, sagte jedoch nichts. Sie brauchten Hoffnung, und Sarit gab sie ihnen. Trotzdem wünschte ich, sie würde mich nicht als Instrument für diese Hoffnung benutzen. Ich würde zwar alles in meiner Macht Stehende tun, um Heart und die Menschen zu retten, die ich liebte, aber mein Plan klang selbst für mich verrückt. Wie sollte mir diese unmögliche Aufgabe gelingen?

»Nun«, sagte ich, »ich werde es auf jeden Fall versuchen.«

Sam umfasste meine Hand und rieb mit dem Daumen in einem warmen Rhythmus über meine Haut. Er berührte mich jetzt ständig, meine Hände oder mein Haar oder meinen Rücken. Das Ende der Welt rückte mit jedem Moment drohend näher, und die Zeit, einander zu berühren, lief ab.

»Und die Sylphen?«, fragte ein Mädchen. »Wie passen sie hinein?«

Schwarze Rosen erblühten überall ringsum, und eine tröstende Wärme erfasste das Gefängnis, als die Zellentüren entriegelt wurden und dann aufschwangen. Zuerst waren es nur wenige, und dann trat der Rest der Gefangenen aus ihren Zellen. Sie näherten sich meinen Sylphen und mir fast ohne Zögern, als ich sagte: »Sie sind meine Armee.«

KAPITEL 26

Glaube

»Wir gehen noch für ein paar Stunden aus«, sagte Sarit am Abend vor der Seelennacht. Die vergangenen Tage waren mit Vorbereitungen und kleinen Nickerchen gefüllt gewesen, und wir alle hatten dunkle Ringe unter den Augen. »Stef muss einige letzte Ablenkungen überprüfen. Es geht um Feuer.«

Ich runzelte die Stirn. »Du brauchst unsere Hilfe nicht?«

»Nein. Es ist etwas für zwei Leute. Ihr würdet nur im Weg sein.« Sie küsste mich auf die Wange. »Schlaf ein bisschen. Oder was auch immer.« Sie drehte sich schnell um, aber nicht bevor ich bemerkte, wie sie Sam zuzwinkerte. Ich bemerkte auch den verschwörerischen Blick, den sie und Stef tauschten, als sie den Lagerraum und dann die Fabrik verließen. Alle Sylphen folgten ihnen.

»Das war verdächtig«, murmelte ich, während ich ihnen nachsah. »Warum hat sie dir zugezwinkert?«

»Nur so.« Sam sprach etwas zu schnell.

Hm. Ich kniff die Augen zusammen. »Und apropos verdächtig, warum beginnen so viele Namen meiner Freunde mit S?«

»Es ist ein guter Buchstabe.« Er trat hinter mich und zog das Haargummi vom Ende meines geflochtenen Zopfes, dann begann er, sanft den Zopf von unten her zu lösen. Ich hielt still und ließ ihn gewähren, genoss das Gefühl seiner Fingerspitzen in meinem Nacken und auf meinen Schultern. Obwohl wir allein waren, sprach Sam leise. »Aber eigentlich beginnt mein Name mit einem D.«

»Das ist richtig. Dossam.« Ich drehte mich um und schaute zu ihm auf, den Kopf in den Nacken gelegt, sodass ich ihm in die Augen sehen konnte. »Vielleicht sollte ich dich von jetzt an Dossam nennen. So habe ich dich genannt, bevor wir uns begegnet sind.«

»Wenn ich dir von Anfang an gesagt hätte, dass mein Name Dossam sei, hättest du die ganze Zeit über meinen vollen Namen benutzt?« Er legte mir die Hände auf die Hüften und beobachtete mich mit dunklen Augen und echter Neugier.

»Ich bin mir nicht sicher.« Dossam war immer mein Held gewesen. Der Musiker. Der Komponist. Er war eine Legende für mich gewesen, beinahe nicht real. Der Junge, den ich im Wald kennengelernt hatte, hatte gesagt, er heiße Sam. Er hatte mich gerettet. Hatte mich glauben lassen, ich sei keine Seelenlose. Er war mein Freund gewesen, der erste, den ich je gehabt hatte.

Wenn *Dossam* mich in jener Nacht gerettet hätte statt Sam, hätte ich mir wahrscheinlich nie die Mühe gemacht, ihn über seine Musik hinaus kennenzulernen. Ich hätte mich zum Narren gemacht, hätte nach irgendeinem zusammenhängenden Gedanken gesucht. Ich hätte beinahe alles ruiniert, als ich herausfand, wer er war, und da mochte ich ihn bereits um seiner selbst willen.

»Du machst dir viele Gedanken.« Er ließ meine Hüften los und berührte mich am Kinn, brachte unsere Gesichter näher aneinander, als er sich herabbeugte. »Gute Gedanken?«

»Vielleicht.« Ich stellte mich auf die Zehenspitzen und küsste ihn, nur eine sanfte Berührung unserer Lippen.

Sein Mund verzog sich zu einem Lächeln, und die Hitze in seiner Stimme ließ mich erschaudern. »Ich muss dir etwas gestehen. Ich habe sie gebeten, uns etwas Zeit allein zu geben. Vielleicht ist es selbstsüchtig, dass ich gerade jetzt Zeit mit dir allein verbringen möchte«, flüsterte er, »aber vor einem Jahr habe ich versprochen, dir auf tausend Arten zu zeigen, dass ich dich liebe. Ich dachte, wir würden mehr Zeit haben. Ein ganzes Leben.«

Ich schluckte hörbar.

»Wie dem auch sei«, fuhr er fort, »ich wollte für heute Abend etwas Besonderes. Ich dachte daran, mit dir auf das Dach zu gehen und ein Teleskop mitzunehmen, wenn wir eins finden könnten. Ich würde dir Krater auf dem Mond zeigen, andere Planeten und Sterne. Aber es ist draußen zu hell, um es zu riskieren.«

Da der Tempel schien wie die Sonne, hätten wir ohnehin keine gute Sicht auf den Himmel gehabt. »Aber die Idee ist notiert.«

Sam ergriff meine Hände. »Es hätte dir gefallen.«

»Was hattest du stattdessen im Sinn?«

»Musik?« Er sah mir forschend in die Augen und drückte mir die Hände. »Ich würde dir alles geben, wenn ich könnte. Leider sind unsere Optionen im Moment begrenzt.«

Wieder erhob ich mich auf die Zehenspitzen und küsste ihn leidenschaftlicher als zuvor. »Musik ist perfekt.«

Er löste sich von mir, um den Raum zu verdunkeln, bis uns Dämmerlicht umfing.

»Möchtest du dich hinsetzen?« Er schaute auf einen zerknitterten Stapel Decken, die wir als Kissen benutzt hatten.

»Ja.« Von ihm getrennt zu sein machte mich nervös. Ich brannte darauf, ihn ganz dicht bei mir zu haben.

Er ließ sich auf den Decken nieder. Mutig setzte ich mich so nah, dass mein Bein sich an seines drückte, und er legte die Arme um mich. Selbst durch unsere Kleider spürte ich, wie heiß seine Haut war.

»Du suchst die Musik aus.« Ich reichte ihm einen SAK und sah zu, wie er die Titel durchscrollte. Sie blitzten auf dem Bildschirm auf, Stücke, die ich nur ein einziges Mal gehört hatte, und Stücke, die ich so liebte, dass mir das Herz wehtat, wenn ich sie hörte.

»Hier.« Er sprach leise und heiser. »Das wird dir gefallen.«

Er wählte eine Sonate mit dem Titel *Erwachen*. Der Flügel begann, und sein voller und warmer Klang umfing mich. Wie Luft. Wie Decken. Wie Sams Arme. Es war Sams Spiel; ich würde es überall erkennen.

Als die Flöte einsetzte, leise und tief und geheimnisvoll, zitterte ich. »Wie kannst du beide Instrumente gleichzeitig spielen?«

Er kicherte in sich hinein. »Woran erkennst du, dass ich es bin?«

Ich drehte mich zu ihm und zog die Augenbraue hoch. »Hast du das noch nicht gemerkt? Ich werde es immer wissen.«

Er lächelte. »Sie wurden getrennt aufgezeichnet. Diese Aufzeichnung sollte nur ein Test sein, aber ich bin nie dazu gekommen, einen Partner dafür zu finden.«

»Ah.« Ich ließ mich von der Musik einhüllen, die immer süßer und kühner und verführerischer wurde.

Obwohl sie getrennt aufgenommen worden waren, verbanden sich die Flöte und das Klavier zu einem neuen Klang. Es war weder ganz Flöte noch ganz Klavier, aber die Musik durchdrang mich und ließ mein Herz höher schlagen. Dieser Klang, die Art, wie er die Instrumente spielte, war zu schön und zu fremd, um real zu sein. Ich wollte ihn für immer in mir festhalten so wie in der Nacht, als er meine Flöte für die Sylphen gespielt hatte, der Nacht, in der er das Orchester der Natur zu dirigieren schien, indem er einfach nur ein Instrument hielt.

Als ich Sam ansah, schien er weit entrückt zu sein, in einer anderen Zeit. »Woran denkst du?«

Er wurde rot. »An nichts. Tut mir leid.«

»Nein, sag es mir.« Ich setzte mich anders hin, damit ich

ihm in die Augen sehen konnte, und er strich mir über die Hüfte, als hätte er Angst, dass ich davonfliegen würde.

Er hielt mich fester. »Seit unserer Rückkehr ins Reich habe ich ständig diesen Traum.«

Ich wartete.

»Er ist jedes Mal ein bisschen anders, aber in diesem Traum bin ich immer in einem Wald und lausche auf Vogelgezwitscher. Das habe ich früher oft getan. Ich habe mir gern überlegt, wie ich ihre Rufe nachahmen könnte, und habe versucht zu verstehen, was sie bedeuteten. Aber in meinem Traum höre ich etwas Erstaunliches. Nicht nur einen pfeifenden Vogel, sondern eine ganze Gruppe von ihnen, die mit verschiedenen Stimmen singt, wie ein Orchester. Alles scheint in die Darbietung einzustimmen: der Wind und das Wasser und die Blätter, die Insekten und die Säugetiere und die Vögel. Es ist diese schöne, freudige Musik, die wild und unberechenbar ist, aber in meinem Herzen habe ich das Gefühl, als sei jede Note und jeder Takt das Vertrauteste auf der Welt. Es gibt mir das Gefühl, *zu Hause* zu sein, und jeden Morgen wache ich auf, und der Traum lässt mich nicht los. Die Gefühle bleiben, aber die Musik vergeht; ich kann mich nicht an Themen oder Melodien erinnern, wie sehr ich es auch versuche.«

»Das klingt frustrierend.«

»Unglaublich.« Er seufzte. »Jetzt, nachdem ich den Traum so oft gehabt habe, kommt er mir mehr vor wie eine Erinnerung an etwas vor langer Zeit.«

Vielleicht war es das auch. »Als Cris und Stef begannen, sich im Tempel an Dinge zu erinnern, sagten sie, die Erinnerungen seien wie Träume. Dies könnte auch damit zu tun haben, dass Janans Gedächtnismagie bricht. Und so wie du die Musik beschreibst ...«

Er schaute hoffnungsvoll auf.

»Erinnerst du dich, als wir zum Gärtnerunterricht zu Cris

gegangen sind und beide stehen geblieben sind, um auf den Wind in den Pflanzen zu lauschen?«

»Ja.« Eine Art erinnerter Kummer stahl sich in seine Züge. »Wir haben beide Musik gehört.«

Ich nickte. »Und draußen vor der Höhle, als du für die Sylphen Flöte gespielt hast? Ist dir daran etwas aufgefallen?«

Er schien in sich selbst zu suchen. »Ich weiß es nicht. Vielleicht.«

»Was du gerade beschrieben hast, die Musik in deinem Traum – das ist das, was ich in jener Nacht gehört habe. Es schien, als würdest du eine ganze Sinfonie dirigieren, wie Zauberei.«

»Ach ja? Ich ... es kam mir wie etwas Besonderes vor, aber nicht wie mein Traum. Nicht *so*.«

»Ich habe es früher auch schon einmal gehört. Als du *Ana Incarnata* zum ersten Mal gespielt hast. Ich habe Blitze und Wellen und Wind gehört. Ich habe ... diese Kraft gehört. Diese Macht, mit der du spielst.«

Er sah mir voller Staunen in die Augen. »Denkst du, das ist es? Das Phönixlied?«

»Vielleicht.« Ich lächelte. »Ich denke, das könnte es sein.«

»Aber wir wissen immer noch nicht, was es ist oder wie man es absichtlich herbeiführt. Welchen Nutzen hat es?«

Mir schien, als könne er die Musik herbeirufen, wann immer er wollte, aber ich wollte ihn nicht unter Druck setzen. »Wir wissen, dass es Drachen Angst macht. Sie denken, es könne sie töten. Es muss mächtig sein. Es kommt mir mächtig vor, wenn ich es höre.«

Er schwieg.

»Für mich klang es wie Leben. Die Art, wie die ganze Welt einzustimmen schien, gab mir das Gefühl, lebendig zu sein.«

»Aber die Drachen denken, es werde sie töten.«

»Vielleicht kommt es darauf an, wer es benutzt und warum.

In dem Buch stand, es sei das Lied von Leben und Tod. Von Anfang und Ende. Sie sind alle miteinander verbunden. Es ist das Phönixlied. Es ist ein bisschen unrealistisch zu erwarten, es sei so klar wie Kloßbrühe.« Ich zuckte die Achseln. »Warum hast du mir nicht schon früher von dem Traum erzählt?«

»Anfangs«, antwortete er, »dachte ich, es sei nur ein Traum, und ich wollte dich nicht damit belasten. Was wir morgen Nacht tun, ist viel größer als eine halb erinnerte Sinfonie.«

»Es ist trotzdem wichtig für mich, wenn es wichtig für dich ist.«

Er legte mir die Wange auf dem Kopf, sein Flüstern eine Beichte. »Selbst wenn wir Janans Aufstieg überleben, was ist mit dem Krater? Wie kann ein Mensch überleben, wenn das ganze Reich ausbricht? Wie kann ein Mensch die Aschewolke überleben? Es scheint, dass dies das Ende ist, egal was wir tun.«

»Wenn wir Janans Aufstieg verhindern, beruhigt sich vielleicht auch die Erde. Keine Eruption.« Keine Erdbeben mehr. Selbst jetzt konnte ich ein Zittern im Boden spüren, eine ständige Erinnerung an die Fähigkeit der Welt aufzubrechen.

»Dann könnten wir ein gemeinsames Leben haben.« Er nahm meine Hand und drückte sie sich an die Wange. »Und selbst wenn es nur eins ist, können wir eine Menge in ein einziges Leben hineinpacken.«

»Wir haben bereits eine Menge getan. Sind auf Drachen geflogen. Haben jahrtausendealte Geheimnisse entdeckt. Haben gesehen, wie Neuseelen auf die Welt gekommen sind.«

»Haben einander bei der Maskerade gefunden.« Er küsste mir die Fingerspitzen.

»Du hast sofort nach meiner Ankunft gewusst, wer ich war.« Ich verdrehte die Augen. »Aber ich habe *dich* erkannt.« Auch als er mir alte Fotos gezeigt hatte, hatte ich ihn darauf erkannt.

»Vielleicht kannte ich dich.«

»Weil ich riesige Schmetterlingsflügel getragen habe.«

»Ich gebe zu, das war ein großer Hinweis.«

»Und ich war wahrscheinlich die Einzige, die nicht allen anderen erzählt hat, als was sie ging.«

Er ließ ein kleines Lächeln aufblitzen. »Wäre es dir lieber gewesen, wenn ich dich nicht sofort erkannt hätte?«

»Nein, das war schon okay.« Ich strich ihm mit dem Daumen über den Wangenknochen. »Aber ich möchte, dass es echt ist. Nicht weil du ein halbwegs intelligenter Mensch bist, der eine kleine Rothaarige erkennen kann, wenn sie das Gesicht versteckt. Außerdem weiß ich, dass du nicht an den Seelengefährtenkram glaubst.«

»Mit dir möchte ich daran glauben.« Er schwieg.

Selbst wenn wir die kommende Nacht überlebten, würde ich immer wie ich selbst aussehen, selbst wenn ich ein anderes Kostüm anzog. Außerdem widmeten die Leute ihre Seelen nicht einander nach nur einem einzigen Leben. Eine Seelenwidmung sollte für immer sein.

»Ich weiß es jetzt«, flüsterte ich in die Dunkelheit. Die letzten Töne der Sonate verklangen, und ein anderes Stück begann, eine warme Laute und eine Klarinette.

»Was denn?« Seine Stimme war heiß, und sein Atem strich mir über die Wange. Ich wollte mich nicht mehr bewegen.

»Alle haben Angst vor dem Unbekannten. Was geschieht danach? Wohin geht man? Was tut man?«

Er nickte schwach.

»Ich denke, ich weiß, was geschieht. Ihr Leben ist so von der Angst bestimmt, dass niemand auf die Idee kommt, dass das, was als Nächstes geschieht, auch gut sein kann. Anders, aber nicht schlecht. Nichts, wovor man sich fürchten muss.«

Sam küsste mich auf die Wange. »Das klingt sehr weise.«

»Ich möchte keine Angst vor etwas haben, das unausweichlich ist. Ich möchte mich nicht draufstürzen, weil es im Leben so viele Erfahrungen gibt, die ich machen möchte, aber Angst vor etwas Natürlichem wie dem Tod zu haben, scheint mir Energieverschwendung zu sein.«

»Der Schmerz, der den Tod oft begleitet, ist nicht besonders angenehm.« Er sprach leise, nachdenklich. »Und oft gibt es einen guten Grund, vor etwas Angst zu haben. Auch Angst ist natürlich. Manchmal ist es das, was uns am Leben erhält.«

Ich nickte. »Ich meine nicht, dass man vor nichts Angst haben sollte, was mit dem Tod einhergeht. Ich bin immer noch dafür, ihn zu vermeiden. Ich möchte *leben*. Aber als etwas Ganzes. Was als Nächstes geschieht. Was *wirklich* als Nächstes geschieht – statt Wiedergeburt, die mit der Seele eines anderen erkauft wurde –, muss nicht beängstigend sein. Ich möchte glauben, dass es auch etwas Gutes ist. Wie leben. Ein anderer Anfang. Nur anders.«

»Du hast eine schöne Art zu denken«, murmelte er, seine Stimme so süß wie das Duett, das aus dem SAK kam. Er liebkoste mein Gesicht, meinen Hals, meine Schultern, meine Arme. Alles schmolz unter seiner Berührung dahin und unter der sanften Art, wie er mich küsste.

Als ich auf seinen Schoß kletterte und unsere Oberkörper sich aneinanderpressten, wurden seine Küsse leidenschaftlicher. Ich spürte seine Hände im Rücken, als er mich näher heranzog und mich auf den Hals, die Schultern und das Schlüsselbein küsste. Er zog meine Bluse zur Seite und strich mir über die nackte Schulter.

»Ich liebe dich.« Seine Worte sammelten sich in meiner Halskuhle. »Ich möchte dir tausendmal sagen, wie sehr ich dich liebe.«

Ich fuhr ihm mit den Fingern durchs Haar und drehte sein Gesicht zu mir, dann küsste ich ihn. Weiche schwarze Strähnen fielen zwischen meine Finger, und seine Hände waren unter meiner Bluse, flach auf meinem Rücken. Meinen Rippen. Meiner Taille.

Meine Haut brannte von unserer Hitze. Ich verschmolz mit ihm.

Schritte donnerten durch die Fabrik, und Licht strömte in den Lagerraum.

»Ana! Sam!« Sarits Stimme war hoch und wild. Dann quiekte sie. »Oh, nein, es tut mir so leid. Ich hab's vergessen. Ich kann weggehen.«

Ich kletterte von Sams Schoß und strich meine Kleider glatt, während mir die Hitze ins Gesicht stieg. Sam zog die Knie an und rutschte unbehaglich hin und her.

»Oh, ihr zwei.« Sarit hielt sich die Hände vors Gesicht. »Es tut mir *so* leid. Ich kann nicht glauben, dass ich … Ja. Ich gehe weg.«

»Ist schon in Ordnung«, sagte Sam, und sein Ton machte klar, dass es *nicht* in Ordnung war. Seine Kleider waren verrutscht, und seine Haut war gerötet. »Sag uns einfach, was los ist.«

Sarit biss sich auf die Unterlippe und schaute zwischen uns hin und her.

»Ich könnte ja jetzt viel sagen.« Stef erschien hinter Sarit und zeigte einen Gesichtsausdruck peinlicher Erheiterung. »Euch beiden ist hoffentlich klar, wie schwer es mir fällt, mir einen Kommentar zu verkneifen.«

»Und wir sind dir dafür sehr dankbar.« Sams Stimme war gepresst.

Mein Herz pochte – nicht vor Vergnügen –, und jeder Teil von mir brannte vor Verlegenheit. So viel zu dem Thema, die ganze Nacht für uns zu haben. »Ihr wolltet etwas sagen, als ihr hier hereingeplatzt seid. Vielleicht solltet ihr es einfach tun.«

Sarit und Stef wurden ernst und tauschten einen Blick. »Wir haben herausgefunden, was in dem Käfig ist«, erklärte Sarit.

Sam schaute auf. Ich bewegte mich nicht.

»Es ist ein Phönix.«

KAPITEL 27

Flammen

Die Frühlings-Tagundnachtgleiche dämmerte wolkenlos und klar herauf, und die ganze Welt hielt den Atem an. Selbst das unablässige Grollen der Erdbeben hielt inne und tauchte alles in eine seltsam gedämpfte Stille, als Sam und ich für einige Stunden durch die Fabrik gingen, unsere Pläne noch einmal durchsprachen und die Ausrüstung berührten, die wir heute Nacht mitnehmen würden.

Aus Resten, die sie in den nahen Spinnereien und Fabriken gefunden hatte, hatte Stef Handschuhe und Stiefelüberzüge gemacht, die uns helfen würden, auf das Rathaus zu steigen. Sie hatte versuchen wollen, Kopien des Schlüssels anzufertigen, falls einer von uns aufgehalten wurde, aber Sam hatte ihr nicht erlaubt, ihn auseinanderzunehmen, aus Angst, dass er danach nicht mehr funktionieren würde. Ich hatte ohnehin den Eindruck, dass der Schlüssel mit Magie getränkt war, und das würde Stef trotz all ihrer Talente niemals kopieren können.

Sylphen schwebten stöhnend und ängstlich singend durch die Flure der Fabrik.

Es gefällt ihnen nicht, dass sie bis zur Seelennacht warten müssen, sagte Cris. *Sie würden lieber gleich angreifen.*

»Es gibt nichts, was wir jetzt tun können.« Ich sprach leise, um Stef und Sarit nicht zu wecken; sie waren länger als Sam und ich aufgeblieben und zweimal nach draußen gegangen, um sich davon zu überzeugen, dass die Fabrik sicher war, und um ferngesteuerte Ablenkungsmanöver einzustellen. »Wenn wir das Gift jetzt freisetzen«, das wir noch nicht einmal hatten, »würde Janan sich lange vor Beginn der Seelennacht davon erholen, und wir hätten alles verschwendet.«

Es gefällt ihnen nicht, darauf zu vertrauen, dass die Drachen das Gift bringen.

Es war ein bisschen spät, sich darüber Sorgen zu machen. »Wir müssen einfach darauf vertrauen, dass die Drachen wollen, dass Sam und sein Phönixlied vernichtet werden. Sie werden helfen.«

»Das ist nicht gerade beruhigend«, murmelte Sam.

Was ist, wenn die Drachen den Phönix entdecken und glauben, wir hätten sie verraten?

Ich schüttelte den Kopf. »Er ist immer noch zugedeckt. Deborl soll ihn erst enthüllen, wenn Janan es erlaubt, richtig? Also werden die Drachen ihn nicht sehen, es sei denn, er wacht auf und befreit sich aus seinen Fesseln.«

Doch wozu *brauchte* Janan den Phönix überhaupt?

Was ist, wenn ...

»Stopp.« Ich hob die Hände. »Schluss damit. Wir werden nicht alles in letzter Minute in Zweifel ziehen. Wir werden uns nicht wünschen, mehr Zeit oder einen besseren Plan zu haben. Dies ist alles, was wir haben. Wir müssen das Beste daraus machen.«

Cris wollte davonschweben.

Das Letzte, was ich heute wollte, war ein Streit mit meinen Freunden. Ich sprach sanfter. »Ich weiß, dass sie sich alle Sorgen machen. Sie verlassen sich darauf, dass ich Janan aufhalte, damit sie aufhören können, Sylphen zu sein.«

Ich verlasse mich auch darauf.

»Ich weiß.« Wieder erinnerte ich mich daran, wie Cris auf dem Altar lag, das Aufblitzen von Silber, als er das Messer hob, das Gold des Phönixblutes, das auch nach fünftausend Jahren noch an der Klinge haftete. Es war meine Schuld, dass er auf diese Art gefangen war. Er hatte sich für den Tod entschieden. Aber dies – als eine Sylphe – nein. Dafür, dass er mir das Leben gerettet hatte, ertrug er dieselbe Strafe wie jene, die auf ihrer Suche nach Unsterblichkeit einen Phönix gefoltert hatten.

Sosehr ich mir wünschte, ihnen zu helfen, sie von dieser Existenz zu befreien, war die Vorstellung, dass so viele von mir abhingen, überwältigend. Ich begann gerade erst zu lernen, etwas für mich selbst zu tun. Ich hatte alles in meiner Macht Stehende für Neuseelen getan, was sich nicht so entwickelt hatte, wie ich es gehofft hatte, und jetzt brauchten mich auch die Sylphen.

Eine weitere Stunde verstrich, während derer ich mit Sam und Cris sprach, während wir versuchten, uns gegenseitig zu trösten und Mut zu machen. Aber die Sylphen hatten recht: Das Warten war das Schlimmste.

Wir saßen im Webraum, als Sam aufblickte und die Stirn runzelte. »Habt ihr das gehört?«

Die Tür flog auf. Tageslicht strömte in den Raum, und alle Sylphen schwärmten in einem Hitzeschwall zur Tür.

Einen Herzschlag später verwandelten Sylphenlieder sich in Kreischen. Messinggegenstände schlitterten in den Raum. Sylpheneier. Mit offenen Deckeln. Meine Sylphen wurden in die Eier gezogen wie Rauch durch ein Ofenrohr.

Aus dem Lagerraum war ein Krachen zu hören, dann Schritte.

Sam und ich griffen hastig nach unseren Pistolen, als ein Dutzend leuchtend rot gekleideter Menschen hereinplatzten. Die Hälfte von ihnen stürzte sich auf die Sylpheneier und ließ die Deckel zuschnappen, bevor die Sylphen entfliehen konnten. Die anderen richteten blaue Ziellichter quer durch den Raum auf Sam und mich.

Eine Sylphe löste sich aus den Schatten und brannte durch Wolle und Haut und Gewebe. Der Gestank von kochendem

Fleisch erfüllte den Raum, als ein anderer Wachmann ein Sylphenei hervorzog, es drehte und den Deckel aufspringen ließ. Cris schoss auf den Flur zu, durch den Stef und Sarit mit gezückten Waffen kamen.

Alles versank in Chaos. Ich feuerte meine Pistole ab und dachte nicht daran, dass dort Menschen waren, sondern nur, dass sie gekommen waren, um uns zu töten. Um die Sylphen zu fangen. Um den Schlüssel an sich zu nehmen.

Menschen schrien, als Laserstrahlen den Raum durchschnitten. Holz brannte und knackte. Maschinen krachten zu Boden, und der Gestank von Rauch erfüllte den Raum.

Sam zerrte mich hinter einen der brennenden Webstühle, dann drückte er mich nach unten, sodass wir beide auf dem Boden hockten. »Bei der ersten Gelegenheit schnappst du dir deine Tasche und verschwindest. Warte auf niemanden.«

»Aber …«

»Nein. Du hast den Schlüssel. Du kennst den Plan. Er muss gelingen, was auch geschieht.«

Ich biss die Zähne zusammen und spähte durch die Flammen, die an dem alten, polierten Holz der umgestürzten Webstühle leckten. Der Rauch drang mir in die Kehle, und ich musste husten.

Stef und Sarit erschossen weitere Wachen und waren hinter einer Tür im Flur in Deckung gegangen. Cris brannte sich durch Menschen und mühte sich, die Eier zu öffnen, die auf dem Boden verstreut lagen, aber er war körperlos. Er konnte nichts berühren.

»Wir müssen die Eier öffnen«, zischte ich.

Sam stand auf und erschoss die letzte Wachfrau, bevor sie Cris fangen konnte.

Das Feuer wuchs schnell, daher warteten wir nur einen Moment, bevor wir vier aus unseren Verstecken krochen und nach den nächsten Eiern griffen, um die Sylphen zu befreien. Gerade als meine Hände sich um eins der Messinggeräte schlossen, drangen weitere Wachen herein, und ihre Ziellichter leuchteten in jeden Winkel.

Ich öffnete den Deckel meines Eis und ließ es los. Heißer Schmerz loderte über meinem rechten Arm, als ich nach meiner Pistole griff, aber ich ignorierte das scharfe Brennen. Meine Pistole war bereit. Ich zielte auf die Tür und schoss. Jemand fiel und hielt sich das verbrannte Bein. Neben mir schossen auch Sam, Stef und Sarit, obwohl sie besser zielten.

Zwei Sylphen flatterten aus ihren Eiern, orientierungslos, obwohl sie nur einige Minuten gefangen gewesen waren. Aber Cris sammelte sie ein, und sie tauchten vor uns hin, fungierten als Schilde und absorbierten die Laserangriffe, so wie sie die Säure von den Drachen absorbiert hatten.

Der Rauch wurde immer dichter und brannte mir in den Lungen. Das Feuer züngelte jetzt an der Decke und wurde brüllend größer. Wir konnten uns nirgendwo verstecken.

Mit einer Sylphe, die mich bewachte, schob ich mich vor und griff nach einem weiteren Ei, aber blaues Licht – dem sofort Schmerz folgte – schoss über meine Finger. Ich sprang zurück.

»Ana!« Sarits Stimme durchdrang den Lärm aus Feuer und Schreien und Sylphenliedern. Ihre nackten Arme waren rot gezeichnet, und ihr Gesicht war von den Flammen und Schmerzen erhitzt. Sie schüttelte die schwarzen Locken zurück, als sie ihre Pistole hob und einen weiteren Wachmann erschoss. »Hol deine Tasche und *geh.*«

Nicht ohne die anderen. Ich suchte in dem rauchgefüllten Webraum nach Sam, aber ich konnte weder ihn noch Stef finden. »Sam!« Qualm brannte mir in den Lungen und ließ meine Stimme brechen. »Stef!«

Einer der Wachleute in meiner Nähe fiel, das Gesicht kreuz und quer von Pistolenwunden durchzogen. Mein Sylphenschild dehnte sich, als ich mich bückte, um ein weiteres Ei zu öffnen, aber die Hitze der Sylphen und des Feuers und die Schmerzen machten mich schwindlig. Ich fummelte nach dem Deckel. Meine Finger verweigerten mir den Dienst, als das Metall in sie hineinschnitt. Ich konnte kaum noch klar denken, als ich zu der Fabriktür und meiner Tasche dort stolperte.

Aber ich konnte nicht ohne meine Freunde gehen.

»Stef!« Ich konnte sie nicht sehen. »Sam!« Der Qualm war zu dick und das Feuer zu hell, als es sich durch das alte Holz der Fabrik fraß und Mauern und Stützbalken und Kisten mit Webstoffen verschlang. Mir verschwamm alles vor Augen. Als ich nach Sarit suchte, war auch sie verschwunden.

Wachen strömten noch immer durch das Gebäude und kamen durch die Tür am anderen Ende der Fabrik. Blau durchstach den Rauch und zielte direkt auf mich, aber meine Sylphe fing den Angriff ab und schwebte dann um mich herum, wo das Feuer einen Webstuhl verbrannte. Hitze floss *in* die Sylphe und erstickte das Feuer für den Bruchteil einer Sekunde, bevor die Sylphe mich wieder beschützen musste.

»Cris! Sarit!« Mein Fuß stieß gegen etwas Weiches, und ich stolperte über einen Körper, den verkohlten Leichnam eines Wachmanns. Ich schrie und kletterte über ihn hinweg zu den Taschen, die an der Tür aufgestapelt lagen.

Jemand warf mich um, als ich nach meinem Rucksack griff. Ich schlug mit Ellbogen, Schulter und Kopf auf dem Boden auf, und durch den plötzlichen Schmerz war ich plötzlich wieder hellwach. Ich drehte mich um und sah einen Riesen von einem Mann auf mich zukommen.

Merton.

Meine Sylphe rauschte zwischen uns, dick und schwarz und brennend. Merton musste in letzter Sekunde begriffen haben, dass die Sylphe seinen Schuss abblocken würde. Er drehte sich um, und das blaue Ziellicht schien durch den Raum und landete auf Sam, als er von den Trümmern eines brennenden Webstuhls wegstolperte.

Stef stieß Sam beiseite.

Quer über ihren Hals quoll es rot und schwarz. Eine versengte Haarsträhne fiel ab. Ihre Augen weiteten sich, als sie und Sam zu Boden krachten.

Meine Sylphe stieg empor und legte sich um Merton. Drei weitere Schatten verließen ihre meist toten Ziele und vereinten sich über Merton, der schrie, als seine Haut Blasen warf und sich löste und schwarz wurde. Der Gestank von verbranntem Fleisch und Haar war noch stärker als der Rauch. Als Mertons Schreie zu einem Keuchen und Gurgeln verebbten, wandte ich den Blick ab. Ich wollte ihn nicht sterben sehen.

Mir war schwindlig von dem Rauch und dem Schmerz, als ich nach meinem Rucksack tastete und ihn mir über die Schultern warf.

Der Boden war mit Leichen bedeckt, die meisten bis zur Unkenntlichkeit verbrannt. Die Wachen waren verschwunden. Entweder tot oder sterbend. Das Feuer tobte noch immer, brauste durch den Webraum und die anderen Bereiche. Ich musste hier raus. Aber zuerst musste ich meine Freunde einsammeln.

»Sam.« Ich hustete seinen Namen, während ich über Leichen stieg. »Stef. Sarit.«

Die Sylphen bildeten eine Reihe vor dem Feuer und absorbierten so viel Hitze und Flammen wie möglich, um zu verhindern, dass es sich weiter ausbreitete, aber es würde nicht lange dauern, bis das Gebäude einstürzte.

Stefs Augen waren groß und glasig. Sie bewegte sich nicht, aber sie keuchte schwach. Die Brandwunde an ihrer Kehle bildete eine schwere, dunkle, rot geränderte Linie.

»Nein.« Ich stolperte und ließ mich vor ihr fallen, als sich auch Sam und Sarit näherten. »Stef, komm schon. Wir müssen los.«

Sie blinzelte, lange und langsam, und ihre Augen richteten sich auf mich, obwohl sie mich nicht zu sehen schien. Ihr Mund bewegte sich, doch es kam kein Laut heraus.

Sam streckte die Hand nach ihr aus, zögerte, versuchte es erneut. Tränen liefen ihm übers Gesicht. »Es geht dir gut. Wir haben eine Menge Arbeit vor uns, und wir brauchen dich.«

Sie schloss die Augen und formte mit den Lippen das Wort: »Nein.«

Sarit beugte sich vor und umarmte mich. Ihre Stimme war heiser, als sie mir ins Ohr flüsterte: »Du musst gehen. Nimm Sam und geh. Ich werde die restlichen Sylphen befreien und sie euch nachschicken.«

Feuer rauschte um uns und züngelte zu der Tür und den Taschen.

»Du musst auch zu uns kommen.« Ich fasste Sarit um die Schultern und hielt sie auf Armeslänge von mir. »Ich verliere dich nicht. Komm zu uns, wenn du die Sylphen freigelassen hast.«

Sie schaute auf ihre Arme, die mit Brandwunden übersät waren. Auch auf ihrem Gesicht wuchsen dunkle Prellungen oder Rauchflecken. Ich konnte es nicht erkennen. »Okay.« Ihr Husten war tief und trocken, und Blut sprenkelte ihren Arm, als sie versuchte, sich den Mund zuzuhalten. »Ihr müsst gehen. Versprich mir, dass ihr ihn aufhalten werdet.«

»Ich verspreche es.« Tränen stachen mir in den Augen, als ich Sarit wieder umarmte und dann Stefs Wange berührte. Ihre Haut war warm, aber die Hitze kam nicht von innen. Es war die Hitze des Feuers. Ich suchte nach den Worten, um ihr zu sagen, wie viel sie mir bedeutete, aber es kam nichts. Nichts, das groß oder wichtig genug wäre. »Ich liebe dich.« Das Brüllen des Feuers übertönte mein Flüstern.

Irgendwo anders in der Fabrik krachte Holz zu Boden, und Flammen schossen durch den Flur.

Sam strich Stef über das Haar und wiederholte etwas, das sich in dem Lärm verlor. Ich wollte ihn bei ihr bleiben lassen, aber Sarit funkelte mich wütend an, und ich packte ihn am Arm. »Lass uns gehen.«

Er wehrte sich gegen mich. »Nein.«

Schritte trampelten durch die Fabrik. Weitere Wachen. »Komm!«

Sylphen flogen durch das Feuer und hielten es von uns ab, doch das Feuer wuchs, und ihre Zahl blieb unverändert.

Stef bewegte sich nicht. Ich konnte nicht sehen, ob sie atmete. Sarit beugte sich schluchzend über sie, aber als sie mich ansah, waren ihre Augen grimmig und fordernd.

Ich zerrte Sam auf die Füße, und wir stolperten über verkohlte Leichen. Sein Gesicht war dunkel von Zorn und Rauch, als er den Rucksack nahm, den ich ihm in die Arme stieß.

Zehn Wachen erschienen aus dem Flur, Atemmasken über den Gesichtern. Ich zielte mit meiner Pistole und schoss, und einer hielt sich die Schulter, als er sich umdrehte und mich durch den Rauch sah. Er zielte seinerseits auf mich, dann fiel er, als blaues Licht aus Sarits Pistole aufblitzte.

»Geht.« Stef unter ihr war tot. Hinter ihr hielten drei Sylphen das Feuer zurück. Überall lagen Leichen und Sylpheneier.

Ich packte Sam mit der freien Hand am Mantel und riss ihn zur Tür. Rauch quoll hinter uns, als wir in das heiße Mittagslicht hinaustraten. Menschen versammelten sich, und ein Rettungswagen kam auf die Fabrik zu.

»Wohin gehen wir?«, fragte ich Sam, aber er schaute zurück zu der rauchgefüllten Tür. Er hustete und wischte sich über das Gesicht, verschmierte Tränen und Asche auf seinen Wangen. Er hatte gerade seine beste Freundin verloren. Er würde nicht helfen können.

Meide die Menschen. Sie würden uns bei Deborl anzeigen.

Das war ein guter erster Schritt.

Die meisten Leute gingen nach Westen, auf die Hauptallee zu, daher zog ich Sam nach Osten, um das Gebäude herum. Er rannte mit mir, keuchend und hustend. Mein Atem war kurz und kratzig, und bei jedem Blick über die Schulter sah ich nichts als den Qualm, der nach oben stieg, eine graue Säule vor dem klaren Himmel und dem intensiven Licht des Tempels.

Da waren Menschen, einige zeigten auf uns, einige jagten uns. Einige trugen Rot wie die Wachen. Ich rannte schneller, obwohl mein Rucksack an mir zog und Sam vor Tränen und Trauer blind zu sein schien.

Wir duckten uns hinter Häuser und liefen kreuz und quer in alle Richtungen. Ich versuchte, unsere Wege klug zu wählen, ich wollte klug sein, aber Stefs letztes Opfer, Sarits Versprechen, dass sie uns folgen würde …

Nein.

Der Nachmittag verstrich, während wir am Rand des Industrieviertels entlangliefen und uns in und hinter allem versteckten, was wir finden konnten. Schließlich standen wir auf der anderen Seite der Ostallee und im nordöstlichen Wohnviertel. Ein weißes Haus ragte vor uns auf, von dichten Tannen umgeben. Abgestorbene Kletterpflanzen und Unkraut überwucherten den Garten. Das Gras war lang und braun. Es war seit mindestens einem Jahr niemand mehr hier gewesen.

Das Haus einer Dunkelseele.

Ich warf einen Blick nach Süden, zum Industrieviertel hinüber. Der Rauch verzog sich und wehte wie eine Erinnerung über den Himmel. Ich konnte keine Geräusche von Verfolgern hören. Die Welt ringsum wirkte stumm und tot. Selbst Sam starrte mich nur leer an und flüsterte: »Es hätte mich treffen sollen. Sie hat mich gerettet.«

Es gab nichts, was ich gegen seine Trauer tun konnte. Stattdessen nahm ich seine Hand und führte ihn in das Dunkelseelenhaus, bevor uns jemand suchen kam.

KAPITEL 28

Tagundnachtgleiche

Das Haus der Dunkelseele war verdreckt und voller Staub, gezeichnet von Vernachlässigung und Alter. Ich wusste nicht, wer früher hier gelebt hatte, aber jetzt wohnten nur Erinnerungen in diesen Raum.

Meine Lungen fühlten sich immer noch vom Rauch verstopft an, als ich Sam auf ein modriges Sofa half. Er brach zusammen, das Gesicht in den Armen vergraben. Sein Schluchzen war leise und gebrochen, daher verdrängte ich meine eigene Trauer und ging durchs Haus, um mich zu vergewissern, dass wir allein waren. Vielleicht gab es irgendwo etwas Nützliches.

Das Haus hatte einen ganz ähnlichen Grundriss wie das von Sam, und ein großer Teil des Obergeschosses war der Kunst gewidmet. Leinwände bedeckten die Mauern, während Statuen und Holzschnitzereien das Erdgeschoss füllten. Decken schützten das Parkett, obwohl die Wolle jetzt zerlumpt und grau war.

In der Küche fand ich einen alten Block Käse. Ich schnitt den Schimmel ab und stellte den Rest auf einen Teller, um ihn Sam zu bringen. Auf der Theke lag Brot, aber es sah mehr aus wie ein Komposthaufen denn wie Essen.

Ich fügte eine Scheibe getrocknetes Wildbret hinzu und füllte zwei Tassen mit Wasser. Es war keine großartige Mahlzeit, aber es war besser als nichts.

»Fang an zu essen.« Ich ließ den Teller neben Sam stehen

und ging nach oben, wo ich saubere Kleider in Zederntruhen fand und einen Schrank voller Schmerzmittel und Brandsalben. Mein Arm und meine Finger pochten, wo ich angeschossen worden war, aber ich war schon schlimmer verbrannt gewesen.

Ich nahm ein paar Schmerztabletten und brachte auch Sam welche, der langsam den Käse in Scheiben schnitt.

»Hier.« Ich reichte ihm einige Pillen und schnitt weiter den Käse.

Wir aßen schweigend. Der Käse schmeckte alt und irgendwie staubig, aber es war besser als zu hungern, und er gab mir die Energie, an den Fenstern Ausschau nach Verfolgern zu halten.

»Das war Vics Haus«, sagte Sam nach einigen Minuten. »Er hat die meisten Statuen auf dem Marktplatz geschaffen und das Relief auf dem Rathaus geschnitzt. Außerdem viele andere Dinge, aber das waren die Projekte, über die alle sprachen.«

»Ist er derjenige, der dir das Schnitzen beigebracht hat?« Die Bäume draußen waren weiß und reglos. »Wie die an deiner Hütte und an den Regalen in deinem Haus?« Sams Friedhof war voller schöner Figuren von Tieren und Menschen gewesen, die Musik machten. Selbst die Bänke waren Kunstwerke gewesen. Und im Haus hatten Tiere die Ränder der Wand mit Bücherregalen geschmückt. Reiher, Bären, Elche, Wölfe, Würger.

»Ja.« Sam trank sein Wasser aus und stand auf. »Er hat einige von ihnen geschnitzt und mir beigebracht, es selbst zu tun. Ich war nie so gut wie er, und ich musste auf meine Hände aufpassen, aber wir sind Freunde geworden. Ich wollte, dass du auch bei ihm lernst.«

Ich ging vom Fenster weg und betrachtete Sam. Er sah furchtbar aus. Rauchflecken verschmutzten sein Hemd und seine Hose, und sein schwarzes Haar war ganz verfilzt. Wir brauchten beide eine Dusche, und oben waren genug von Vics alten Kleidern, dass wir bestimmt etwas finden konnten, das uns passte.

»Komm mit.« Ich deutete auf die Treppe. »Wir haben ein paar Stunden Zeit.«

Während er duschte, sah ich noch einmal draußen nach. Nichts. Keine Sylphen. Keine Sarit.

Sie hatte gesagt, dass sie uns folgen würde.

Aber sie hatte es nicht geglaubt. Sie hatte es da schon gewusst. Sie hatte gewusst, dass sie es nicht schaffen würde.

Ich sank auf das Fußende des Bettes und sah nach, ob Nachrichten eingegangen waren, die nicht kommen würden. Nichts von Stef. Sie war tot. Nichts von Sarit. Sie war ebenfalls tot.

Meine beste Freundin war tot.

Ein Schluchzen brach aus mir heraus, während ich mit der Nachrichtenfunktion auf meinem SAK herumfummelte. Meine Daumen glitten beim Tippen über die Buchstaben.

Ich vermisse dich. Ich vermisse dich. Ich kann nicht glauben, dass du fort bist und niemals zurückkommen wirst. Ich hasse Janan, und ich hasse Deborl. Selbst wenn ich Janan heute Nacht aufhalte, wie soll die Welt ohne dich jemals wieder gut sein? Ich wünschte, du wärst noch bei mir.

Meine Brust schmerzte, als ich die Nachricht abschickte, die sie nie empfangen würde.

Ihr Foto lächelte mich vom Bildschirm an. Sarit mit ihren Bienen. Sarit und ich, wie wir mit Kaffeetassen auf dem Marktplatz saßen. Sarit als exotischer Vogel verkleidet für die Maskerade im vergangenen Jahr.

Tränen ließen die Bilder verschwimmen, und ich ließ den SAK auf den Schoß fallen.

Als Sam fertig geduscht hatte, beeilte ich mich, den Gestank von mir abzuwaschen, doch der Schmerz des Verlustes blieb. Der Kummer durchdrang mich wie Säure.

Trocken und angezogen fand ich Sam auf dem Fußende des Bettes sitzen. Er hörte Musik.

»Lass mich deine Brandwunden behandeln.« Ich setzte mich neben ihn, aber er bremste mich, bevor ich die Tube öffnete.

»Ich möchte nicht ...« Er berührte mich an der Wange und ließ die Fingerspitzen über meinen Hals und meine Schulter gleiten, und plötzlich wurde mir deutlich bewusst, dass meine geborgten Kleider zu groß waren und mir von den Schultern und Hüften hingen. »Später«, sagte er. »Die Verbrennungen laufen uns nicht davon.«

Die Brandsalbe und anderes medizinisches Material fielen mit einem leisen Aufprall zu Boden.

»Ich will nur dich. Ich will dich für immer, und ich habe Angst, dass ...« Seine Hände schlossen sich über meinen. »Ich möchte ein Leben mit dir. Ich würde alles dafür geben, um zurückzugehen und dieses Leben noch einmal von vorn zu beginnen, um in dieses Leben wiedergeboren zu werden. Ich würde es nicht vergeuden. Ich würde dich früher finden. Ich würde dich an einen sicheren Ort bringen. Ich würde dir Musik und Liebe und Leben zeigen, jeden Tag, sodass du nie allein wärst, nie Angst hättest. Wenn ich noch einmal neu anfangen könnte und wüsste, was ich jetzt weiß ...« Er stieß ein verzweifeltes Lachen aus. »Ich weiß, wie das klingt.«

»Schon gut.« Meine Worte waren ein Atemzug, ein Hauch.

Er drückte mir die Hände. »Ich habe Angst, Ana. Ich habe Angst, und ich habe das Gefühl, dass es mich zerstört, wenn ich dich nicht jetzt küsse.«

Die Musik hörte auf. Stille breitete sich in dem Raum aus. Alles, was ich hören konnte, waren Sams flache Atemzüge. Alles, was ich spüren konnte, war das Schlagen meines Herzens.

Er wollte es jetzt? Nach allem, was geschehen war? Vor allem, was wir bald tun würden? Wie konnte jemand ...

Nein, ich verstand. Ein tiefes Verlangen nach *ihm* durchdrang mich. Wir hatten so viel verloren und wir würden noch mehr verlieren. Wenn wir die Seelennacht überlebten, konnten wir vielleicht ein gemeinsames Leben haben.

Aber Sieg schien ein unerreichbares Ziel zu sein, und im Moment hatten wir einander.

Ich würde unsere Chance nicht vertun, indem ich zögerte.

»Du wirst nicht zerstört werden«, sagte ich. »Das werde ich nicht zulassen.« Ich betrachtete seinen Mund und den Schwung seiner leicht geöffneten Lippen; er hatte vielleicht gerade antworten wollen, schien jedoch keine Worte zu finden. Die Sekunden dehnten sich in die Länge, als ich ihm über die Wangen und das Haar strich, das wochenlang nicht geschnitten worden war und ganz struppig war. Dann küsste ich ihn.

Er stieß ein erleichtertes Stöhnen aus und zog mich an sich, sein Mund warm und fest auf meinem. Kiefermuskeln arbeiteten unter meinen Händen. Ich spürte seine kratzigen Stoppeln. Es war mir egal. Ich wollte nur in diesem Kuss ertrinken.

Seine Hände glitten an meinen Seiten herunter und kamen auf meinen Hüften zu liegen. Ich schlang ihm die Arme um die Schultern und ließ mich von ihm auf den Rücken legen, von meinem feuchten Haar umrahmt. Er küsste mich auf den Hals und auf die Schultern, schnappte über meinem Schlüsselbein nach Luft.

Ich konnte nicht denken. Ich konnte nur spüren, wie seine Hände über meinem Bauch und an meinen Beinen hinabglitten. Ein Gewirr von Gefühlen erfüllte mich, als er mir aus meiner Bluse und meiner Hose half und nur ein dünnes Seidenunterhemd und Leggings zurückließ, die ich darunter trug. Ich zitterte in der kalten Luft.

»Ist das in Ordnung?«, flüsterte er. »Wenn du nicht möchtest, ist das okay.«

»Ich will es.« Ich richtete mich auf und streckte mich, um ihm das Hemd über den Kopf zu ziehen. In dem dämmrigen Raum wirkte seine Haut dunkel, und ich konnte die Brandwunden nicht sehen, nur Schatten und flache Muskeln, die sich unter meinen Händen bewegten. »Ich habe dich mein ganzes Leben lang geliebt. Von dem Moment an, als ich das erste Mal Musik hörte, bis zu dem Moment, als ich deinen Namen in einem Buch sah, bis zu der Nacht, in der du mich aus dem Wasser gerettet hast. Niemand hat je solche Gefühle in mir geweckt wie du: dass ich gebraucht werde, dass ich wichtig sei.«

Er küsste mich, lange und schön und drängend, und er wehrte sich nicht, als ich ihn zu mir herabzog und versuchte, ihn unmöglich eng an mich zu ziehen.

Aber unser Leben bestand aus unmöglichen Dingen. Ich hatte ihn auf der Maskerade erkannt. Wir hatten getanzt, als hätten wir schon seit Jahren und Jahrhunderten und Jahrtausenden getanzt. Und als wir uns zum ersten Mal geküsst hatten, waren wir zu einem Lied mit einem Atemzug, einer Stimme und unendlich vielen Melodien geworden. Es war Musik, wie er mich berührte, wie unsere Körper zusammenpassten.

Er strich mir über die Rippen, die Hüften und die Beine, dann küsste er brennende Spuren meinen Hals hinunter. Die Hitze seines Körpers über meinem weckte in mir die Sehnsucht nach etwas Tieferem, aber ich ließ ihn unser Tempo bestimmen, als er mich küsste, hungrig und drängend, fest und wild und sanft, als sei ich für ihn das Kostbarste auf der Welt.

Er zog mir mein Hemdchen aus und ließ meinen ganzen Körper vor Erwartung und Verlangen summen. Unsere letzten Kleider fielen mit einem leisen Rascheln zu Boden.

Mein Herz füllte sich, als er mir die Tausenden Arten zeigte, wie er mich liebte, und in diesen herrlichen Augenblicken des Friedens gab es keine Angst oder Trauer oder Verzweiflung. Es gab nur diesen Jungen. Diesen Körper, der um mich geschlungen war. Diese Seele, die ich immer gekannt hatte. Fragen hingen in den atemlosen Zentimetern zwischen uns, aber mir war zu schwindlig, um zu denken. Ich berührte sein Gesicht, sein Haar, strich die schwarzen Strähnen zurück, während ich darauf wartete, dass er etwas sagte. Falls wir etwas sagen sollten. Meine Verlegenheit wuchs, je länger das Warten dauerte.

Sam küsste mich wieder, und in dem Dämmerlicht sah er aus, als sei er so alt wie ich. Wirklich so alt wie ich, nicht die Illusion von Wiedergeburt. Er sah so aus, wie ich mich fühlte: aufgeregt und hoffnungsvoll, ein wenig nervös. »Ich hoffe, das war …«

»Wunderbar.« Sprach ich zu schnell? Meine Stimme war hoch und zittrig. Ich klang kaum wie ich selbst. »Es war wunderbar.«

»Oh, gut.« Die Erleichterung war ihm anzuhören. »Gut.«

Die Vorstellung, dass er sich deswegen Sorgen gemacht hatte, ließ mich kichern, und dann lachte er auch, bis wir keine Luft mehr bekamen und nur noch ein Japsen hervorbrachten, das sich in Küsse verwandelte. Ich wollte, dass es immer so weiterging.

Aber während meine Liebe sich vertiefte und mich wie Musik durchdrang, graute mir auch vor dem, was als Nächstes kommen würde. Wir hatten bereits schreckliche Dinge durchgemacht, schreckliche Verluste erlitten. Und was heute Nacht geschah, würde nur noch schlimmer werden.

Zwei Stunden vor Sonnenuntergang nahmen wir unsere Sachen und gingen nach Westen, wo der Tempel und das Rathaus lagen. Ich hatte keine Spur von den Sylphen gesehen, aber wir konnten nicht warten. Mithilfe von Stefs Programm spürte ich SAK-Gespräche über das Feuer auf und was heute Nacht geschehen würde. Die meisten Menschen spekulierten nur darüber, wie Janan zurückkehren und was mit dem Phönix geschehen würde, der in dem Käfig gefangen war.

Deborl hatte eine Warnung wegen der entflohenen Gefangenen herausgegeben, die auch Sam und mich betraf und alle daran erinnerte, dass ich aus dem Reich verbannt worden war und dass Janan sie vielleicht nicht belohnen würde, wenn sie mich nicht fanden und festnahmen. Oder mich töteten. Töten war besser.

Ich behielt das für mich, während Sam und ich durch das nordöstliche Wohnviertel schlichen, Gärten durchquerten und uns in Häusern und hinter Bäumen versteckten, wann immer wir Stimmen hörten. Die Sonne näherte sich der Stadtmauer, vor der sich der Umriss des Tempels in der Mitte der Stadt abhob.

»Denkst du, die Drachen werden wirklich kommen?«, fragte Sam.

»Ja, ich denke schon.«

»Weil sie meinen Tod wollen.«

»Sie wollen die Bedrohung durch das Phönixlied beseitigen.«

»Es ist schwer zu glauben, dass sie mich deshalb töten wollen. Nicht nur in einem Leben, sondern in allen.«

So rätselhaft es auch war, war das Phönixlied ebenso ein Teil von ihm wie seine Seele. Vor einem Jahr hatte Ratsherrin Sine Musik als »eine Leidenschaft der Seele« bezeichnet, was bei mir einen Widerhall gefunden hatte. Nachdem man mich jahrelang »Seelenlose« genannt hatte, war ich noch dabei zu akzeptieren, dass ich eine Seele besaß, und zu hören, dass Poesie oder Musik oder Kunst an die Seele gebunden sein könnten, hatte mich vor Glück strahlen lassen. Aber bei Sam schien es, als sei Musik buchstäblich ein Teil von ihm, etwas, das so tief in seiner Seele verwurzelt war, dass er ohne sie ein völlig anderer Mensch wäre.

Doch er wusste immer noch nicht, wie er sie benutzen sollte. Er war schließlich kein Phönix.

Wir gelangten an den Rand des Marktplatzes und hatten noch eine Stunde Zeit. Unser Ziel war es gewesen, früh hier zu sein, um Zeit zu haben, auf dem Rathaus auf die Drachen zu warten, aber wir hatten nicht damit gerechnet, dass auch ganz Heart früh hier sein würde.

Wir spähten hinter dichten Sträuchern hervor und sahen Tausende von Menschen auf dem Marktplatz, die sich dem Industrieviertel näherten, wo der Käfig war. Helle Lampen hingen an hohen Pfählen, deren weiße Strahlen auf den Käfig und den mit Tuch verhangenen Klumpen darin gerichtet waren. Konnte sich darin tatsächlich ein Phönix befinden? Es sah nicht so aus, als hätte er sich in den Tagen, seit Merton ihn bei seinem Einzug in die Stadt durch die Straßen getragen hatte, bewegt – nicht dass ich von hier aus einen guten Blick gehabt hätte.

»Wir müssen über den Marktplatz«, murmelte Sam.

»Ja.« Vielleicht hätten wir viel früher kommen sollen, aber dann hätten wir stundenlang auf dem Dach gewartet und wären möglicherweise gesehen worden. »Lass uns nach Norden gehen und dann einen Bogen machen. Die meisten Leute werden nach Süden gehen, deshalb brauchen wir nur zu warten, bis der Markt sich auf dieser Seite geleert hat, bevor wir hochklettern.«

Sams Gesichtsausdruck verdüsterte sich, aber er nickte, und wir schlichen nach Nordosten am Rande des Marktplatzes entlang und versteckten uns hinter Bäumen, wann immer Stimmen zu nahe kamen, vergaßen dabei jedoch nicht, dass die Zeit knapp war. Wenn wir zu spät kamen …

Wir würden nicht zu spät kommen.

Als es dunkler wurde, schien der Tempel heller zu leuchten, ein gefallener Stern im Zentrum unserer Stadt. *Ihrer* Stadt. Ich war eine Verbannte.

Es schien eine Ewigkeit zu dauern, bevor der Strom der Menschen auf dieser Seite des Marktplatzes versiegte. Ihre Stimmen im Industrieviertel waren ein leises Brüllen, und ich konnte so gerade jemanden hören, der die Menge übertönte.

»Janan, der uns Leben gab!« Die Stimme klang nach Deborl. »Janan, der uns Seelen gab!«

Jubel erhob sich bei seinen Lügen. Sie alle hatten gelebt und Seelen besessen, lange bevor Janan begann, sie zu reinkarnieren. Ich wollte glauben, dass es da draußen irgend*etwas* gab, das Leben und Seelen schenkte, doch ich *wusste*, dass es nicht Janan war.

»Lass uns gehen«, raunte ich, und gemeinsam liefen wir schnell über den Marktplatz. Ich lauschte angestrengt nach Geräuschen, die nicht von uns kamen, aber ich hörte nur das regelmäßige Knallen unserer Stiefel auf den Pflastersteinen.

Ich warf einen prüfenden Blick über die Schulter, alle Sinne geschärft und paranoid, dass uns jemand beobachtete, aber ich sah niemanden in der Dämmerung, nur Schatten. Der Tempel erhellte unseren Weg, zu grell, um ihn direkt anzuschauen. Ich hielt den Blick gesenkt, als wir uns dem Rathaus näherten, das mit dem Tempel verbunden war.

Eine halbe Stunde bis Sonnenuntergang.

Am Fuß des Rathauses setzten Sam und ich die Rucksäcke ab und nahmen Stefs letztes Geschenk heraus: Handschuhe und Stiefelüberzüge.

Wir würden die Außenmauer des Rathauses hochklettern.

Die Handschuhe und Stiefelüberzüge waren auf links gedreht, um den Klebstoff frisch zu halten und um zu verhindern, dass sie an allem festklebten, was wir besaßen. So schnell wir konnten, traten wir in die Stiefelüberzüge und legten die Handschuhe an, wobei wir sorgfältig alle Riemen stramm zogen, damit wir sie nicht verloren.

»Bist du so weit?« Ich sah Sam an.

Er wirkte grimmig, aber entschlossen. »Ja.«

Ich schulterte meinen Rucksack – unbeholfen dank der Handschuhe – und presste die Hand auf die weiße Steinmauer. Die Hand klebte fest.

Ich zog ein bisschen, aber der Kleber hielt, und ich streckte die andere Hand höher nach oben. Ich zog, und sie löste sich nicht.

»Funktioniert es?« Sam balancierte mit dem Ellbogen an der Mauer und schälte langsam die Füße vom Boden. Nur mit den Zehenspitzen auf den Pflastersteinen, sprang er mit gespreizten Händen gegen die Mauer und blieb dort so hängen, bis er die Beine hochzog und sich nach oben schob.

»Es funktioniert.« Ich tat das Gleiche wie er. Es war die einzige Hilfe, die wir hatten. Der Kleber hielt, wenn man daran riss, aber sonst löste er sich leicht. Das bedeutete, dass wir an der Seite des Rathauses hinaufkriechen mussten, da es keine Außentreppe und keinen Zugang zum Dach vom Innern des Gebäudes gab.

Also krochen wir, stemmten und schoben und streckten uns höher, bis wir auf das Dach gelangten. Vor uns breitete sich eine weiße Fläche aus, und über dem anderen Ende konnte ich so gerade die versammelten Menschen sehen, die alle versuchten, einen Blick auf den Käfig zu erhaschen. War der Phönix bereits enthüllt worden? Lebte das arme Tier überhaupt noch?

Die Sonne sank hinter die Mauer und ließ den Himmel strahlend blau erscheinen.

Zehn Minuten bis Sonnenuntergang.

Ich riss die klebrigen Handschuhe ab und zog meine Stiefel aus den Überziehern. »Wo sind die Drachen?« Sie hätten längst hier sein sollen. Uns würden auch die Ablenkungsmanöver fehlen, die Stef und Sarit aufgebaut hatten, da sie ferngesteuert waren und besagte Fernsteuerungen noch in der Fabrik lagen. Was immer von der Fabrik übrig war …

»Vielleicht hat Säureatem gelogen«, meinte Sam. »Vielleicht kommen sie nicht.«

Genau in diesem Moment brach ein gewaltiger Donner durch den Himmel. Die Menge unten verstummte. Ich hielt den Atem an und schaute nach Norden.

Aus den zerbrochenen schwarzen Obelisken erhoben sich einhundert Drachen in den Himmel. Ihre Flügel leuchteten hell in der untergehenden Sonne, als sie auf den Tempel zurauschten.

Chaos brach aus, und Schreie ertönten von unten, aber mir wurde leichter ums Herz. Die Drachen waren gekommen.

Säureatem landete und lieferte den ersten Kanister mit Gift ab. Er schwang den Kopf herum, um Sam und mich anzusehen. *Wir werden wie versprochen den Turm aus der Erde reißen.*

»Danke.« Ein so kleines Wort, wenn man bedachte, dass mein Herz sich anfühlte, als wolle es bersten. Ich hatte eigentlich nicht geglaubt, dass wir mit Drachen arbeiten könnten, doch genau das taten wir. Sie hatten Wort gehalten.

Säureatem brüllte und erhob sich in die Luft, und seine Flügel verursachten eine Luftwelle, die mir den Atem verschlug.

Als der nächste Drache landete, warf ich einen Blick zu Sam. Er war blass und schwitzte, und er hielt seine Laserpistole so fest umklammert, dass seine Knöchel weiß hervortraten, aber er funktionierte noch.

Weitere Mitglieder der Drachenarmee näherten sich im Sturzflug dem Tempel und lieferten Kanister mit Gift ab. Fünfzehn waren da. Fünf fehlten noch.

Sieben Minuten bis Sonnenuntergang.

Ich fummelte in meiner Manteltasche nach dem Schlüssel. Ich würde eine Tür erschaffen und die Kanister im Innern des Tempels öffnen. Dann – idealerweise – würde ich fliehen, bevor die Tür sich schloss und ich gefangen war, während die

Drachen den Turm aus der Erde rissen, wie Säureatem gesagt hatte.

Es war ein einfacher Plan. Er musste funktionieren. Aber gerade als meine Finger sich um das silberne Gerät schlossen, versengte Hitze mir die Haut. Ich schrie auf und ließ den Schlüssel fallen. Er rutschte über das Dach.

Auf der anderen Seite des Rathauses stand Deborl mit erhobener Laserpistole. Wie war er hier raufgekommen?

Ich rannte auf den Schlüssel zu, verlor ihn jedoch aus den Augen, als ein weiterer Drache auf dem Dach landete und behutsam einen Kanister Gift neben dem Tempel abstellte. Dann flog er davon, und der Luftdruck, den seine Flügel verursachten, ließ mich zurücktaumeln. Sam packte mich, und wir beide versuchten, die Stelle im Auge zu behalten, wo ich den Schlüssel zuletzt gesehen hatte, als der lange goldene Körper sich erhob und Krallen sich in den Tempel schlugen.

Der Schlüssel war bewegt worden.

Deborl rannte darauf zu, und ich wünschte mir verzweifelt, ich hätte Säureatem nicht gebeten, den Rest der Bevölkerung zu verschonen. Entweder sahen für Drachen alle Menschen gleich aus, und sie dachten, Deborl sei Whit, oder der Drachenanführer hatte meine Bitte ernst genommen.

Ich griff nach meiner Pistole, als ein weiterer Drache mit einem Kanister landete.

»Warte!«, rief ich dem Drachen zu. »Töte den da!«

Aber der Lärm der Angst unten war zu laut. Menschen rannten zu ihren Waffen. Bald würde jemand die Luftdrohnen freilassen. Als der Drache wieder abflog, zielte ich mit meiner Pistole auf Deborl, doch er war nicht mehr bei dem Schlüssel.

Er stand neben den Kanistern.

Er hatte erraten, was wir vorhatten, warum wir in Menehems Labor gegangen waren.

Vier Minuten vor Beginn der Seelennacht piepte mein SAK.

Sam und ich zielten beide auf Deborl, aber er war bereits in Bewegung. Er schoss zwei der Kanister auf. Spray spritzte aus den Löchern.

»Nein!«, schrie ich und rannte auf ihn zu, als könne ich die Löcher mit den Händen verstopfen, aber ein weiterer Drache landete und versperrte mir den Weg. »Es ist zu früh!«

Sam rannte mit mir auf den Drachen, auf die zischenden Kanister zu. Mein Blick verschwamm vor Tränen, als ich mich bückte und den Schlüssel aufhob. Der Drache erhob sich. Sam und ich taumelten zurück.

Als der Drachenschwanz sich entfernte und das Dach frei war, stürmte Sam vor und schoss auf Deborl. Doch er war ausgewichen, sobald Sam die Waffe gehoben hatte. Nur sein Arm war getroffen worden.

Ich wollte zu Sam, aber ein weiterer Drache erschien und stellte seinen Kanister auf das Dach. Ich schrie und versuchte, seine Aufmerksamkeit zu erregen, aber der Drache schaute nach oben, und das Klingeln in meinen Ohren ließ mich taumeln.

Endlich. Das Lied …

Als der Drache davonflog, sah ich, dass Sam und Deborl auf der anderen Seite des Daches miteinander rangen. Ihre Pistolen waren zu Boden gefallen. Sie schlugen und traten einander. Ich hatte Sam noch nie zuvor kämpfen sehen, nicht so. Ich konnte nicht erkennen, ob er gewann oder nicht. Er hatte einen Größenvorteil, aber Deborl war schnell.

Ich hob die Pistole, um auf Deborl zu schießen, doch meine Hände zitterten, und ich traute meinen Schießkünsten nicht. Ich könnte Sam treffen.

Und die Kanister versprühten immer noch das Gift.

Zwei Minuten.

Der letzte Drache landete und stellte seinen Kanister neben die anderen, hielt nur eine Sekunde inne, um gegen einen der offenen Kanister zu stoßen. *Es hat angefangen!* Der Drache erhob sich in die Luft, bevor ich seine Aufmerksamkeit erregen konnte.

In meinen Ohren klingelte der Lärm eines Drachengesprächs. Sie hatten sich über mir um den Tempel gewickelt, und Säurekleckse rannen an den Seiten hinunter.

Ein weiterer Blick auf Sam und Deborl. Sie kämpften immer noch, ächzten immer noch und versuchten, einander zu töten. Ich konnte helfen, sobald ich dieses Gift in den Tempel geschafft hatte.

Ich zog den Tempelschlüssel heraus und drückte das Viereck. Eine Tür schimmerte auf der weißen Mauer, und ich riss sie auf, bereit, die Kanister hineinzustoßen, aber Gesang hielt mich auf.

Ana! Sylphen strömten über das Dach, brannten heiß. Hinter ihnen hing ein Drache wie eine Leiter vom Dach und funkelte mich an.

»Helft Sam!«

Keine Zeit. Cris wand sich um mich. *Schieb das Gift rein. Wir erhitzen die Kanister. Hoffentlich wird die Explosion reichen.*

»Cris, nein. Wer weiß, welche Wirkung das auf euch hätte?«

Keine Diskussion. Dies ist unsere Erlösung. Wir müssen dafür kämpfen.

Eine Minute. Ich wollte nicht zulassen, dass die Sylphen mit diesem ganzen Gift darin gefangen waren, aber Cris hatte recht: Dies war auch ihr Kampf. So schnell ich konnte, begann ich zwanzig Kanister Gift in den Tempel zu schieben.

Der Eingang war neblig grau; ich konnte nichts dahinter sehen, aber die Sylphen warfen sich hinein, als ich mit einem Ächzen den letzten Kanister hindurchschob.

Über die Schulter erhaschte ich einen Blick auf Sam, der Deborl zu Boden rang. Der Jüngere hörte auf, sich zu wehren, doch seine Brust hob und senkte sich noch unter seinem Atem.

Sam sah mich an. »Geht es dir gut?«

Die Tür schlug zu, als die letzte Sylphe in dem Grau verschwand, und das kreischende Klingeln von Drachengesprächen machte mich schwindlig.

Mein SAK piepte. Hinter der Mauer sank die Sonne unter den Horizont.

Deborl schloss die ausgestreckte Hand um eine Laserpistole und richtete sie auf Sam.

»Pass auf!« Deborl konnte ihn unmöglich verfehlen.

Sam riss sich in dem Moment von dem anderen Jungen los, als das Dach in Dunkelheit getaucht wurde.

Die Seelennacht hatte begonnen.

Und der Tempel war dunkel.

KAPITEL 29

Janan

Über uns brüllten die Drachen im Triumph, während sie Muskeln anspannten und Säure auf den matten weißen Stein spien. Säuregestank durchzog die Luft.

Der Tempel war dunkel.

Es war Seelennacht.

Wir hatten es geschafft.

Ich rannte zu Sam und folgte dem blauen Licht der Laserpistole, die Deborl in der Hand hielt. Alles, was ich hören konnte, waren Schreie und Drachen und das unablässige Klingeln in meinen Ohren. Ich sah nichts in der Dunkelheit und hörte nichts vor lauter Lärm, und vor Brandwunden und Müdigkeit und Trauer tat mir alles weh.

»Sam!«

Über uns zerbrach der Stein, und einzelne Brocken prasselten wie Hagel auf das Dach, übertönten das Geräusch meiner Stimme. Unter uns gab es auch andere Stimmen, die Schreie Tausender Menschen.

Zwielicht breitete sich aus, der Himmel ein schauriges Violett, das sich in Nacht verdunkelte, als ich mich auf Sam zuschob. Er war nur eine schwarze Silhouette, als ich seinen Namen rief. Wenigstens stand er noch. Und das blaue Ziellicht schien von unten zu ihm hoch, was bedeutete, dass Deborl noch nicht auf die Füße gekommen war.

Das Licht schwang zu mir herum, blendend hell, als es über meine Augen glitt.

Ich ließ mich auf den Boden fallen und rollte mich zur Seite, wobei der sperrige Rucksack mich behinderte. Verstreute Tempelscherben schnitten mir in die Knie und bloßen Hände, aber ich kauerte mich flach auf das Dach und kroch zu Sam. Es war dumm gewesen, meine Position zu verraten.

Doch Deborl war entweder nicht klar, wie sichtbar er war, oder es war ihm egal. Das blaue Licht bewegte sich durch die Dunkelheit, hell genug, um meine Augen daran zu hindern, sich an die Dunkelheit zu gewöhnen, nicht hell genug, um etwas zu sehen.

Das Dach erzitterte, als ein Steinbrocken von oben darauf fiel. Kiesel regneten wie Glassplitter herab und schnitten mir in die ungeschützte Haut. Brüllen und der Donner von Drachenflügeln dämpften meine Schmerzensschreie, als ich mich von der Stelle entfernte, an der Deborl mich beinahe erschossen hätte.

Ich konnte Sam sehen; er zeichnete sich gegen das Leuchten von Scheinwerfern ab, die auf den Marktplatz und das Industrieviertel fielen. Wusste er, dass er so gut zu sehen war? Ich wollte eine Warnung rufen, aber das Chaos aus fallenden Steinen und Schreien würde mich übertönen.

Ich suchte nach dem Umriss von Deborl und der Quelle seines Ziellichtes. Er lag auf der anderen Seite des Daches, nur ein dunkler Schmierfleck vor dem Schein der Lampen.

Langsam zog ich meine Pistole und bedeckte das Ziellicht mit dem Finger. Ich richtete die Waffe auf Deborl und atmete tief und langsam ein, um meine Hand ruhig zu halten. Das Klappern von Steinen und Stimmen und Flügelschlägen wurde für einen Herzschlag schwächer.

Ich schoss.

Deborl schrie, und die Realität stürzte wieder auf mich ein. Von oben war das bedrohliche Kreischen und Brüllen und Bersten von Stein zu hören. Bald würde der Tempel über uns zusammenbrechen.

Ich rappelte mich auf und rannte zu Sam. Keine Zeit zu überprüfen, ob der andere Drache noch am Rand des Daches wartete. Wir würden einen Weg nach unten finden.

Bevor ich das Dach zur Hälfte überqueren konnte, gab es einen gewaltigen Ruck, und ich fiel. Steine bohrten sich in meine Hände und Ellbogen, als ich mich auf den Rücken rollte. Ich spürte einen stechenden Schmerz in meinem Schulterblatt und meinem Rückgrat. Steinbrocken rissen mir die Haut auf, und in meinem Hinterkopf loderte ein Feuer auf.

Über mir flogen gewaltige Gestalten vom Turm und brüllten. Klauen kratzten. Stein schrie, als er auseinandergerissen wurde.

Dann flammte über mir ein blendend weißes Licht auf.

Ich schlug mir die Hände vor die Augen und rollte mich herum, als könne ich mich vor dem Brennen schützen. Selbst zusammengekauert und die Arme um mich geschlungen, konnte ich nichts anderes sehen als Weiß, Weiß, Weiß, während mir die Tränen aus den geblendeten Augen quollen. Es fühlte sich so an, als bluteten sie, als liefe Farbe aus. Mein Kopf pochte von dem grellen Licht.

Ich war blind.

Was, wenn ich für immer blind war?

Ich heulte gegen meine Knie, gegen die Steine und das Dach an, aber ich konnte meine eigene Stimme nicht hören in dem Fallen von Steinen und dem Brüllen von Drachen und dem Schreien von Menschen und dem Krachen der aufbrechenden Erde.

Allmählich trübte sich das Weiß zu Grau. Ich setzte mich auf und spähte durch die Finger.

Das Licht schien immer noch, aber ich konnte blasse Grautöne ausmachen.

Steine stürzten auf das Dach und den Marktplatz unten, aber es waren jetzt kleinere Brocken, von Drachenkrallen oder Flügeln geschüttelt. Die Kiesel schienen lautlos herabzuregnen, das Geräusch ihres Aufpralls von dem ganzen anderen Lärm übertönt.

Dunkelheit im Süden erregte meine Aufmerksamkeit. Eine braune Rauchwolke stieg empor, als sei dort etwas explodiert.

Nein, kein Rauch.

Asche schoss nach oben, gefolgt von rotgoldener Lava. Die Welt bebte und zitterte erneut, als eine gewaltige, schwarze Welle sich direkt auf uns zuwälzte.

»Ana!« Sams Stimme klang gedämpft und wie aus weiter Ferne.

Ich deutete auf den Ausbruch am südlichen Rand des Reiches. Das Purpurrosenhaus war inzwischen verschwunden. Und Sams Friedhof. Die Hütte, wo er mein erster Freund geworden war. Der Wald, den ich als Kind erforscht hatte. Die Lichtung, wo ich vor fünfzehn Jahren die Feiern zur Seelennacht beobachtet hatte.

Alles weg.

Bald würden wir auch weg sein.

Schritte eilten auf mich zu, und Sam legte mir die Arme um die Schultern.

Hatten wir Janan aufgehalten? Der Tempel war so hell, dass es unwahrscheinlich schien. Und obwohl die Drachen Heart so schnell wie möglich verließen, würden sie dem Ausbruch nicht entkommen können. Es würde bald noch einen geben. Und noch einen.

Aber darüber wollte ich nicht mit Sam reden. Ich sah ihn an. Blut strömte aus einer Kopfwunde und verklebte ihm das schwarze Haar. Kratzer und Prellungen verunstalteten sein Gesicht, aber für mich war er immer noch der schönste Mann der Welt.

»Ich liebe dich«, sagte ich.

»Ich liebe dich.« Er küsste mich sanft. Sand knirschte zwischen unseren Lippen.

Der Tempel barst auseinander.

Splitter von hell erleuchtetem Stein flogen in alle Richtungen und trafen mich am Rücken, an den Armen und im Gesicht. Alles tat mir weh, als Sam mich nach unten stieß und sich über mich legte, als könne er mich vor dem, was geschah, beschützen.

Sam schrie auf, doch keiner von uns konnte sich bewegen. Ringsum türmten sich Steine auf, leuchtend vom Tempellicht. Staub wirbelte auf und ließ mich husten und würgen, wie sehr ich mir auch den Blusenkragen vor das Gesicht hielt, um jeden Atemzug zu filtern.

Der Steinregen nahm kein Ende. Es war ein Wettrennen: Was würde uns schneller töten? Das Feuer des Ausbruchs, das hierherraste, oder Janans Erhebung?

Als der Lärm dumpfer wurde, richtete Sam sich auf, und ich folgte. Die Explosion war heftig gewesen, aber kurz. Steine lagen auf dem Dach verstreut, und die Stadt unter uns sah aus, als sei sie mit einem feinen weißen Pulver bedeckt worden, das glühte.

Und das Gefängnis – es war verschwunden.

Ich blickte nach Süden, zu der Welle aus Feuer und Asche und Steinen. Eine grauschwarze Wolke von Trümmern und Flammen rauschte nach oben und nach außen. Wir hatten bestenfalls Minuten.

»Komm.« Ich rappelte mich hoch und half Sam auf die Füße. Seine Bewegungen waren steif und gequält, und wir bahnten uns einen Weg durch leuchtenden Schutt auf den Krater an der Ostseite des Rathauses zu. Wir hatten Glück, dass die Wucht der Explosion des Tempels nicht auch das Rathaus zerstört hatte.

»Ihr kommt zu spät.« Deborls Stimme vom anderen Ende des Rathauses war heiser und schwach. Er wollte einfach nicht sterben. »Janan lässt sich nicht aufhalten.«

Ich ignorierte ihn und klammerte mich fester an Sams Hand, als wir in die helle Grube unten blickten. Menschen drängten sich darum. Ihre Stimmen waren gedämpft, als sie sich Blut aus dem Gesicht wischten oder leuchtenden Sand von den Kleidern klopften. Einige waren nach der Explosion nicht aufgestanden, aber die meisten hatten überlebt. Sie starrten auf die Stelle, wo der Tempel gewesen war.

»Oh, Ana.« Qual erfüllte Sams Stimme. »Es tut mir so leid.«

Zuerst sah ich nur Licht.

Die weißen Steine wurden als Treppenstufen erkennbar. Oder Sitzreihen. Und Skelette. Silberne Ketten glänzten in der seltsamen Beleuchtung, schimmerten, als sich in der Mitte eine dunkle Gestalt bewegte und aufstand.

Von so weit oben sah er klein aus, aber ich erinnerte mich daran, ihn schon einmal gesehen zu haben: klein und dick, buschiges braunes Haar auf dem Kopf und im Gesicht. Damals hatte er *stark* ausgesehen, selbst tot oder schlafend oder was immer er war.

Jetzt ergriff er mit einer machtvollen Bewegung die Kette, die die Skelette miteinander verband – mit ihm –, und er ging mit großen Schritten aus den Tempelruinen und zerrte die Toten hinter sich her.

Janan war zurückgekehrt.

KAPITEL 30

Versprechen

Ich war so überrascht, dass ich einen Schritt zurücktaumelte. Sams Hände gruben sich in meine Seiten, um mich zu stützen, und er sagte etwas dicht an meinem Ohr, aber ich konnte ihn nicht verstehen. Ich konnte an nichts anderes denken, als dass wir gescheitert waren.

Janan war zurückgekehrt. Aufgestiegen. Beides, denn er war hier, und er war *mächtig.*

Wir waren gescheitert.

Als Janan aus dem zerstörten Tempel trat, teilte sich unten die Menge und bildete eine breite, trümmerübersäte Gasse zu dem Phönixkäfig. Die Menschen waren stumm, bis auf ein ehrfürchtiges Flüstern und Weinen. Steine prasselten weiter zu Boden wie die letzten Tropfen eines Regens.

Silberne Ketten rasselten und klirrten, und Knochen klapperten, als Janan fast eine Million Skelette aus der Grube hob. Er zog all die Skelette heraus, die ich zuvor in dem Tempel gesehen hatte; eins für jeden Menschen in Heart, für jeden, der wiedergeboren wurde.

Janan zerrte fast eine *Million* Skelette an diesen Ketten. Er war unwahrscheinlich stark. Unwahrscheinlich lebendig.

Während der Krater sich leerte, sah ich Dutzende von Skeletten, die zurückgelassen wurden: Dunkelseelen.

Die Erde brüllte und bebte, als der pyroklastische Strom sich durch die Wälder des Reiches brannte, durch das Tal des Mittelsees rollte und auf Heart zudonnerte.

Das war es.

Ich wollte die Augen schließen, aber ich sah zu, wie mein Tod kam. Er würde feurig und schnell und schrecklich schön sein.

Die schwarze Welle krachte gegen Heart und teilte sich an der Stadtmauer, als sei der Stein eine Klinge. Die Felspartikel, die Asche und das Feuer wogten empor und verdunkelten den Mond und die Sterne. Alles jenseits von Heart war schwarz, verbrannt in dem andauernden Ausbruch, aber im Innern war Heart von den herabgestürzten Steinen des Tempels und dem grellen Licht der Scheinwerfer hell erleuchtet.

Hitze strömte durch die Stadt, eine Flut von schwefeligem Sommer, die mich zittern und schwitzen ließ.

Aber wir waren nicht tot.

Ich drehte mich zu Sam um, weil ich etwas über die Art sagen wollte, wie der pyroklastische Strom sich geteilt hatte, obwohl ich mir nicht sicher war, was genau.

Deborl stand hinter Sam, einen spitzen Stein über den Kopf erhoben. Blut und Staub strömten ihm über das Gesicht und die Kleider, und sein Gesichtsausdruck war zu etwas Brutalem und Rohem verzerrt.

»Sam!«

Er drehte sich in dem Moment um, als Deborl ihm den Stein auf die Schulter krachen ließ.

Sam schrie auf und fiel zu Boden, hielt sich die Wunde. Blut strömte ihm den Ärmel hinunter, leuchtend rot in dem allgegenwärtigen Tempellicht.

Blind vor Wut trat ich um ihn herum und stieß Deborl mit all meiner letzten Kraft fort.

Deborl taumelte und fing sich wieder. Sein Ausdruck war wild, animalisch.

Ich stieß einen stummen Schrei aus und schubste ihn wieder, doch diesmal war Deborl bereit und wich nicht von der Stelle. Er hob die Hände, um mich zu schlagen, doch bevor er dazu kam, sprang Sam auf und warf sich mit seinem ganzen Gewicht gegen den kleineren Jungen.

Deborl fiel über den Rand des Daches und stürzte den Geröllhang aus Tempelsteinen hinunter. Wieder und wieder prallte er auf Steine, bis er unten ankam, wo er reglos und seltsam verdreht liegen blieb. Gebrochen und nur mit den Skeletten der Dunkelseelen als Gesellschaft.

Janan stieg weiter aus dem Krater und nahm Deborls Sturz nicht einmal zur Kenntnis. Das Klappern von Ketten und Knochen übertönte alle anderen Geräusche, während Janan die Skelette aus den Ruinen des Tempels und auf den Marktplatz schleppte.

Die Menschen wichen noch weiter zurück.

Drachendonner knallte, als Säureatems Armee in die Stadt zurückkehrte, jetzt nur noch die Hälfte der ursprünglichen Zahl. Ihre Schuppen waren mit Asche bedeckt. Der Steinhagel hatte Flügel zerfetzt. Viele schlingerten durch die Luft, zu verbrannt oder geschunden, um richtig zu navigieren. Einige Drachen ließen sich auf die Erde fallen, als sie über die Stadt kamen, die Luft relativ frei von den Partikeln, die uns ersticken würden. Sie krachten zu Boden und ließen ihn erzittern, entwurzelten bei ihrer Landung Bäume oder rissen Gebäude um.

Andere Drachen landeten anmutiger und bremsten mit vorgestreckten Klauen, die den Boden zerfurchten, während einige mit gebleckten Zähnen und zornigem Blick im Sturzflug auf Janan losgingen.

Janan blieb mitten auf dem Marktplatz stehen und hob seine freie Hand.

Nein, sie war nicht frei. Seine Finger waren um den Griff eines langen Messers geschlossen, dessen Klinge golden von Phönixblut glänzte. Die Klinge kreiste über seinem Kopf und blitzte silbern und golden auf, und jeder Drache, der auf ihn niederstieß, wurde zurückgeschleudert.

Die Tiere brüllten und schlugen mit den Krallen, ihre schlangenartigen Leiber wanden sich hin und her, bevor sie in der Stadt verteilt landeten und sich nicht mehr bewegten.

Ich litt um sie. Wir waren keine Freunde gewesen, aber wir waren für eine Zeit Verbündete gewesen. Säureatem hatte meine Musik gemocht.

Leises Stöhnen brachte mich zurück zu Sam. Er kniete wieder und hielt sich die Schulter. Blut floss zwischen seinen Fingern hervor.

»Lass mich die Wunde verbinden.« Ich wühlte in meinem Rucksack nach den Verbänden und dem Desinfektionsmittel. »Wir werden sie säubern, und dann bist du wieder okay.«

Er schüttelte den Kopf. »Ich kann meinen Arm nicht spüren.«

Das schien schlimm zu sein. Ich versuchte mich zu erinnern, ob Rin etwas darüber gesagt hatte, dass man nach Verletzungen das Gefühl in Armen und Beinen verlor, aber mir fiel nichts ein. Ich konnte nur an Sam denken, wie er stöhnte und vor Schmerz die Zähne zusammenbiss. »Nein, das wird schon wieder. Nimm nur die Hand weg, damit ich die Wunde auswaschen kann.«

Ich war eine schrecklich schlechte Lügnerin, und meine Stimme klang nicht so locker, wie ich gewollt hatte, obwohl ich mir Mühe gab.

»Es hat keinen Sinn.« Er klang schwach und erschöpft, als würde er bereits im Sterben liegen.

Doch das konnte nicht sein. *So viel* Blut hatte er nun auch nicht verloren.

»Du musst gehen«, zischte er. »Versteck dich.«

Ich schüttelte den Kopf. »Wo denn? Es gibt keine Verstecke mehr. Ich bleibe bei dir.«

Sam schloss die Augen und nickte. »Ich schätze, du hast recht. Was passiert jetzt?«

Ich hatte keine Ahnung. Ich hatte angenommen, dass wir tot sein würden, wenn wir scheiterten. Die Möglichkeit, dass wir nach dem Aufstieg noch lebten, war mir nicht in den Sinn gekommen. »Wir beobachten. Vielleicht bietet sich eine weitere Chance. Wir müssen bereit sein, sie zu nutzen.«

»Ja, okay.« Er glaubte mir nicht, aber er widersprach auch nicht.

Wir saßen zusammen auf dem Dach und schauten zum Industrieviertel und zu dem Käfig hinüber. Janan hatte den Marktplatz fast ganz überquert, jede seiner Bewegungen präzise und vorsichtig, als hätte er vergessen, wie es war, eine körperliche Gestalt zu haben.

»Wo sind die Sylphen, was meinst du?«, fragte ich.

Während Sam von der Szene unter uns abgelenkt war, schnitt ich seinen Ärmel auf und machte mich daran, ihm die Schulter zu verbinden. Die Wunde war schlimm. Glühende Steinsplitter steckten darin, und ich konnte die Blutung nicht lange genug stillen, um mir irgendetwas genauer anzusehen. Es war einfach nur rot. Und schlimm. Ein Loch in meinem Sam. Ich goss Desinfektionsmittel über den Schnitt, hielt einen Verband über seine Schulter und drückte, so fest ich konnte.

»Ich weiß es nicht.« Sam starrte Janan und den Käfig an. »Sie sind in den Tempel hinein, und jetzt sind sie nicht hier. Vielleicht hat er …«

»Vielleicht hat er ihnen das Gleiche angetan wie den Neuseelen.« Ich kämpfte mit den Tränen, als ich einen weiteren Verband auf den durchweichten Mull auf Sams Schulter presste. Ich konnte Rins Anweisungen praktisch hören: Immer weiter Druck ausüben, was auch passiert; einen neuen Verband über den alten auflegen, bis die Blutung gestillt ist.

Seine Stimme war leise und erschöpft. »Haben wir sie in den Tod geschickt?«

»Wir haben sie nicht geschickt. Sie sind gegangen, weil es

für sie eine Möglichkeit war, etwas beizutragen. Es war etwas, das sie tun konnten. Sie wollten bei ihrer eigenen Erlösung keine Zuschauer sein.« Doch ich hatte ihnen gegenüber versagt. Ich hatte Janan nicht aufgehalten.

Unten führte er ein Ende der Kette durch die Gitterstäbe des Käfigs des Phönix. Der Lärm war unglaublich, als er das Silber und die Skelette hindurchzog, und zum ersten Mal bewegte sich der Phönix unter dem Tuch.

»Hast du das gesehen?« Sam beugte sich vor; die Verbände an seinem Arm verrutschten. »Was tut er?«

»Der Phönix hat sich bewegt.«

»Warum wehrt er sich nicht?«, flüsterte Sam. »Er könnte kämpfen und sich befreien.«

»Vielleicht haben sie ihn betäubt oder verletzt. Ich weiß es nicht.«

»Er könnte sich selbst verbrennen und neu anfangen.«

»Nicht hier.« Ich rückte näher an Sam heran. »Kannst du dir vorstellen, dich in einem so verletzbaren Zustand zu befinden? Zwischen zwei Leben, auf allen Seiten von deinen Feinden umgeben?«

Sam sah mich an, und er war nicht mehr nur ein Junge. Er war eine Altseele, die in Janans Griff hundertmal zwischen zwei Leben gesteckt hatte.

Er hatte mir einmal erzählt, der Tod fühle sich so an, als würde man aus sich selbst herausgerissen werden, als sei man bis zu seiner Wiedergeburt auf Jahre in Krallen oder Feuer oder Mäulern gefangen. Er hatte damals nicht gewusst, dass Janan sein Feind war, aber jetzt wusste er es. Er konnte diese Erinnerungen in einem neuem Licht sehen. Und mit neuer Furcht.

»Der Phönix wird es geschehen lassen, was immer als Nächstes passiert. Es sei denn, weitere Phönixe kämen, um ihn zu retten.« Wie lange hatten die anderen Phönixe gebraucht, um den vor fünftausend Jahren zu retten? Stunden? Tage? Wochen? Und was *würde* Janan mit dem Phönix tun? Nichts Gutes, das stand fest. »Ich möchte ihn retten«, flüsterte ich.

Sams Miene hellte sich auf. »Den Phönix retten?«

Ich nickte. »Was immer Janan als Nächstes tut, er braucht den Phönix. Deborl hat Merton und die anderen – seine besten Krieger – ausgeschickt, um einen Phönix zu finden und nach Heart zu bringen. Wir konnten zuvor nichts für ihn tun, weil wir unsere Chance nicht ruinieren wollten, dass das Gift wirkte, aber das Gift ist weg. Was immer Janan auch tut, er ist noch nicht fertig, und wir sind nicht tot. Wir können immer noch alles in unserer Macht Stehende tun, um zu verhindern, dass es ihm gelingt.«

Sam lächelte. »Ja, das können wir.«

Unten war die Kette ganz um den Phönixkäfig herumgefädelt, und die Menschen ergriffen die silbernen Kettenglieder und zogen die Skelette in Schlaufen um den Käfig.

Falls Janan etwas zu ihnen gesagt hatte, ihnen irgendwelche Anweisungen gegeben hatte, so hatte ich es nicht gehört. »Wir müssen näher heran.«

Sam schaute an der Seite des Gebäudes hinab. Der Hang war nicht direkt steil, aber es würde schwierig sein, hinabzuklettern, vor allem da Sam seinen Arm nicht spüren konnte. Er hatte einen Nervenschaden davongetragen. So hätte Rin es formuliert. Es würde Monate dauern, bis es verheilt war, falls es überhaupt je verheilte.

Ich drückte ihm einen dritten Verband auf die Schulter und befestigte sie, so gut ich konnte. »Wir können nicht einfach runtergehen. Sie dürfen uns nicht sehen.« Obwohl es unwahrscheinlich war, dass irgendjemand uns bemerken würde. Sie alle blickten zu Janan und warteten auf etwas.

Für einen Moment spielte ich mit dem Gedanken, hier oben zu bleiben und auf Janan zu schießen, aber ich hatte bereits gesehen, wie leicht er Drachen abwehrte. Meine Pistole war ihm nicht gewachsen. Und außerdem war er unsterblich. Was konnte ihm jetzt noch etwas anhaben?

Ich schaute ein letztes Mal über die Stadtmauer, wo die schwereren Gesteinsbrocken des Ausbruchs sich absetzten, während die Asche und leichteren Teilchen in der Luft schwebten und es so aussehen ließen, als sei Heart von Dunkelheit umgeben. Innerhalb der Stadt wälzten sich keuchend die Drachen und kämpften gegen die Asche an, die sie eingeatmet hatten. Die explodierten Trümmer des Tempels leuchteten immer noch mit Tempellicht, unheimlich und schön gegen die Schwärze draußen.

Nicht weit vom Rathaus entfernt fand ich, wonach ich suchte.

»Komm.« Ich schlang mir den Rucksack über die Schulter und half Sam auf die Füße. Janans Leute arrangierten noch immer die Skelette, daher hatten wir ein bisschen Zeit. Er war unsterblich. Er hatte es wahrscheinlich nicht besonders eilig.

Sam und ich wankten über das mit Trümmern übersäte Dach, bis wir den nördlichen Rand erreichten.

Ein Drache schaute auf, die blauen Augen trüb vor Schwäche. Das Klingeln in meinem Kopf und Säureatems Stimme waren schwach. *Wir sind gescheitert. Das Lied lebt weiter.*

Oh! Als sie vorhin hinabgestoßen waren, hatten sie gar nicht Janan angegriffen. Sie waren auf Sams Skelett aus gewesen. Wenn Janan es nur gewusst hätte, hätte er sie wahrscheinlich gelassen.

Ich umklammerte Sams Arm und sprach zu dem Drachen. »Hilf uns, vom Dach zu kommen.«

Warum?

»Er hat da unten einen Phönix. Wir werden ihn retten.« Oh, solch kühne Worte.

Was kümmert mich ein Phönix?

»Wenn wir den Phönix retten, wird das Janans Pläne durchkreuzen. Ich dachte, du wolltest dich rächen.«

Säureatem stieß eine lange Atemwolke voller Asche aus, dann hob er den Kopf, bis sein Kinn auf der Dachkante ruhte. Er zog die Lefzen zurück und entblößte die Reißzähne, so lang wie mein Unterarm. *Festhalten.*

Sam sah mich an und schüttelte den Kopf. »An diesem Ende werde ich mich nicht festhalten.«

»Doch, das wirst du. Wenn er dich verletzt, schieße ich ihm ins Auge.«

Säureatem seufzte. *Ich werde dich nicht fressen. Oder kochen.*

»Da, er hat es versprochen.« Ich versuchte, mir meinen Widerwillen nicht anmerken zu lassen, als ich mich Säureatems Gesicht näherte, aber mein Herz schlug schnell, und es schien seltsam, dass von all den Dingen, die heute Nacht geschehen waren, ausgerechnet dieses mich so ängstigte. Was war schon ein kurzer Ritt an Stelle von Treppen?

Ich hockte mich hin und wartete darauf, dass er die Zähne ein wenig auseinandernahm, sodass ich einen Arm um die Fangzähne legen konnte. »Du auch.« Ich bedeutete Sam, das Gleiche zu tun wie ich. Er hielt sich mit seinem guten Arm fest und sah mich dabei stoisch an. Ich streckte die Hand aus und stützte ihn, bevor ich Säureatem sagte, dass wir bereit waren.

Es ging plötzlich und schnell nach unten, als sei der Drache an ein solches Gewicht im Maul nicht gewöhnt. Was lächerlich war. Ich hatte ihn mitten in der Luft einen Bären fressen sehen.

Sein Kinn knallte auf den Boden und schüttelte uns bei der Landung durch. Sam sprang ab, geriet ins Stolpern und lehnte sich an das Rathaus, um sich zu stützen.

Ihr seid jetzt miteinander verstrickt. Mist. Ich sollte euch beide fressen.

Drachen konnten einfach nicht nett sein.

»Danke.« Ich legte Säureatem die Hand auf die Schnauze. Die Schuppen waren kalt und mit Asche bedeckt. Er hatte zu viel davon eingeatmet und sich wahrscheinlich auch die Lunge verbrannt. Er starb.

Geht weg.

Ich nickte und verließ ihn. Es war meine Schuld, dass er und seine Armee hier waren. Meine Schuld, dass sie in dieser Stadt starben anstatt im Norden und alle Drachen an einen sicheren Ort brachten. Zumindest vorerst sicher. Die Asche würde in die obere Atmosphäre aufsteigen. Sie würde das Sonnenlicht verdunkeln und die Welt ersticken.

Ich hoffte, dass Orrin und seine Gruppe weit weg waren.

»Lass uns gehen.« Ich hakte Sam an seinem gesunden Arm unter und half ihm zu der Vorderseite des Rathauses und der Halbmondtreppe. »Musst du dich ausruhen?«

Er war bleich und zitterte, aber er schüttelte den Kopf. »Mir geht es gut. Ich schaff das schon.«

»Das weiß ich.« Ich hielt auf halber Treppe inne und gab ihm Zeit zu verschnaufen. »Aber wenn du eine schnelle Pause brauchst, verstehe ich das.« Er hatte viel Blut verloren.

»Sei nicht albern. Ich bin nur völlig fertig, weil du mich jetzt zum zweiten Mal gezwungen hast, auf diesem Drachen zu reiten.« Er ließ ein schwaches Lächeln aufblitzen, und mein Herz zog sich vor Angst und Hoffnung und Sorge zusammen. Er war so tapfer.

»Das ist das letzte Mal, versprochen. Keine Drachen mehr.«

Er nickte schwach und begann wieder die Treppe hinaufzugehen. »Ich werde dich darauf festnageln.«

Ich hielt seine Hand, während ich darüber nachdachte, was wir taten, wie unwahrscheinlich es war, dass wir Erfolg hatten.

Hatte ich überhaupt einen Plan? Es schien, als täte ich, was ich immer tat: mich blind mit einem ehrgeizigen Ziel hineinstürzen.

Janans Leben ruinieren, indem ich den Phönix rettete.

»Vielleicht kann ich ihn zu Tode ärgern«, murmelte ich.

»Ich habe noch nie einen Plan gehört, der eine größere Erfolgsaussicht gehabt hätte.« Sam blieb oben auf der Treppe stehen. »Wir sollten reingehen. Wir können das Gebäude durch einen der Nebeneingänge verlassen.«

»Gute Idee.« Das Glas der Doppeltüren war irgendwann herausgesprungen, wahrscheinlich während der Eruption. Splitter knirschten unter unseren Stiefeln, und drinnen mussten wir stehen bleiben, damit ich die größten Stücke wegziehen konnte. Ich wollte nicht, dass einer von uns ausrutschte.

Im Rathaus war es dunkel und still. Die Luft dämpfte unsere Schritte und Sams rasselnden Atem. Wir machten in einem Waschraum halt, um Sams Schulter besser zu säubern und uns das Blut und den Staub von den Gesichtern und Mündern zu waschen, aber nach einigen langen Schlucken Wasser eilten wir weiter. Janan machte zwar langsam, aber wir hatten keine Zeit zu verschwenden.

»Ich wünschte, ich wüsste, was er mit dem Phönix vorhat«, sagte ich, als wir durch die Bibliothek gingen. Dann wurde mir klar, wie dumm ich gewesen war. Wie blind.

Ich hatte angenommen, dass wir alle in der ersten Eruption sterben würden und dass es das gewesen wäre. Keine Wiedergeburt. Nichts. Aber Sarit hatte recht gehabt, als sie gesagt hatte, Janan brauche Menschen, über die er herrschen könne. Er würde sie nicht sterben lassen.

Vor fünftausend Jahren war er nicht zum Anführer geworden, indem er seine Leute belog. Er musste stark gewesen sein, fähig, sie zu beschützen. Er musste seine Versprechen gehalten haben.

Er hatte versprochen, unsterblich zu werden und dann zurückzukehren, um das Gleiche für sie zu tun. Das bedeutete nicht, dass sie die gleiche Macht haben würden. Es bedeutete, dass er für immer über sie herrschen würde.

Ich ließ mich auf das nächste Sofa fallen und begrub das Gesicht in den Händen. »Sam«, sagte ich. »Janan wird dich unsterblich machen.«

KAPITEL 31

Stimmen

Sam brach schwer atmend neben mir zusammen.

Ich betrachtete ihn, das blutverschmierte Haar, die graue Blässe seiner Haut und das Rot der entzündeten Wunde an seiner Schulter.

Es ging ihm nicht gut. Sein Körper versagte, und ich konnte mir nicht vorstellen, dass er sich erholen würde, wenn wir nicht bald einen Arzt fanden. Sam starb, langsam und schmerzhaft, und wir beide wussten es.

»Bist du sicher?« Auf seinem Gesicht lag eine schreckliche Mischung aus Hoffnung und Verzweiflung. Er wollte nicht sterben. Das wollte niemand. Und wenn bald jeder unsterblich gemacht werden würde, würden Stef, Armande, Whit und Sarit vielleicht wiedergeboren werden.

Aber ich nicht.

»Ich glaube schon«, flüsterte ich. »Darum wollte er einen Phönix. Darum hat er dieses Messer.«

»Niemand wird es tun.« Sams Stimme wurde leiser. »Niemand wird Millionen von Neuseelen verschlingen, um unsterblich zu sein.«

Ich widersprach ihm nicht, aber ich stimmte ihm auch nicht zu. Sie hatten Janan vor fünftausend Jahren Neuseelen verschlingen lassen. Und sie hatten Deborl während der letzten Monate unterstützt. Einige von ihnen waren losgezogen und hatten einen Phönix gefangen genommen. Whit hatte mich beschuldigt, meinen Glauben an die Menschen verloren zu haben, aber war das ein Wunder, wenn alle sich vor fünftausend Jahren Janan unterworfen hatten? Einige hatten sich geändert – einige wussten es jetzt besser oder liebten Neuseelen und protestierten um ihretwillen –, doch für die meisten Menschen bedeutete die Gedächtnismagie, dass sie nie die Schuldgefühle über das verspüren mussten, was sie getan hatten.

»Außerdem«, sagte Sam, »ist der Tempel verschwunden.«

»Vielleicht hat Janan einen anderen Weg gefunden.«

»Vielleicht.« Sam schloss die Augen. »Ich würde es nicht tun. Du weißt, dass ich es nicht tun würde.«

»Er hat da draußen die Skelette von eurem allerersten Leben. Du hast vielleicht keine Wahl.«

Sam stemmte sich hoch und schwankte. »Dann müssen wir ihn aufhalten.«

»Hast du einen Plan?«

»Abgesehen davon, dass du ihn zu Tode ärgerst?« Er hielt mir die Hand hin, um mir aufzuhelfen. Ich nahm sie, ließ ihn aber nicht mein Gewicht tragen. »Der Käfig ist an Stromleitungen angeschlossen. Vielleicht halten sie den Phönix davon ab, sich zu wehren, vielleicht braucht Janan sie auch, um … du weißt schon.«

Ich wusste es. »Also verlassen wir die Bibliothek, versuchen, uns unauffällig unter die Menge zu mischen, und schieben uns so lange durch, bis wir die Stromquelle finden.«

»Das klingt gut.« Er ließ meine Hand los und zog seine Kapuze hoch. »Wir sollten unsere Gesichter verbergen.«

Ich zog seine Kapuze zurecht und strich ihm das Haar aus dem Gesicht. »Weißt du, woher der Strom kommt? Vielleicht aus einem dieser kleinen Gebäude, in die wir aus dem Wasserrohr gekommen sind?«

Unmittelbar bevor Whit gestorben war.

»Nein, ich bin mir nicht sicher. Ich wünschte …«

Er wünschte, Stef wäre hier gewesen. Ich auch.

»Wir werden es finden«, flüsterte ich. »Es ist eins von diesen Gebäuden.«

»Es tut mir leid, Ana.« Er berührte mich an der Schulter und konnte die Tatsache nicht ganz verbergen, dass er mich brauchte, um das Gleichgewicht zu halten. »Ich entschuldige mich für unseren Egoismus vor fünftausend Jahren. Das Leben sollte nicht so sein. Wir sollten leben und dann sterben, und vielleicht gibt es danach noch etwas anderes, wie du gesagt hast. Etwas Gutes. Es tut mir leid, dass wir solche Angst hatten und immer noch haben.«

Ich umarmte ihn. »Wenn du das nicht getan hättest, hätte ich dich nie kennengelernt. Ich hätte niemals deine Musik gehört. Von den ersten Klängen der *Phönix-Sinfonie* an warst du der wichtigste Mensch in meinem Leben. Ich kann nicht bedauern, was uns zusammengeführt hat.« Selbst wenn unsere Zeit kurz war. Egal, was als Nächstes geschah. »Ich liebe dich, Dossam.« Mein Blick verschwamm vor Tränen, und alles in mir schmerzte, als ich mich von ihm löste. Ich wollte es ihm hundertmal sagen. Eine Million Mal. Er musste meine Liebe in seiner Seele spüren.

Wenn wir nur Zeit gehabt hätten.

Als wir zur Tür gingen, fragte ich mich unwillkürlich, was geschehen würde, wenn wir hierblieben. Wenn wir lange genug warteten, würde Sam auf wundersame Weise geheilt werden, wenn Janan draußen fertig war? Würde ich bei ihm bleiben dürfen, zumindest bis die Asche sich zerstreut hatte und ich wieder ins Exil geschickt wurde?

Wir würden es nie erfahren.

Ich drückte die Bibliothekstür auf, doch statt uns ungesehen unter die Menge zu mischen, standen wir Auge in Auge Janan gegenüber.

Er war nicht viel größer als ich, aber er war auch nicht klein. Er war *kompakt*. Starke Arme waren vor seiner Brust verschränkt, muskulös trotz jahrtausendelanger Bewegungslosigkeit, und seine Augen lagen tief in ihren Höhlen und hatten einen durchdringenden Blick. Das zerzauste Haar hätte ihn komisch aussehen lassen, wenn der Rest von ihm nicht tödliche Macht ausgestrahlt hätte.

Ich machte kehrt und wollte wegrennen, doch Janan packte mich am Arm. Seine Fingerspitzen bohrten sich mir in die Haut, selbst durch den Ärmel meines Mantels. Ich versuchte, mich loszureißen, aber sein Griff wurde nur noch fester, und er packte auch Sams Arm. Den verletzten. Sam schrie auf, als ihm der Arm ausgekugelt wurde, Janans Gesichtsausdruck jedoch blieb hart und zornig.

Er stieß uns auf zwei rot gekleidete Wachen zu. »Bringt sie runter.«

Als Hände sich um mich schlossen, wehrte ich mich, um mich zu befreien, aber es waren zu viele. Sie waren zu stark, trotz der Tatsache, dass auch sie Eruptionen und Explosionen überstanden hatten. Einige bluteten und keuchten. Das hielt sie nicht auf.

Sam wehrte sich, aber sein Arm war schwach, und er hatte zu viel Blut verloren. Irgendjemand verpasste ihm einen Hieb in den Magen. Er krümmte sich und hing schlaff in den Händen der Wachen.

Ich kämpfte weiter, schlug und trat um mich, so gut es ging. Wenn ich fliehen könnte, könnte ich herausfinden, wie wir den Phönix befreien konnten. Doch als ich an meinen unmittelbaren Angreifern vorbeischaute, konnte ich nichts als Menschen sehen. Tausende. Ich würde es nie durch diese Menge schaffen.

Ich sackte in mich zusammen. Mein Herz krampfte sich vor Furcht und Trauer zusammen, als ich mich von ihnen zu dem Phönixkäfig zerren ließ. Skelette warteten um den Käfig, genau wie sie in der roten Kammer des Tempels gesessen hatten, nur dass sie jetzt teilweise übereinandergelegt waren, um Platz für all die Leiber zu machen, die sich um sie drängten, und alle wirkten erwartungsvoll und gespannt und verängstigt.

Silberne Ketten schimmerten im Schein der Steine. Die Schädel waren augenlos, aber wachsam. Fast eine Million von ihnen. Einer für jeden Anwesenden hier und für Menschen, die mit Neuseelen fortgegangen waren. Doch keiner für diejenigen, die im Tempeldunkel gestorben waren; sie stapelten sich noch immer in dem Krater, den die Explosion des Tempels hinterlassen hatte.

Sam und ich wurden neben dem Käfig auf den Boden geworfen, innerhalb des Kreises von Skeletten. Janan trat mit uns in den Kreis und beobachtete teilnahmslos, wie Sam sich stöhnend und mit schmerzverzerrtem Gesicht die Schulter hielt.

»Sam!« Ich versuchte, auf ihn zuzukriechen, aber irgendjemand schlug mich wieder zu Boden. Meine Ellbogen krachten auf die Pflastersteine, dann mein Kopf. Meine Gedanken schwammen.

»Der Fehler lebt also noch.« Janans Stimme war rau und tief. »Du faszinierst mich. Jahrtausendelang war ich allein, bis auf meinen Geweihten, und dann bist du gekommen. Du bist an mir vorbeigeflogen. Mein neuer Geweihter hat das Gift deines Vaters erklärt und wie es zu deiner Existenz kam. Und dass du versucht hast, dir trotz allem einen Platz zu erkämpfen.«

Ich sah wütend zu ihm auf.

»Ich wäre ein schlechter Herrscher, wenn ich nicht wollte, dass meine Untertanen glücklich und mit ihrem Leben zufrieden sind. Ich habe festgestellt, dass zufriedene Menschen weniger dazu neigen, Ärger zu machen, so wie du.«

»Wie kann ich zufrieden sein, wenn du Neuseelen verzehrst? Wenn du die Erinnerungen deiner Leute manipulierst? Und sie belügst?« Meine Worte klangen heiser und erschöpft, obwohl sie mir stark und hasserfüllt vorgekommen waren, als ich den Mund aufgemacht hatte.

Janan nickte. »Ja. Ich verstehe deinen Zorn. Deshalb werde ich dir ein Angebot machen.«

»Du hast nichts, was ich will«, knurrte ich.

Janan ging um mich herum auf den Käfig zu.

»Was machst du da?« Meine Stimme war zu leise. Er tat so, als habe er mich nicht gehört. Ich sah mich um. Die Leute, die Sam und mich hierhergeschleppt hatten, waren verschwunden, wieder bei der Menge hinter den Skeletten. Ich fragte mich, was sie davon hielten, dass wir beide hier oben waren. Als würden wir bevorzugt werden. Aber es war, damit wir nicht versuchten zu fliehen.

Langsam, als alle durch Janan abgelenkt waren, der am Käfig entlangging, nahm ich meinen Rucksack ab. War irgendetwas Nützliches darin? Ich versuchte, mich daran zu erinnern, was wir an diesem Morgen eingepackt hatten. Medizinisches Material. Klebehandschuhe und Stiefelüberzieher; sie waren immer noch auf dem Dach. Die Flöte; es wäre ein Wunder, wenn sie noch ganz wäre. Ein kleiner Werkzeugkasten, den Stef für mich aufgetrieben hatte. Das Messer, das Sam mir vor einem Jahr geschenkt hatte. Ich wollte nahe an ihn heranrutschen und schauen, ob es ihm gut ging, aber ich musste Janan aufhalten. Sam würde es verstehen. Er würde mir sagen, dass ich zuerst Janan aufhalten solle.

Janan zog sein Messer und schob es in den Käfig mit dem verhüllten Bündel auf dem Boden. Mein Herz donnerte, als ich näher herankroch. Er würde den Phönix doch sicher jetzt noch nicht töten.

Das erste Seil riss unter der scharfen Klinge. Dann ein weiteres. Gab es irgendetwas, was ich tun konnte? Ich fühlte mich wie gelähmt, meine Gedanken verschwommen und nutzlos.

Eins nach dem anderen wurden die Seile durchschnitten, und das schwere schwarze Tuch fiel zu Boden.

Es war, als sei eine kleine Sonne vor mir erschienen, als der

Phönix sich erhob und schrie, kraftvoll und vielstimmig. Ein orangefarbenes Leuchten wurde weiß, und Tränen strömten mir über die Wangen, als gewaltige Flügel sich über seinen Kopf erhoben, ganz Pracht und Flammen und niederregnende schwarze Asche.

Der Phönix war doppelt so groß wie ich, mit einem glitzernden Gefieder, das schöner war als alles, was ich je gesehen hatte. Er hatte einen gebogenen Schnabel und große Klauen wie ein Raubvogel, aber ich erinnerte mich an die Geschichte aus den Tempelbüchern: Die Phönixe hatten Janan und seine Krieger nicht getötet, weil sie ihren Zyklus der Wiedergeburt nicht hatten beenden wollen.

Ein Schrei ging durch die Menge, und dann wurde sie vollkommen still, als der Phönix seine Wärter ansah.

Ich hatte erwartet, dass seine Augen aus Licht bestünden, so wie jeder andere Teil von ihm, doch als der Blick der großen runden Augen auf mich fiel, waren sie schwarz wie die mondlose Nacht. Wie Nacht, wenn alle Sterne erloschen waren. Sie waren tief und alt und voller Leid.

Stille breitete sich aus. Selbst die Schwärze der Asche vor der Stadt wirkte gedämpft. Janan trat auf ein Podest, um das Wort an die Menschen zu richten.

»Vor fünftausend Jahren habe ich nach dem Schlüssel zur Unsterblichkeit gesucht. Als ich wegen meines Wissens eingesperrt worden bin, seid ihr gekommen, um mich zu befreien, aber ich hatte einen anderen Plan, einen Plan, der garantieren würde, dass wir alle ewig leben konnten. Jetzt bin ich zurückgekehrt, um dieses Versprechen zu erfüllen.« Janan hob die Stimme. »Obwohl ich versucht habe, euch zu beschützen, konnte ich nicht verhindern, was ihr Tempeldunkel nennt, oder das Gemetzel, das in jener Nacht geschah. Wir haben so viele von uns verloren. Dennoch müssen wir mit dem Wiederaufbau beginnen. Wie ich sagte, ich möchte, dass mein Volk zufrieden ist.«

Janan richtete den Blick auf Sam, der sich in eine sitzende Position hochgeschoben hatte. Seine Schulter hatte erneut zu bluten begonnen, und sein Arm hing schlaff herab. Seine Haut war blass und glänzte vor Schweiß, als er näher an mich heranrückte, obwohl seine Bewegungen langsam und unbeholfen waren. Er konnte nicht mehr lange durchhalten.

»Einige«, fuhr Janan fort, »werden nie zufrieden sein, da sie wissen, was sie verloren haben. Während ich nichts für jene tun kann, die im Tempeldunkel gefallen sind, werde ich eine unseren Reihen hinzufügen, um euch zu zeigen, dass ich nicht völlig herzlos bin.«

Sam sah mich an. Ich sah Janan an. Ein leises Raunen ging durch die Menge.

»Du würdest mich unsterblich machen?«, fragte ich. »Wie alle anderen?«

Janan nickte. »Du und Dossam seid einander zugetan. Du hast hart darum gekämpft, Teil dieser Gemeinschaft zu sein.« Er machte eine weit ausholende Armbewegung über die Menge. »Du bist verbannt worden, aber diese Verbannung ist aufgehoben. Du kannst für immer mit deinen Freunden leben. Mit Dossam.«

Mein Herz überschlug sich. Ein Leben mit Sam. Mit Musik.

»Ana.« Sams heiseres Flüstern zog mich näher zu ihm. Unsere Blicke trafen sich, und er brauchte nicht zu sagen, was er dachte. Er hatte es mir schon tausendmal gesagt.

Er würde mich wählen.

Egal zu welchem Preis, egal zu welchen Konsequenzen. Sam würde mich wählen.

Mir brach das Herz.

»Du verstehst, warum ich das nicht tun kann, oder?« Ich berührte ihn im Gesicht. Frische Tränen schmerzten mir in den Augen, und das Salz brannte in den Schnittwunden im Gesicht.

Er nickte. »Ich verstehe.«

Ich streifte seine Lippen mit meinen, dann erhob ich mich auf die Füße, um mich Janan zu stellen. Hier war die Gelegenheit, die anderen dazu zu bringen, all das zu verstehen.

Falls es welche gab, die zu große Angst gehabt hatten, den Mund aufzumachen.

Falls es welche gab, die eine Entscheidung hatten treffen wollen, aber nicht gewusst hatten, welche.

Falls es welche gab, die die Ermordung eines Phönix und von Neuseelen nicht dulden würden.

»Was ist der Preis für Unsterblichkeit?« Meine Stimme klang dünn, der Hauch eines Liedes, aber ich legte Kraft hinein.

Janan sprach ganz entspannt. »Ein Leben, das nie gelebt wurde. Ein kleiner Funke, der es niemals wissen wird.« Er zeigte auf den Phönix, der mit undurchdringlichem Blick über die Versammlung schaute. »Und dies.«

Konnten sie nicht alle sehen, wie falsch dies war? Whit und Orrin hatten darauf bestanden, dass es gute Menschen unter denjenigen gebe, die wir zurückließen. Ich *wollte*, dass er recht hatte. Ich *wollte*, dass sie für das eintraten, was richtig war, und zeigen, dass all meine Ängste grundlos waren.

Aber niemand rührte sich.

Was war mit den Menschen, die wir aus dem Gefängnis befreit hatten? Als ich über die Menge schaute, entdeckte ich vertraute Gesichter, doch als unsere Blicke sich trafen, sahen sie weg.

»Vor fünftausend Jahren hast du allen gesagt, die Phönixe hätten dich eingesperrt wegen des Wissens, das du erlangt hast, aber das ist nicht wahr. Sie haben dich eingesperrt, weil du einen Phönix gefangen und gefoltert hast.«

Alle schwiegen. Starrten.

»Die Phönixe wollten dich für das, was du getan hast, nicht

töten, aber sie gaben dir Ewigkeit in einem Turm. Anstatt zu bereuen, hast du angefangen, Seelen auszutauschen. Du hast Menschen wiedergeboren, weil du es nicht ertragen konntest, ohne sie zu sein, und dann hast du sie dazu gebracht zu vergessen.«

Janan legte den Kopf schräg und blieb still.

Die ganze Stadt war still, bis auf das rasselnde Atmen und Stöhnen der sterbenden Drachen und das gedämpfte Brüllen des pyroklastischen Stroms, der sich vorbeiwälzte.

Niemand hörte zu.

»Es ist wahr.« Sam zwang sich, sich ein wenig höher aufzurichten. »Du hast unsere Erinnerungen gestohlen.«

Flüstern zischte durch die Menge.

»Du hast sie vergessen lassen, weil du wusstest, dass die Schuld, eine Neuseele für jedes Leben einzutauschen, sie vernichten würde«, sagte ich. »Du wolltest nicht, dass sie wussten, was du getan hattest.«

»Du hast nicht nur ihr Leben gegen unseres getauscht«, fuhr Sam fort. »Du hast Neuseelen genommen, und du hast sie *gegessen.* Du hast ihre Seelen verzehrt, um Macht zu gewinnen. Unsere Wiedergeburt wurde mit diesem gestohlenen Leben erkauft.«

»Nein. Nein.« Die Stimme kam aus der Menge. Einige der Leute, die ich aus dem Gefängnis befreit hatte, schoben sich durch die anderen, murmelten und deuteten mit dem Finger auf uns.

»Was ich zuvor getan habe, war verschwenderisch«, sagte Janan. »Jetzt kenne ich einen besseren Weg. Eine Seele für unendliches Leben. Mehr wird jetzt nicht nötig sein. Kein Tod und keine Wiedergeburt mehr. Keine Reinkarnation mehr. Nur Leben.« Janan deutete auf den Phönix. »Und ich habe ihn.«

»Ich würde für andere Menschen sterben«, erklärte ich,

»und andere Menschen *sind* für mich gestorben. Wir tun es aus Liebe. Aber ich werde kein unwilliges Opfer akzeptieren. Nicht den Phönix und auch keine Seele, die nie gelebt hat.«

Janan nickte. »Also schön. Ich hatte befürchtet, dass du so empfinden würdest, aber ich hatte gehofft, dass ich mich irre. Wir werden ohne dich weitermachen.«

Die Menge verstummte. Alle beobachteten mich; ich konnte ihre Blicke spüren. Nur hatte ich keine Ahnung, was ich als Nächstes tun sollte. Ich hatte gehofft, sie zu inspirieren, sie dazu zu bringen, die Wahrheit zu sehen, aber niemand rührte sich.

Niemand war bereit, den Mund aufzumachen.

»Warte«, rief jemand. Jemand aus dem Gefängnis? »Du hast uns vergessen lassen?«

»Was war das über Neuseelen?«, fragte ein anderer, und Stimmen erhoben sich aus der Menge, redeten miteinander und riefen Janan Fragen zu.

»Sie sind nur Neuseelen. Sie wissen nicht, was ihnen entgeht.«

»Wir dachten, Neuseelen würden uns ersetzen, aber wir haben die ganze Zeit über sie ersetzt.«

»Wir hatten wirklich viele Leben, und der Preis …«

»Ich habe Angst vor dem Tod.«

»Das Mädchen hat recht. Wir können das nicht machen.«

Die Fragen und Forderungen nach weiteren Informationen wurden mehr. Ich konnte es nicht glauben. Es interessierte sie? Nicht alle, aber einige stellten Fragen und drängten sich durch den Ring von Skeletten, und Janan wirkte verblüfft, als würde er denken, wie können sie den Tausch nicht akzeptieren?

Er verstand den Wert eines einzelnen Lebens nicht. Er unterschätzte die Wirkung, die eine einzelne Seele haben konnte.

Meine Freunde hatten doch recht gehabt. Es gab hier gute Menschen.

Zu meinen Füßen packte Sam mich am Knöchel. »Hilf mir hoch.«

Ich bückte mich und schlang den Arm um ihn, stützte ihn, während er auf die Füße kam. Er schwankte, fing sich aber und stimmte in die Rufe derer ein, die Janan trotzten.

»Ich will nichts damit zu tun haben!«, rief jemand.

Hoffnung erblühte in mir, als die Menschen sich näher um den Käfig drängten und um Janan, der mit seinem Messer dastand. Der Phönix beobachtete, wie die Menschen sich gegen ihren Anführer wandten.

»Also schön«, sagte Janan. »Wenn ihr mein Geschenk nicht alle akzeptiert, werde ich es niemandem geben.«

»Nein!« Weiter hinten in der Menge flog eine Faust. Eine Schlägerei brach aus, und wieder gellten Schreie durch die Nacht. Blaue Ziellichter schienen auf, und Menschen brüllten, riefen Janan um Hilfe an, aber er stand nur auf dem Podest und sah zu, wie im Industrieviertel Chaos ausbrach. Was von der Stadt übrig war, würde sich selbst zerstören, wenn es nicht jemand aufhielt.

Janan für immer aufhielt.

Aber was konnte etwas wie Janan aufhalten? Er war menschlich, dennoch war er unsterblich. Er hatte nichts zu fürchten.

Früher hatte ich gedacht, Drachen hätten nichts zu fürchten, aber sie hatten Angst vor Sam und dem, was er in sich barg. Wenn das Phönixlied Leben und Tod war, wenn es etwas so Furchtbares wie Drachen töten konnte, hatte es vielleicht auch eine Wirkung auf Janan.

Während die Menge näher kam und lauter wurde und Janans Lächeln breiter wurde, beugte ich mich über meinen Rucksack und nahm mein Messer und den Flötenkasten heraus.

»Was tust du da?« Sam hielt sich an meiner Schulter fest, um das Gleichgewicht zu wahren.

»Da ist ein Phönix. Ich werde ihn dazu bringen, sein Lied zu benutzen. Es sei denn, du denkst, du kannst es auf Kommando?«

»Ich weiß es nicht.« Seine Augen wurden groß. »Ich weiß nicht wie.«

»Ist schon gut«, sagte ich. »Ich verstehe.« Er war gebrochen. Starb. All seiner Hoffnung und seiner Sicherheit beraubt. Ich hielt seine Hand, als er mit mir zu dem Käfig stolperte, während Janan von dem Kampf abgelenkt war.

Der Phönix war jetzt still und beobachtete alles, obwohl ich seine Gedanken nicht erraten konnte. Ich ließ Sam an die Gitterstäbe gelehnt zurück und suchte nach einem Riegel. Aber wenn es eine Möglichkeit gab, den Käfig zu öffnen, dann war sie in der Nähe von Janan.

»He, Phönix.«

Der Blick der schwarzen Augen richtete sich auf mich.

»Ich möchte dich befreien.«

Er legte den Kopf schräg.

»Aber du musst das Phönixlied benutzen. Das Lied, vor dem die Drachen Angst haben. Sam kennt es, aber gleichzeitig kennt er es nicht. Und sein Arm ist zu schwer verletzt, um meine Flöte zu spielen. Ich brauche deine Hilfe.«

»Du gehst einfach auf alles zu und redest mit ihm, nicht?« Sam schloss die Augen und lächelte. »Ich liebe das an dir.«

»Alles andere hat mir bis jetzt geantwortet.« Ich drehte mich wieder zu dem Phönix um. »Ich brauche deine Hilfe. Bitte.«

Der Phönix schüttelte den Kopf.

Nein?

Weil er kein Leben nehmen und seinen eigenen Wiedergeburtszyklus riskieren wollte?

Was sollte ich dann tun? Wie sollte ich Janan aufhalten? Wie sollte ich dafür sorgen, dass Neuseelen ein Leben hatten?

Ich hatte bereits den Sylphen gegenüber versagt.

Oder nicht?

Auf dem Podest hob Janan sein Messer. Ein Mann flog zurück, wie es zuvor die Drachen getan hatten. Janan machte das Chaos nur noch schlimmer.

Wenn er die Sylphen verzehrt hatte, als sie in den Tempel gegangen waren, waren sie bereits fort? Oder wurden sie langsam verdaut wie die Neuseelen?

Schön. Ich würde es selbst versuchen. Ich hob meine Flöte und begann zu spielen.

Die Flöte flüsterte ein Lied, hoch und dünn, weil ich nervös war. Aber Sam schaute auf. Der Phönix entspannte sich. Und Janan fuhr herum und suchte nach der Quelle des silbernen Klanges und Trotzes.

Ich begann mit vier Noten, zögernd, aber hoffnungsvoll, während die Stimme der Flöte zu einem bekannten Walzer anschwoll. Ich spielte Wellen auf einem Seeufer und Wind durch Bäume. Blitze, Donner und prasselnden Regen.

Es schien unmöglich, dass eine einzelne Flöte all das tun konnte, doch ich war nicht allein. Sam summte mit mir, Hitze und Zorn und Honigsüße, als ich die Musik meines Herzens spielte. Seines Herzens.

Er wirkte sie, die Magie. *Wir* wirkten sie.

Als ich ihn ansah, lächelte er.

Weitere Stimmen fielen ein. Männer und Frauen in der Nähe hörten den Ton, den Sam summte, und sangen mit ihm. Sie bildeten eine Mauer um Sam und mich, um den Käfig. Und als Janan das Messer hob, um sie fortzuschleudern, geschah nichts.

Eine weitere Welle von Stimmen erhob sich, fremd und unheimlich, und ich konnte nicht sehen, woher sie kamen, aber sie sangen wilde Harmonien und Gegenmelodien.

Selbst das Stampfen von Stiefeln und das Klirren von Waffen stimmte in unser Lied ein, drang in die Musik mit dem donnernden Bass der wogenden Pyroklasten.

Ich ließ meine Seele in das Stück fließen, während die einzelnen Stimmen sich zu einem Klang verwoben, der Musik zu übersteigen schien. Dies war etwas völlig Neues, Seltsames und Schönes und Magisches.

Die Musik verdichtete sich über der Nacht, als sei sie das Einzige auf der Welt, das Einzige, was zählte. Janan ließ sich auf alle viere fallen und schauderte, als von seinem Körper kräuselnd schwarzer Rauch aufstieg.

Sylphen.

Die Schlägereien hörten auf, als mehr Menschen zu bemerken begannen, was geschah, und in das Lied einstimmten. Blitze krachten, und Janan schrie, als er von Schwärze überwältigt wurde. All meine Sylphen befreiten sich und ließen Janan reglos auf dem Podest liegen. Kaum atmend.

Als die Stimmen lauter wurden und die Sylphen dem Walzer ihre eigenen Melodien hinzufügten, ließ ich die Flöte sinken und näherte mich Janan.

Mein Messer, ein schlanker Rosenholzgriff und eine kleine Stahlklinge, fand seinen Weg in meine Hand. Ich stieg auf das Podest und hockte mich neben Janan, sah nur kurz auf, um festzustellen, dass fast ganz Heart mich beobachtete, um zu sehen, was ich tun würde. Einige Leute hielten andere zurück, aber die meisten sangen einfach und beobachteten das Geschehen, denn irgendwie war dies meine Entscheidung.

Altseelen oder Neuseelen. Anfang oder kein Ende.

Sylphen schwebten um mich herum, Cris an meiner Seite, und neben dem Phönix wartete Sam. Er sah müde aus, kaum noch am Leben, aber als ich die Augen schloss, erinnerte ich mich daran, wie er mich gehalten hatte, nachdem ich Deborl nicht getötet hatte. Er hatte gesagt, er sei froh, dass ich es nicht getan hatte.

Ich richtete den Blick wieder auf Janan. Konnte ich Mitgefühl für einen Mann zeigen, der Neuseelen jahrtausendelang Schmerzen zugefügt hatte und der jetzt zum zweiten Mal einen Phönix gefangen hatte, bereit, ihn für seinen selbstsüchtigen Wunsch zu opfern, ewig zu leben?

Wer war ich zu entscheiden, wer lebte und wer starb? Das war eine Entscheidung, die Janan für Tausende von Jahren für andere getroffen hatte. Ich wollte nicht so sein wie er. Ich wollte das Leben schätzen, alles Leben, egal wie abscheulich einige Teile davon sein konnten.

Und wer weiß – vielleicht gab es ja doch etwas anderes nach dem Tod. Nur weil es unbekannt war, brauchte es nicht schlecht zu sein. Es konnte gut sein.

Ich steckte mein Messer in die Scheide und nahm Janan das blutverschmierte Messer aus der Hand.

Licht und Macht durchfluteten mich, schwindelerregend und viel zu viel, als dass eine Seele sie halten könnte. Ich fiel zurück, und das Letzte, was ich hörte, war der Phönix, der vier Töne sang.

KAPITEL 32

Licht

Als ich die Augen öffnete, war der Himmel von einem tiefen Violett erfüllt.

Meine Haut kribbelte, und mein Herz schlug zu schnell. Vielleicht fühlte man sich so, wenn man von einem Blitz getroffen wurde.

Janan war verschwunden, ebenso wie die meisten Bürger von Heart, obwohl die Skelette noch da waren, ihre silbernen Ketten stumpf und angelaufen. Die hinausgeschleuderten Tempelsteine waren jetzt von einem schmutzigen Weiß, es war kein Leben mehr in ihnen. Auch die Sylphen waren fort.

»Sam!« Ich fuhr hoch und kam auf die Füße, stolperte das Podest hinunter, bevor ich merkte, dass Sam nicht mehr neben dem Phönixkäfig stand. Er war zu Boden gesackt und atmete flach. Jemand hatte ihm meine Flöte in die Arme gelegt, aber sie entglitt seinem Griff, als ich vor ihm auf die Knie fiel. »Sam.«

Die Augen zu öffnen schien ihm Schmerzen zu bereiten. »Ana, ich habe auf dich gewartet.« Seine Stimme war ein blasser Hauch, eine Erinnerung.

»Hat dir denn niemand geholfen?« Ich sah nach den Verbänden an seiner Schulter; sie waren neu, aber feucht vor Schweiß und Blut.

»Es gibt nichts zu helfen. Es tut mir leid.« Sein gesunder Arm zuckte empor, aber er fiel herunter, und Sam seufzte. Ich nahm seine Hand und legte mir seine Finger aufs Gesicht, das jetzt nass von Tränen war. »Das war es, nicht?«, fragte er. »Das Phönixlied?«

»Ich glaube schon.« Es war mir magisch vorgekommen, und es hatte Janan die Unsterblichkeit genommen. Sam hatte gesummt. Andere auch. Die Sylphen. Und der Phönix.

Hatte ich das Lied benutzt? Oder war das Sam gewesen?

Spielte es eine Rolle?

Die Drachen hatten Angst gehabt, dass das Phönixlied sie töten würde. Das Lied hatte Janan nicht getötet; ihn zu verschonen war am Ende immer noch meine Entscheidung gewesen. Aber wir hatten ihn wieder sterblich gemacht. Wenn ihn nicht vorher jemand umbrachte, würde er eines Tages an Altersschwäche sterben.

Sam legte mir die Finger über die Wange. »Du hast es jetzt in dir. Das Licht. Ich sehe es. Wunderschön.«

»Ich weiß nicht, was du meinst.« Aber ich wusste es doch, oder? Mein Herz raste, meine Gedanken waren scharf und klar, und *irgendetwas* hatte sich in mir verändert.

Ich sah mich um, aber der Einzige, der noch da war, war der Phönix. Die Käfigtür stand offen, und der Phönix selbst hockte daneben, die Flügel angelegt.

»Ana«, sagte er, seine Stimme hoch und tief und alles dazwischen.

Jetzt antwortete er?

»Die Sylphen sind losgezogen, um die Feuer unter dem Krater zu absorbieren, um ihn zu beruhigen und daran zu hindern, wieder auszubrechen.«

»Nein.« Cris hatte mir gesagt, das sei nicht möglich. Es war zu viel. »Das wird sie umbringen.«

»Ja«, sagte der Phönix. »Und gemäß unserer Vereinbarung werden sie wiedergeboren werden. Sie werden ein Leben haben, das Leben, das sie gehabt hätten, wenn sie Janan an jenem Tag nicht gefolgt wären.«

»Was ist mit allen anderen?« Was war mit Sam? Ich konnte seinen Puls immer noch schwach unter seiner Haut flattern spüren, aber für wie lange noch? Was geschah, wenn er starb? Ich hatte schon alle anderen verloren.

»Das«, sagte der Phönix, »ist deine Entscheidung. Dossam hat recht. Das Feuer der Unendlichkeit ist von Janan auf dich übergegangen. Du hast es genommen, als du seine Klinge genommen hast. Du kannst es behalten, oder du kannst es weggeben, obwohl dein Körper einen zweiten Transfer des Lichtes vielleicht nicht überleben wird.«

Was bedeutet, dass ich sterben konnte. Trotzdem … »Ich will es nicht, nicht wenn ich allein sein muss.«

Der Phönix neigte den Kopf. »Dann weißt du wohl, was damit zu tun ist. Aber wisse, dass es nur ein einziges Mal funktioniert. So wie die Sylphen ihre zweite Chance bekommen, wirst du den anderen eine zweite Chance geben.«

Dann würden Stef und Whit und Sarit und Armande vielleicht wieder leben. Und Sam. Würde ich auch leben?

Ich biss mir auf die Lippe, bevor ich fragte. Die Antwort konnte meine Entscheidung beeinflussen, und es gab nur eine Entscheidung, die ich treffen konnte.

»Danke.«

Der Phönix flog empor, zog eine Spur von Funken und Asche hinter sich her, als der Morgen den Himmel erhellte und die Sterne verblassten. Der pyroklastische Strom war verschwunden. Der Himmel war klar. Die Morgendämmerung war still und ruhig. Meine Sylphen retteten die Welt und wurden endlich erlöst.

Nur das stumme Schluchzen meines Weinens und das Rasseln von Sams letzten Atemzügen durchbrachen die Luft.

Ich musste mich beeilen.

Ich legte die Flöte zurück in den Kasten, küsste Sam auf die Lippen und ging zum nächsten Abschnitt der Kette.

»Ana?«, schnarrte Sam. »Was machst du da?«

»Ich wähle dich.«

»Warte, denk darüber nach.«

»Das tue ich.« Ich zwang mich zu einem Lächeln, als ich mich hinkniete. »Und ich wähle das Leben. Ich wähle *dich.*« Bevor einer von uns noch mehr sagen konnte, schloss ich die Hände um die Ketten, die alle miteinander verbanden, und ließ das Licht frei. Es brach aus mir heraus, bis ich ein explodierender Stern war.

Und ich konnte alles sehen.

KAPITEL 33

Anfang

Es mussten viele Jahre vergangen sein, als Sam wieder zum Leben erwachte, weil sich alles verändert hatte.

Was von der weißen Stadt übrig geblieben war, trug Adern aus Obsidian, Narben auf Stein, der sich nicht länger selbst heilte. Der Mittelsee war wieder zu einem See geworden, Wälder waren nachgewachsen, und Tiere waren zurückgekehrt. Nach der Eruption füllte das Reich sich mit neuem Leben.

Als Sam zurückkehrte, schienen alle zu verstehen, dass dies ihre letzte Wiedergeburt war. Das war's. Nur ein Leben. Schätze es.

Aber das wusste Sam bereits. Wenn er träumte, träumte er von den letzten Momenten seines früheren Lebens und von Ana, die mit dem Phönix sprach. Dann von Ana, die ihn ansah, wählte und das Licht aufgab.

Er vermisste sie schmerzlich, noch im Tod, noch bei seinem ersten Quindec, und obwohl er nach ihr suchte, war die Welt jetzt von Neuseelen erfüllt. Orrin, Lidea und Geral waren vor langer Zeit von ihrer Mission zurückgekehrt, ihre Neuseelen zu beschützen, und schon bald gab es Schulen für die Neuen und die Alten. Seelenkundler hatten immer noch zu tun, sie fanden die Altseelen, die geboren wurden, und katalogisierten Neuseelen. Sam verbrachte Monate damit, über den Ergebnissen zu brüten und nach Ana zu suchen, aber ihre Seele war nie in die Datenbank aufgenommen worden. Wenn sie wiedergeboren worden wäre, konnte kein Dokument ihm das sagen.

Vielleicht würde sie zurückkehren. Vielleicht auch nicht. Sie hatte es nicht gewusst, als sie das Licht losgelassen hatte. Er hatte die Frage in ihren Augen gesehen, und dass sie beschloss, sie nicht zu stellen.

Er wünschte, sie hätte es getan.

An einem sonnigen Morgen saßen Sam und seine Freunde um einen Tisch neben Armandes Bäckerstand, tranken Kaffee und hörten einem Flötenspieler zu, der irgendwo in der Menge spielte. Die Musik war ihnen bekannt; seit der Phönixnacht spielten viele Leute *Ana Incarnata*.

So viele fremde Gesichter drängten sich auf dem Platz. Gesprächslärm umgab den Tisch, Gelächter und Feilschen und schreiende Babys. Es war Markttag, was Händler und Käufer aus den neuen Siedlungen um das Reich in die Stadt brachte. Und Schüler, hoffte er. Auch Musiklehrer brauchten etwas zu essen. Das Schild, auf dem er Musikstunden feilbot, hatte bereits mehrere neugierige Blicke sowohl von Kindern als auch von Erwachsenen auf sich gezogen. Er versuchte, die Fragen zu ignorieren, die die Leute einander stellten, wenn sie dachten, er könne es nicht hören: War er *der* Dossam, der *Ana Incarnata* geschrieben hatte?

»Wie kommst du mit dem neuen Flügel zurecht, Sam?«, fragte Cris, der seine leere Tasse nach einem weiteren Tropfen Kaffee absuchte.

»Super. Wenn Orrin wiedergeboren ist, werde ich etwas für ihn komponieren. Ich kann immer noch nicht glauben, dass er bei allem, was während seiner Rückkehr nach Heart los war, es geschafft hat, die Leute davon zu überzeugen, zu helfen, Geld für den Flügel zu sammeln.« Sam schüttelte den Kopf. Seine Freunde waren unglaublich.

»Ich möchte eine Sonate.« Sarit lehnte den Kopf an Cris' Schulter. »Und eine Sinfonie. Ja, ich denke, das reicht.«

Auf der anderen Seite des Tisches lachte Stef, ihre Stimme tief und voll. »Du willst nicht viel, was?«

»Nur das, was ich verdiene.« Sarit grinste und nahm einen Bissen von ihrer Plunderschnecke.

Sam schloss die Augen und genoss die Anwesenheit seiner Freunde und den süßen Lärm von Heart, aber der Flötist, der irgendwo beim Phönixdenkmal *Ana Incarnata* spielte, erregte seine Aufmerksamkeit. Ein tiefer Schmerz regte sich in seiner Brust, als er sie wieder sah: Ana, die das Licht aufgab; Ana, die ihn wählte; Ana, die ihr Leben hingab, um sicherzustellen, dass andere überlebten.

Die Trauer war unendlich.

Etwas an dem Vibrato ließ ihn aufhorchen, und ein Abschnitt mit Triolen. Vertraut …

»Geht es dir gut, Sam?« Stef zog ihre Augenbrauen hoch.

»Ich denke, ja.« Sie wussten alle, wie er zu dem Walzer stand, ein Segen und ein Fluch zugleich. An den meisten Tagen wünschte er, dass niemand ihn je wieder spielen würde. Aber dieser Flötenspieler. Die Art, wie er spielte. Sam schauderte. »Ich muss mir etwas anschauen.«

Er stemmte sich vom Tisch hoch und bahnte sich einen Weg durch die vielen Zelte und Menschen, erhaschte im Vorbeigehen einen Blick auf sich selbst in einem Spiegel: weißblondes Haar, helle Haut, die bereits von der Sonne gerötet war. Der Fremde im Spiegel in jedem Leben blieb verstörend.

Er kam an Werbetafeln für Gemeinschaften von Neuseelen vorbei und für Gemeinschaften, die nur für Altseelen waren. Nicht jeder war mit seiner zweiten Chance zufrieden.

Wo einst der Tempel gestanden hatte, befand sich jetzt ein Denkmal, ein Obsidianphönix, der in Rosen aller Farben gehüllt war. Der Flötist spielte irgendwo auf der Treppe, die zu dem Denkmal hinaufführte.

Sam drängte sich zwischen Zelten und Marktständen hindurch, bis er schließlich ein Mädchen auf der Treppe sah, verloren in der Musik von *Ana Incarnata*. Schweres schwarzes Haar fiel ihr über die Schultern, und sie wirkte etwas ungelenk, wie jemand, der noch nicht ganz in seinen Körper hineingewachsen war. Sie würde groß werden, und für jemanden, der aussah, als sei er kaum ein Quindec alt, spielte sie bemerkenswert gut.

Er war nicht der einzige Musiklehrer im Reich, aber trotzdem. Die Art, wie sie sich mit der Musik bewegte. Die Art, wie sie darin aufging.

Als er sich ihr näherte, erregte er die Aufmerksamkeit des Mädchens, und sie sah ihn an. Ihre Wangen spannten sich, als sie zum Schlusssatz ansetzte, als versuche sie, nicht zu lächeln.

Er konnte nicht atmen. Konnte nicht hoffen. Konnte nicht aufhören, an das Licht zu denken, das von Ana in die silberne Kette geflossen war.

Sam nahm nun zwei Stufen auf einmal, während das schwarzhaarige Mädchen vier lange Noten spielte und die Flöte sinken ließ. Als sie sich bückte, um die Flöte in den Kasten zu legen, streckten sich hinter ihr obsidianschwarze Flügel aus: die Phönixstatue.

Er wollte glauben. Wollte es mehr als alles andere.

Er blieb nur einen Schritt von ihr entfernt stehen, während Menschen vorbeiliefen und sie nicht beachteten. Stef rief in der Ferne seinen Namen, aber er drehte sich nicht um.

»Bist du es wirklich?« Er hatte sich noch nie etwas so sehr gewünscht.

Das Mädchen schaute zu ihm auf. Ihre Augen waren so blau, dass sie den Himmel beschämten. Sie hätte jeder sein können, aber sie hatte ihn mit ihrer Musik angelockt. Selbst wenn er seinen Augen nicht trauen konnte, konnte er seinen Ohren und seinem Herzen trauen. Sie war nicht einfach *irgendjemand*.

Mit einem erstickten Aufschrei zog er sie in seine Arme. »Ich hatte zu große Angst, um zu hoffen«, hauchte er. Sie erwiderte seine Umarmung, und sie zitterten beide. »Du hast mir so gefehlt.«

Sie löste sich von ihm, um die Handflächen nach oben zu drehen und blasse Narben zu enthüllen. Kettenglieder. Als Schatten über ihre Haut glitten, glühten die Narben.

Ana beugte sich dicht zu ihm und flüsterte: »Ich bin wiedergeboren worden.«

DANKSAGUNG

Unendlicher Dank an:

Lauren MacLeod, meine Agentin. Ich kann mir nicht vorstellen, etwas ohne dich zu veröffentlichen. Von verrückten mitternächtlichen E-Mails zu redaktionellem Rat zu Vertragsverhandlungen: Du kümmerst dich um alles und um mehr. Danke, dass du immer an mich glaubst.

Sarah Shumway, meine Lektorin. Ich habe immer gedacht, dass der beste Lektor jemand ist, der in einem chaotischen Entwurf das Herz der Geschichte sieht und dem Autor hilft, die Geschichte zu erzählen, die er erzählen möchte. Du bist ein solcher Lektor, und ich könnte nicht dankbarer sein. Danke, dass du mich ständig antreibst, tiefer zu blicken und härter zu arbeiten.

Das ganze Team bei Katherine Tegen Books:

Alana Whitman, Aubrey Parks-Fried, Lauren Flower, Margot Wood, Megan Segrue, Stephanie Stein und King Snarkles, ein unglaubliches Team aus unglaublichen Menschen (und Plüschigel), das unglaubliche Dinge für unglaubliche Bücher möglich macht. Ich liebe euch, Ladys (und Igel)!

Amy Ryan und Joel Tippie, Art Director und Designer, die für die Trilogie *Das Meer der Seelen* eine Serie traumhafter Cover und Illustrationen geschaffen habt. Ihr seid toll.

Brenna Franzitta und Valerie Shea, Korrektorinnen, die nicht nur fehlende Kommas finden, sondern alles Mögliche, das mir furchtbar peinlich wäre, wenn es je gedruckt werden würde. Danke, dass ihr mich klüger erscheinen lasst, als ich wirklich bin!

Casey McIntyre, meine Presseagentin und gelegentliche Superheldin. Ich würde dir zu Ehren eine Parade abhalten, aber ich glaube nicht, dass ich sie ohne deine Hilfe organisieren könnte.

Lauren Dubin, Herstellungsleiterin, die nicht annähernd genug Anerkennung bekommt für all das, was sie tut.

Laurel Symonds, Ausnahme-Redaktionsassistentin, die einfach *alles* erledigt. Du bist klasse.

Und, natürlich, Katherine Tegen selbst, Verlegerin so vieler wunderbarer Bücher. Danke, dass du der Trilogie *Das Meer der Seelen* ein Zuhause gegeben hast. Ich kann mir keinen besseren Ort für Ana und Sam vorstellen.

Freunde, die dieses Manuskript kritisch gelesen haben:

Adam Heine, der eine ganz frühe (und schlechte) Fassung von *Nur eine Nacht* gelesen hat und trotzdem noch mit mir befreundet sein wollte. Danke, Mann. (Was die Frage betrifft, ob ich wirklich auf einem Drachen geritten bin: Das kann ich nicht sagen. Jedenfalls nicht in der Öffentlichkeit.)

Christine Nguyen, das süßeste Knautschgesicht, das je gelebt hat. Du erhellst jeden Tag. Danke, dass du immer so enthusiastisch und liebevoll bist. Du bist für mich das Gleiche wie Sarit für Ana.

C. J. Redwine, meine Seelengefährtin. Du bist nicht nur total witzig und begabt und einer der stärksten Menschen, denen ich je begegnet bin, du bist auch eine der besten Freundinnen, die ich mir hätte wünschen können.

Corinne Duyvis, die auch eine extrem frühe Version dieses Manuskripts gelesen hat. Was täte ich nur ohne dich! (Aber ernsthaft, keine wilden Bären streicheln, okay?)

Gabrielle Harvey, die ihr Bestes tut, damit ich nicht wie ein totaler Musikdepp dastehe (alle Fehler sind von mir!), und die auch geholfen hat, Dossams Greatest Hits zu schreiben. Eines Tages werden wir jemanden dazu überreden, die *Phönix-Sinfonie* für uns zu realisieren. Eines Tages!

Jill Roberts, meine Mom, die immer an meine Träume geglaubt hat – manchmal mehr als ich. Danke, dass du nie an mir gezweifelt hast.

Jillian Boehme, eine tolle Korrekturleserin und noch tollere Freundin. Ich kann mir nicht vorstellen, wie mein Leben ohne dich aussehen würde. Danke, dass du immer da bist, wenn ich dich brauche. (Tut mir leid, dass ich deinen Namen in *Nur eine Liebe* falsch geschrieben habe. Ich liiiebe dich!)

Joy George Hensley, dafür, dass du so ein treuer Freund bist. Deine Unterstützung und deine Begeisterung halten mich aufrecht. Und vielleicht sollten wir den *Stolz-und-Vorurteil*-Cupcakes-Tag einmal im Jahr abhalten. Oder alle zwei Jahre. Oder jede Woche.

Kathleen Peacock, einer der bescheidensten und treuesten Menschen der Welt. Ich bin ewig dankbar, dass wir Freunde sind.

Myra McEntire, die einer der stärksten, entschlossensten Menschen ist, die ich kenne. Du bist eine Inspiration.

Sarah Schaffner, meine Schwester, die wirklich auch in früheren Danksagungen hätte erwähnt werden müssen. Danke für deine »Gib-mir-mehr-Ana-und-Sam«-Drohungen. Ich meine, Ermutigungen. Du bist die beste Schwester der Welt.

Ein paar Leute, deren Freundschaft und Unterstützung mir sehr viel bedeutet haben:

Amanda Downum, Bria Quinlan, Brodi Ashton, Celia Marsh, Cynthia Hand, Elizabeth Bear, Francesca Forrest, Gwen Hayes, Hannah Barnaby, Jaime Lee Moyer, Jeri Smith-Ready, Kat Allen, Kevin Kibelstis, Kristen-Paige Madonia, Lisa

Iriarte, Mandy Buehrlen, Nina Nakayama, Phoebe North, Rae Carson, Robin McKinley, Stacey Lee, Valerie Cole, Wendy Beer und viele, viele andere. Ich habe das Glück, so viele wunderbare Menschen in meinem Leben zu haben, dass ich hier unmöglich alle aufzählen kann. Falls ich es (schändlicherweise) versäumt haben sollte, dich zu erwähnen, hier ist Platz, um deinen Namen einzufügen:

Die Apocalypsies, für beständige Unterstützung und Kameradschaft.

Die Pub(lishing) Crawl Girls, die eine so wunderbare Kraft für das Gute in meinem Leben sind.

Das Team Incarnate, mit einem besonderen Abklatscher für Julie, die dieses Ding am Laufen hält.

Meine Bücherblogger (ihr wisst, wer ihr seid), die weiter über die Serie posten und twittern und Freunden empfehlen. Ich liebe euch. Bleibt, wie ihr seid.

Zahllose Buchhändler, Lehrer und Bibliothekare, die Menschen Bücher geben, die sie lieben werden. Ihr seid unglaublich. Danke für alles, was ihr tut.

Gott, dem ich niemals genug für dieses wunderbare Leben und für die unglaublichen Menschen in meiner Umgebung werde danken können.

Und wie immer danke ich dir, dem Leser, dafür, dass du dieses Buch gekauft hast. Ich hatte das Glück, herzerwärmende Nachrichten von einigen von euch zu erhalten und sogar ein paar von euch zu treffen. Ihr habt diese ganze Erfahrung möglich gemacht. Danke für euer Interesse. Danke fürs Lesen. Danke, dass ihr ihr seid.

Jodi Meadows

lebt im Shenandoah Valley, Virginia, zusammen mit ihrem Ehemann, einer Katze und einer alarmierenden Anzahl Frettchen. Schon lange ist sie ein überzeugter Bücherwurm und wollte eigentlich schon immer Schriftstellerin sein, spätestens aber seitdem sie sich dagegen entschieden hatte, Astronautin zu werden.
Weitere Informationen auf: www.jodimeadows.com.

Von Jodi Meadows außerdem bei Goldmann erschienen:

Nur ein Leben. Das Meer der Seelen 1
Nur eine Liebe. Das Meer der Seelen 2

(Alle Bücher auch als E-Book erhältlich)

GOLDMANN
Lesen erleben

Um die ganze Welt der
Romantischen Mystery & Fantasy
bei GOLDMANN kennenzulernen,
besuchen Sie uns doch im **Internet** unter:

www.goldmann-verlag.de

Dort können Sie
nach weiteren interessanten Büchern ***stöbern***,
Näheres über unsere ***Autoren*** erfahren,
in ***Leseproben*** blättern, alle ***Termine*** zu Lesungen und Events finden und den ***Newsletter*** mit interessanten Neuigkeiten, Gewinnspielen etc. abonnieren.

Ein ***Gesamtverzeichnis*** aller Goldmann Bücher finden Sie dort ebenfalls.

Sehen Sie sich auch unsere ***Videos*** auf YouTube an und werden Sie ein ***Facebook***-Fan des Goldmann Verlags!

www.goldmann-verlag.de
www.facebook.com/goldmannverlag

GOLDMANN
Lesen erleben